ullstein

BEATE MALY, geboren in Wien, ist Bestsellerautorin zahlreicher Kinderbücher, Krimis und historischer Romane. Ihr Herz schlägt neben Büchern für Frauen, die entgegen allen Widerständen um ihr Glück kämpfen. So hat sie auch das Leben der großen Pianistin Nannerl Mozart sehr beeindruckt.

Von Beate Maly sind in unserem Hause bereits erschienen:
Die Hebamme von Wien · Die Hebamme und der Gaukler · Das Sündenbuch · Der Fluch des Sündenbuchs · Die Zeichenkünstlerin von Wien · Die Donauprinzessin · Die Donauprinzessin und die Toten von Wien · Der Raub der Stephanskrone · Die Salzpiratin · Die Kräuterhändlerin

Beate Maly

Fräulein Mozart und der Klang der Liebe

Roman

Ullstein

Besuchen Sie uns im Internet:
www.ullstein.de

Wir verpflichten uns zu Nachhaltigkeit
- Klimaneutrales Produkt
- Papiere aus nachhaltiger Waldwirtschaft
- ullstein.de/nachhaltigkeit

MIX
Papier
FSC FSC® C083411

Originalausgabe im Ullstein Taschenbuch
1. Auflage Juni 2021

Umschlaggestaltung: bürosüd° GmbH
Titelabbildung: © Richard Jenkins Photography / RJ-Georgian (Frau); akg-images / © arkivi (Stadt); © www.buerosued.de
Gesetzt aus der Quadraat Pro powered by pepyrus.com
Druck und Bindearbeiten: CPI books GmbH, Leck
ISBN 978-3-548-06390-4

Prolog

Salzburg, 30. Juli 1751

Seit den frühen Morgenstunden hielt sich die Hebamme Hilde Pfeiffer in der Schlafkammer von Anna Maria Mozart auf. Die ersten Gewitterwolken waren über der Stadt aufgezogen, als die Geburt begonnen hatte, und Hilde hatte die Kammer seither nur ein einziges Mal verlassen. Sie hatte Sopherl, die neue Magd der Familie Mozart, angewiesen, ein Schmerzmittel aus Wacholder, Kamille, Beifuß und Mohn zu mischen. Wie gern hätte Leopold diese Aufgabe übernommen.

Stattdessen war er seit Stunden zur Tatenlosigkeit verdammt. Nervös marschierte er in der niedrigen Stube auf und ab. Drei Schritte zum Fenster, zwei weitere zum Esstisch, vier zu seinem Klavier und dann wieder zurück zum Tisch. Bei jedem Schritt knarrten die Holzbretter unter seinen Füßen, und die Absätze der neuen Schuhe mit den hübschen Schnallen schlugen hart auf dem Boden auf. Zuvor hatten Donnergrollen und das Rauschen der Blätter in den knorrigen Ästen des alten Nussbaums die Geräusche seiner

Schritte übertönt. Doch das Gewitter war inzwischen über Salzburg hinweggezogen, und bis auf ein paar helle Blitze in der Ferne war es ruhig geworden in der Stadt. Sicher hatte der Wind die drückende Hitze mitgenommen, unter der seine Frau Anna Maria seit Wochen litt. Leider war davon in der Stube, deren Fenster nicht auf die Getreidegasse, sondern in den geschützten Innenhof des Wohnhauses führten, noch nichts zu merken. Obwohl Leopold die hölzernen Fensterläden weit geöffnet hatte, hing immer noch die stickige Luft im Raum.

Wieder drang ein lauter Schmerzensschrei aus der Schlafkammer, gefolgt von leisem Wimmern. Die Stimme seiner Frau war so entstellt, dass Leopold sie kaum wiedererkannte. Nervös knetete er seine Hände. Er hasste es, wartend auszuharren, ohne selbst mit anpacken zu können. Dabei kannte er die Situation. Anna Maria hatte bereits drei Kinder geboren: vor drei Jahren den kleinen Johann Joachim Leopold. Nach nur wenigen Stunden hatte Leopold den entzückendsten Säugling der Welt, mit rosigen Backen und einem winzigen kirschroten Mund, in den Armen gehalten. Wie unglaublich groß waren die Freude und der Stolz über das erste Kind, einen gesunden Sohn, gewesen. Und wie unendlich die Trauer, als er schon sechs Monate später verstarb. Anna Maria war zu diesem Zeitpunkt wieder schwanger gewesen, mit Maria Anna Kordula, die nur sechs Tage lebte, bevor Gott sie zu sich holte. Letztes Jahr kam dann Maria Anna Nepomuzena Walburga zur Welt. Zwei Monate lang durften Leopold und Anna Maria sich an ihr erfreuen, bevor sie ihren Geschwistern folgte. Und jetzt? Was hatte Gott in dieser Nacht mit ihnen vor?

Die rasch aufeinanderfolgenden Schwangerschaften hatten Anna Marias Körper geschwächt. Leopold hatte in den letzten Wochen gesehen, wie müde und erschöpft sie war. Trotzdem hatte sie sich kein einziges Mal beschwert und bis zuletzt den Haushalt geführt. Sie war eine tapfere Ehefrau, die schon in frühen Jahren gelernt hatte, sich auch in schwierigen Zeiten nicht unterkriegen zu lassen.

Warum dauerte es nur heute so lange? Was unternahm die Hebamme, um Anna Maria zu helfen? Leopold zahlte der Frau bei jedem Besuch einen großen Batzen Geld. Nicht viele Männer waren bereit, so tief in die Tasche zu greifen. Noch vor ein paar Jahren wäre auch Leopold nicht dazu in der Lage gewesen. Auf seinen Posten als Kammerdiener und Violinist im Dienste Sigismund III. Christoph von Schrattenbach, Fürsterzbischof von Salzburg, hatte er lange warten und ehrgeizig hinarbeiten müssen. Es war nicht leicht gewesen, das ansehnliche Gehalt zu erkämpfen, das ihm die Gründung einer Familie erlaubte.

Müsste er nicht längst das Schreien seines Kindes hören? Angestrengt lauschte Leopold auf die Geräusche hinter der niedrigen Holztür zur Schlafkammer. Jetzt war es beinahe gespenstisch still. Was ging da drinnen vor? Er hielt es kaum noch aus und hätte am liebsten die Tür mit einem Schwung aufgerissen. Hätte er lieber nach einer anderen Hebamme rufen sollen? Hilde Pfeiffer war eine seltsame Frau, die allein außerhalb der Stadtmauern lebte. Wiederholt war sie mit dem Stadtrichter in Konflikt geraten, weil sie auch unverheirateten Frauen half. Angeblich war ihr in all den Jahren noch nie eine Gebärende unter den Fingern weggestorben. Was, wenn Anna Maria ... Leopold schloss die Augen und presste sie so fest zusammen, dass er helle Blitze sah. Er versuchte, sich zu beruhigen, indem er langsam ein- und ausatmete und sich selbst einzählte, wie er es sonst mit seinen Klavierschülern tat:

»Eins, zwei, drei, vier, eins ...«

Sein Zählen wurde mit dem Aufreißen der niedrigen Tür jäh unterbrochen. Sopherl trat kreidebleich in den Raum. Leopold versuchte, an der zierlichen Person vorbeizuschauen, doch sie schloss die Tür hastig hinter sich.

»Bittschön, ich muss vorbei«, rief sie hektisch und durchquerte die Stube.

»Ist alles in Ordnung?«, fragte Leopold. Die Angst in seiner Stimme erschreckte ihn selbst.

»Das Kind kommt gleich.« Sopherls letzte Worte konnte er nur erahnen, denn sie lief mit eiligen Schritten aus der Wohnung und polterte die drei Stockwerke hinunter in den Hof. Leopold hörte, wie sie sich unten am Brunnen zu schaffen machte. Kurz darauf stapfte sie die Holztreppe wieder hinauf. Die Köchin wartete bereits an der Tür auf sie und nahm den Eimer entgegen, um das Wasser in der Küche über dem Feuer zu wärmen.

Leopold hielt die Magd zurück. »Wie geht es meiner Frau?«

»Wie soll es ihr schon gehen?«, erwiderte Sopherl schnippisch. »Sie liegt seit Stunden in den Wehen. Das Kind steckt fest.«

Leopold hätte Sopherl niemals eingestellt. Es war nicht gut, wenn Dienstboten so frech auftraten. Doch Anna Maria hatte ihn dazu überredet: »Sie ist viel intelligenter als alle Mädchen, die wir bisher hatten.«

Leopold hatte schließlich nachgegeben und bereute diesen Schritt fast täglich.

»Ist sie bei Bewusstsein?«

Ein lauter Schrei aus der Schlafkammer beantwortete seine Frage. Leopold zuckte zusammen.

»Lassen S' mich jetzt bitte wieder vorbei«, forderte Sopherl ungeduldig. »Plaudern können wir später noch.«

Widerwillig machte er einen Schritt zur Seite. Als die Magd die Tür öffnete, erhaschte er nur einen kurzen Blick in sein Schlafgemach, bevor ihm die Hebamme in den Weg trat. Doch er konnte seine Frau wimmern hören. Was hatte Gott sich dabei gedacht, Frauen derart leiden zu lassen?

Die nächsten Minuten erschienen Leopold wie die längsten seines Lebens. Margot, die alte Köchin, schleppte den Eimer mit dem erhitzten Wasser herbei. Der Behälter war so voll, dass bei jedem Schritt ein paar Tropfen auf den Fußboden schwappten. Ohne anzuklopfen, riss sie die niedrige Tür auf und verschwand ebenfalls in der winzigen Kammer. Im nächsten Moment schrie Anna Maria erneut auf. Diesmal war es ein hoher, greller Schrei, in dem nicht nur Schmerz, sondern auch Verzweiflung lag. Leopold hörte aufgeregte Stimmen. Die Frauen sprachen schnell und wild durcheinander. Die Köchin betete laut ein Ave-Maria und übertönte damit die beiden anderen Frauen. Leopold trat näher, wollte sein Ohr an die Tür legen, als er einen weiteren Schrei vernahm. Der Laut stammte nicht von seiner Frau. Es war der kräftige Schrei eines Säuglings, der das Licht der Welt erblickte. Erleichtert stieß Leopold die Luft aus, die er eben noch angehalten hatte. Doch die Tür blieb noch immer geschlossen. Warum verrieten ihm die Frauen nicht, ob er soeben Vater von einem Mädchen oder einem Jungen geworden war? Und was war mit Anna Maria? War sie wohlauf?

Er vernahm leises, aber freudiges Lachen hinter der Tür, Gemurmel und wieder den Schrei des Kindes. Es dauerte schier eine Ewigkeit, bis sich schnelle Schritte näherten. Leopold machte einen Satz rückwärts. Es gehörte sich schließlich nicht zu lauschen. Als die Tür sich öffnete, wirkte er beinahe verlegen.

»Herr Mozart, Sie haben eine gesunde Tochter bekommen«, verkündete die Hebamme müde, aber zufrieden. Sie hielt einen in saubere Tücher gewickelten Säugling im Arm und wirkte so erschöpft, als hätte sie selbst das Kind geboren.

»Und meine Frau?«

»Es geht ihr den Umständen entsprechend gut. Sie können bald zu ihr. Wir warten noch die Nachgeburt ab.«

Die Angst, die bis eben noch schwer auf seinen Schultern gelastet hatte, fiel mit einem Mal von ihm ab.

»Wollen Sie Ihre Tochter sehen?«

Ohne auf Leopolds Antwort zu warten, trat die Hebamme auf ihn zu und streckte ihm das Bündel entgegen, so als wollte sie ihm die Tochter in den Arm drücken. Wie kam sie auf diese befremdliche Idee? Noch nie hatte ein Vater seinen Säugling nach der Geburt gehalten. Dazu waren die Frauen da.

In dem Moment rief Sopherl aus der Kammer: »Die Nachgeburt kommt.«

Die Hebamme schaute über ihre Schulter. Anna Marias Jammern wurde lauter.

»Nun strecken Sie schon Ihre Arme aus«, forderte Hilde Pfeiffer Leopold ungehalten auf.

»Wie bitte?« Er musste sich verhört haben. Wie kam die Frau dazu, ihm Anweisungen zu erteilen?

»Es ist Ihr Kind, nun nehmen Sie es schon.«

Die Hebamme ignorierte Leopolds Zögern und legte ihm behutsam das Bündel in seinen Arm. Dann eilte sie zurück zu Anna Maria. Als die Tür sich schloss, war Leopold mit seiner Tochter allein in der Stube. Sein Ärger über Hilde Pfeiffer verpuffte wie eine Seifenblase, als er das winzig kleine Mädchen genauer betrachtete. Ein blonder Flaum bedeckte seinen perfekten Kopf. Die Wangen waren rosig und weich. Sie schmatzte mit einem kleinen herzförmigen Mund und verzog dabei die hübsche Nase.

»Du bist wunderschön«, flüsterte Leopold ergriffen und bestaunte das schutzbedürftige, zarte Wesen, das völlig auf seine Fürsorge angewiesen war.

Kurz darauf kam Sopherl zurück in die Stube, um den Säugling wieder an sich zu nehmen. »Das Mädchen ist kerngesund. Ich hab noch nie ein kleines Ding gesehen, das nach einer schwierigen Geburt so kräftig am Busen der Mutter getrunken hat. Da haben Sie allen Grund, stolz zu sein, Herr Mozart.«

Er konnte sich nicht sattsehen an dem kleinen Menschen. Natürlich hatte er sich einen Sohn gewünscht. Aber dieses Mädchen war etwas ganz Besonderes, das spürte er mit jeder Faser seines Körpers. Seine Tochter streckte ihm die kleine Hand entgegen. Sie hatte außergewöhnlich lange, schlanke Finger, genau wie er selbst.

»Das sind die Hände einer Pianistin«, bemerkte Sopherl.

»Was sagst du da?«, fragte Leopold unwirsch.

»Die langen Finger. Sie behaupten doch immer, dass man die zum Klavierspielen braucht.«

Leopold strich behutsam über die weichen Fingerkuppen des Säuglings. Sopherl hatte recht. Seine Tochter hatte lange Klavierfinger. Aber ein Mädchen konnte doch keine Musikerin werden. Oder doch?

»Haben Sie schon einen Namen für die Kleine?«

»Sie soll Maria Anna heißen.«, antwortete Leopold bestimmt. Er wusste, dass der Name dem Mädchen Glück bringen würde.

»Und rufen werden wir sie Nannerl.«

Teil I

1

Salzburg, 29. November 1766

Nannerl beobachtete ihren Vater dabei, wie er die Brückenmaut entrichtete. Kaum hatte der uniformierte Wachmann das Geld entgegengenommen, ratterte die Kutsche schon über die hölzerne Konstruktion und überquerte die Salzach. Dunkelgrau, wie der nasskalte Herbsttag, schoss das Wasser zwischen den massiven Brückenpfeilern das breite Flussbett entlang. Nannerl hielt ihren Kopf aufgeregt aus der Kutsche und spähte über die Stadtmauer hinweg, hinter der die Festung des Fürsterzbischofs auf dem Mönchsberg lag. Noch weiter dahinter ragte der Untersberg in den grauen Himmel. Sein Gipfel verschwand in den Wolken. Zahlreiche Sagen und Mythen rankten sich um den Hausberg der Salzburger. Nannerl kannte sie alle, und es war ihr, als begegnete sie einem alten Freund wieder. Der eisige Fahrtwind zerzauste ihr Haar und löste ein paar der streng nach hinten gesteckten Haarsträhnen.

»Kommt zurück in die Kutsche«, mahnte ihre Mutter sie streng. Während Nannerl sich seufzend, aber sittsam auf der gepolsterten Bank zurücklehnte, schaute ihr kleiner Bruder Wolfgang auf der anderen Seite immer noch aus dem Fenster.

»Wolferl«, tadelte Anna Maria ihren Sohn, doch er reagierte erst, als sie ihn am Zipfel seiner Jacke zog und dazu zwang, sich wieder zu setzen. Mürrisch verzog er den Mund und verschränkte beleidigt die Arme vor der Brust. Die Bänder seiner Kniehosen waren offen. Er hatte es wieder einmal versäumt, sie ordentlich zu binden.

»Ihr werdet noch genug Gelegenheit haben, die Stadt zu sehen«, versicherte Leopold seinen Kindern. »Es wäre doch schade, wenn sich einer von euch so kurz vor unserem Ziel erkälten würde.«

Dreieinhalb Jahre waren vergangen, seit die Familie Mozart zu einer langen aufregenden Reise quer durch Europa aufgebrochen war. Wolfgang war damals noch ein kleiner Junge gewesen, jetzt war er zehn Jahre alt, und Nannerl mit ihren fünfzehn Jahren war beinahe schon eine junge Frau. Die beiden Kinder waren gemeinsam mit ihrem Vater vor den bedeutendsten Herrschern des Kontinents aufgetreten, hatten Monarchen und Fürsten mit ihrer Musik verzaubert und Stürme der Begeisterung ausgelöst. Der englische König Georg III. war ebenso entzückt gewesen wie der Kurfürst Maximilian von Bayern und der französische König Ludwig XV.

Auf ihrer Reise hatte Nannerl den Ärmelkanal überquert und dabei das Meer nicht nur gerochen, sondern auch die salzige Luft auf den Lippen geschmeckt. Später hatte sie vom Strand aus beobachtet, wie die Wassermassen im Stundentakt anschwollen und sich wieder zurückzogen. Bis jetzt hatte ihr niemand eine plausible Erklärung für dieses Naturphänomen geben können. Ihr Vater hatte es versucht und von der Anziehungskraft des Mondes erzählt. Aber damit hatte Nannerl nichts anfangen können. Die Reise hatte die Familie in so viele verschiedene Städte geführt, dass Nannerl einen Teil der Namen schon wieder vergessen hatte. Wie gut, dass sie alle Orte akribisch genau in einem Reisetagebuch festgehalten hatte. Nannerl hatte Versailles bestaunt, Westminster Abbey in London besucht und die Grachten in Amsterdam mit einem Schiff befahren. Aber nichts hatte sie so sehr begeistern können wie die unendliche Weite des Ozeans. Schade, dass es in Salzburg bloß Flüsse gab.

Die dreieinhalb Jahre waren nicht nur kulturell ein Gewinn gewesen, sondern hatten sich auch finanziell ausgezahlt. Die Familie war für ihre Auftritte reichlich entlohnt worden. Der kleine Wolfgang war als Wunderkind gepriesen und Nannerl als begnadete Pianistin gefeiert worden. Gleich zu Beginn der Reise in Wien war sie für ihr Klavierspiel mit dem Hofkleid einer Prinzessin belohnt worden. Das kostbare Geschenk lang nun sorgsam zusammengefaltet in einer der riesigen Reisetruhen. Mit dem Geld, das ihr Vater eingenommen hatte, hatte er ihr in Lyon, der Stadt, die für die feinsten Seidenstoffe berühmt war, außerdem noch ein prächtiges Kleid anfertigen lassen. Damit würde Nannerl in Salzburg während der Ballsaison für Aufsehen sorgen.

Aufgeregt rutschte sie auf der Sitzbank hin und her. Sie konnte es kaum erwarten, endlich wieder die Wohnung in der Getreidegasse zu betreten, in der sie unbeschwerte, glückliche Kindheitstage verbracht hatte. Wie viele Stunden hatte Nannerl im Hinterhof mit den Nachbarskindern gespielt? Sobald sie ihr Pensum an Klavierübungen absolviert hatte, war sie jeden Nachmittag die hölzerne Treppe zu den anderen hinuntergelaufen. Sie hatten sich gegenseitig gefangen, Schatzkarten gezeichnet oder waren in Säcken um die Wette gehüpft. Hoffentlich hatte niemand die Schaukel am alten Nussbaum entfernt. Zu gerne würde Nannerl noch einmal darauf Platz nehmen. Ob ihre Freundin Katharina ihren letzten Brief aus Zürich erhalten hatte und gekommen war, um sie zu begrüßen?

Geschickt lenkte der Kutscher das Gefährt durch das enge Stadttor. Auf beiden Seiten blieb je nur eine Handbreit Platz. Trotz der Prellsteine legten zahlreiche Kratzer an der Fassade Zeugnis davon ab, dass nicht alle Männer so routiniert mit ihren Fuhrwerken unterwegs waren.

Kaum hatten sie die Stadtgrenze passiert, drangen Straßenlärm und Gestank in die Kutsche, die in fast allen Städten Europas ähnlich waren, egal, ob sie am Meer oder an einem Fluss lagen. Es roch nach einer Mischung aus Pferdeäpfeln, Unrat, gekochtem Gemüse und gebratenem Fleisch, süßem Schmalzgebäck und Fisch. Hausfrauen und Dienstmägde liefen gehetzt über die Straße. Sie trugen volle Einkaufskörbe vom Markt nach Hause. Lehrlinge und Botenjungen schlängelten sich geschickt durch die Menschenmenge. Ein Straßenmusikant zupfte ungeschickt auf seiner Laute. Das verstimmte Instrument entlockte Nannerl ein missbilligendes Kopfschütteln. Als der Bursche die Stadtwache sah, die auf ihn zukam, verschwand er schnell im nächsten Durchgang.

Salzburg war bekannt für seine unzähligen Verbindungsgänge zwischen parallel verlaufenden Straßen. Einige waren so breit, dass ein Fuhrwerk hindurchpasste, andere reichten gerade für eine Person. Hier und dort stolzierten Geschäftsmänner mit hohen Perücken eiligen Schrittes die Straße entlang, um in einem der Gänge zu verschwinden. In den letzten Jahren hatte sich Salzburg in eine riesige Baustelle verwandelt. Leopold, der seine Kinder zu Hause unterrichtete, hatte Nannerl erzählt, dass der Salzhandel und der Bergbau in den umliegenden Regionen dem fürstlichen Erzbistum jahrhundertelang zu Reichtum und Wohlstand verholfen hatten. Überall wurde gehämmert und renoviert. Düstere Hausfassaden waren frisch gestrichen worden und erstrahlten nun in fröhlichen bunten Farben. Der Fürsterzbischof war dabei, seinen Regierungssitz in ein wahres Schmuckkästchen zu verwandeln. Er setzte damit das Bestreben seines Vorgängers fort, der dazu bedeutende Baumeister wie Johann Bernhard Fischer von Erlach von Wien nach Salzburg geholt hatte. Der Name war Nannerl nur deshalb im Gedächtnis geblieben, weil sie sich den Mann immer mit einer Angelrute in der Hand vorgestellt hatte, bis sie begriffen hatte, dass er Gebäude plante und nicht etwa fischte. Wofür man noch keine passende Lösung gefunden hatte, war der Unrat. Überall lagen Dreckhaufen herum, Pferdeäpfel, Hausratsabfälle und anderer Mist. Die Männer und Frauen, die unterwegs waren, mussten darauf achten, nicht in einen der unappetitlichen Haufen zu steigen. Ein Junge mühte sich mit einem Handkarren voller Kohlköpfe ab. Er beachtete die Kutsche nicht, was ihm eine derbe Beschimpfung des Kutschers einbrachte. Der Junge zuckte zusammen, duckte sich und zog den Karren mit einem kräftigen Ruck weiter.

Nannerl konnte sich nicht sattsehen an dem Treiben, das trotz aller Geschäftigkeit provinziell wirkte. Ihr Herz klopfte schneller, und sie fühlte sich ebenso aufgeregt, als würde sie gleich vor einem gefüllten Konzertsaal auftreten. Doch es war nicht ein erwartungsvolles Publikum, das ihren Atem unregelmäßig werden ließ, sondern die Aussicht, endlich wieder zu Hause zu sein. So aufregend das Reisen auch sein mochte, freute sie sich darauf, nun für eine Zeit zur Ruhe zu kommen.

Mit einem lauten »Brr« hielt der Kutscher die Pferde an. Kaum dass die Kutsche stand, öffnete Leopold Mozart die Tür und trat auf die Getreidegasse. Nannerl sprang mit einem Satz hinterher. Noch bevor sie auf dem Kopfsteinpflaster gelandet war, hörte sie auch schon die wohlvertraute Stimme der Freundin. Niemand sonst rollte das r in ihrem Namen wie Katharina.

»Nannerl!«

Gleich darauf wurde sie so stürmisch umarmt, dass die beiden Mädchen beinahe auf dem Boden landeten.

»Um Himmels willen, nicht so wild«, forderte Anna Maria streng.

Diesmal ignorierte Nannerl die Worte ihrer Mutter. Die Freude über das Wiedersehen war einfach zu groß. Sie erwiderte die innige Begrüßung der Freundin.

»Ich bin schon seit Stunden da und warte«, erzählte Katharina. »Gleich nach dem Frühstück bin ich losgelaufen, weil ich dich nicht verpassen wollte.«

»Du hast also meinen Brief bekommen?«

»Ja natürlich. Ich habe alle Briefe bekommen und mich jedes Mal riesig darüber gefreut. Sie hängen auf einer Schnur, die ich quer durch meine Schlafkammer gespannt habe, wie Strümpfe auf einer Wäscheleine.«

Nannerl trat einen Schritt zurück und löste sich aus der Umarmung. Katharina war gewachsen, genau wie sie selbst. Doch während Nannerls Körper immer noch knabenhaft kindlich wirkte und trotz der weiten Röcke wenig Weiblichkeit ausstrahlte, hatte Katharina, seit sie sich das letzte Mal gesehen hatten, an üppigen Rundungen gewonnen. Ein modernes Dekolleté erlaubte einen freizügigen Blick auf ihren stattlichen Busen. Die Taille war fest zusammengeschnürt und ließ erahnen, dass das Hinterteil ebenso gut geformt war wie die Oberweite. Katharina trug ihr Haar zu einer aufwendigen Frisur hochgesteckt, in die zahlreiche Federn eingearbeitet waren. Nannerl vermutete, dass auch kleine Pölsterchen darin steckten, damit das Volumen die richtige Größe erreichte. Mit ihrem Aussehen hätte sie selbst in Städten wie Paris oder Amsterdam eine gute Figur gemacht.

»Katherl, du bist ja richtig erwachsen geworden«, rief Wolfgang und pfiff anzüglich durch die Zähne, während er der Freundin seiner Schwester frech aufs Hinterteil klopfte.

»Und du bist immer noch so unanständig wie am Tag eurer Abreise. Wann wirst du bloß Manieren lernen?« Mit gespielter Empörung schlug sie Nannerls Bruder auf die Finger.

»Hoffentlich niemals«, rief Wolfgang. »Manieren sind langweilig.«

»Ihr steht im Weg«, schimpfte Leopold vorwurfsvoll. Er hatte noch nie ein Geheimnis daraus gemacht, dass er Nannerls Umgang mit der Tochter des Barbiers und Perückenmachers der Stadt nicht sonderlich schätzte. Eigentlich war Herr Gilowsky Rechtsbeistand. Doch als er herausgefunden hatte, dass er mit der Herstellung von Perücken mehr Geld verdienen konnte als mit der Vertretung unbedeutender Menschen des niederen Adels vor Gericht, hatte er die Profession gewechselt. Seine Frau, eine Barbiertochter, hatte ihn darauf gebracht. Selbst die erlauchtesten Herrschaften gaben sich inzwischen in Herrn Gilowskys Frisiersalon die Klinke in die Hand. Das Geschäft war eine wahre Goldgrube. Trotzdem fand Leopold, dass der Umgang mit einer Barbierfamilie für seine Kinder nicht standesgemäß sei.

Jetzt schob er die beiden Mädchen unwirsch zur Seite.

»Wir können beim Hochtragen des Gepäcks helfen«, bot Katharina freundlich an.

»Das ist sehr lieb von dir.« Anna Maria Mozart ging um die Kutsche. Nachdem sie ihr Kleid sorgfältig glatt gestrichen hatte, begrüßte sie Nannerls Freundin herzlich. Im Unterschied zu ihrem Mann mochte sie die ganze Familie Gilowsky und ganz besonders die kleine Katharina, die mittlerweile einen Kopf größer war als sie selbst.

»Nannerl, ihr könnt gemeinsam eine der kleineren Truhen nehmen, die sind nicht so schwer.« Der Kutscher hatte bereits einen Teil des Gepäcks abgeladen und auf die Straße gestellt, wo die Kisten den vorbeigehenden Menschen im Weg standen. Kopfschüttelnd und fluchend wichen sie aus.

»Wir nehmen das Reise-Klavichord«, bestimmte Nannerl. Sie liebte das Instrument, das ihr Vater eigens für die Reise bei Johann Andreas Stein hatte anfertigen lassen. Auf dem handlichen Klavichord hatten Wolfgang und sie jeden Tag üben können, ganz egal, ob sie in einer winzigen Kammer oder einem fürstlichen Palais gewohnt hatten.

Während die Mädchen kräftig zupackten, hatte Wolfgang sich rasch aus dem Staub gemacht und war in den Innenhof des Wohnhauses gelaufen, wo zu jeder Tageszeit ein paar Kinder spielten. Diesmal sah Nannerl ihm die Flucht vor dem Kistenschleppen nach. Sie war es gewohnt, dass er sich vor unangenehmen Arbeiten drückte.

»Ich bin ja so gespannt, was du alles erzählen wirst«, sagte Katharina mit vor Aufregung geröteten Wangen. »Seit ich deinen letzten Brief bekommen habe, habe ich nicht mehr schlafen können, so sehr habe ich mich auf dich gefreut.«

Nannerls Herz machte einen kleinen Sprung. »Ich habe es auch kaum erwarten können«, gab sie zu. »Die Reise war aufregend, aber du hast mir gefehlt.«

Nun grinste Katharina zufrieden. Offenbar waren das genau die Worte, die sie hatte hören wollen. Gemeinsam trugen die Mädchen das Klavichord zum Torbogen, durch den man zum Stiegenaufgang des Wohnhauses gelangte. Alles sah noch genauso aus, wie Nannerl es in Erinnerung gehabt hatte, als wäre die Zeit in ihrem Geburtshaus für dreieinhalb Jahre stehen geblieben. In der Ecke zum Innenhof lehnte der Reisigbesen, mit dem Frau Bogner aus der Wohnung im ersten Stock den Boden fegte, sobald die Blätter im Herbst von den Bäumen fielen. Auf der niedrigen Bank unterhalb der Briefkästen befanden sich drei Milchkannen, die jeden zweiten Tag vom Knecht eines Bauern aus dem Umland aufgefüllt wurden. Nannerl liebte den Geschmack von Rahm, Heu und Heimat der süßen Milch. Nirgendwo, nicht einmal in München, hatte sie so gute und frische Milch getrunken wie in Salzburg.

Auch die Gerüche im Haus hatten sich nicht verändert. Über der Tür zum Stiegenaufgang hingen Kräuterbüschel, die einen herb-süßlichen Duft verströmten, aber gegen den starken Dunst gebratener Zwiebeln, der aus der Küche der Nachbarin im Erdgeschoss wehte, keine Chance hatten. Frau Hafner schien immer noch eine Vorliebe für deftige Linseneintöpfe mit Speck zu haben.

Fröhlich stiegen die Mädchen die enge Holztreppe hoch in den dritten Stock. Die Wohnungstür der Familie Mozart stand weit offen. Sophie, das Dienstmädchen, das seit ein paar Wochen wieder hier wohnte und dafür gesorgt hatte, dass die Wohnung nach der langen Zeit des Leerstands sauber und ordentlich war, empfing Nannerl herzlich. Auch sie hatte sich kaum verändert. Nur ihre Wangen waren ein bisschen voller als noch vor der Abreise der Mozarts. Sie hatte die dreißig Jahre bereits überschritten, was sie in Nannerls Augen zu einer alten Frau machte. Trotzdem war sie immer noch außergewöhnlich attraktiv. Sophie machte kein Geheimnis daraus, dass sie Nannerl ganz besonders gerne mochte. Immer wieder erzählte sie stolz, dass sie bei ihrer Geburt dabei gewesen war.

»Nein, so was«, rief sie und schlug die Hände vor der Brust zusammen. »Das Fräulein Mozart. Fesch sind S' geworden, a richtige kleine Dame.« Sobald Nannerl und Katharina das Instrument abgestellt hatten, trat Sophie auf Nannerl zu und umarmte sie, bevor Leopold oder Anna Maria etwas dagegen einwenden konnten. Nannerl liebte Sophie, die sie früher vor so mancher Strafe bewahrt hatte, sei es, weil sie einen zerbrochenen Krug, ein schmutziges Spitzentuch oder eine verlorene Haarspange auf ihre Kappe genommen hatte.

»Danke, Sopherl, du schaust auch gut aus«, meinte Nannerl ehrlich. Sie zog ein rotes Haarband aus ihrer Rocktasche und reichte es dem Dienstmädchen. »Das habe ich dir aus Antwerpen mitgebracht. Dort tragen alle Frauen diese Bänder in den Haaren. Es ist sehr modern.«

Sopherl schoss das Blut in die Wangen vor Freude.

»Du musst das Band schnell wegstecken, der Papa kommt gleich herauf«, drängte Nannerl. Sie spähte über ihre Schulter, weil sie schwere Schritte hörte.

»Danke, Fräulein Nannerl.« Sophie drückte ihr einen Kuss auf die Wange und strich behutsam mit den Fingerkuppen über den Stoff, dessen Ränder mit feiner Spitze verziert waren. »So was Wertvolles habe ich noch nie besessen.«

Gerade rechtzeitig ließ sie das Geschenk unter ihrer sauberen Schürze verschwinden. Leopold Mozart schleppte eine schwere Truhe allein die letzten Stufen hoch. Schnaufend stellte er sie auf dem Holzboden ab und wischte sich erschöpft mit dem Handrücken über die schwitzende Stirn.

»Es war höchste Zeit, dass die Reise endet. Wären wir noch weitere Monate unterwegs, hätten wir die Truhen niemals tragen können, so schwer wären sie bei all dem Kram geworden, den ihr eingekauft habt.« Er sah seine Frau vorwurfsvoll an, die hinter ihm die Treppe hochstieg.

»Unsinn, Leopold«, widersprach Anna Maria. »Die meisten Dinge hast du erstanden.«

Sophie nahm ihrer Dienstherrin den Koffer ab und trug ihn für sie in die Wohnung.

»Was für ein Glück, dass Johann die Wohnung für uns frei gehalten hat«, wechselte Leopold das Thema.

Sein Freund, der Spezereiwarenhändler Johann Lorenz Hagenauer, dem das Haus gehörte, hatte Leopold nicht nur das Geld für die Reise vorgestreckt, sondern auch dafür gesorgt, dass die Wohnung bei seiner Ankunft in Salzburg wieder für die Mozarts zur Verfügung stand. Es war ein glücklicher Zufall gewesen, dass auch Sophie ausgerechnet jetzt eine neue Anstellung gesucht hatte.

»Wie schön, wieder zu Hause zu sein«, meinte Anna Maria zufrieden. Sie seufzte schwer und ließ sich auf das Kanapee sinken, das neben dem Ofen in der Stube stand. Der hellblaue Stoffüberzug mit dem feinen weißen Blumenmuster war ordentlich ausgebürstet worden.

»Nach all den Gasthäusern, den beengten Kammern und verlausten Betten ist es eine Wohltat, wieder in den eigenen vier Wänden zu sein.«

Ihr Blick richtete sich auf die Schüssel mit parfümierten

Blütenblättern, die auf einer Anrichte an der Wand stand. Ein angenehm frischer Duft ging davon aus.

»Mädchen, wollt ihr nicht spazieren gehen? Ihr steht hier nur im Weg herum«, brummte Leopold ärgerlich. Er drängte sich mit einem schweren Koffer zwischen Nannerl und Katharina durch.

»Oh, gerne!«, rief Nannerl.

Ihre Freundin wirkte nicht ganz so begeistert. »Es nieselt«, erklärte sie. »Sobald mein Haar feucht wird, kräuselt es sich, und die ganze Arbeit ist umsonst gewesen. Die Anna hat erst gestern den Turm hochgesteckt. Zwei Drahtgestelle hat sie eingeflochten. Die Frisur sollte mindestens drei Wochen halten. Es ist furchtbar langweilig, so lange ruhig zu sitzen, und das Kämmen ziept.«

Nannerl hatte also richtig vermutet, dass das Volumen der Frisur nicht allein Katharinas vollem Haar zu verdanken war. Sie bewunderte die prachtvolle Frisur erneut. Sie selbst hatte ihr kastanienbraunes Haar heute Morgen nur nachlässig zusammengebunden. Sobald sich die Gelegenheit bot, würde sie sich auch ihr Haar auftürmen lassen, beschloss sie.

Katharinas Gesicht hellte sich auf. »Wir können zu mir nach Hause gehen. Mama hat gestern Chocolade gekauft. Vielleicht bereitet uns Luise eine Tasse zu.«

»Habt ihr eine neue Köchin?«, erkundigte sich Nannerl enttäuscht. Sie hatte die alte Elsa sehr gemocht, weil sie den Mädchen oft heimlich Pfefferkuchen und Marzipan zugesteckt hatte.

»Elsa ist letzten Winter am rheumatischen Fieber gestorben«, erzählte Katherl traurig. »Aber die Luise ist auch sehr nett. Sie versteht sich auf die Zubereitung von Chocolade und verquirlt das Getränk so lange, bis es richtig cremig ist. Außerdem würzt sie die Chocolade mit Vanille, Zimt und Nelken. Mmh!« Beim Gedanken an den himmlischen Geschmack fuhr sich Katharina undamenhaft mit der Hand über den Bauch.

»Das klingt sehr gut.« Nannerl hatte Chocolade in Paris, Amsterdam und Den Haag getrunken. Überall hatte das kostbare Getränk anders geschmeckt, aber jedes Mal war es ein Genuss gewesen.

»Am frühen Nachmittag bist du wieder hier für deine täglichen Klavierübungen«, forderte Leopold.

»Ach, Leopold!« Seine Frau machte eine nachlässige Handbewegung. »Wir sind eben erst nach Hause gekommen. Lass den Kindern ein bisschen Zeit zur Erholung.«

Doch Leopold blieb unnachgiebig. »Die Übungsstunden sind bereits gestern und vorgestern ausgefallen. Wer zu den besten Musikern zählen will, muss an sich arbeiten. Talent ist ein Geschenk des Herrn, das man nicht einfach verfaulen lassen darf wie eine angeschlagene Birne. Zu schnell verdirbt sie vollständig.«

Anna Maria schüttelte missbilligend den Kopf. »Genieß die Chocolade«, flüsterte sie ihrer Tochter zu. »Am frühen Abend bleibt noch genügend Zeit zum Üben.« Sie sprach so leise, dass Leopold, der bereits die Truhe mit den Notenbögen ausräumte, sie nicht hören konnte.

Einen Gruß winkend, verließen die Mädchen die Wohnung und hasteten die Holztreppen mit lautem Poltern hinunter ins Erdgeschoss. Nannerl hob ihre Röcke und nahm übermütig die letzten drei Stufen auf einmal. Dabei stieß sie beinahe mit ihrem Bruder zusammen.

»Wo geht ihr hin?«, wollte Wolfgang wissen. Trotz seiner bald elf Jahre war er klein und schmächtig, weshalb er noch jünger wirkte, als er tatsächlich war. Seine gepuderte Frisur war verrutscht. Einzelne Strähnen hingen ihm schmutzig in die Stirn. Hatte er die Kinder von Frau Bogner bereits im Hof getroffen und mit ihnen gespielt?

»Spazieren«, log Katharina, ohne mit der Wimper zu zucken. Sie wollte wohl nicht riskieren, dass Nannerl ihrem kleinen Bruder von der Chocolade erzählte.

»Ach, das ist langweilig«, rief Wolfgang enttäuscht.

»Servus, Wolferl!« Katharina winkte ihm zu, hakte sich bei der Freundin unter und zog sie mit sich, bevor Nannerl die kleine Notlüge aufklären konnte.

Kaum dass sie außer Hörweite waren, flüsterte Katharina: »Wenn wir deinem Bruder verraten, dass wir Chocolade trinken, will er unbedingt mitkommen und nervt uns den ganzen Nachmittag.«

Nannerl wollte widersprechen, doch dann fiel ihr wieder ein, dass Wolfgang gestern ungefragt ihr Notenheft genommen und zwei Seiten herausgerissen hatte, weil er selbst keine Blätter mehr hatte. Weder ihre Mutter noch ihr Vater hatte sein Handeln tadelnswert gefunden, und Nannerl, der Unordnung ein Dorn im Auge war, musste jetzt mit einem zerfledderten Heft üben.

»Ich finde es auch schöner, wenn wir zu zweit plaudern«, bekräftigte sie.

• • •

Kurz darauf saßen die Freundinnen am Holztisch in der Küche über dem Barbiersalon der Familie Gilowsky. Natürlich hätten sie auch auf den gepolsterten Möbelstücken in der Stube Platz nehmen können, aber dort hätten sie mit Katharinas Mutter und deren Schwägerin Konversation betreiben müssen. Hier im Eck zwischen Pfannen, Töpfen, Lebensmittelsäcken und dem Herd waren sie ungestört und konnten sich alles erzählen, was sie in den langen dreieinhalb Jahren nur in Briefen aufgeschrieben hatten. Nannerl berichtete von ihrem Klavierauftritt vor der Kaiserin Maria Theresia in Schönbrunn, von den Konzerten in Versailles und dem in London, von Sehenswürdigkeiten und fremden Kulturen, von Mode und landesüblichen Spezialitäten wie gekochten Aalen oder gefüllten Weinblättern.

Katharina unterbrach sie immer wieder. »Ist die österreichische Kaiserin wirklich so freundlich, wie alle sagen?« »Wie schaut der englische König aus?« »Warst du im Spiegelsaal in Versailles?« »Stimmt es, dass die Franzosen Frösche und Schnecken essen?«

Nannerl beantwortete jede ihrer Fragen und eröffnete ihrer Freundin einen Blick auf eine völlig fremde, exotische Welt. Mit großer Wehmut beschrieb Nannerl auch das Meer, das sie so sehr vermisste. Doch Katharina interessierten die Steilklippen von Dover nicht.

»Wie schaut denn der Tower von London aus?«, unterbrach sie Nannerls Erzählung.

»Wie eine große alte Burg.«

»Und warst du in Konzerten, auf Bällen oder im Theater?«

»In London war ich in Blackfriars im Theater. Stell dir vor, dort gibt es gleich mehrere Sprechtheater nebeneinander! Mama und ich haben eine Vorstellung besucht. Leider habe ich nicht verstanden, was die Schauspieler gesagt haben. Aber es war trotzdem sehr lustig, und ich konnte der Handlung weitgehend folgen. Die Stimmung im Zuschauerraum war so ausgelassen wie auf einem Jahrmarkt. Die Leute haben gegessen und getrunken und sehr viel gelacht, ganz anders als im Theater in Mainz.«

»Und es gab keine Musik in dem ganzen Stück?«, fragte Katharina irritiert.

»Bloß einen Mann, der auf einer Flöte eine Melodie zum Besten gab, doch die war sehr einfach und erinnerte mich an ein Kinderlied. Sonst wurde nur gesprochen.«

»Das ist seltsam.«

»Es war bei Weitem nicht das Seltsamste in England«, meinte Nannerl schmunzelnd. »In einem Park sah ich einen lebenden Elefanten und einen Esel, der hatte weiße und kaffeebraune Streifen.«

»Wirklich?« Katharina staunte und wollte noch mehr erfahren.

Schließlich war Nannerl vom Erzählen erschöpft. Sie erkundigte sich ihrerseits bei Katharina, was sich während ihrer Abwesenheit in Salzburg ereignet hatte.

»Die Poldi hat letzten Monat geheiratet.« Katharina nahm den letzten Schluck aus ihrem hohen schmalen Chocoladenbecher aus feinstem weißen Porzellan und wischte mit dem Handrücken über ihre Lippen. Dabei hinterließ sie einen Fleck auf den weißen Rüschen ihres Unterkleides.

»Verdammt«, fluchte sie.

Nannerl, die für gewöhnlich Schimpfwörter nicht ausstehen konnte, war von der Nachricht über die Heirat so entsetzt, dass sie den Fluch unkommentiert ließ.

»Das kann doch nicht sein«, platzte sie heraus. »Poldi ist genauso alt wie wir zwei.«

Katharina zuckte mit den Schultern und rieb an dem braunen Fleck, der etwas heller wurde. »Die Augustine ist schon letztes Jahr vor den Traualtar getreten. Sie ist im achten Monat schwanger.«

»Nicht wahr«, flüsterte Nannerl entsetzt. Augustine und Poldi waren Freundinnen, mit denen sie gemeinsam jeden Sonntag nach der Messe von Bruder Ignatius im Lesen und Schreiben sowie in der Bibelkunde unterrichtet worden waren.

»Doch«, widersprach Katharina. »Sie hat einem Kammerdiener des Fürsterzbischofs das Jawort gegeben. Angeblich bekommt er bloß vierhundert Gulden im Jahr. Damit kann sich die Augustine nicht einmal ordentliches Hauspersonal leisten. Man sieht sie jeden Tag selbst mit einem schweren Einkaufskorb auf den Fischmarkt gehen.«

Nannerl konnte die Worte der Freundin nicht glauben. In ihrer Erinnerung war Augustine ein kleines, dürres Mädchen gewesen, das ständig gejammert hatte, wenn einer der Buben sie beim Spiel im Kirchengarten an den Haaren gezogen hatte.

»Liebt sie ihren Ehemann?«

Katharina lachte amüsiert. »Seit wann hat die Ehe etwas mit Liebe zu tun? Ihr Mann ist um vierzig Jahre älter als sie selbst.«

»Ach, du meine Güte!« Nannerl stöhnte. Dann fügte sie hinzu: »Meine Eltern haben aus Liebe geheiratet.« Ihre Mutter hatte ihr schon oft die Geschichte vom jahrelangen Werben ihres Vaters erzählt. Da Anna Maria nach dem frühen Tod ihres Vaters verarmt war, hatte Leopold sich um eine Anstellung mit einem fixen Einkommen bemüht, um eine Familie gründen zu können. Erst als er über genügend Einkünfte verfügt hatte, hatte er um die Hand von Nannerls Mutter angehalten. Die beiden hatten ganze zehn Jahre aufeinander gewartet.

»Dann waren die zwei eine Ausnahme. Ich habe noch nie von einer Ehe gehört, die nicht wegen Geld oder eines Titels geschlossen wurde. Mein älterer Bruder hat eine langweilige Frau aus dem niederen Landadel genommen, damit wir endlich einen Titel in der Familie haben. Die Ottilia schaut aus wie ein Pferd und benimmt sich wie eine Kuh.«

»Katherl, das kannst du so nicht sagen«, mahnte Nannerl entrüstet.

»Warum nicht?« Katharina zuckte mit den Schultern. »Wenn es doch stimmt?«

Nannerl ließ das Thema fallen. »Wie kommt es, dass Augustines Vater sie an einen mittellosen Kammerdiener vergeben hat?«

»Es war ihre Mutter«, verbesserte Katharina. »Der Vater ist am Lungenfieber gestorben. Die Familie hat sich hoch verschuldet. Und nach seinem Tod stand Augustines Mutter mit drei unverheirateten Töchtern da. Am Ende war es ganz egal, wen Augustine heiratete, Hauptsache, sie war versorgt.«

»Das ist ja schrecklich!«

»Ich werde niemals freiwillig heiraten«, erklärte Katharina mit fester Überzeugung. »Wenn mein Vater mich zwingen will, dann lauf ich davon.«

»Und was willst du dann machen?«

Trotzig verzog Katharina die Lippen. »Keine Ahnung«, sagte sie. »Ich bin geschickt im Sticken und Handarbeiten. Lieber häkle ich bis an mein Lebensende Spitzenkragen und Tischdecken, oder ich lerne das Perückenmachen von meinem Vater. Aber ich werde niemals einen Mann heiraten, den ich nicht mag, ihm ein Kind nach dem anderen gebären und dabei irgendwann elendig sterben wie die Frau meines Bruders. Die hat kurz vor Weihnachten gemeinsam mit ihren Zwillingen im Kindbett das Leben gelassen.« Über Katharinas Gesicht legte sich ein Schatten. Das Schicksal ihrer Schwägerin schien ihr näherzugehen, als sie zugeben wollte.

Nannerl hatte die traurige Nachricht bereits aus Katharinas Briefen erfahren und drückte der Freundin nun liebevoll die Hand.

Katharina hatte sich nicht verändert. Sie war noch immer das rebellische und aufmüpfige Mädchen, von dem Nannerl sich damals in der Getreidegasse verabschiedet hatte. Sie war mit vier älteren Brüdern aufgewachsen, die nicht zimperlich mit ihr umgegangen waren, und so nahm auch sie kein Blatt vor den Mund und eckte aus diesem Grund immer wieder an.

»Und wenn du dich in einen Mann verliebst?«, wollte Nannerl wissen. »Willst du auch dann nicht heiraten?«

»Niemals!«, sagte Katharina voller Inbrunst. »Ich werde bestenfalls seine Geliebte, die er reich beschenkt, aber ich will weder Windeln wechseln noch Einkaufslisten schreiben und schon gar nicht Vorratskammern auffüllen.« Sie verzog angewidert die Nase und schüttelte sich. »Igitt!«

Nannerl lachte nun laut. Die Aufgaben, die Katharina hasste, waren ihr nicht fremd. Ihre Mutter hatte sie gelehrt, einen Haushalt zu führen. Während ihr Vater sie in der Musik und in Fremdsprachen unterrichtet hatte, war es Anna Maria gewesen, die ihrer Tochter beigebracht hatte, wie man verschiedenste Lebensmittel haltbar machte, einen Waschtag organisierte, die Spitze von Kleidern trennte, separat reinigte und hinterher wieder annähte. Nannerl wusste, wie wichtig es war, ein offenes Ohr fürs Personal zu haben, und konnte Haushaltsabrechnungen nicht nur zusammenzählen, sondern auch kontrollieren.

»Mein Vorbild ist Madame de Pompadour«, fuhr Katharina mit glühenden Wangen fort. »Hast du die Mätresse von Ludwig XV. gesehen?«

Nannerl nickte. »Ich habe vor ihr Klavier gespielt. Sie war sehr angetan von meiner Musik.«

Katharina richtete sich auf und rückte näher. Ihre Augen glänzten vor Begeisterung. »Wie hat sie ausgesehen? Ist sie wirklich so atemberaubend schön, wie man sich erzählt?«

Nannerl neigte den Kopf. Sie wollte die Freundin nicht enttäuschen.

»Ich war sehr aufgeregt«, wich sie aus. »Deshalb kann ich

mich nicht so gut an sie erinnern. Das Schloss und der ganze Prunk haben mich eingeschüchtert.« Nannerl war eine lausige Lügnerin. Die Mätresse des französischen Königs hatte an diesem Nachmittag in Versailles nicht sonderlich vorteilhaft ausgesehen. Sie schien mitgenommen von den feuchtfröhlichen Abenteuern des Vorabends und hatte laut schnarchend die Vorstellung verschlafen.

»Pah«, stieß Katharina empört hervor. »Du und eingeschüchtert? Du würdest selbst vor dem Papst und dem lieben Gott fehlerfrei Klavier spielen. Du bist einfach die allerbeste Pianistin, die diese Welt je gesehen hat.«

Trotz der blasphemischen Worte durchströmte Nannerl ein warmes Gefühl der Dankbarkeit. »Ach, Katherl, du kannst dir nicht vorstellen, wie du mir gefehlt hast.«

»Und du mir erst«, versicherte die Freundin aufrichtig. Sie ergriff Nannerls Hand. »Ab jetzt machen die Maskenbälle und das Bölzelschießen in Salzburg wieder richtig Spaß.«

Luise, die ihnen bis dahin den Rücken zugekehrt und am Ofen hantiert hatte, drehte sich zu ihnen um. »Wollen die Damen noch eine Tasse Chocolade?«

Dabei hielt sie einladend ein Metallkännchen mit Holzgriff hoch.

»Wer kann dieser Versuchung widerstehen?« Katharina hielt der Köchin beide Porzellanbecher entgegen. »Wir feiern heute Nannerls Rückkehr.«

2

Salzburg, September 1767

Nannerl saß mit ihrer Mutter bei offenem Fenster in der Stube und bestickte einen Kissenbezug. Draußen plätscherte unaufhörlich feiner Schnürlregen aus den tief liegenden grauen Wolken auf die Straßen und Dächer der Stadt. Das kühle Nass hatte die unangenehmen Gerüche in den engen Gassen weitgehend vertrieben. Frische Septemberluft drang in die Stube.

Während Anna Marias Arbeit fast fertig war, quälte sich Nannerl immer noch mit einer kleinen Rose auf dem weißen Leinen ab. Die Blüte wollte einfach nicht wachsen. Handarbeit gehörte nicht zu Nannerls Lieblingsbeschäftigungen. Sie beneidete Wolfgang, der seit Stunden am Klavier saß und nicht die vom Vater geforderten Stücke spielte, sondern sich eigenen Kompositionen widmete. Die beschwingten Klänge einer fröhlichen Melodie machten es Nannerl nicht leichter, sich auf das Rosenblatt zu konzentrieren. Im Gegenteil, sie wünschte, sie dürfte aufstehen und den Bruder begleiten. Stattdessen summte sie leise mit, wippte mit dem

Fuß, zählte den Takt und ärgerte sich über einen Knoten in ihrem Stickgarn.

»Ach, Nannerl.« Anna Maria seufzte. »So wird das nichts. Du musst einen kürzeren Faden nehmen.« Sie reichte ihrer Tochter eine kleine Schere.

Nannerl wusste, dass ein kurzes Stück Stickgarn sich nicht so oft verknoten würde, aber je kürzer der Faden war, umso öfter musste man ihn durch das winzig kleine Loch der Nadel fädeln. Eine Geduldsprobe, die Nannerl möglichst vermied, schließlich wollte sie schnell mit der unerfreulichen Arbeit fertig werden und sich wie Wolfgang der Musik widmen. Sobald ihre Finger über die Tasten des Klaviers wanderten, vergaß sie alles andere. Dann gab es keine unangenehmen Arbeiten, keine zu langen Fäden, keine Aufgaben oder Pflichten mehr, die ihr zuwider waren. Dann ging sie ausschließlich in der Musik auf und wurde eins mit ihr.

Mit zusammengepressten Lippen nahm Nannerl die Schere entgegen und durchtrennte den Knoten. Ihre Mutter beobachtete sie dabei.

»Komm, gib mir das Kissen«, forderte sie schließlich. Anna Maria hatte ihr Motiv beendet. »Ich sticke die Rose fertig, bevor sie ausschaut wie ein zu dick geratener Apfel.«

»Wirklich, Mama?«

Ihre Mutter nickte nachsichtig. Erleichtert sprang Nannerl auf, drückte ihr einen Kuss auf die Wange und lief hinüber zu ihrem Bruder.

»Die Melodie klingt wunderschön«, sagte sie bewundernd. »Wie ein Vogel im Frühling, der sich freut, dass ein langer, kalter Winter zu Ende geht. Ich frag mich, wie das Stück auf der Flöte klingt.«

»Eine prima Idee.« Wolfgang schnappte das Notenblatt, stand auf und eilte damit zum Schreibpult seines Vaters. Er schraubte das Tintenfass auf und ergriff den Federkiel. Mit hastigen Bewegungen strich er Noten durch und kritzelte neue auf das Blatt. Dabei hinterließ er einen Tintenfleck auf dem Ärmel seines nicht mehr ganz sauberen Hemdes. Er bemerkte das Malheur gar nicht, so versunken war er in sein Tun. Gerade, als er fertig war, öffnete sich die Wohnungstür, und Leopold Mozart betrat die Stube. Er schüttelte den Regen aus seinem Mantel, bevor er ihn auszog und an einen der Haken an der Wand hängte. Zu seinen Füßen entstand eine kleine Pfütze.

»Ein Sauwetter«, schimpfte er. »Heute sollte man nicht einmal einen Hund vor die Tür jagen.«

»Apropos Hund!« Nannerl horchte auf. »Papa, du hast versprochen, dass wir einen bekommen, sobald wir wieder in Salzburg sind.«

»Ich erinnere mich.« Leopold nahm seine nasse Perücke ab und zupfte ein paar der Strähnen zurecht, die der Regen gelöst hatte. Sein Echthaar darunter war schütter und grau.

»Ich denke, dass wir noch ein bisschen damit warten sollten. Zumindest, bis wir von der nächsten Reise zurückkehren.«

»Wir fahren wieder fort?« Wolfgangs Kopf schoss in die Höhe. Beinahe hätte er das Tintenfass umgestoßen. Im letzten Moment hielt er es fest. Ein weiterer Fleck blieb auf seinem Hemdsärmel zurück. »Wohin geht es diesmal?«

»Fahren wir nach Rom?«, wollte Nannerl wissen. Sie hatte während der langen Reise immer gehofft, dass sie auch die Stadt der Päpste besuchen würden. Überall waren die Schönheit und die Pracht des Petersdoms gepriesen worden. Angeblich gab es in ganz Rom keinen Flecken Erde, auf dem man nicht auf historische Denkmäler stieß.

»Die Reise geht nach Wien.«

»Oh.« Es fiel Nannerl schwer, ihre Enttäuschung zu verbergen. Sie hatte Schönbrunn zwar in den allerbesten Erinnerungen, trotzdem hätte sie gerne etwas völlig Neues kennengelernt.

»Aber wir sind doch gerade mal zehn Monate in Salzburg«, wandte Anna Maria ein. Sie hatte nach ihrer Rückkehr alle Hände voll zu tun gehabt, die Vorratskammern wieder zu füllen, kaputte Kleidungsstücke zu reparieren, eine Köchin und zwei weitere Dienstmägde einzustellen und fehlende Möbelstücke und Vorhänge zu ergänzen. All das jetzt wieder aufzugeben schien ihr zu missfallen.

»Es wird keine lange Reise, sondern bloß ein kurzer Aufenthalt«, beruhigte Leopold seine Frau. »Die Erzherzogin, Maria Josepha, wird mit dem König von Neapel, Ferdinand IV., vermählt. Dieses Ereignis dürfen wir uns nicht entgehen lassen. Mit etwas Glück winken uns große Musikaufträge. Wolferl kann seine erste Oper komponieren und an den Hof verkaufen.«

»Eine Oper?« Wolfgangs Aufmerksamkeit war geweckt.

»Ich bin überzeugt, dass du dazu in der Lage bist«, sagte Leopold.

»Selbstverständlich kann ich eine Oper komponieren.

Soll ich gleich damit beginnen?« Stolzgeschwellt drückte Wolfgang die Schultern durch. Nannerl verdrehte genervt die Augen. Sie liebte ihren kleinen Bruder über alles, aber manchmal fand sie sein übertriebenes Selbstbewusstsein, wenn es um seine Musik ging, anstrengend.

»Das heißt, wir reisen zu den Feierlichkeiten nach Wien, die Kinder treten in Schönbrunn auf, du knüpfst Verbindungen, und Wolferl bekommt den Auftrag für eine Oper?« Anna Maria legte die Stickarbeit beiseite.

»So ist der Plan«, erklärte Leopold. »Wobei diesmal nur Wolferl musizieren wird.«

»Warum?«, platzte Nannerl heraus. Sie war während der letzten Reise mit ebenso viel Beifall bedacht worden wie ihr kleiner Bruder. Nannerl galt als eine der begabtesten Pianistinnen Europas. Dass sie meisterhaft spielen konnte, hatte sie mehrfach bewiesen. Die Zeitungen hatten sich mit Lob über ihre hingebungsvollen Interpretationen förmlich überschlagen.

Leopold hängte seine Perücke vorsichtig auf einem der Stühle zum Trocknen auf.

»Der Grund ist ganz einfach«, erklärte er. »Die Erzherzogin ist in deinem Alter, Nannerl. Es wäre unpassend, wenn wir dich gemeinsam mit deinem Bruder als Wunderkind der Musik präsentieren.«

»Dann bin ich eben kein Kind mehr, sondern eine junge begabte Pianistin.«

Leopold schüttelte den Kopf. »Du bist trotzdem so alt wie die Erzherzogin. Das würde kein gutes Bild machen.

Die Regeln am Wiener Hof sind streng. Ich habe vorerst nur Wolferl angekündigt.«

Nannerl nickte niedergeschlagen. Sie wusste, dass jedes weitere Nachhaken ihren Vater verärgern würde.

Ihre Enttäuschung veranlasste Leopold dazu, seine Tochter aufzumuntern. »Ich werde mir für die Zukunft etwas einfallen lassen«, versprach er. »Aber bei dieser Reise steht Wolferl im Mittelpunkt. Er wird nicht nur Musiker, sondern Komponist. Er hat als Kapellmeister eine große Karriere vor sich.«

Nannerl sah zu ihrem kleinen Bruder, der die verheißungsvollen Worte des Vaters mit einer Selbstverständlichkeit hinnahm, als hätte er eben gesagt, dass er für sein Alter durchschnittlich groß sei.

»Eine Reise nach Wien ist immer eine aufregende Abwechslung«, versuchte nun auch Anna Maria, Nannerls Laune zu heben. »Beim Besuch in Schönbrunn kannst du dein neues Kleid aus Lyon anziehen. Und wir werden ins Theater gehen«, versprach sie.

Nannerl war seit London und Mainz eine begeisterte Theatergängerin. Im Theater wurden spannende Geschichten voll Leidenschaft und Liebe erzählt. Das Publikum fieberte mit den Schauspielern mit. Für ein paar Stunden konnte man den Alltag vergessen und in eine fremde, abenteuerliche Welt abtauchen. Es war fast so, als wenn Nannerl sich am Klavier in einem Musikstück verlor. Die Realität rückte in den Hintergrund. Wichtig war nur noch der Moment. Leider hatte das Sprechtheater in der Habsburgermonarchie bloß einen unbedeutenden Stellenwert. Das hing wohl auch mit der strengen Zensur zusammen. Jeder Text wurde eingehend geprüft, bevor er der Öffentlichkeit präsentiert werden durfte. Manchmal fragte sich Nannerl, wie es wohl wäre, wenn man gesprochene Texte und Musik auf der Bühne miteinander verband. Wenn der Klang der Noten und die Macht der Worte zu einer Harmonie verschmelzen würden.

»Wann werden wir aufbrechen?«, fragte Anna Maria ihren Mann. Sie riss Nannerl aus ihren Überlegungen.

»Übermorgen.«

»Wie bitte? Warum so überstürzt?«

»Ich habe die Vermählung nicht geplant«, entgegnete Leopold. »Es war nicht einfach, erneut Urlaub zu erhalten, das kannst du mir glauben. Ich fürchtete, dass man mich entlässt. Aber jetzt habe ich die Zustimmung vom Fürsterzbischof Graf Schattenbach, und wir können das Notwendigste zusammenpacken.«

»Aber was ist mit den Vorräten? Wir haben eine ganze Ladung Saiblinge bestellt, die wir einpökeln müssen, und der Waschtag, er findet morgen statt, die Brennholzlieferung für den Winter ...«

Leopold unterbrach das Jammern seiner Frau. »Das ist nun alles zweitrangig. Wir bekommen in Wien eine einmalige Chance. So eine Gelegenheit bietet sich nicht jeden Tag. Wir packen zusammen. Sopherl wird hierbleiben und sich um alles andere kümmern. Übermorgen um acht in der Früh kommt die bestellte Kutsche. Ich nehme an, dass wir vier Tage nach Wien benötigen werden. Wir werden bei einem

Goldschmied logieren, der uns eine Kammer vermietet«, berichtete Leopold.

Wolfgang sprang vor Freude in die Luft und klatschte. »Ich liebe Wien«, rief er. »Wenn ich erwachsen bin, werde ich dort Komponist.« Er machte kein Geheimnis daraus, dass von allen Städten, die sie bereist hatten, ihm die Habsburgerresidenz die liebste war. Was wohl dem großen Erfolg geschuldet war, den er dort schon als Siebenjähriger gefeiert hatte. Dennoch konnte er Nannerl mit seinem Übermut nicht anstecken. Als sie abends im Bett lag, mischte sich in ihre Vorfreude ein bitterer Beigeschmack, den sie nicht recht einordnen konnte.

3

Wien, September 1767

Das Haus des Goldschmieds Kästner lag innerhalb der Stadtmauern im Schlossergassl in der Nähe des Stephansdoms. Zu jeder vollen Stunde ertönte der Schlag der Pummerin, jener gigantischen Glocke, die Joseph I. 1683 nach der erfolgreichen Schlacht um Wien in Auftrag gegeben hatte. Die Glocke war aus hundertachtzig erbeuteten Kanonenkugeln der besiegten osmanischen Truppen gegossen worden. Über Jahrhunderte hatte man in Wien mit der ständigen Kriegsgefahr aus dem Osten gelebt. Türkische Truppen hatten ganze Landstriche verwüstet, Menschen abgeschlachtet und Ernten vernichtet. Mit der Schlacht um Wien war es gelungen, die feindlichen Armeen auf den Balkan zurückzudrängen. Die tiefen Töne der Pummerin erinnerten die Wiener auch über achtzig Jahre nach der Belagerung daran, wie knapp der Sieg damals errungen worden war.

Im Unterschied zu Salzburg erschien Wien Nannerl wie eine riesige Metropole. Die Stadt war Residenz und Regierungssitz der Habsburger und Machtzentrum eines gigantischen Imperiums. Mit jedem Jahr wuchs die Stadt und drohte mittlerweile, aus allen Nähten zu platzen. Nach dem Abzug der Türken hatte eine Welle der Bautätigkeit eingesetzt. Wer es sich leisten konnte, errichtete sich ein Palais innerhalb der Stadtmauern. Zwischen den eng besiedelten Vorstädten und der Stadtmauer befand sich das Glacis, das seit dem Bann der Türkengefahr an Bedeutung verlor. Was als Verteidigungszone der Stadt geplant gewesen war, diente jetzt im Frühling und Sommer zum Flanieren und Spazieren. Im Herbst und Winter verwandelte sich das Gebiet in eine mühevoll zu durchquerende Matschlandschaft. Die Kutsche der Familie Mozart war nicht die einzige, die am Tag zuvor darin stecken geblieben war. Es hatte Stunden gedauert, bis sie mit vereinten Kräften den Karren wieder aus dem sumpfigen Erdreich bekommen hatten. Dabei waren die Kleidungsstücke aller von oben bis unten mit Schlammspritzern überzogen worden. Immer noch hingen die Mäntel, Kleider und Röcke auf einer Schnur, gespannt über einem kleinen Kachelofen, in der winzigen Kammer, die sich die Familie teilte.

»Ich verstehe nicht, warum der Empfang heute Abend in Schönbrunn abgesagt wurde.« Leopold stellte sich neben Nannerl und schaute hinunter auf die enge Straße. Ständig liefen Träger mit Sänften über das unebene Straßenpflaster und trugen zahlende Gäste durch die Stadt. Viele Gassen Wiens waren so eng, dass weder Kutschen noch schmalere Pferdefuhrwerke sie passieren konnten. Der Kaiser hatte angekündigt, dass er in den nächsten Jahren zahlreiche Bauwerke abreißen lassen wollte, um mehr Platz in der Stadt zu schaffen.

»Was hat man dir denn gesagt?«, wollte Anna Maria wissen.

»Nichts«, empörte sich Leopold und stieß sich vom Fensterbrett ab. Er machte zwei Schritte zum Bett, das er sich mit Wolfgang teilte, und dann wieder zurück zum Fenster. Der Raum war sehr beengt. Es gab nicht einmal einen Tisch oder Sessel. Außer den beiden Betten und dem Kachelofen war die Kammer leer. Zum Glück stand rund um den Ofen eine schmale Bank, auf der die Familie Platz nehmen konnte. Nannerl setzte sich dort zu ihrer Mutter, während Wolfgang auf dem Bett hockte.

»Vielleicht erfahren wir beim Abendessen mehr«, hoffte Leopold. »Wir sind beim Jagdverwalter der Kaiserin geladen. Der Mann ist ein Musikliebhaber und hat uns gebeten, ein kleines Stück zum Besten zu geben.«

»Zu dritt?« Nannerls Herz klopfte aufgeregt. Sie hoffte inständig, dass auch sie ihr Talent unter Beweis stellen durfte. In all den Jahren hatte sie ebenso hart gearbeitet wie Wolfgang. Es war ungerecht, dass sie übergangen wurde. Es gab sogar Stimmen, die behaupteten, dass sie die Klavierstücke italienischer Komponisten besser interpretierte als ihr Bruder.

»Ich habe dir doch gesagt, dass du bei dieser Reise nicht spielen wirst, Nannerl.« Leopold klang genervt.

»Aber warum denn nicht?«, mischte sich Wolfgang ein. »Die Nannerl spielt wunderschön, und es ist doch nur ein privates Abendessen. Die Leute werden sich freuen, wenn sie uns beide hören dürfen.«

»Nichts, was man in Wien macht, ist nur von privater Natur«, belehrte ihn Leopold. »Die ganze Stadt ist ein einziger Intrigenstadel, in dem jeder versucht, den anderen auszuspielen und zu übervorteilen. Wir sind hier, um deinen Weg als Musiker zu ebnen, deshalb wirst du alle Auftritte allein bewerkstelligen. Wir wissen nicht, wer heute Abend noch geladen ist, womöglich sind Männer vom kaiserlichen Hof anwesend.«

Wolfgang sah Nannerl resignierend an und zuckte mit den Schultern. Sie war ihm trotzdem dankbar, dass er versucht hatte, den Vater zu einem gemeinsamen Auftritt zu überreden. Wolfgang war maßlos von sich selbst überzeugt. Aber er schätzte Nannerl als gleichwertige Musikerin, was Nannerl ihm hoch anrechnete.

Mit einiger Verspätung ratterten die Räder der Kutsche über das Kopfsteinpflaster auf das Schlossergassl zu. Die Mozarts warteten bereits ungeduldig.

»Na endlich«, schnaufte Leopold verärgert und riss die Tür des Wagens auf, kaum dass die Pferde standen. Doch gerade als Wolfgang ins Wageninnere klettern wollte, bog ein Botenjunge in die enge Gasse. Er war zuvor beim Haus des Goldschmieds gewesen.

»Sind Sie der Herr Leopold Mozart?« Seine Stimme klang gehetzt und atemlos. Er war klein und dürr, mit eingefallenen Wangen und einem viel zu dünnen Hemd für diese Jahreszeit.

»Ja, der bin ich.«

»Hier, das ist für Sie!« Er streckte seinen dürren Arm aus und reichte Leopold ein Schreiben, das mit dem Siegel des Hofes versehen war. Der Junge wartete. Es war üblich, dass nicht nur der Auftraggeber eine Münze zahlte, sondern auch derjenige, der eine Nachricht erhielt. Ungeduldig trat der Junge von einem Fuß auf den anderen. Er hatte keine Schuhe an. Der Boden musste eiskalt sein, doch Leopold schenkte ihm keine Beachtung. Er brach das Siegel auf, entfaltete den Brief und überflog die Zeilen. Dann fluchte er laut. Der Junge zuckte zusammen und wendete sich ab, um wegzulaufen. Es kam nicht selten vor, dass ein Botenjunge Schläge kassierte, weil er unangenehme Nachrichten überbrachte. Nannerl reagierte schnell. Sie trat ihm in den Weg und bat ihren Vater um eine Münze.

»Papa, der Bote wartet auf den Lohn.«

Schon schüttelte der Junge den Kopf. Offenbar hatte er Angst, der Lohn könnte eine Ohrfeige sein. Doch Leopold fasste in den Geldbeutel unter seinem Wams und warf Nannerl eine kleine Münze zu. Dabei war sein Gesicht immer noch grimmig. Geschickt fing Nannerl die Münze in der Luft und reichte sie dem Jungen. Der griff danach, bedankte sich und lief eilig davon.

»Was steht denn in dem Schreiben?«, erkundigte sich Anna Maria.

»Die Erzherzogin ist an den Pocken erkrankt. Offenbar ist der halbe Hofstaat davon betroffen. Alle Konzerte und Musikveranstaltungen sind vorerst abgesagt, damit sich nicht noch mehr Menschen anstecken.«

»Ach, du liebe Güte!« Anna Maria schlug sich mit der flachen Hand auf den Mund. Die Pocken oder Variola vera waren neben der Pest eine der meistgefürchteten Krankheiten. Dort, wo sie ausbrach, verbreitete sie sich mit rasender Geschwindigkeit und beruhigte sich erst wieder, wenn Großteile der Bevölkerung erkrankt oder verstorben waren. Die meisten Überlebenden waren danach für ihr weiteres Leben gezeichnet, denn die Pusteln, die sich mit Eiter füllten und dicht an dicht den ganzen Körper überzogen, hinterließen oft hässliche Narben.

»Ob die ganze Stadt verseucht ist?«, fragte Anna Maria besorgt.

»Das hoffe ich nicht«, sagte Leopold finster. »Kommt, lasst uns wieder ins Haus gehen. Wir werden Herrn Kästner fragen, ob wir bei ihm zu Abend essen können. Unter diesen Umständen möchte ich keine Gaststätte aufsuchen.«

»Was ist jetzt, wolln S' mitfahren?«, fragte der Kutscher. »Ich hab nicht ewig Zeit.«

»Suchen Sie sich andere Fahrgäste.« Leopold knallte die Tür wieder zu.

Der Mann auf dem Kutschbock schimpfte laut, knallte dann mit seiner Peitsche und brauste davon.

Kurz darauf saßen die Mozarts gemeinsam mit der Familie des Goldschmieds bei Tisch. Es gab gefülltes Kaninchen mit Knödeln. Franz, der Sohn des Goldschmieds, war in Wolfgangs Alter. Die beiden hänselten Nannerl, die nur die Knödel aß und auf das Kaninchen verzichtete. Sie hatte noch am Nachmittag zwei der flauschigen Tiere, die in einem Stall im

Hinterhof lebten, gestreichelt. Die Vorstellung, jetzt eines der kuscheligen Kaninchen auf dem Teller zu haben, verleidete ihr den Appetit. Genau wie Nannerl verweigerte auch der ältere Sohn des Goldschmieds, Johannes, die Mahlzeit. Der Grund war jedoch nicht Mitleid mit den Tieren, sondern Müdigkeit. Seine Augen waren blutunterlaufen, und er fröstelte. Seine Mutter schimpfte, dass er in der Nacht zuvor zu lange unterwegs gewesen sei und heute gefälligst früher ins Bett gehen sollte, damit er morgen nicht wieder den halben Tag in der Werkstatt verschlief. Der junge Mann verabschiedete sich deshalb schon früh und zog sich in seine Kammer zurück.

Am nächsten Morgen wussten alle, dass nicht Schlafmangel der Grund für seine Erschöpfung gewesen war, sondern die Pocken im Haus des Goldschmieds zugeschlagen hatten.

»Was?« Leopolds Stimme überschlug sich förmlich. »Wir müssen auf der Stelle das Quartier verlassen.«

»Wo willst du so schnell ein anderes finden?«, fragte Anna Maria. Die Kunde der sich rasch ausbreitenden Krankheit hatte in der Stadt bereits die Runde gemacht. Familien, in denen es Pockenfälle gab, durften keine Zimmer an Fremde vermieten. Gasthäuser, in denen Kranke genächtigt oder gegessen hatten, mussten auf Anordnung der Stadtregierung ihre Türen zusperren. Beamte kamen und nagelten ein Schreiben mit einem Betretungsverbot an die Eingänge.

»Das weiß ich nicht«, gab Leopold zu. »Aber es muss eine Lösung geben. Hier sind wir nicht sicher.«

Mit diesen Worten verließ er das Haus des Goldschmieds und machte sich auf die Suche nach einer Alternative. Erst in den Abendstunden kehrte er ins Schlossergassl zurück.

»Die ganze Stadt ist ein einziges Tollhaus«, beklagte er sich. »Niemand will Gästen ein Dach über dem Kopf anbieten. Das einzige Kämmerchen, das ich ausfindig machen konnte, befindet sich bei meinem guten Freund Otto Neumeister in Wieden. Es ist so klein, dass man nur zu zweit dort wohnen kann.«

»Ist es nicht besser, wir fahren wieder nach Salzburg?«, fragte Anna Maria.

»Auf gar keinen Fall«, erwiderte Leopold entschieden. »Wir verlassen Wien erst, wenn Wolferl den Auftrag für die Oper bekommen hat. Außerdem wären wir in keiner der überfüllten Gaststätten auf dem Weg sicher. Die Krankheit kann überall lauern. Wir müssen ausharren, bis die große Welle wieder abebbt.«

»Aber was willst du tun? Wir können doch nicht hierbleiben.«

Leopold war anzusehen, dass ihm die folgenden Worte schwerfielen. »Meine Liebe, ich habe beschlossen, dass du und Nannerl bei den Kästners bleiben werdet, während ich Wolferl nach Wieden bringe.«

Anna Maria schwieg, und Nannerl brauchte eine Weile, bis sie begriff, was ihr Vater eben gesagt hatte.

»Du musst das verstehen, Anna Maria. Es ist zu unserem Besten. Wolferl darf nicht krank werden. Von ihm hängt der Erfolg dieser Reise ab. Wenn er den Auftrag bekommt, dann haben wir nicht nur eine Weile finanziell ausgesorgt, sondern auch einen Grundstein für eine sichere Zukunft für uns alle gelegt.« Er flüsterte seine Worte, doch die Kammer war so klein, dass Nannerl ihren Vater hören konnte. Wolfgang, der sich hinter seinen Noten verschanzt hatte, bekam von dem Gespräch nichts mit.

»Dann pass gut auf unser Wolferl auf«, sagte Anna Maria tapfer. »Ich werde darauf achten, dass Nannerl und ich gesund bleiben.«

Nannerl empfand die Worte der Mutter als ironisch. Wie sollten sie in einem Haus, in dem es mindestens einen Pockenkranken gab, gesund bleiben? Doch schon eine halbe Stunde später hatten Leopold und Wolfgang die kleine Kammer verlassen, um mit einer Kutsche nach Wieden zu fahren. Das Reise-Klavichord hatten sie mitgenommen, und alles, was Nannerl blieb, war ein zerfleddertes Notenheft, Briefpapier und Tinte.

Enttäuscht hockte sie sich auf den Boden und begann, einen Brief an Katharina zu schreiben. Sie brauchte ein Ventil, um ihren Ärger und ihre Angst loszuwerden.

»Liebes Katherl, ich wünschte, ich wäre nie nach Wien gefahren. Diese Reise war ein großer Fehler. Nicht nur, dass ich nicht mit Wolferl auftreten darf und mir das Klavierspiel verweigert wird. Zum großen Unglück sind jetzt auch noch die Pocken ausgebrochen. Der Papa ist mit dem Wolferl in die Vorstadt gezogen, damit sie vor den Pocken sicher sind. Die Mama und ich mussten hierbleiben, dabei wütet die Krankheit bereits in der ganzen Stadt. Es ist wohl nur eine Frage der Zeit, bis es uns erwischen wird. Zum ersten Mal hadere ich damit, ein Mädchen zu sein. Hätte Gott dafür gesorgt, dass ich als Junge geboren werde, hätte Papa mich in Komposition unterrichtet. Vielleicht würde ich dann Opern schreiben wie Wolferl. Oder ich würde etwas völlig Neues machen und das Sprechtheater mit der Musik auf der Bühne verbinden. Die Mama und ich müssten nicht hier ausharren und darauf warten, krank zu werden. Du bist die Einzige, die mir diese schamlos frechen Gedanken verzeiht. Ich bin so wütend, dass ich Angst habe, ich würde platzen, könnte ich nicht diesen Brief schreiben. Ich vermisse dich ganz schrecklich. Denk an mich, und bete für mich.

Deine dich innig umarmende Freundin Nannerl.«

• • •

Die Krankheit kündigte sich nicht an, sondern überfiel Nannerl mit einer plötzlichen Heftigkeit, die auch ihre Mutter überraschte. Als Nannerl in der Früh aufwachte, hatte sie Halsschmerzen, kräftigen Schüttelfrost und hohes Fieber. Innerhalb weniger Stunden bildeten sich mit Flüssigkeit gefüllte Blasen auf ihrem Körper. Zuerst traten sie nur im Brustbereich auf, doch dann breitete sich der Ausschlag auch auf Arme und Beine aus. Einzig das Gesicht blieb weitgehend verschont, und Anna Maria flehte Gott an: »Herr im Himmel, steh uns bei, und sorge dafür, dass Nannerls Gesicht pockenfrei bleibt.«

Sie ließ nach einem Arzt rufen, aber keiner war dazu bereit, eine Patientin mit der hochansteckenden Krankheit zu besuchen. Deshalb ging Anna Maria zu Frau Kästner und bat die Goldschmiedin um Medizin. Doch außer einer Schüssel mit heißem Wasser und einem Aufguss aus Weidenrinde hatte die Gastgeberin nichts anzubieten. Den Aufguss flößte Anna Maria ihrer Tochter mit dem Löffel ein, da Nannerl zu schwach war, allein zu trinken. Mit dem Rest tupfte sie die Eiterpusteln sauber.

Nannerl lag erschöpft im Bett und ließ alles teilnahmslos über sich ergehen. Die Laken waren durchgeschwitzt, und sie wusste nicht, was mehr stank, das Bettzeug oder die eitrige Flüssigkeit, die aus den offenen Pusteln floss. Nannerl hörte, dass ein Botenjunge kam und ihrer Mutter einen Brief von ihrem Vater überbrachte. Sie fragte müde, was drinstand, doch ihre Mutter versuchte, sie mit einem beruhigenden »Sch!« wieder zum Schlafen zu bringen. Durch den fiebrigen Nebelschleier sah Nannerl ihre Mutter weinen und wusste, dass sie log.

»Ist der Wolferl auch krank oder der Papa?«, fragte sie matt.

Ihre Mutter nickte traurig. Dann wandte sie sich von Nannerl ab. So wie sie es immer tat, wenn sie nicht wollte, dass Nannerl ihre wahren Gefühle oder gar ihre Tränen sah. Nannerl war zu erschöpft, um ihrer Mutter aufmunternde Worte zuzusprechen. Ihre Augenlider wurden schwer, und sie fiel in einen unruhigen Halbschlaf.

Sie wusste nicht, ob es Tag oder Nacht war. Die Fensterläden der winzigen Kammer waren die meiste Zeit verschlossen. Sobald Nannerl sich regte, setzte sich ihre Mutter zu ihr ans Bett, strich ihr die nassen Strähnen aus der Stirn, kühlte ihr glühendes Gesicht mit kalten Tüchern und wickelte in Essig getränkte Tücher um ihre Knöchel, um das

Fieber zu senken. Sie half ihr, sich aufzusetzen, dann flößte sie ihr eine kräftigende Suppe ein oder zwang sie, ein Stück Brot zu essen. Immer wieder musste Nannerl den Weidenrindenaufguss trinken. Er schmeckte entsetzlich, aber das Fieber trübte Nannerls Geschmacksnerven ohnehin. Sie wünschte nur, dass die Schmerzen nachließen und sie sich wieder bewegen konnte. Selbst das Heben der Augenlider forderte ihr unendlich viel Kraft ab.

Irgendwann wurde Nannerl von polternden Geräuschen geweckt. Nannerl hörte lautes Schluchzen. Sie öffnete die Augen und sah, dass sie allein war. Ängstlich versuchte sie, sich aufzurichten, und rappelte sich auf ihren wackeligen Beinen auf. Ihr Herz raste. Irgendwie schaffte sie es zum Fenster, schob den Fensterladen auf und sah zwei Männer einen Handkarren in die schmale Gasse schieben. Ihre Mutter stand neben ihren Vermietern. Nannerl wurde schwarz vor den Augen. Erschöpft schleppte sie sich zurück zum Bett, ließ sich kraftlos zurück in die nass geschwitzten Kissen fallen und schlief wieder ein.

Die Stunden verschwammen zu Tagen. Sie befand sich in einem seltsamen Zeitloch, in dem es weder morgens noch abends gab. Hin und wieder spürte sie die sanften Berührungen ihrer Mutter, wie sie behutsam ihren Körper von der klebrigen Flüssigkeit, die aus den aufplatzenden Pusteln floss, reinigte. Jedes Mal war es ein kleiner stechender Schmerz, aber gleichzeitig eine Befreiung. Mit jedem Bläschen, das aufplatzte und wieder verschwand, fühlte Nannerl ihre Kraft zurückkehren.

Eines Morgens, sie wusste nicht, wie viele Tage seit Ausbruch der Krankheit vergangen waren, erwachte sie und verspürte zum ersten Mal seit Langem Hunger. Mithilfe ihrer Mutter richtete sie sich im Bett auf und aß eine ganze Schüssel warmen Haferbrei.

Anna Maria faltete die Hände und betete erleichtert: »Danke, lieber Gott. Du hast mein Nannerl vor dem Tod bewahrt.« Sie strich liebevoll über die warme, aber nicht mehr glühend heiße Stirn ihrer Tochter.

»Mama, was war das vor ein paar Tagen für ein Lärm unter dem Fenster? Du warst auf der Straße. Oder habe ich das Weinen der Menschen bloß geträumt?«

Anna Maria schüttelte traurig den Kopf und bekreuzigte sich. »Leider hast du nicht geträumt. Der Johannes wurde von der Bestattung abgeholt. Er hat die Pocken nicht überlebt.«

Nannerl lief ein eisiger Schauer über den Rücken. Diesmal war es nicht das Fieber, das ihn auslöste.

»Und dem Wolferl und dem Papa, wie geht es ihnen?« Sie wagte kaum, die Frage zu stellen.

»Dein Vater ist gesund geblieben. Für den Wolferl hat er sechs Messen lesen lassen und eine für dich. Es hat den Wolferl schlimmer erwischt als dich. Aber er kämpft tapfer.«

Nannerl konnte sich nicht vorstellen, wie man sich noch elender fühlen konnte.

»Du hattest Glück, von der Krankheit ist bei dir nichts mehr zu sehen. Die Blasen heilen ab.« Lächelnd strich sie ihrer Tochter über die Wange. »Und dein Gesicht ist wie durch ein Wunder völlig unversehrt geblieben. Du wirst einmal eine strahlend schöne Braut sein.«

Nannerl schluckte. Natürlich wollte sie nicht entstellt durchs Leben laufen. Im Moment war es jedoch nicht ihr vorrangiges Problem, eines Tages einem Mann eine heiratswürdige Frau zu sein. Das Essen des Breis hatte sie wieder geschwächt. Solange sie sich so müde fühlte, wollte sie nur eines: schlafen.

Sie verbrachte drei weitere Tage im Bett. Langsam sank das Fieber, bis es schließlich ganz verschwand. Nannerl konnte ihre Blasen nun weitestgehend selbst reinigen und ihren Körper nach mehr als zwei Wochen endlich wieder gründlich waschen. Anna Maria warnte sie zwar vor dem Wasser und drückte ihr stattdessen die parfümierten Tücher in die Hand, aber Nannerl blieb stur.

»Das ist unvernünftig«, zeterte ihre Mutter. »Jeder weiß, dass im Wasser Krankheiten lauern, und du bist immer noch schwächlich.«

»Mama, glaube mir. Ich fühle mich frischer, wenn ich meinen Körper wasche. Ich bin davon noch nie krank geworden.«

Dass sie sich mit Wasser und nicht mit parfümierten Tüchern wusch, hatte ihr schon so manche mahnende Predigt ihrer Eltern eingehandelt.

»Das Mädchen ist verrückt. Es wäscht sich mit nassen Tüchern statt mit trockenen, wo soll das hinführen? Bald will sie auch kein Parfüm mehr«, hatte Leopold gejammert. Seine Befürchtung war grundlos gewesen. Nannerl liebte gute Gerüche und hatte Duftwasser noch nie abgelehnt. Doch durch Zufall hatte sie herausgefunden, dass Parfüm auf gewaschener Haut besser roch. Leider wollte davon niemand etwas wissen. Zum Glück war Anna Maria im Moment so erleichtert, dass ihre Tochter wieder gesund war, dass sie ihr den ungewöhnlichen Wunsch nach Wasser nicht verwehren wollte.

»Aber nur einen Eimer voll«, sagte sie mit erhobenem Zeigefinger.

Nannerl nickte voll Vorfreude. Sie konnte es kaum erwarten, den Schweiß und Schmutz der letzten Wochen loszuwerden. Sogleich lief sie in den Innenhof, wo sich neben dem Kaninchenstall der Ziehbrunnen des Hauses befand. Kaum hievte sie mit Mühe einen vollen Eimer Wasser über den Brunnenrand, spritzten ein paar Tropfen auf ihren Handrücken. Die Sonne spiegelte sich darin in den Farben des Regenbogens. Selten hatte Nannerl sich so über frisches Wasser gefreut. Es kostete sie all ihre Kraft, den Eimer über die schmale Treppe nach oben zu schleppen. Ein Teil des kostbaren Wassers landete auf den Holztreppen. Ein weiterer wurde verschüttet, als sie den Inhalt in einen Topf leerte und über dem Ofen wärmte. Erschöpft hockte sie sich daneben. Ihr Herz raste, und Schweißtropfen bildeten sich auf ihrer Stirn, während sie darauf wartete, endlich die Krankheit von sich abzuwaschen. Sie konnte immer noch nicht glauben, dass sie die Pocken unbeschadet überstanden hatte. Eines war nun sicher: Sie würde sich nie wieder davor fürchten müssen.

Am nächsten Tag konnte sie zum ersten Mal seit ihrer Ankunft in Wien gemeinsam mit ihrer Mutter über den dicht bebauten Stephansplatz spazieren, wo mit dem ersten

Schnee die Zahl der Kutschen abgenommen hatte und man ausgiebig Platz zum Flanieren hatte. Dieses kleine Vergnügen, das sie sich von nun an täglich erlaubten, wurde jedoch von den Briefen getrübt, die sie von Leopold erhielten. Ihr Vater war mit Wolfgang über Brünn bis nach Olmütz gereist, um sich vor den Pocken in Sicherheit zu bringen. Wie Nannerl bereits wusste, war der Plan ihres Vaters nicht aufgegangen. Wolfgang hatte sich, genau wie Nannerl, bereits im Haus des Goldschmieds mit den Pocken angesteckt, und die Krankheit hatte ihn nach wie vor fest im Griff. Das Fieber wollte nicht sinken, und der Bub wurde immer schwächer. Wie ein Damoklesschwert hing der mögliche Tod Wolfgangs ständig über ihnen. Anna Maria nahm jeden Brief ihres Mannes mit zitternden Händen entgegen und war kaum in der Lage, die Zeilen zu lesen, so groß war die Angst, dass sie die Nachricht nicht verkraften könnte. Deshalb musste Nannerl die Zeilen überfliegen, bevor sie sie an ihre Mutter weitergab. Das tat sie auch mit dem Brief, der am Tag der Heiligen Barbara nach dem Frühstück im Schlossergassl für sie abgegeben worden war. Mit klammen Fingern brach sie das Siegel auf und ließ ihren Blick rasch über die schwungvollen Worte ihres Vaters gleiten.

»Der Papa schreibt, dass es dem Wolferl wieder gut geht«, rief Nannerl so laut, dass es auch die Familie des Goldschmieds unter ihnen hören konnte.

»Dem Himmel sei Dank«, entfuhr es Anna Maria. Tränen der Erleichterung traten in ihre Augen, sie nahm ihrer Tochter den Brief ab, bevor diese den Rest lesen konnte.

»Was schreibt er noch?«, drängte Nannerl.

Anna Maria bat die Tochter mit einer Handbewegung um Geduld.

»Papa schreibt, dass er uns in Brünn erwartet. Wir sollen so schnell wie möglich aufbrechen, denn wir verbringen Weihnachten dort«, erklärte sie dann.

»Wir gehen nicht nach Salzburg?« Nannerl hatte sich auf ein Wiedersehen mit Katharina gefreut.

»Du und Wolfgang werdet im Stadtsaal ein Konzert geben. Der Landeshauptmann hat uns eingeladen.«

»Ich darf Klavier spielen?« Augenblicklich hob sich Nannerls Laune. Sie war seit Monaten nicht mehr vor Publikum aufgetreten und vermisste den Nervenkitzel auf der Bühne.

Anna Maria nickte lächelnd. »Brünn ist nicht Wien, offenbar dürfen dort trotz der Trauerfeierlichkeiten musikalische Veranstaltungen stattfinden.«

Vor zwei Tagen hatten Zeitungen und Flugblätter über den tragischen Tod der jungen Erzherzogin berichtet, die wie Hunderte andere Wiener ihrer Pockenerkrankung erlegen war. Statt einer großen Vermählung wurde jetzt ein Begräbnis vorbereitet. Alle Musik- und Theaterveranstaltungen waren bis auf Weiteres untersagt, denn es galt als pietätlos, sich zu vergnügen, während die Kaiserin und ihre Familie trauerten. Außerdem fürchtete man eine weitere Ausbreitung der Krankheit.

Anna Maria musterte ihre Tochter liebevoll. »Freust du dich auf den Auftritt?«

Nannerl nickte. Augenblicklich lief sie zu ihrem Notenheft. Was sollte sie spielen, um zu üben? Hoffentlich hatte Wolferl die Seiten mit den Kompositionen des italienischen

Musikers nicht aus ihrem Heft gerissen. Nannerl liebte die Werke von Antonio Vivaldi, der hier in Wien verarmt verstorben war. Auch wenn Wolferl behauptete, die Musik sei altmodisch, Nannerl fühlte sich jedes Mal in eine andere Welt versetzt, sobald sie die Violinstücke am Klavier mit einem strengen Basso continuo begleitete. Die Harmonien bildeten das Fundament der zarten, verspielten Musik Vivaldis. Ob sie das Instrument ihrer Vermieterin zum Üben nutzen durfte?

»Wir werden den heutigen Tag nutzen und dein gutes Seidenkleid enger nähen.« Anna Maria hatte ganz andere Gedanken im Kopf.

Nannerl sah an sich selbst herunter. In den letzten Wochen waren die wenigen Rundungen, auf die sie so stolz gewesen war, wieder verschwunden. Sie sah knabenhafter aus denn je.

»Keine Sorge«, meinte Anna Maria. »Ein paar Stiche hier und ein paar dort. Außerdem zwei kleine Pölsterchen im Ausschnitt, und schon siehst du wieder strahlend schön aus.«

Sie faltete die Hände vor der Brust und hob sie gen Himmel. »Ich bin ja so dankbar, dass deine Haut unversehrt geblieben ist.«

Nannerl hatte diese Worte in den letzten Tagen etwas zu oft gehört und fragte sich, was passiert wäre, hätte der liebe Gott ihre Haut für immer entstellt. Hätte ihre Mutter sie gezwungen, mit einem Schleier vor dem Gesicht herumzulaufen, oder hätte sie sie in einer Kammer vor allen anderen Menschen versteckt? Nannerl wollte für ihre Fertigkeiten als

Pianistin bewundert werden und nicht wegen ihrer Schönheit.

Sie kam nicht dazu, weiter darüber nachzudenken, denn Anna Maria forderte, dass sie nach unten lief und von Frau Kästner Nadel und Faden auslieh.

4

Brünn, Dezember 1767

»Nannerl, ich bin ja so froh, dass du gesund bist!« Wolfgang stürzte sich überschwänglich auf seine Schwester und riss sie beinahe zu Boden.

»Ich freu mich auch sehr, dass wir wieder zusammen sind«, sagte sie und grinste ihren Bruder an. Wie sie selbst war auch Wolfgang in den letzten Wochen schmaler geworden. Seine Wangen waren eingefallen, und immer noch lagen dunkle Schatten unter seinen Augen. Die auffälligste Veränderung hatte jedoch bei seiner Haut stattgefunden, und Nannerl begriff nun, warum ihre Mutter Gott gedankt hatte, dass er ihr diese Narben erspart hatte. Tiefe dunkelrote Krater überzogen Wolfgangs Gesicht und seinen Hals. Dort, wo er sein Hemd hochgekrempelt hatte, waren auch die Unterarme von den hässlichen Narben übersät.

Nannerl berührte eine davon sanft mit der Spitze ihres Zeigefingers. »Tut es noch weh?«

Wolfgang schüttelte den Kopf. »Nein, es schaut bloß hässlich aus.« Er grinste spitzbübisch. »Aber ich muss mich selbst ja nicht ansehen.« Er schien seine Entstellung offensichtlich mit Gelassenheit und Humor hinzunehmen.

»Auf der Bühne werden wir mit Schminke nachhelfen«, sagte Leopold. »Das machen viele Künstler.«

Wolfgang formte einen Kussmund und wedelte galant mit der Hand.

»Oh, là, là, ich werde bekommen eine schöne rote Mund.« Mit nasaler Stimme ahmte er einen französischen Akzent nach und machte sich damit über den Hofstaat von König Ludwig in Versailles lustig. Nannerl kicherte hinter vorgehaltener Hand. Sie hatte die Späße ihres kleinen Bruders vermisst.

Nach dem Abendessen übten Wolfgang und sie gemeinsam am Klavier. Das Quartier, das der Landeshauptmann der Familie Mozart zur Verfügung gestellt hatte, war geräumig. Es verfügte über drei Zimmer, einen herrlichen Kachelofen mit wunderschön bemalten Fliesen und ein Klavier, das Leopold zunächst hatte stimmen müssen.

Nach den Wochen der Krankheit, Trennung und der Angst war es ein herrliches Gefühl, wieder vereint zu sein. Nannerl fühlte sich geborgen und sicher und war voller Vorfreude auf das anstehende Konzert. Ihre Eltern schienen ähnlich zu empfinden. Auch sie wirkten erleichtert und glücklich. Es wurde ein ausgelassener, fröhlicher Abend, an dem sie gemeinsam musizierten, sangen, klatschten und lachten. Viel später als sonst fielen Nannerl und Wolfgang in ihre Betten. Trotz der Müdigkeit lag Nannerl noch lange Zeit wach.

»Wolferl? Schläfst du schon?«

»Jetzt nimmer.« Er drehte sich zu ihr.

»Glaubst du, dass wir nach dem Auftritt zurück nach Salzburg fahren?«

»Ganz sicher nicht«, meinte Wolfgang. »Der Papa will, dass ich meine Oper in Wien fertig komponiere. Er sagt, der Kaiser wolle sie hören.«

»Und was werde ich tun?«, fragte Nannerl. Sie wusste, dass sie in Wien nicht vor großem Publikum spielen durfte. Das hatte ihr Vater ihr ausdrücklich zu verstehen gegeben.

Wolfgang richtete sich nun ganz in seinem Bett auf. »Papa hat überlegt, ob er dich und Mama zurück nach Salzburg schickt, weil es so viel kostet, wenn wir zu viert in Wien bleiben.«

Nannerl schluckte. Sie sehnte sich nach ihrer Heimatstadt und ihrer besten Freundin. Aber weggeschickt zu werden hatte einen bitteren Beigeschmack. War sie plötzlich nicht mehr gut genug, um vor Publikum aufzutreten? Sie übte jeden Tag hart und perfektionierte ihr Spiel. Selbst ohne Instrument absolvierte sie täglich ihre Fingerübungen. Es war ihr in all den Jahren in Fleisch und Blut übergegangen. Sie konnte sich ein Leben ohne Musik nicht vorstellen. Nannerl brauchte das Musizieren ebenso sehr wie die Sonne oder die Luft zum Atmen.

»Ich glaube, dass Papa nach der schlimmen Krankheit so froh ist, dass wir wieder alle gesund zusammen sind, dass er es sich anders überlegt und du und Mama nicht nach Salzburg zurückmüsst.« Wolfgang klang zuversichtlich. »Außerdem werden wir so viel Geld für meine Oper bekommen, dass es nichts ausmacht, wenn ihr auch bleibt.«

Obwohl Wolfgang es sicher nicht beabsichtigt hatte, lösten seine Worte ein Gefühl der Ernüchterung bei Nannerl aus. Sie kam sich plötzlich wie eine Bittstellerin vor, die von der Großzügigkeit und dem Talent ihres kleinen Bruders abhängig war. Dieser Gedanke gefiel ihr nicht.

»Ich will selbst Geld verdienen«, verkündete sie ernst.

Wolfgang wirkte erstaunt. »Wie willst du das machen? Du bist ein Mädchen.«

»Das weiß ich noch nicht«, gab Nannerl zu. »Für gewöhnlich verdient man Geld mit etwas, das man gut kann.«

Nun lachte Wolfgang. »Handarbeit und Sticken wird das nicht sein.«

»Ich kann Klavier spielen«, sagte Nannerl beleidigt.

»Nein«, verbesserte Wolfgang. »Du kannst nicht bloß Klavier spielen. Du bist die beste Pianistin auf der ganzen Welt.«

Nun lächelte Nannerl in die Dunkelheit. Nur ihr Bruder konnte dermaßen übertreiben und dabei charmant klingen.

»Ich könnte Unterricht geben«, überlegte Nannerl laut. »Mit ausreichend Klavierschülern kann ich mir selbst einen Unterhalt verdienen.«

Wolfgang gähnte laut. »Natürlich könntest du unterrichten«, sagte er. »Aber das werde ich nicht zulassen.«

»Wie bitte?« Nannerl richtete sich auf.

»Stell dir nur vor, du gibst Klavierstunden in Salzburg. Dann bleibt die Mama vielleicht bei dir, und ich muss allein mit dem Papa durch die Welt reisen.«

Nannerl schwieg.

»Ich brauch dich, Nannerl. Allein würd ich mit dem Papa nie klarkommen.«

Wieder sagte Nannerl nichts. Leopold hielt große Stücke auf Wolfgang. Aber er war streng und duldete keinen Widerstand und schon gar keine eigenen Ideen. Bereits jetzt fand er einige von Wolfgangs Kompositionen zu modern. Wie würde das erst in ein paar Jahren sein?

»Versprich mir, dass du mich nicht alleinlässt.« Mit einem Mal war er wieder der kleine Junge, der hinter ihrem Rücken Schutz suchte.

»Ich werde eines Tages der größte Komponist aller Zeiten sein«, erklärte Wolferl mit dem gewohnten Selbstverständnis. »Und als solcher habe ich es verdient, dass die beste Pianistin der Welt meine Stücke spielt.«

»Ach, Wolferl!«

»Versprich es mir«, drängelte er.

»Ich werde mich bemühen.«

Noch einmal gähnte Wolfgang, dann schlief er ein. Nannerl konnte sein leises Schnarchen hören. Sie selbst blieb noch lange wach und wälzte sich unruhig von einer Seite zur anderen. Sie wusste, dass sie nur wenig Einfluss auf die Entscheidungen ihres Vaters hatte. Wenn Leopold befand, sie sollte mit ihrer Mutter nach Salzburg gehen, dann hatte sie keine Wahl. Trotzdem würde Nannerl versuchen, so lange wie nur möglich an Wolferls Seite zu bleiben. Sie schloss die Augen und sah sich selbst in einem neuen, schicken Kleid.

Sie saß an einem Klavier vor einem voll besetzten Konzertsaal. In der ersten Reihe saßen die Kaiserin und der junge Kaiser. Beide nickten ihr wohlwollend zu und applaudierten ihr. Wolferl stand im Orchestergraben. Er dirigierte mehrere Musiker. Violinen und Flöten. Und dann gab er Nannerl ein Zeichen zum Einsatz, und sie interpretierte seine wunderbare Musik auf einzigartige Weise. Ihr Klavierspiel verzauberte die Menschen. Es half ihnen, für ein paar Minuten in eine Welt der Fantasie einzutauchen. Sorgen verflogen, und die Zuhörer fühlten sich unbeschwert und glücklich. Genau wie Nannerl, die in der Musik aufging und mit ihr eins wurde.

Mit diesem vielversprechenden Bild vor ihrem inneren Auge schlief Nannerl zufrieden ein.

Am nächsten Tag fand das Konzert im Stadtsaal von Brünn statt. Wie immer waren die Mozarts lange vor Beginn der Veranstaltung da. Die übertriebene Pünktlichkeit war allein Leopold geschuldet. Wolferl war von Natur aus unpünktlich, und Nannerl machte das lange Warten nervös. Hinter dem Vorhang zu stehen und zuzusehen, wie die Gäste nach und nach den Konzertsaal betraten, ihre Plätze einnahmen und dann mit teils erwartungsvollen, teils gelangweilten Gesichtern zur Bühne schauten, ließ ihr Herz rasen und ihre Hände feucht werden. Lieber ersparte sie sich diese Zeit. Sie erinnerte sich an eine Vorstellung in London, als sie wegen eines Unfalls zu spät nach Windsor gekommen waren. Im letzten Moment waren sic auf die Bühne gehetzt. Leopold war außer sich vor Aufregung, doch Wolferl und Nannerl waren so ruhig gewesen wie nie zuvor. Sie hatten völlig fehlerfrei gespielt und das Publikum im Sturm erobert. An diesem Abend hatten sie fünf Zugaben spielen müssen, und selbst dann wäre das Publikum weiter geblieben, hätte der englische Thronfolger nicht gegähnt.

Nannerl lugte jetzt durch einen Spalt im Vorhang. Der Saal war inzwischen gefüllt. Bis auf zwei leere Stühle in der letzten Reihe waren alle Plätze besetzt. Der Statthalter trat in seiner Festtagsuniform vor die Bühne und begrüßte die Menschen. Er sprach deutsch, obwohl die meisten der Gäste im Saal sich zuvor auf Tschechisch unterhalten hatten. Nannerl hörte, wie er sie ankündigte, und im nächsten Moment hob sich der Vorhang. Unter tosendem Applaus wurden sie empfangen. Leopold trat als Erster auf die Bühne. Er präsentierte stolz seine Kinder. Wolferl verbeugte sich sittsam, während Nannerl knickste, so wie sie es schon unzählige Male getan hatte. Doch etwas war heute anders. Sie fühlte sich zum ersten Mal nicht mehr als Kind. Möglich, dass es an ihrem neuen Kleid lag. Dabei hatte Leopold darauf geachtet, dass es keinen freizügigen Ausschnitt hatte. Dennoch zog ihre Gestalt die Blicke des einen oder anderen männlichen Zuschauers an. Am liebsten hätte Nannerl sich einen Mantel übergeworfen.

Nervös setzte sie sich ans Klavier. Wolferl hob seine Geige. An diesem Abend wurde ausschließlich Musik aus Wolferls Feder gespielt. Es war Nannerl recht. Sobald sie in die Tasten griff, spürte sie, wie eine große Welle des Glücks sie erfasste und mitriss in eine andere, eine bessere Welt. Sie sah die Menschen im Publikum nicht mehr und fühlte sich eins mit der Musik. Auch Wolferl spielte hinreißend. Doch anders als Nannerl suchte er immer wieder ihren Blick. So als wollte er sich bei ihr dafür bedanken, dass sie seine Noten so wunderbar interpretierte. Das Glücksgefühl hielt an und steigerte sich mit jedem Stück, das sie zum Besten gaben. Sobald Nannerl atemlos die Finger von den Tasten nahm, hörte sie den Applaus. Die Menschen standen auf, um ihre Begeisterung kundzutun. Sie riefen laut »Bravo«. Benommen, so als erwache sie aus einem Traum, erhob sich auch Nannerl und verbeugte sich. Wolferl trat zu ihr, griff nach ihrer Hand und drückte sie fest. »Siehst du, das habe ich gestern gemeint«, raunte er ihr ins Ohr.

Das Konzert war ein so großer Erfolg, dass es am nächsten Tag wiederholt werden musste. Leopold sonnte sich im Lob für seine Kinder, als hätte er selbst auf der Bühne gestanden.

Nach dem zweiten Konzertabend reiste die ganze Familie wieder nach Wien. Diesmal bezog man ein Quartier neben den Kästners, die ihre Kammer bereits vermietet hatten. Die Unterkunft war deutlich größer, und die Kinder konnten getrennt von den Eltern schlafen. Außerdem durften die Mozarts das große Musikzimmer des Vermieters mitbenutzen.

Zu Nannerls großer Enttäuschung bekam sie ihren Bruder nur selten zu Gesicht. Entweder war er mit Leopold bei potenziellen Kunden, Männern, die am Hof des Kaisers ein und aus gingen, um seine Musik vorzustellen, oder er komponierte im Musikzimmer. Dabei hätte Nannerl Wolfgangs Witze und Späße dringend benötigt, denn ihr Alltag war eintönig und langweilig. Sie vertrieb sich die Zeit mit endlosen Spaziergängen mit ihrer Mutter über die zahlreichen Märkte Wiens, wo man Karpfen und Krebse aus der Donau kaufen konnte oder die Stadtfleischhauer ihre Ware anboten. Die Angst vor den Pocken war noch überall zu spüren. Vorsichtig hielten die Menschen Abstand voneinander. Oft half Nannerl ihrer Mutter auch beim Kochen. Dabei hörte sie sehnsuchtsvoll Wolferl zu, der im Nebenzimmer am Klavier übte. Sie selbst durfte nur darauf spielen, wenn Wolfgang es nicht benutzte. Gemeinsames Musizieren war nicht möglich, aber genau das war es, was ihrem Leben für gewöhnlich die Würze verlieh. Zu den seltenen Höhepunkten ihres Aufenthalts in Wien zählten der Besuch des Singspiels *Bastien und Bastienne* im Haus des Musikliebhabers Mesmer und der eines Feuerwerks. Nannerl kannte Feuerwerk schon aus Versailles. Genau wie damals stand sie mit angehaltenem Atem und offenem Mund da und beobachtete, wie die Knallkörper den dunklen Himmel über der Stadt für ein paar Sekunden in ein Meer aus Tausenden von Lichtern verwandelten. Doch den Großteil ihrer Zeit war sie zur Untätigkeit gezwungen, während ihr Bruder ständig unterwegs war.

Nannerl sehnte sich nach ihren Freundinnen in Salzburg, allen voran nach Katharina. Sie schrieb ihr Briefe und klagte darin über ihre Langeweile in Wien.

»Liebstes Katherl, ich sitze in einer der größten und mächtigsten Städte Europas und blase Trübsal. Der Papa hofft immer noch, dass Wolferls Oper es zum Kaiser schafft, aber irgendwie will es nicht gelingen. Während die beiden alle Palais der Stadt abklappern und bloß Abfuhren erhalten, bin ich dazu verdammt, Mama in der Küche zu helfen. Statt Klavier spielen heißt es Rüben putzen und Bratpfannen schrubben. Ich wünschte, ich wäre in Salzburg. Dein Nannerl.«

So wurden aus Tage Wochen und aus Wochen Monate, und die Zeit zog sich wie ein Strudelteig, den sie über den kleinen Tisch in der Kochnische zog.

Je länger sie in der Residenzstadt verweilten, umso größer wurde der Unmut des Vaters. Leopold schimpfte auf Kollegen, den Hofkapellmeister des Kaisers und andere hohe Beamte, von denen er überzeugt war, dass sie Intrigen gegen ihn spannen. Ab März wurde sein Gehalt aus Salzburg eingestellt, und die Familie war gezwungen, von den Ersparnissen zu leben. Immer lauter wurden die skeptischen Zurufe neidvoller Mitbewerber. Es wurde behauptet, dass Wolfgang mit seinen zwölf Jahren niemals in der Lage sein konnte, eine ganze Oper zu schreiben. Andere Stimmen munkelten, dass Leopold selbst Hand anlegte und seine eigene Oper als die seines Sohnes ausgab. Diese Verleumdungen regten Leopold dermaßen auf, dass er wütend durch die kleine Wohnung stampfte und so derb schimpfte, dass Nannerl ihren Vater kaum wiedererkannte. Wolfgang nahm die Demütigung gelassen hin. Er ging völlig im Komponieren auf und war von seiner Arbeit so überzeugt, dass er nicht den geringsten Zweifel daran hegte, dass die Werke eines Tages das Publikum begeistern würden. Nannerl liebte ihn für diese kindliche Zuversicht. Sie selbst machte sich zunehmend Gedanken über die Zukunft. Sie sah, wie ihre Mutter auf dem Markt immer häufiger zu billigem Kohl oder den ekeligen Flusskrebsen griff statt zu teurem Fleisch. Als der Stoff von Nannerls Alltagskleid an den Ärmeln verschliss, wagte sie es nicht, nach einem neuen zu fragen. Über die kaputten Stellen nähte Anna Maria ein hübsches Samtband, das nicht darüber hinwegtäuschen konnte, dass das Kleid zerschlissen war.

Zweimal wurde Leopold gebeten, seine beiden Kinder gemeinsam auftreten zu lassen. Doch er lehnte ab, da er Wolfgang in den Mittelpunkt stellen und der Welt, vor allem aber dem Kaiser beweisen wollte, dass sein Sohn ein Genie war. Nannerl protestierte nicht, aber sie spürte eine ungeahnte Wut in sich wachsen. Ihre Gefühle richteten sich gegen ihren Vater, aber zunehmend auch gegen Wolferl, der so in seiner Arbeit aufging, dass er völlig zu vergessen schien, dass sie hier war, wo sie doch in Salzburg viel glücklicher hätte sein können. Man hatte sie in die zweite Reihe verdammt. Wenn sie sich schon in dieses Schicksal fügen musste, dann wenigstens umgeben von ihren Freunden und in einer Stadt, die sie liebte. Immer wieder erklärte Leopold, dass die Familie die zweitausend Gulden für die Oper dringend benötigte. Das Geld für Wolfgangs Auftritt entsprach drei Jahresgehältern ihres Vaters. Je länger Nannerl in Wien ausharren musste, umso weniger wollte sie das Jammern des Vaters hören. Ihr war selbst zum Weinen zumute, doch sie schwieg, denn sie wusste, dass niemand ihr zuhören würde.

Anfang des neuen Jahres kam Leopold abends frustriert nach Hause. »Wir packen unsere Koffer!«, rief er aufgebracht. »Ich werde nie wieder einen Fuß in diesen Intrigantenstadl Wien setzen.« Damit war klar, dass das lange und geduldige Ausharren nicht belohnt werden würde. Wolferls

Oper blieb ungehört. Die Familie erfuhr nie, wer im Hintergrund die Fäden gegen Leopold und Wolfgang gezogen hatte. Trotz der Geldnöte fiel es Nannerl schwer, ihre Freude zu verbergen. Im Jänner 1768 fuhren die Mozarts hoch verschuldet zurück nach Salzburg, und wieder einmal konnte Nannerl es kaum erwarten, die Salzach zu überqueren.

5

Salzburg, Februar 1768

»Nannerl, du musst mir versprechen, dass du nie wieder so lange aus Salzburg weggehst«, verlangte Katharina ernst. Seit Nannerls Rückkehr hatten sie sich fast jeden Tag gesehen, und bei jedem Treffen wiederholte die Freundin ihre Bitte. Heute hatte sie sich bei Nannerl untergehakt und den Kragen ihres Mantels hochgestellt. Es war ein sonniger, aber eiskalter Februartag. Die Straßen Salzburgs waren von einer dicken Schneeschicht bedeckt. Hier und dort hatte sich die weiße Pracht bereits in braunen Matsch verwandelt, doch auf den Dächern und in den Ästen der Bäume glitzerten Eiskristalle in der gleißenden Wintersonne. Sie waren auf dem Weg zum Handschuhmacher Leitner, der für Katharina ein Paar Seidenhandschuhe angefertigt hatte.

»Wenn es nach mir gegangen wäre, hätten wir Wien schon im Herbst wieder verlassen.« Nannerl seufzte.

»Na, zum Glück bist du jetzt im Fasching hier. Es wäre ein Jammer gewesen, wenn ich all die Bälle allein hätte besuchen müssen.«

Sie spazierten die Getreidegasse entlang in Richtung Rathaus. Dort drängten sich Schaulustige um den Platz vor der Fassade, die seit letztem Jahr von Steinmetzmeistern neu gestaltet wurde. Die Figur der Justitia war mit einer Plane bedeckt worden, damit sie von den Umbauarbeiten nicht in Mitleidenschaft gezogen wurde. Doch die Neugestaltungen waren nicht der Grund für das Interesse der Menschen.

»Was ist denn dort los?« Neugierig zog Katharina ihre Freundin mit sich.

Immer mehr Menschen strömten aus allen Himmelsrichtungen zum Platz, der sich innerhalb kürzester Zeit füllte. Nannerl vernahm aufgeregte Stimmen und hämisches Lachen. Jemand schimpfte lautstark: »Unzüchtiges Sündenpack, stellt sie an den Pranger.« Ein anderer Passant forderte noch heftigere Strafen und rief nach einem Galgen.

Als Nannerl und Katharina näher kamen, sahen sie, dass sieben Frauen barfuß und in zerrissenen Kleidern von der Stadtwache aus dem Rathaus auf den Platz geführt wurden. Man hatte ihnen die Hände vor dem Körper zusammengebunden. Die meisten von ihnen hielten beschämt den Kopf gesenkt, vermutlich, um den Blicken der sensationsgierigen Menge auszuweichen. Nur eine ältere Frau hielt ihren Kopf gerade und schaute stolz auf die Zuschauer. Ihre Augen ruhten auf Nannerl, so als würde die Frau sie kennen, doch Nannerl wusste nicht, woher. Ein Junge schlängelte sich an zwei Männern mit hohen Perücken vorbei, trat nach vorne und bewarf die Frau mit einem kaputten Ei. Er traf sie an der Schulter. Trotz der Entfernung konnte Nannerl den ekelhaften Gestank wahrnehmen. Der Junge lief eilig weg, während ein paar Zuschauer applaudierten. Die Gefangene schimpfte dem feigen Angreifer hinterher und wurde von einem der Männer in Uniform mit einem Stock zum Schweigen gebracht. Der Hieb traf sie auf der anderen Schulter und zwang sie in die Knie.

Nannerl zuckte zusammen. Es war ihr, als hätte der Schlag ihr gegolten. Sie wollte ihren Blick abwenden, schaffte es aber nicht, zu sehr zog sie die Frau, die sich sofort wieder aufrappelte, in ihren Bann.

»Was haben die Armen verbrochen?«, fragte Nannerl leise.

Eine dicke Frau in einem teuren pelzverbrämten Mantel, die sich neben Nannerl drängte, antwortete: »Das sind sechs Ehebrecherinnen. Außer der da ...« Die Dicke zeigte mit dem Finger auf die Frau, die gerade geschlagen worden war. »Das ist eine verlogene Hebamme, die Hilde Pfeiffer, die hat drei unehelich gezeugte Geburten nicht angezeigt. Deshalb verliert sie ihre Konzession und wird nach der Auspeitschung aus der Stadt gejagt.« Genussvolle Schadenfreue lag in der Stimme der Frau, die von einem fauligen Geruch umgeben war.

Der Name Hilde Pfeiffer kam Nannerl bekannt vor. Sie hatte ihn schon einmal gehört. Konnte es sein, dass die Frau, die gerade vor den Augen aller zum Gespött gemacht wurde, ihrer Mutter bei ihrer Geburt beigestanden hatte?

»Man peitscht die Frauen aus?«, wandte Nannerl sich entsetzt an Katharina. Noch während sie sprach, traten zwei Stadtwachen nach vorne, packten eine der Frauen unsanft am Arm und zerrten sie zum Pranger, wo man sie mit ausgestreckten Armen festband. Einer der beiden riss das Oberteil ihres Kleids brutal nach unten. Die Frau stand nun mit entblößtem Oberkörper da, ihr heller Busen war an den Pranger gedrückt. Die Menschen grölten vor Freude. Ein Mann mit hochrotem Kopf forderte, dass man ihr das ganze Kleid wegriss. Wieder schallendes Gelächter. Der Scharfrichter näherte sich mit schweren Schritten der Verurteilten. Seelenruhig rollte er seine Peitsche aus.

Neben ihm entfaltete ein Sekretär ein richterliches Schreiben und verkündete mit lauter Stimme den Grund der Verurteilung. Seine Ansprache endete mit:

» ... die unzüchtigen Weiber werden wegen ihrer sittlichen Verbrechen ausgepeitscht und anschließend ins Zucht- und Arbeitshaus bei St. Rochus in Maxglan gebracht, wo sie ihr schändliches Vergehen durch Arbeit wiedergutmachen sollen.«

Nannerl blieb die Luft weg. Es war allgemein bekannt, dass nur die wenigsten Gefangenen lebend aus dem Arbeitshaus entlassen wurden. Nun machte der Scharfrichter einen Schritt auf die halb nackte Frau zu und schlug mit ausdruckslosem Gesicht zu. Sofort platzte die weiße Haut auf, und Blut tropfte in den grauen Schnee.

Die dicke Frau neben Nannerl klatschte Beifall. »Großartig!« Der Mann vor ihr forderte, noch fester zuzuschlagen. Schon ging der nächste Peitschenhieb auf die wehrlose Frau nieder. Es wurde gelacht.

Jemand schrie: »Zur Hölle mit den Sünderinnen.«

Nannerl drehte sich der Magen um. Das Frühstück, das

sie zuvor so hastig hinuntergeschlungen hatte, drohte, wieder hochzukommen.

»Mir ist schlecht«, sagte sie leise.

»Ich will diese Folter auch nicht mit ansehen«, sagte Katharina bedrückt. »Komm.« Sie zog Nannerl mit sich.

»He, ihr zwei. Bleibt's da und schaut's gut zu, was mit unzüchtigen Weibern passiert!« Ein Mann mit schief sitzender Perücke fasste nach Nannerls Schulter und wollte sie zurückhalten. Katharina reagierte blitzschnell und schlug ihm auf die Finger.

Der Mann zuckte zurück. »He, was soll das?«

»Niemand hat Ihnen erlaubt, meine Freundin anzufassen«, zischte sie böse.

Der Mann rieb sich empört die Finger. »Du freches Weibsbild.«

Ein Handwerksbursche mischte sich ein. »Beim nächsten Mal steht ihr zwei vielleicht dort vorne.«

»Das würde dir wohl gefallen, du armseliger Wicht«, fuhr ihn Katharina an. »Ich frage mich, was mit herumhurenden Männern passiert? Warum werden die nicht ausgepeitscht?« Sie starrte den Burschen fuchsteufelswild an. »Aber solche wie du, die können sich aufführen wie geile Böcke und kommen mit Geldstrafen davon.«

»Hat jemand schon so ein freches Frauenzimmer gehört?« Das Gesicht des Mannes, der immer noch seine Finger hielt, lief dunkelrot an. Auf seinem Kinn saß eine hässliche Warze. »Pass auf, was du sagst, sonst zeig ich dich beim Richter an.«

»Weshalb?«, erwiderte Katharina. »Weil du ungefragt nach meiner ehrbaren Freundin gegrapscht hast?«

Nannerls Herz schlug schneller. Die Aufmerksamkeit einiger Zuschauer war nun auf sie und Katharina gerichtet und nicht mehr auf die Verurteilten. Da erklang ein weiterer Peitschenhieb, der von einem hohen, grellen Schmerzensschrei begleitet wurde. Jammernd fiel eine der Gefangenen auf die Knie. Sie bettelte um Gnade, die ihr nicht gewährt werden würde. Sofort wanderten die Blicke der Menschen wieder nach vorne. Das grausame Schauspiel übertraf jede Jahrmarktskuriosität. In Salzburg waren öffentliche Auspeitschungen eine Seltenheit. Für gewöhnlich wurden die Gefangenen hinter dicken Mauern gefoltert. Während die Kaiserin die Folter im Habsburgerreich per Gesetz abgeschafft hatte, war die peinliche Befragung im fürstlichen Erzbistum nach wie vor legal.

Nannerl nutzte den Augenblick und drängte Katharina aus der Menge. Sie musste sie kräftig anschieben, denn zu gerne hätte Katharina weiter mit dem Handwerksburschen und dem eingebildeten Mann mit Perücke gestritten. Erst als sie den Residenzplatz erreicht hatten und das Grölen der Zuschauer nur noch aus der Ferne vernahmen, verlangsamte Nannerl die Schritte.

»Warum lässt du mich dem aufgeblasenen Gockel nicht die Wahrheit sagen?«, fragte Katharina aufgebracht. »Es ist eine zum Himmel schreiende Ungerechtigkeit, dass Frauen für die Vergehen der Männer bestraft werden. Wie viele von den sechs Verurteilten, glaubst du, haben freiwillig Unzucht getrieben, und wie viele wurden von ihren Dienstherren dazu genötigt?«

Nannerl wusste, dass ihre Freundin recht hatte. Die Verurteilten waren einfache Frauen, Näherinnen und Köchinnen. Es war allgemein bekannt, dass so mancher Dienstherr neben der Arbeit auch »persönliche Dienste« einforderte.

»Und dann auch noch Hilde Pfeiffer, die Hebamme«, erboste sich Katharina. »Sie rettet Frauen und Säuglingen das Leben, und was ist der Dank dafür? Sie wird ausgepeitscht. Das ist doch nicht in Ordnung.« Die Wangen der Freundin waren erhitzt. Ihre Augen funkelten vor Zorn.

Bei der Erinnerung an Hilde Pfeiffer kehrte Nannerls Übelkeit zurück. Ihr verdankte sie ihr Leben. Hoffentlich würde die Hebamme die Tortur gut überstehen.

»Es ist wirklich ungerecht«, pflichtete Nannerl ihr bei. Wut machte sich in ihr breit. Dieses Gefühl war ihr nicht mehr neu. Als ihr Vater ihr erklärt hatte, dass sie in Zukunft nicht mehr mit Wolferl auf der Bühne stehen würde, hatte sie genauso empfunden. Sofort kam Nannerl sich undankbar vor. Wie konnte sie ein paar Einschränkungen in ihrem Leben mit einer öffentlichen Auspeitschung vergleichen? Das war lächerlich. Und trotzdem war das Gefühl der Ohnmacht ähnlich. Auch hier bestimmten Männer über das Schicksal von Frauen.

»Den armen Verurteilten ist leider nicht geholfen, wenn wir uns ärgern«, sagte Nannerl bemüht ruhig. »Je lauter wir uns für sie einsetzen, umso mehr lechzt die Menge nach Blut. Du hast doch gesehen, wie sie noch mehr Schläge einforderten, als du mit dem Mann diskutiert hast.« Nannerls sanfte Stimme spiegelte nicht den Ärger wider, der in ihr loderte.

»Ich finde nicht, dass wir schweigen sollten«, sagte Katharina kampflustig. »Wie kann sich denn jemals etwas verändern, wenn alle nur kuschen?«

Nannerl bewunderte Katharina für ihren Mut.

»Ich bin ganz deiner Meinung«, gab sie zu. »Aber zu zweit können wir nicht viel ausrichten. Um diese Menschen zu verändern, braucht es lange Überzeugungsarbeit, keine überstürzten Handlungen. Wenn wir zwei zu laut schreien, peitscht man uns ebenfalls aus, davon hat niemand etwas.« Nach einer kurzen Pause fügte sie hinzu: »Leider auch Hilde Pfeiffer nicht.«

»Manchmal wünschte ich, ich wäre ein Mann«, sagte Katharina. »Meinen Brüdern würde so was nie passieren. Wenn sie jemand anpöbelt, dann lassen sie ihre Fäuste sprechen.«

»Das ist doch auch keine Lösung.«

»Warum denn nicht?«

»Gewalt führt zu Gegengewalt und immer so weiter.« Nannerl erinnerte sich an eine hässliche Schlägerei, die sie in Brüssel auf offener Straße miterlebt hatte. Nach den schrecklichen Bildern hatte sie nächtelang schlecht geschlafen.

»Der ungehobelte Bursche hätte eine Abreibung verdient«, brummte Katharina, und diesmal widersprach Nannerl nicht. Mit einem Mal erschienen ihr ihre Antworten selbst eine Spur zu vernünftig.

Eine Weile liefen sie schweigend nebeneinander her. Dann wechselte Katharina das Thema.

»Erzähl mir von Wien«, forderte sie mit einem Mal wieder gut gelaunt. Katharina konnte innerhalb weniger Minuten vom fuchsteufelswilden Mädchen zur lammfrommen Zuhörerin werden.

»Weißt du, Katherl? Ich habe dort beschlossen, dass ich mein eigenes Geld verdienen möchte.«

»Wirst du Klavierkonzerte geben?« Katharina blieb stehen. »Ich sehe dich schon vor ausverkauften Musiksälen.«

»Nein, ich werde Klavier unterrichten.« Und schon wieder war da eine Grenze, an die sie stieß, weil sie eine Frau war. Laut sagte sie: »Das mit den Konzerten ist nicht so einfach. Ich wäre auf die Hilfe meines Vaters angewiesen. Nur er verfügt über die notwendigen Kontakte, um sie zu organisieren. Doch er ist ständig beschäftigt.«

In Gedanken fügte Nannerl bitter hinzu, dass er sich nur noch um Auftritte für Wolferl kümmerte.

»Kann man denn mit Unterricht Geld verdienen?«

»Ich hoffe es«, gestand Nannerl.

Sie waren vor dem kleinen Laden des Handschuhmachers Leitner angekommen. Durch die Fensterscheibe sahen sie, dass der winzige Verkaufsraum voll war, weshalb sie vor der Tür warteten.

»In welcher Farbe hast du die Seidenhandschuhe bestellt?«, wollte Nannerl wissen.

»In Weinrot. Sie passen perfekt zu meinem Ballkleid, das ich zum Faschingsball im Rathaussaal tragen werde. Mama hat es eigens für den Anlass nähen lassen.«

Nannerl war sich sicher, dass ihre Freundin umwerfend aussehen würde. Sie selbst hatte noch eine Woche Zeit, um das Seidenkleid aus Lyon weiter zu machen. Ihr Körper hatte sich im letzten Jahr verändert. Sie war zwar immer noch schlank, aber endlich hatte sie ein paar weibliche Kurven bekommen und das Gewicht, das sie während ihrer Krankheit verloren hatte, wieder zugenommen. Gerade so viel, dass sie dem Kleid entwachsen war und nun Seide anstückeln musste. Gleich heute Abend würde sie damit beginnen, denn sie wollte auf keinen Fall mit ihrem einfachen Sonntagskleid zum Ball gehen.

Als zwei vornehm gekleidete Frauen aus dem Laden kamen, traten Nannerl und Katharina ein. Die beiden Kundinnen hinterließen eine intensive Parfümwolke aus Moschus, die sich mit Schweiß und Schmutz mischte. Nannerl rümpfte die Nase.

Herr Leitner erkannte und begrüßte die beiden. »Nein, was für eine Freude. Das Fräulein Gilowsky und ihre charmante Freundin, das Fräulein Mozart.« Er verneigte sich, dabei verrutschte seine hohe, weiß gepuderte Perücke. Die Wangen des Handschuhmachers waren eine Spur zu dunkelrot geschminkt und das Schönheitspflästerchen auf seinem rechten Wangenknochen zu groß. »Die Handschuhe sind fertig. Sie werden sie lieben.«

Geschäftig drehte er sich auf seinem hohen Absatz um und öffnete eine der zahlreichen Schubladen seines bis zur Decke reichenden Schranks. Er holte ein Paar dunkelrote Handschuhe heraus und legte sie behutsam, so als handelte es sich um wertvolle Schmuckstücke, auf die Theke. »Voilà!«

Katharina strich mit dem Zeigefinger über den Stoff und stieß einen Laut des Entzückens aus. »Genau so habe ich sie mir vorgestellt.« Vorsichtig streifte sie den ersten Handschuh über. Er passte wie angegossen. Auch der zweite saß perfekt. Herr Leitner grinste zufrieden und entblößte dabei seine beiden schwarzen Vorderzähne. Dann wandte er sich an Nannerl.

»Man hört, die Reise nach Wien sei nicht so erfolgreich gewesen wie erwartet. Der Kaiser hat dem kleinen Wolferl und dem Herrn Vater eine Absage erteilt.«

Es war erstaunlich, wie schnell sich Nachrichten in Salzburg verbreiteten. Herr Leitner war kein schadenfroher Mann, weshalb Nannerl wahrheitsgemäß nickte.

»Ja, leider kam es nicht zur Aufführung von Wolferls Oper.« Sie verschwieg, dass der Kaiser nicht einmal in die Oper ihres Bruders hineingehört hatte, da seine Berater die Mozarts nicht einmal zu ihm vorgelassen hatten.

Herr Leitner machte eine wegwerfende Handbewegung, dabei wischte er mit den üppigen Rüschen seines Hemdsärmels über das glatt polierte Holz der Verkaufstheke.

»Sicher wird sich eine andere Gelegenheit bieten. Man weiß ja, wie überheblich die Wiener sein können. Sie glauben, sie seien der Mittelpunkt der Welt.« Herr Leitner hatte vor Jahren einen großen Auftrag an einen Handschuhmacher in Wien verloren. Seither war sein Verhältnis zur Residenzstadt der Habsburger nicht ungetrübt. »Stimmt es, dass Herr Mozart bereits eine neue Reise plant?«

»Davon weiß ich nichts«, bekannte Nannerl erstaunt.

»Oh, dann wird es sich wohl bloß um ein Gerücht handeln. Man redet ja davon, dass der Herr Vater bis nach China reisen will.«

»Nach China?«, rief Nannerl überrascht. Meistens steckte in Gerüchten ja ein Funken Wahrheit, aber dieser Tratsch war einfach nur an den Haaren herbeigezogen. Sie musste lachen und schüttelte belustigt den Kopf.

»Herr Leitner, haben Sie auch die beiden anderen Bestellungen fertig?« Katharina zog ihre neuen Handschuhe Finger für Finger von ihren Händen.

»Selbstverständlich. Sie sind noch im Lager. Ich hole sie.« Schon trippelte Herr Leitner mit kleinen Schritten in den hinteren Teil seines Ladens. Als er hinter einem Vorhang verschwand, flüsterte Nannerl: »Hast du noch weitere Handschuhe in Auftrag gegeben?« Sie hoffte, dass der Neid in ihrer Stimme nicht zu hören war. Katharina lächelte geheimnisvoll. »Lass dich überraschen.«

Kurz darauf kehrte Herr Leitner zurück. Nannerl konnte nicht erkennen, was er in den Händen hielt. Erst als er die zwei glänzenden schwarzen Stoffstücke auf der Theke ausbreitete, sah Nannerl, worum es sich handelte.

»Zwei Masken«, rief sie erstaunt.

»Wir gehen auf einen Maskenball, hast du das vergessen?« Katharinas Grinsen reichte von einem Ohr zum anderen.

»Die sind wunderschön.« Nannerl bewunderte die feine Spitze, die sich am oberen Rand einer Maske befand.

»Die ist für dich«, sagte Katharina und schob die Maske mit der schwarzen Spitze zu Nannerl. Die mit dem dunkelroten Besatz nahm sie selbst.

»Du hast eine Maske für mich anfertigen lassen?« Ein warmes Gefühl der Dankbarkeit durchströmte Nannerl.

»Ja natürlich! Der Spaß an einem Maskenball liegt darin, so lange wie möglich unerkannt zu bleiben.«

»Probieren Sie sie auf«, forderte Herr Leitner. Nannerl ließ sich das nicht zweimal sagen. Der feine Stoff schmiegte sich perfekt an ihre Gesichtsform an. Mit einem Band befestigte sie das kleine Stück Stoff am Hinterkopf. Katharina tat es ihr gleich. Kaum waren sie maskiert, lachten und kicherten die beiden wie kleine Mädchen.

»Formidabel!«, rief Herr Leitner begeistert. »Ich versichere Ihnen, dass die anderen Ballgäste rätseln werden, welche geheimnisvollen Schönheiten sich hinter der Verkleidung verbergen.«

Nannerl fand zwar, dass Katharina auch mit der Maske wie das Katherl aussah, das sie kannte, aber die Vorstellung, einen Maskenball zu besuchen, war trotzdem sehr aufregend.

»Vielen Dank, Katherl. Du bist die Beste!« Sie fiel ihrer Freundin um den Hals.

»Ich hoffe, du erinnerst dich daran, wenn dein Vater dich zur nächsten Reise mitnehmen will.« Sie zog einen Schmollmund. »Du könntest genauso gut hierbleiben.«

Beide wussten, dass Nannerl keinen Einfluss auf diese Entscheidung haben würde. So drückte Nannerl bloß die Hand ihrer Freundin und schwieg. Auch wenn sie gerne reiste, klang China selbst für ihre Ohren zu exotisch.

6

Salzburg, Anfang März 1768

Nannerl stand vor dem kleinen Spiegel ihrer Frisierkommode und zupfte die Federn in der hochgesteckten Frisur zurecht. Zwei ganze Stunden hatte Sopherl gebraucht, um die Zöpfe zu dem kunstvollen Turm zu drapieren. Das Schönheitspflästerchen in Form eines Herzens hatte sie wieder abgenommen. Es war ihr doch eine Spur zu kokett erschienen. Eigentlich hatte die ganze Familie zum Faschingsausklang auf den Maskenball im Rathaussaal gehen wollen, aber dann waren Leopold und Wolfgang zu einem Konzert ins Palais des Fürsterzbischofs geladen worden, bei dem auch Anna Maria nicht fehlen wollte. Leopold hatte überraschend schnell eingewilligt, dass Nannerl mit Katharina und deren Eltern den Ball besuchen durfte.

»Ich hoffe nur, dass die Gilowskys sich ihrer Verantwortung bewusst sind«, hatte er düster gebrummt.

Anna Marias Worte hatten die Erlaubnis besiegelt: »Unser Nannerl ist ein vernünftiges Mädel, das uns keine Schande machen wird.«

Als Wolferl davon erfuhr, dass seine Schwester den Abend nicht mit der Familie verbringen würde, hatte er protestiert: »Ich will auch lieber verkleidet mit Freunden zum Tanz gehen.« Doch wie so oft waren seine Worte nicht gehört worden, schließlich sollte er vor dem Fürsterzbischof ein Konzert geben.

Sophie hatte Nannerl beim Umnähen des Kleides geholfen. Sie war im Umgang mit Nadel und Faden so geschickt, dass man die kleinen Änderungen kaum wahrnahm. Zuletzt setzte Nannerl die feine Seidenmaske auf, band die Schleifen am Hinterkopf fest, schaute in die nicht mehr ganz glänzende Fläche ihres Spiegels und musste einen kleinen Begeisterungsschrei unterdrücken. Sie wollte Wolfgang nicht unnötig quälen. Ihr Bruder hockte beleidigt auf seinem Bett und beobachtete sie griesgrämig.

»Denkst du, dass man mich erkennen wird?«, fragte Nannerl neugierig.

Statt zu antworten, zuckte Wolfgang bloß mit den Schultern.

»Jetzt hab dich nicht so«, sagte Nannerl. »Du wirst vor einem vollen Konzertsaal auftreten, und alle werden dich bewundern.«

»Du weißt genau, dass der Fürsterzbischof bloß Kirchenmusik von italienischen Wichtigmachern hören will. Meine Kompositionen sind ihm zu modern, zu gewagt und zu unreif.« Wolfgang äffte die nasale Stimme des Fürsterzbischofs nach und schnaufte verächtlich. »In einer Provinzstadt wie Salzburg wird man meine Kunst nie richtig zu schätzen wissen.«

»Wolferl, du bist zwölf«, erinnerte Nannerl den kleinen Bruder. »Da ist es völlig normal, dass nicht alles, was du komponierst, kritiklos bejubelt wird.«

»Meine Kompositionen werden gar nicht erst angehört«, beschwerte sich Wolfgang. »Ich soll heute wieder irgendwelche langweiligen Stücke spielen. Wenn ich nicht aufpasse, dann schlaf ich dabei ein und fall schnarchend auf die Tasten vom Klavier.« Er ahmte Schnarchgeräusche nach.

»Du übertreibst.« Nannerl lachte. »Wie immer.«

Wolfgang verschränkte die Arme vor der Brust.

»Erkennt man mich nun oder nicht?«, wollte Nannerl wissen.

»Du schaust geheimnisvoll und hübsch aus. Wenn ich älter wäre, würde ich dir den Hof machen.«

»Danke, genau das wollte ich hören.« Nannerl nahm die Maske wieder ab und setzte sich zu ihrem Bruder aufs Bett. »Deine Zeit wird kommen«, sagte sie ernst. »Da bin ich mir ganz sicher. Du wirst eines Tages der größte Komponist Salzburgs sein.«

»Das reicht mir nicht. Ich will der bedeutendste Musiker der Welt sein. Sobald ich groß genug bin, geh ich wieder nach Wien und zwing den Kaiser, meine Opern anzuhören.«

»Bescheidenheit war noch nie deine Stärke.« Noch während sie sprach, schluckte sie, denn genau das war es, was von ihr eingefordert wurde. Noch vor ein paar Jahren wurde sie als Wunderkind gefeiert, jetzt war sie als Frau in der zweiten Reihe abgestellt worden. Doch anstatt sich über seine Möglichkeiten zu freuen, jammerte Wolferl darüber, nicht ernst genommen zu werden. Gerne hätte Nannerl ihn an den Schultern gepackt und gerüttelt.

»Ein bescheidener Künstler kann besser gleich einpacken. Der hat verloren, bevor er noch irgendetwas geschaffen hat.«

Seine Worte trafen Nannerl, doch sie ließ es sich nicht anmerken. Wolfgangs Gesicht hellte sich wieder auf. »Meinst du, ich kann eine meiner Sinfonien unter das Programm heute Abend schummeln?«

»Unbedingt!«, bestärkte sie ihn.

»Aber Papa wird nicht sonderlich erfreut sein«, gab Wolfgang zu bedenken.

»Er wird stolz auf dich sein«, behauptete Nannerl, obwohl sie sich da nicht ganz so sicher war.

»Hm.« Wolfgang setzte sich gerade im Bett auf. »Ich frage mich, welche ich nehmen soll.«

Er summte und schlug mit den Fingern einen Takt. Der Ärger war aus seinem Gesicht verschwunden. Nannerl wusste, dass er nun um nichts in der Welt mehr mit ihr tauschen wollte. Sie erkannte die Melodie, die er erst vorgestern komponiert hatte. Nannerl liebte das Stück. Sobald es fertig war, hatte sie es ihm aus der Hand gerissen und noch vor ihrem Bruder am Klavier ausprobiert. Dabei hatte sie ein paar der Noten verändert. Wolferl war hingerissen gewesen und hatte sogleich die Stellen mit dem Federkiel am Notenblatt ausgebessert. Wie gerne hätte Nannerl heute Abend das Stück gemeinsam mit ihrem Bruder zum Besten gegeben. Aber es war allein Wolferls Abend.

In dem Moment hörte sie ein lautes Pfeifen von der Straße.

»Das Katherl ist da«, sagte Wolfgang. Er sprang auf und lief zum Fenster. »Ich kenn niemanden, der so laut auf zwei Fingern pfeifen kann wie das Katherl. Ich frag mich, wie sie das macht.«

»Keine Ahnung«, pflichtete ihm Nannerl bei. »Sie hat schon so oft versucht, es mir beizubringen, aber ohne Erfolg.«

Wolfgang spitzte die Lippen und pfiff nun die Melodie, die er zuvor begonnen hatte, weiter. Jeder Ton saß perfekt, auch die ausgebesserten. »Das kann dein Katherl nicht«, sagte er zufrieden. Wieder drang ein lauter Pfiff ins Zimmer. Wolfgang öffnete das Fenster.

»Sag dem Nannerl, sie soll runterkommen«, forderte die Freundin. »Es ist verdammt kalt.«

»Sie ist schon unterwegs!«, log Wolfgang. Er drehte sich vom Fenster weg und warf Nannerl ihren Mantel zu. Sie schnappte das Kleidungsstück, griff nach einem kleinen Beutel, in dem sie ihren Fächer, eine winzige Flasche Parfüm und ein Taschentuch mit sich trug, und warf einen allerletzten Blick in den Spiegel, bevor sie ging. Dann verabschiedete sie sich von ihrer Mutter, die in der Stube saß, und eilte die Stufen hinunter in den Hof.

Die Gilowskys begrüßten sie überschwänglich. Nannerl hatte den Verdacht, dass sie zu Hause schon ein paar Gläschen Wein getrunken hatten. Gemeinsam gingen sie in Richtung Rathaussaal.

Es war Faschingsdienstag, und ganz Salzburg war auf

den Beinen. Bevor mit dem Aschermittwoch die lange Fastenzeit begann, wurde stets kräftig gefeiert. Adlige, Handwerker und einfache Mägde – sie alle ließen sich den Tag der Narren nicht entgehen. Heute konnte man ordentlich über die Stränge schlagen, ohne dafür gescholten zu werden. Bauchladenhändler verkauften Schmalzgebäck, Bier und Wein. In Gruppen zogen die Menschen lärmend durch die engen Gassen. Viele waren verkleidet und tanzten ausgelassen zu den Klängen von Straßenmusikanten. An der Ecke zum Domplatz hatte sich eine Menschentraube gebildet. Laiendarsteller gaben eine Posse zum Besten. Zu gerne wäre Nannerl stehen geblieben. Sie liebte Theater, selbst wenn die Bühne nur aus ein paar Holzkisten bestand und die Handlung derbe Witze beinhaltete. Doch Katharina zog sie am Ellbogen weiter.

»Wir wollen doch den Eröffnungstanz nicht verpassen«, mahnte sie.

Durch einen der Hausdurchgänge gelangten sie schließlich zum Rathaus und reihten sich in die Schlange der wartenden Gäste ein. Trotz der Verkleidung erkannte Nannerl viele der Besucher. Hinter der dunkelgrünen Maske mit den langen Pfauenfedern verbarg sich die Frau des Tuchhändlers Manz, neben ihr entdeckte Nannerl den Rechtsbeistand Geiger. Seine Schwanenmaske konnte seinen kurzen Hals und seine eindrucksvollen Hängebacken, die mehr an einen Mops erinnerten, nicht verdecken. Katharina und Nannerl machten sich einen Spaß daraus zu rätseln, wer sich hinter den Verkleidungen verbarg. Sie kicherten übermütig und raunten sich hinter vorgehaltener Hand Namen zu. Schließlich waren sie an der Reihe und traten durch die Tür.

Im Inneren des Rathauses gaben sie ihre Mäntel an der Garderobe ab. Nannerl hoffte, dass sie hinterher wieder ihren warmen teuren Wollmantel erhalten würde und nicht einen der fadenscheinigen Umhänge anderer Gäste. Unterschiedliche Parfümnoten stiegen ihr in die Nase. Blumige Aromen konkurrierten mit fruchtigen Düften und herben Kräuterölen. Sie alle konnten den stechenden Schweißgeruch ungewaschener Körper nicht wettmachen. Die rußenden Fackeln an den Wänden des Säulensaals und die zahlreichen Kerzen, die an den riesigen Lüstern von der Decke hingen, ließen die Luft schnell stickig werden. Schon nach kurzer Zeit kratzte Nannerls Hals. Aber das konnte ihr die Aufregung und Freude nicht verderben. Von der Garderobe ging es weiter in den Rathaussaal, dessen gotisches Deckengewölbe in frisch gestrichenem Weiß glänzte. Dicke rotbraune Marmorsäulen stützten die Decke und teilten den lang gestreckten Raum in mehrere Abschnitte. Im vordersten Teil hatten vier Musiker auf einem kleinen Podest Aufstellung genommen. Nannerl streckte den Hals, um zu sehen, ob sie die Männer kannte. Doch alle vier trugen Masken, und Nannerl konnte nicht erraten, wer sich dahinter verbarg.

Katharinas Eltern zogen sich rasch in eine der Nischen zurück und wurden sogleich von Bekannten an einen der Tische gewunken.

»Wir bleiben in der Nähe der Tanzfläche«, versprach Katharina. Die Gilowskys hatten nichts einzuwenden, und so zogen die beiden Mädchen von dannen. Seitlich der Tanzfläche hatte man große Spiegel aufgestellt, die dem alten gotischen Saal einen Hauch Modernität verliehen. In den Spiegelflächen sorgte der Widerschein der Kerzen für festliches Licht.

Katharina und Nannerl blieben in der Nähe der Säulen stehen. Von hier hatten sie einen perfekten Überblick: Sie konnten die Gäste beobachten und wurden dabei selbst gesehen, ohne sich direkt in den Mittelpunkt zu drängen. Ihnen gegenüber standen ein paar junge Männer, deren Aufmerksamkeit sie rasch auf sich zogen.

Katharina klappte ihren Fächer auf und hielt ihn schützend vor die untere Gesichtshälfte. »Dort drüben sind Albert und Ferdinand Mölk. Die beiden haben ein Auge auf dich geworfen.«

Nannerl errötete. Die beiden Brüder hatten sich schon vor ihrer Abreise nach Wien vergebens um ihre Zuneigung bemüht. Sie waren zwar nicht unattraktiv, doch sie verstanden beide nichts von Musik und konnten mit Opern so wenig anfangen wie Nannerl mit einer alchemistischen Formel.

»Worüber soll ich mich mit den beiden unterhalten?« Sie rümpfte die Nase. »Der Albert hat bei unserem letzten Gespräch geglaubt, dass Versailles ein neues Parfüm sei und man in England immer noch in einfachen Lehmhütten lebe.«

Nannerl bemühte sich, demonstrativ in die andere Richtung zu schauen, um die beiden nicht zu ermutigen herüberzukommen. »Der Ferdinand hat Salzburg noch nie verlassen und ist immer noch davon überzeugt, dass die Erde eine Scheibe ist, von der er runterfällt, wenn er zu nahe an den Rand gerät.«

Katharina kicherte. »Und von wo, glaubt er, kommt die Chocolade, die er so gerne trinkt?«

»Vielleicht nimmt er an, dass die Spezereihändler sie in großen Töpfen aus Rosenblüten kochen.«

Die Musiker stimmten ihre Instrumente. Der Geiger fuhr mit dem Bogen über seine Saiten. Nannerl zuckte zusammen ob eines falschen Tons, den offenbar weder der Musiker selbst noch irgendjemand sonst zu bemerken schien.

»Ich wette, einer der beiden bittet dich um einen Tanz«, raunte Katharina.

Nannerl wagte es immer noch nicht hinüberzuschauen. Doch aus den Augenwinkeln sah sie, wie der Jüngere der beiden, Ferdinand, sie mit einem breiten Grinsen bedachte und Stellung nahm, um sich ihr als Tanzpartner anzubieten. Nannerl hätte sich am liebsten unsichtbar gemacht. Aus Erfahrung wusste sie, dass es unklug war, gleich beim ersten Tanz eine Absage zu erteilen. Das würde andere potenzielle Tänzer entmutigen.

»Soll ich Ferdinand für dich übernehmen?«, bot Katharina an. »Ich mag seine vollen Locken.«

»Von denen sieht man doch mit der Perücke nichts.«

»Ich habe genug Fantasie, sie mir darunter vorzustellen.«

»Vielleicht hat er alle Locken abgeschnitten, damit die Perücke besser sitzt.«

»Nannerl!«, sagte Katharina empört. »Jetzt hast du mir all die schönen Gedanken zerstört. Den restlichen Abend habe ich einen kahlköpfigen Ferdinand vor meinem inneren Auge.«

Nannerl prustete los. Noch bevor sie sich beruhigen konnte, setzte auch schon die Musik ein. Der Geiger hatte es nicht geschafft, den Missklang zu beheben, aber außer Nannerl schien sich niemand daran zu stören.

Die ersten Paare gingen auf die Tanzfläche und stellten sich auf. Wie von Katharina prophezeit, trat im nächsten Moment Ferdinand zu ihnen. Er machte eine galante Verbeugung.

»Darf ich bitten?«

Zum Glück hatte er sich zwischen Nannerl und Katharina positioniert. Blitzschnell schoss Katharina nach vorn und reichte dem jungen Mann ihre behandschuhte Hand.

»Sehr gerne.«

Es dauerte einen Moment, bis Ferdinand begriff, dass er nicht mit Nannerl tanzen würde. Er wirkte verdattert, zog aber mit Katharina ab, wenn auch sein sehnsüchtiger Blick dabei weiter auf Nannerl ruhte. So leise, dass nur Nannerl sie hören konnte, flüsterte Katharina ihr hinter aufgeklapptem Fächer zu: »Ich hab was gut bei dir.«

Nannerl nickte lächelnd. Sie sah den beiden zu, wie sie gegenüber voneinander auf der Tanzfläche Aufstellung nahmen. Wie erwartet, nutzte nun Ferdinands Bruder Albert die Gelegenheit. Er war etwas kleiner und hatte eine große, spitze Nase, die im Moment aber hinter der Maske verborgen war. »Darf ich um den ersten Tanz bitten?«

Nannerl war einfach nicht schnell genug gewesen. Sie hätte gleich den Platz wechseln sollen. Was soll's, dachte sie. Mir fällt kein Stein aus der Krone, wenn ich den ersten Tanz mit Albert tanze. Laut sagte sie: »Gerne.«

Albert führte sie auf die Tanzfläche. Er hatte so viel Parfüm aufgetragen, dass der stechende Moschusgeruch in Nannerls Nase kitzelte und sie zum Niesen brachte.

»Zum Wohl.«

»Danke.«

Sie stellte sich neben Katharina auf. Die Freundin nickte ihr mitleidsvoll zu. Als alle Tanzplätze im Saal vergeben waren, beendeten die Musiker das Eröffnungsstück und begannen mit dem Menuett. Zuerst hüpften die Männer auf die Damen zu, umrundeten sie im Galopp und kehrten zu ihren Plätzen zurück. Dann taten die Frauen es ihnen gleich. Nannerl hatte trotz des ungewollten Tanzpartners Spaß an dem schwungvollen Tanz. Die verstimmte Geige versuchte sie zu ignorieren. Als nächstes Tanzmotiv wechselten Frauen und Männer die Plätze und standen nun auf der jeweils anderen Seite des Saals. Jedes Mal, wenn Nannerl Albert in der Mitte begegnete, wurde sie in eine Wolke seines Parfüms gehüllt. Nach dem Platzwechsel folgte die schwierigste Figur. Je vier Tanzpaare fanden sich zu einer Gruppe zusammen, formten einen Kreis und wechselten nun die Partner, sodass jede Frau mit jedem Mann der Gruppe eine kleine Drehung ausführte. Ferdinand hielt dabei auffällig lange Nannerls Hand. So lange, dass sie schon fast fürchtete, sie würde nicht rechtzeitig beim nächsten Tanzpartner sein. Der große, schlanke Mann, der fast um einen ganzen Kopf größer war als Nannerl, nahm die Verzögerung mit Gelassenheit. Er trug eine dunkle Kniebundhose und makellos weiße Strümpfe. Sein Hemd war schlicht, ohne viel Rüschen, und seine Jacke in einem dezenten Dunkelgrün. Er lächelte und legte dabei eine Reihe weißer Zähne frei. Bedauerlicherweise musste Nannerl viel zu schnell zum nächsten Tanzpartner wechseln. Der Kreis löste sich wieder auf. Nun stand sie Ferdinand gegenüber, und der Tanz begann von vorn. Ferdinand konnte es kaum erwarten, dass er sie umrunden durfte. Dabei streifte er auf unsittliche Weise ihre rechte Hüfte. Nannerl hatte nichts anderes erwartet. Sie ärgerte sich trotzdem und konnte es kaum erwarten, dass sich wieder die vier Paare zum Tanz im Kreis formierten. Diesmal achtete sie darauf, rechtzeitig bei dem großen Mann mit dem charmanten Lächeln zu sein. Er hielt ihre Hand mit einer fast zärtlichen Leichtigkeit, ganz anders als die anderen Männer. Viel zu schnell gab er sie wieder frei. Nach einer Tanzrunde mit einem kleinen schwitzenden Mann war sie wieder bei dem großen Mann angekommen. Diesmal schaute sie ihm direkt in die Augen. Er erwiderte den Blick, und Nannerls Herz schlug einen ungewohnt schnellen Rhythmus. Seine Augen waren dunkelblau wie ein Salzkammergutsee an einem wolkenlosen Sommertag. Sein Lächeln so warm, dass Nannerl sich auf fast magische Weise davon angezogen fühlte. Sie wünschte, er würde die Maske ablegen, damit sie sehen konnte, ob er Lachfältchen rund um seine Augen hatte. Während er auf sie zutanzte, ruhte sein Blick gelassen auf ihr. Nannerl wurde heiß. Das Blut schoss in ihre Wangen, sicher hatten sie die Farbe überreifer Äpfel angenommen. Doch er schien sich nicht daran zu stören. Genau wie sie schien auch er sich nicht an ihr sattsehen zu können. Als er sie umtanzte, versuchte sie, seinen Geruch auszumachen. Es war ein angenehm unaufdringliches Parfüm. Nannerl tippte auf eine Mischung aus Zedernholz und Tanne. Oder war es Kiefer? Sie hätte den verführerischen Waldduft gerne noch länger gerochen, doch der Tanz verlangte, dass er sich wieder von ihr entfernte. Als alle wieder in ihren Ausgangspositionen waren und ihren ursprünglichen Partnern gegenüberstanden, endete die Musik. Nannerl spürte die dunkelblauen Augen immer noch auf sich, als Albert auf sie zukam und sie mit sich zog.

»Großartige Musik, so fein gespielt. Kein einziger falscher Ton«, schwärmte er.

Nannerl nickte abwesend, denn ihre Aufmerksamkeit galt immer noch dem unbekannten Tänzer. Wer war er? Stammte er aus Salzburg? War sie ihm schon einmal begegnet? Er hatte mit der Tochter des Tuchhändlers Rössler getanzt. Brunhilde war in Nannerls Alter. Sie ließ sich von ihm zum Tisch ihrer Eltern führen, wo sie selbst Platz nahm. Herr Rössler bot auch dem Mann einen Stuhl an. Was danach geschah, konnte Nannerl von ihrer Position aus nicht sehen, denn der Tisch befand sich in einer Nische.

Katharina und Ferdinand traten mit erhitzten Wangen zu ihnen, und Nannerl riss ihren Blick widerwillig vom Tisch der Rösslers los.

»Ein toller Auftakt«, meinte Katharina.

»Wer waren denn die beiden anderen Paare?«, fragte Nannerl und hoffte, möglichst beiläufig zu klingen.

»Schwer zu sagen«, meinte Albert. »Der Dicke war ein Stadtbeamter mit seiner Frau. Ich weiß aber nicht, wie die heißen.«

»Das andere Paar waren Brunhilde Rössler und der Direktor des Collegium Virgilianum, Franz Armand d'Ippold.« Ferdinand freute sich sichtlich, dass er Nannerls Frage beantworten konnte.

Schon setzte die Musik erneut ein.

»Wollen wir einen Tanz wagen?« Er streckte Nannerl die Hand erwartungsvoll entgegen.

Nannerl hoffte, dass auch Ippold noch einmal auf die Tanzfläche kommen würde. Deshalb sagte sie zu. Doch zu ihrem großen Bedauern blieben er und Brunhilde sitzen. Als sie nach dem Tanz wieder zum Tisch des Tuchhändlers schaute, war Ippold nicht mehr da. Er war wie vom Erdboden verschluckt. Zwar saß Brunhilde immer noch bei ihren Eltern, aber der Platz neben ihr war leer. Sosehr Nannerl sich auch bemühte und den Tanzsaal nach Ippold absuchte, sie konnte ihn nicht mehr finden. Der Direktor der Knabenschule hatte den Ball frühzeitig verlassen. Es fiel Nannerl schwer, ihr Bedauern darüber zu verbergen. Zu gerne hätte sie noch einmal mit ihm getanzt und herausgefunden, welche Duftnote sein Parfüm so anziehend machte.

7

Salzburg, Jänner 1769

Nannerl unterbrach das Klavierspiel ihrer Schülerinnen.

»Bitte noch einmal von vorn. Und achtet diesmal auf den Takt.« Sie zählte laut vor und klatschte mit. Seit letztem Herbst unterrichtete sie Franziska Villersi, die in Salzburg als Erzieherin in einem gräflichen Haus arbeitete, sowie deren Schützlinge, die Töchter des Grafen Kuenburg und seiner Gemahlin, Komtess Waldstein. Während Franziska eine gelehrige und geschickte Schülerin war, hatten die beiden Mädchen, Emilia und Leopoldine, kein sonderlich großes Interesse an der Musik. Sie nahmen es mit den Übungsstunden nicht sehr genau und beschäftigten sich lieber mit neuen Frisuren, ihrem kleinen Hündchen oder dem Klatsch über andere junge Frauen. Die Stunden mit den beiden waren eine Geduldsprobe für Nannerl. Immer wieder musste sie sich sagen, dass die beiden bloß ein bisschen Zeit benötigten, um ihr musikalisches Gespür zu entwickeln. Leider erwarteten der Graf und seine Gemahlin, dass ihre Töchter von Zeit zu Zeit ein Stück vorspielten, damit sie sich an den

Fortschritten ihrer Kinder erfreuen konnten. Heute war so ein Tag, doch Grund zu Jubeln gab es nur wenig. Immer wieder griffen die Mädchen in die falschen Tasten, hielten den Takt nicht oder mussten das Spiel unterbrechen.

Nervös spähte Nannerl zu den Eltern. Graf Kuenburg saß mit geschlossenen Augen in einem tiefen dunkelroten Lehnstuhl. Sein Mund war leicht geöffnet, sein Atem ging langsam und regelmäßig. Mit etwas Glück war er eingeschlafen und hörte das fehlerhafte Spiel nicht. Seine Frau war auf eine Stickarbeit konzentriert. Nannerl konnte nicht sagen, was hinter ihrer hohen Stirn vor sich ging.

»Ich habe eine Idee«, schlug Nannerl vor. »Ich setze mich zu dir, Emilia, und wir spielen gemeinsam.« Bereitwillig sprang Leopoldine von der Klavierbank, und Emilia rückte zur Seite, damit Nannerl Platz nehmen konnte. Der Graf nahm von dem Wechsel keine Notiz, seine Frau schaute nur einmal kurz von ihrer Handarbeit auf, um sich dann wieder dem komplizierten Blumenmuster auf dem Taschentuch zu widmen, das in ihren runden Stickrahmen gespannt war.

Nannerl atmete tief durch, dann legte sie ihre Finger auf die Tastatur und begann, die einfache, aber einprägsame Melodie zu spielen. Was eben noch wie eine wahllose Aneinanderreihung von Tönen geklungen hatte, erfüllte nun als harmonische Melodie den Salon. Nannerl musste sich disziplinieren. Für gewöhnlich vergaß sie Raum und Zeit, sobald sie die Tasten berührte und mit der Kraft ihrer Finger dem Instrument eine Partitur nach der anderen entlockte. Aber jetzt ging es nicht um die Melodie oder ihr Vergnügen daran, das Stück so klingen zu lassen, wie der Komponist es ersonnen hatte. Es galt, die Eltern davon zu überzeugen, dass ihre Töchter gelehrige Schülerinnen und sie eine gute Lehrerin war. Deshalb schaute sie zu Emilia und zeigte ihr mit dem Kopf an, wann sie mit ihrem Part einsetzen sollte. Das Mädchen musste nur noch einen gleichbleibenden Takt mit je zwei Fingern jeder Hand spielen. Doch auch damit hatte sie Probleme, weshalb Nannerl ihr den Einsatz mit einem kleinen Nicken angab. Mit dieser winzigen Hilfe gelang es Emilia, das Stück einigermaßen fehlerfrei zu Ende zu spielen. Kaum war der letzte Ton verklungen, öffnete Graf Kuenburg seine Augen. Er schmatzte und tupfte sich mit einem feinen Spitzentaschentuch die Lippen ab.

»Exzellent. Einfach umwerfend. Ich hätte nie gedacht, dass meine Mädels so schnell Fortschritte machen. Der Unterricht des vorherigen Lehrers ist völlig spurlos an ihnen vorbeigegangen. Aber jetzt, nur ein paar Monate mit Ihnen, Fräulein Mozart, und die beiden spielen wie kleine Engel. Was sagst du, meine Liebe?«

Er wandte sich zu seiner Frau, die nun endlich ihre Stickarbeit zur Seite gelegt hatte und in ihre Hände klatschte. »Es hat wunderschön geklungen. Meine Augen sind feucht von Tränen der Ergriffenheit.«

»Wann meinen Sie, dass wir unsere Freunde zum ersten Konzertabend einladen können?« Behäbig rappelte sich Graf Kuenburg aus seinem Lehnstuhl. Seine Leibesfülle war ebenso bemerkenswert wie seine Perücke, die ihm wie ein dicker Teppich über beide Schultern hing.

»Ich denke, dass wir damit besser noch ein bisschen warten«, sagte Nannerl vorsichtig. »Vor Publikum zu spielen erfordert nicht nur Geschick im Umgang mit dem Instrument, sondern auch starke Nerven.«

»Ja natürlich. Daran habe ich gar nicht gedacht«, sagte der Graf und nickte Nannerl wissend zu. »Niemand kann das besser beurteilen als Sie, geschätztes Fräulein. Schließlich haben Sie vor allen großen Höfen Europas gespielt.«

Es lag Nannerl eigentlich fern, mit ihren Auftritten anzugeben, aber sie musste verhindern, dass die Mädchen sich und sie selbst vor Publikum blamierten.

»Es ist wirklich eine große, schwierige Aufgabe«, pflichtete sie dem Grafen bei. »Besser, wir warten noch ein bisschen.«

Kuenburg machte einen Schritt zu einem aufwendig verzierten Schreibtisch an der Wand. Kostbare Einlegearbeiten und zahlreiche kleine Laden und Geheimfächer machten das Möbel zu einer Meisterleistung der Handwerkskunst. Während der Graf Geld aus einer der glänzenden Laden holte, stand auch die Komtess Waldstein auf. Sie war ebenso gut genährt wie ihr Mann. Offenbar verstand auch die Köchin im Hause Kuenburg ihr Handwerk.

»Meine Freundin, die Gräfin Tannhaus, hat mich gebeten, Sie zu fragen, ob Sie bereit wären, auch ihre Töchter zu unterrichten. Wir haben ihr erzählt, was für Wunder Sie bei unseren Mädchen vollbracht haben.«

Nannerl kam sich wie eine Schwindlerin vor. Denn weder Leopoldine noch Emilia zeigten auch nur den geringsten Fortschritt. Das zusätzliche Geld konnte sie jedoch sehr gut gebrauchen. Sie würde sich damit ein neues Kleid anfertigen lassen. In ein paar Tagen spielten sie und Wolfgang vor fünfzig geladenen Gästen zur feierlichen Weihe von Kajetan Hagenauer zum Pater Dominikus. Es war seit Brünn das erste Mal, dass sie öffentlich auftreten durfte. Da wollte sie auf keinen Fall mit ihrem alten Ballkleid auf der Bühne erscheinen, das bereits zig Male geändert worden war. Auch wenn Sopherl großartige Arbeit geleistet hatte, so wäre es peinlich, wenn die Leute sich den Mund darüber zerrissen, dass sie nur ein einziges Festkleid besaß.

Daher sagte sie rasch: »Sehr gerne gebe ich den Töchtern Ihrer Freundin Unterricht.«

»Sehr schön! Sie wird sich freuen.«

Graf Kuenburg trat zu Nannerl und reichte ihr ihren Lohn. Wie jedes Mal lagen die Münzen dezent in einem kleinen Stoffsäckchen. Es wäre unschicklich gewesen, hätte er ihr das Geld übergeben wie einer einfachen Dienstmagd. Nannerl bedankte sich höflich und stellte erfreut fest, dass der Inhalt heute schwerer wog als sonst.

Auf dem Rückweg machte sie einen Umweg zur Schneiderei von Frau Kessler. Sie war zwar nicht die angesehenste Schneiderin der Stadt, aber Nannerl wusste, dass sie zu einem fairen Preis genau das Modell nähen würde, das sie sich aussuchte. Nannerl wollte den Laden betreten, doch an der Tür hing ein Schild: »Komme gleich wieder«. Also blieb sie beim Fenster neben dem Eingang stehen und spähte hinein. Frau Kessler hatte es sich angewöhnt, ein paar der noch nicht fertigen Modelle ins Fenster zu stellen, damit potenzielle Kundinnen sehen konnten, woran sie gerade arbeitete. Ein Grund mehr für die wirklich betuchten Damen, ihre Schneiderwerkstatt nicht aufzusuchen. Schließlich wollte jede mit einem neuen Kleid überraschen und bei festlichen Anlässen für Aufsehen sorgen. Nannerl hingegen schätzte es, schon vor der Bestellung eine Ahnung zu haben, wie das fertige Kleid aussehen würde. So konnte es zu keinen unangenehmen Überraschungen kommen. Heute hing ein eng geschnürtes Oberteil mit einem freizügigen, mit violetten Rüschen eingefassten Ausschnitt auf einer Schneiderpuppe. Das Unterteil des Kleides war noch nicht fertig. Ein fein gemusterter, dunkelblau glänzender Stoff war raffiniert zu einer Schleppe drapiert worden.

Nannerl gefiel, was sie sah, aber für sich selbst würde sie ein schlichteres und gleichzeitig eleganteres Kleid bestellen. Sie wollte am späten Nachmittag zurückkommen. Mit beschwingten Schritten lief sie weiter und wog dabei das Säckchen mit den Münzen in der Hand. Dieses Geld würde sie für sich behalten. Das war keine Selbstverständlichkeit, denn die Schulden der Mozarts, die sich während der Wienreise angehäuft hatten, waren längst noch nicht zurückbezahlt. Deshalb konnte ihr Vater im Moment für kein neues Kleid aufkommen. Doch die kleine Holzkiste unter Nannerls Bett füllte sich langsam, aber beständig. Nannerl musste nur aufpassen, dass Wolfgang nicht von ihren Ersparnissen erfuhr. Mit seinen dreizehn Jahren neigte er dazu, in großen Mengen Geld zu verprassen, sobald sich die Gelegenheit dazu bot. Erst letzten Monat hatte er in der Spezerei hinter dem Domplatz sündhaft teures Zuckerwerk gekauft. Wolferl hatte sich das Geld dafür von ihr bloß »ausgeborgt«. Nannerl wusste, dass sie es nie wiedersehen würde.

Sobald Wolferl ein paar Münzen in der Hand hatte, waren sie auch schon ausgegeben. Daran konnten auch Leopolds Predigten nichts ändern.

Nannerl erreichte die Getreidegasse und lief gut gelaunt die Treppe hinauf. Schon im ersten Stock konnte sie hören, wie ihr Vater sich aufregte. Ihr kleiner Bruder war im Stimmbruch, weshalb er krächzend widersprach. Augenblicklich war ihre gute Laune dahin. Sie verlangsamte die Schritte und hätte am liebsten wieder kehrtgemacht, doch sie ahnte, dass Wolfgang ihre Unterstützung brauchte. In letzter Zeit hatte es häufig Streit zwischen ihm und dem Vater gegeben. Zwar forderte Leopold seinen Sohn, trieb ihn an und lobte sein Talent als Komponist, auf der anderen Seite aber versuchte er, ihn zu bremsen, sobald er befand, dass Wolfgangs Ideen zu abwegig oder neu waren. Er machte kein Geheimnis daraus, dass er sich wünschte, Wolfgang würde eines Tages Hofkapellmeister werden. Ein Traum, den Wolfgang nicht kommentierte, von dem Nannerl aber ahnte, dass er ihn nicht teilte.

Nannerl hatte das dritte Stockwerk erreicht und trat ein. Nun konnte sie die streitenden Stimmen nicht nur hören, sondern auch verstehen.

»Warum können Nannerl und Mama nicht mitkommen?«

Jetzt klang Wolfgang verzweifelt. Ohne ihn zu sehen, wusste Nannerl, dass er kurz davor war, in Tränen auszubrechen. Rasch betrat sie die Stube. Genau wie sie vermutet hatte, stand Wolfgang an die Wand gedrängt, die Arme abwehrend vor der Brust verschränkt, und verkniff sich mit aller Kraft das Weinen. Als er Nannerl sah, hellte sich sein Gesicht auf. Leopold stand auf der anderen Seite des Raumes am Klavier.

»Ich habe dir bereits unzählige Male erklärt, dass Mama und Nannerl in Salzburg bleiben, weil eine Reise nach Italien zu kostspielig für uns alle wäre«, sagte er in einem Ton, der keine Widerrede duldete.

Nannerl hatte schon so viel Schönes über Italien gehört. Sie träumte von Mailand und Rom. Eigentlich sollte sie enttäuscht sein, dass sie nicht mitkommen durfte. Aber die Vorstellung, Katherl und Salzburg wieder zu verlassen, ihre Schülerinnen zu verlieren und auf all die lustigen Bälle und Veranstaltungen zu verzichten, war noch schlimmer. Insgeheim hoffte sie auch darauf, Ippold endlich wiederzusehen. Doch sie hatte ihrem Bruder versprochen, ihn zu unterstützen.

»Ich könnte Wolferl auf dem Klavier oder auf der Geige begleiten«, schlug sie vorsichtig vor.

»Nannerl, ich weiß, dass du unglücklich bist, weil du in Salzburg bleiben musst. Aber es geht nicht.« Leopolds Stimme wurde ein bisschen sanfter. Er hatte keine Ahnung, was in seinen Kindern vorging, weder in Wolfgang noch in ihr.

»Ohne Nannerl fahr ich nicht mit.«

»Du hörst sofort mit dem Unfug auf. Natürlich fährst du mit. Es geht um deine Zukunft, du wirst mir eines Tages dankbar sein. Die Diskussion ist beendet, Wolferl. Wir beide treten die nächste Reise allein an.«

Leopold wollte zur Bekräftigung seiner Worte mit der

flachen Hand aufs Klavier schlagen, hielt sich im letzten Moment aber zurück und klopfte bloß gegen die Seite seines Oberschenkels.

Anna Maria hatte die ganze Zeit über beim Tisch gesessen und schweigend das Streitgespräch beobachtet. Auch sie wirkte erleichtert, als sie Nannerl sah. So als könnte ihre Tochter die Situation entschärfen.

»Ich kann das Geld beisteuern, das ich fürs Unterrichten bekomme«, schlug Nannerl schweren Herzens vor. Das schöne Kleid, das sie bestellen wollte, rückte in unerreichbare Ferne. Dafür blickte Wolfgang sie dankbar an.

»Nannerl, das ist sehr lieb von dir, aber das wird nicht reichen«, erklärte Leopold deutlich ruhiger. »Außerdem soll die Reise dazu dienen, Wolfgang endlich den Ruhm zu verschaffen, der ihm zusteht. Er ist ein Ausnahmemusiker. Da ist es wenig hilfreich, wenn die große Schwester mit auf der Bühne steht.«

Nannerl war sich sicher, dass ihr Vater sie nicht absichtlich kränkte. Aber die Worte trafen sie schwer. Besaß sie nicht auch ein besonderes Talent? Zumindest hatten die Zeitungen in England, den Niederlanden und Frankreich das behauptet. Warum zählte ihr Können plötzlich nicht mehr? Seit sie erwachsen war, stand sie nur noch im Schatten ihres Bruders.

»Niemand spielt meine Stücke so gut wie die Nannerl«, versuchte Wolfgang es erneut. »Wir treten so wie früher zu zweit auf.«

»Nein!«, war Leopolds knappe Antwort.

Er schien Nannerls ernste Miene nicht damit in Zusammenhang zu bringen, dass er ihre Fähigkeiten als Künstlerin infrage stellte, sondern führte ihr trauriges Gesicht darauf zurück, dass sie nicht mit nach Rom reisen durfte. Die Stadt, von der sie sich immer gewünscht hatte, sie zu besuchen.

»Sei nicht traurig, dass du hierbleiben musst.« Er drehte sich zu ihr. »Wie versprochen, darfst du dir in Salzburg endlich den Hund zulegen, von dem du schon so lange sprichst.«

»Nannerl kriegt einen Hund?«, rief Wolfgang empört. Vergessen war sein Wunsch, gemeinsam mit seiner Schwester auf der Bühne zu stehen.

»Wir alle bekommen einen Hund«, korrigierte Anna Maria ihn sanft. »Nannerl sucht ihn bloß aus, während du in Italien bist. Wenn du nach Hause kommst, erwartet er dich.«

»Ich will ihn auch mit aussuchen. Ich pfeife auf Italien.«

»Schluss jetzt«, donnerte Leopold. »Die Diskussion ist beendet!« Seine Worte klangen endgültig. Er duldete keine weitere Widerrede. Aber genau das war Wolfgangs Absicht. Schon öffnete er den Mund zum Protest, als Nannerl ihn am Ellbogen aus der Stube zog.

»Komm mit!« Sanft schob sie ihn in ihre Schlafkammer. Seit einem Jahr teilte sie sich den winzigen Raum nicht mehr mit ihrem Bruder. Wolfgang schlief jetzt in einer Kammer neben der Küche. Trotzdem war er oft bei Nannerl.

Kaum war die Tür hinter ihnen zu, empörte er sich: »Warum hältst du mich davon ab, meine Meinung zu sagen?«

»Weil es nichts bringt. Papa hat seine Entscheidung getroffen, daran können wir nichts ändern.«

»Er ist ein Tyrann, der immer seinen Willen durchsetzen muss.« Wolfgang stampfte auf wie ein kleiner Junge, der er nicht mehr war. Als er einsah, dass er verloren hatte, ließ er sich niedergeschlagen auf Nannerls Bett plumpsen. »Ich will nicht allein mit ihm durch Italien reisen«, fügte er deutlich leiser hinzu.

»Aber du willst doch auch nicht in Salzburg bleiben«, erinnerte ihn Nannerl. »Du wirst Rom sehen, die Ewige Stadt. Und mit etwas Glück werden die Italiener deine Oper lieben.«

»Ohne dich macht das keinen Spaß. Außerdem wolltest du doch immer nach Italien, nicht ich.«

»Ach, Wolferl!« Nannerl setzte sich neben ihn und nahm seine Hände. Wie immer waren vom Komponieren ein paar Tintenflecken auf seinen Fingerspitzen und zwei unschöne Flecken auf den Spitzenmanschetten seines Hemds. Sopherl würde wieder stundenlang mit dem Waschbrett arbeiten müssen, um den Stoff sauber zu bekommen. »Eine Reise nach Italien ist eine große Chance für dich. Stell dir das mal vor: All deine Sinfonien und Sonaten vor einem Musik liebenden Publikum. Die Italiener sind vernarrt in Opern. Vielleicht lernst du sogar den Papst kennen.«

»Ich hab's nicht so mit der Kirche«, sagte Wolferl. »Du hast doch immer davon geträumt, vor dem Papst zu spielen. Warum jetzt auf einmal nicht mehr?«

Nannerl schluckte. Die Frage traf sie. Hatte sie tatsächlich ihre Träume aufgegeben?

»Ich träume immer noch«, murmelte sie leise. »Aber ich habe meine Träume der Wirklichkeit angepasst.«

»Um Himmels willen«, schrie Wolferl auf. »Das klingt ja wie aus dem Mund einer Hundertjährigen.«

»Was würde es denn für einen Sinn machen, wenn ich mir eine große Karriere als Musikerin ausmale?« Nannerl erhob nun auch die Stimme. »Ich bin eine Frau. Hast du das übersehen? Papa hat mich nie in Komposition unterrichtet so wie dich. Ich habe als Mädchen das Wunderkind sein dürfen, und jetzt bin ich dazu verdammt, in deinem Schatten zu stehen.«

Nannerl war über sich selbst erstaunt. Hatte sie das eben wirklich gesagt? Noch nie hatte sie so ehrlich ihre Gefühle ausgesprochen.

Nun war es an Wolferl, betroffen zu sein. »Du stehst in keinem Schatten«, sagte er. »Du bist eine begnadete Pianistin. Und als solche solltest du von der ganzen Welt wahrgenommen werden. Das geht nicht hier in Salzburg. Dazu musst du in die Welt hinaus. Komm mit nach Rom. Lass mich nicht allein.«

Nannerl schüttelte traurig den Kopf. »Wenn ich es könnte, würde ich es tun. Das kannst du mir glauben.«

»Ich werde Papa dazu zwingen«, sagte Wolferl kampfbereit. »Wenn ich mich weigere und ihm sage, dass ich ohne dich nicht fahre, dann kann er gar nichts tun.«

Nannerl war sich nicht sicher, ob sie die Naivität ihres Bruders bewundern oder ihn deshalb bemitleiden sollte.

»Wir haben das Geld dazu nicht«, erinnerte sie ihn.

»Pah!« Wolferl schnaufte nun verächtlich. »Immer geht

es nur ums Geld, so als sei es das Wichtigste auf der Welt. Es sind bloß hässliche Münzen und sonst gar nichts. Ich pfeif aufs Geld.«

Nannerl fragte sich, ob Wolferl jemals erwachsen werden würde. »Nutz die Zeit in Italien«, beschwor sie ihn. »Überzeuge die Menschen von deiner großartigen Musik. Würde ich deine Chancen bekommen, ich würde sie ergreifen.«

»Und was ist mit dir?«

Nannerl zuckte mit den Schultern. »Ich werde mich mit den Möglichkeiten arrangieren, die das Leben für mich bereithält.«

»Das ist furchtbar traurig.«

Nun grinste Nannerl. »Das kommt ganz darauf an, wie diese Möglichkeiten aussehen.« Sie dachte an ihre Freunde und an Katharina. An die Bälle, das Bölzelschießen, ihren neuen Beruf und vor allem an Ippold. Irgendwann musste sie ihm wiederbegegnen. So groß war Salzburg schließlich nicht.

»Mit Papa im Nacken wird Italien ein Albtraum.«

»Du musst aufhören zu jammern«, sagte Nannerl nun genervt.

»Hm!« Wolfgang schmollte. Nannerl lenkte wieder ein.

»Eine Reise nach Italien ist wirklich nicht das Schlimmste, was einem passieren kann.« Sie tätschelte die Hand des Bruders, was dieser nicht ausstehen konnte. Er entzog sie ihr.

»Es wird eine großartige Erfahrung, und ich will jeden Tag einen Brief von dir bekommen.«

»Jeden Tag?« Wolfgang klang entsetzt.

»Jede Woche.«

»In Ordnung.«

»Und du musst mir schreiben, wie die Damen sich in Rom kleiden«, forderte Nannerl. »Und was man dort isst. Angeblich verwenden die Italiener die Zierpflanzen vom anderen Ende der Welt zum Kochen.«

»Die Kartoffel?«

»Nein, die hat die Kaiserin ja schon lange für sich entdeckt. Ich meine die kleinen gelben Blüten, die später zu dicken roten Kugeln wachsen.«

»Die Paradeiser?«

»Ja, genau.«

»Die Italiener essen das Zeug?«

»Aber ja, ich hab davon gelesen. Angeblich schmecken die Kugeln vorzüglich.«

Wolfgang, der gutes Essen schätzte, horchte auf.

»Schick mir ein Rezept«, forderte Nannerl.

»Mach ich, und ich nehm dir ein paar Haarbänder mit, oder ein Spitzentücherl, oder sonst einen modischen Firlefanz.«

»Das ist eine gute Idee«, meinte Nannerl. Wenn Wolferl ihr regelmäßig Briefe schrieb, war es fast so, als sei sie auch ein bisschen in der Ewigen Stadt.

»Und schick mir deine Kompositionen«, forderte Nannerl. »Sobald sich eine Gelegenheit ergibt, gebe ich die Stücke bei einem privaten Liederabend oder einem Ball zum Besten. So kann niemand deinen Namen vergessen, solange du weg bist.«

»Du bist die Beste«, sagte Wolferl.

»Ich weiß!«

Nannerl hoffte inständig, dass Wolferl und ihr Vater sich auf der Reise nicht ständig zanken würden. Ob Gott sie erhörte, wenn sie beim nächsten Kirchenbesuch ein paar zusätzliche Gebete sprach? Es konnte auf keinen Fall schaden.

8

Salzburg, Februar 1769

»Und du hast das Kleid selbst bezahlt?« Katharina umrundete Nannerl und bestaunte das neue Kleidungsstück von allen Seiten.

»Ja.« Verlegen hielt Nannerl die Freundin an. Sie standen im Vorraum des Konzertsaals, und es war ihr unangenehm, dass Katharina sie vor den Augen aller anderen Gäste dermaßen bestaunte.

»Das Kleid ist wunderschön«, sagte Katharina nun leiser. »Die Farbe steht dir. Das Dunkelgrün passt perfekt zu deinen bernsteinfarbenen Augen. Und deine Taille sieht darin so zart und schlank aus, als könnte man sie mit zwei Händen umfassen.«

»Danke.« Nannerl schnaufte leise. »Ich krieg auch fast keine Luft.« Ihr Vater hatte ihr Kleid für zu schlicht befunden und sie mit seiner Bemerkung verunsichert. Zum Glück hatte Katherl wieder einmal zum richtigen Zeitpunkt die richtigen Worte gefunden.

»Ich muss jetzt in den Saal gehen, um mir einen Platz

in einer der vorderen Reihen zu sichern, schließlich will ich dich nicht nur spielen hören, sondern auch sehen.«

Katharina eilte mit den anderen Gästen in den Musiksaal. Nannerl sah sich nach ihrem Bruder und ihrem Vater um, von denen Katharina sie zuvor weggezogen hatte. Langsam drehte sie den Kopf nach allen Seiten. Es hatte den Anschein, als wäre ganz Salzburg heute Abend gekommen, um die Weihe des Hagenauers zum neuen Pater Dominikus zu begleiten. Vielleicht aber auch, um noch einmal die Mozarts zu hören, bevor Leopold mit seinem Sohn zur nächsten Reise aufbrach. Schon morgen sollte es losgehen. Nannerl sah den Bürgermeister, zahlreiche Ratsherren, die wohlhabendsten Kaufleute und einflussreichsten Adligen der Stadt. Und dann, ganz unerwartet, blieb ihr Blick an einer hochgewachsenen, schlanken Person hängen, die in der Ecke des Saals stand. Ihr Herz setzte für einen Moment aus, und sie hielt die Luft an.

Es war genau ein Jahr her, dass sie mit Franz Armand d'Ippold getanzt hatte. Sie hatte ihn seither kein einziges Mal gesehen, auch wenn sie es sich sehnlichst gewünscht hatte. Immer häufiger hatten ihre Wege am Collegium Virgilianum vorbeigeführt. Die Knabenschule lag in der Dreifaltigkeitsgasse ganz in der Nähe vom Wohnhaus der Mozarts. Doch jedes Mal, wenn sie vor dem reichlich geschmückten Holztor gestanden und erwartungsvoll darauf gestarrt hatte, in der Hoffnung, Ippold zu erspähen, war jemand anders aus dem Gebäude getreten: einer der Lehrer, ein Priester oder eine Dienstmagd. Irgendwann hatte sie ihre kindlichen Erwartungen eines Wiedersehens aufgegeben. Es war ihr peinlich geworden, so oft an dem Gebäude vorbeizulaufen. Jetzt konnte sie es kaum fassen, dass Ippold hier war.

Als spürte er ihren Blick, hob Ippold nun den Kopf. Das Blau seiner Augen strahlte Nannerl sogar aus der Entfernung, die zwischen ihnen lag, entgegen. Er schien sich ebenso zu freuen, sie zu entdecken. Auf seinem Gesicht breitete sich ein Lächeln aus. Nannerl schoss augenblicklich das Blut in die Wangen. Er sah ohne Maske genauso aus, wie sie ihn sich vorgestellt hatte: ein kantiges Gesicht mit einer markanten Nase und einem hübsch geschwungenen Mund mit vollen Lippen. Er trug keine Perücke, sondern hatte sein dichtes Haar zu einem einfachen Zopf im Nacken geflochten und mit einer schlichten schwarzen Masche zusammengebunden. Der Zopf war blond und nicht, wie sonst üblich, mit weißem Mehlpuder bestäubt. Seine Kleidung war ebenso schlicht und schön wie seine Frisur. Er trug ein makellos weißes Hemd unter einer dunklen Jacke, dazu weinrote Kniebundhosen. Die Waden unter den eng anliegenden weißen Strümpfen ließen erahnen, dass er sich viel bewegte, denn sie waren kräftig und muskulös.

Gerade als sie dachte, dass er auf sie zukommen wollte, um sie zu begrüßen, hatte Wolfgang sie entdeckt.

»Nannerl, wo bleibst du denn? Wir müssen uns fertig machen.« Er klang vorwurfsvoll und zog sie ungehalten in den Konzertsaal.

Nannerl verlor Ippold aus den Augen und ließ sich widerwillig von ihrem Bruder mit zu ihrem Vater ziehen, der ebenso ungehalten reagierte. »Nannerl, das hier ist kein

Spaß, es ist ein Konzert vor den wichtigsten Männern Salzburgs.«

Nannerl nickte bloß. Sie interessierte sich im Moment nur für eine einzige Person im Raum. Ihr Herz schlug schneller. Es war normal, dass sie vor einem Auftritt nervös war, doch diese Anspannung war neu und hatte wenig mit ihrer musikalischen Darbietung zu tun. Möglichst unauffällig suchte sie die Sitzreihen ab. Die meisten der goldlackierten und mit roten Samtpolstern belegten Holzstühle waren bereits besetzt. In der dritten Reihe entdeckte sie Katharina und deren Eltern. Die Freundin winkte ihr ermutigend zu. Wo war Ippold? Nannerls Blick glitt über die riesigen Spiegel an den Wänden, zum Balkon und den üppigen Deckengemälden mit den dicken nackten Engeln, die Posaune spielend auf weichen Wolken saßen, und wieder zurück zu den Stühlen im Saal. Hatte er es sich anders überlegt? Schon wollte sie enttäuscht die Suche aufgeben, da entdeckte sie seine hochgewachsene Gestalt und seinen klaren, freundlichen Blick im hinteren Teil des Saals. In Nannerls Bauch erhob sich ein ganzer Schwarm von Schmetterlingen und flatterte aufgeregt durcheinander. War es möglich, dass ihre Wangen eben noch dunkler geworden waren? Unter all den aufgetakelten Menschen, die mehr oder weniger stolz durch den Saal schritten und mit Schmuck, Federn, Fransen und Borten ihre Wichtigkeit demonstrierten, wirkte Ippold auf eine unaufgeregte Weise elegant. Wie gerne hätte Nannerl sich mit ihm unterhalten. Ob seine Stimme genauso anziehend war wie sein Äußeres?

Nun betrat Kajetan Hagenauer den Saal. Er war umringt

von hochrangigen Kirchenvertretern und einflussreichen Politikern. Das prunkvolle Ornat mit der aufwendigen Goldstickerei erdrückte die kleine, gebrechliche Gestalt beinahe und ließ den Ordensträger neben dem dicken Bürgermeister ein wenig grotesk aussehen. Vielleicht war das der Grund, warum er rasch zur vordersten Reihe ging und sich direkt vor der Bühne niederließ. Nun stürmten auch die anderen Gäste eilig zu ihren Plätzen. Es wurde noch getuschelt und getratscht, Stoff raschelte, und Stühle knarrten. Endgültig leise wurde es erst, als der Hofdiener mit einer Glocke klingelte. Der hohe Ton läutete den Beginn des Konzerts ein.

Wie immer trat Leopold Mozart auf die Bühne, begrüßte das Publikum, stellte seine Kinder vor und wünschte allen einen unterhaltsamen Abend. Es folgte Applaus. Nannerl und Wolfgang verbeugten sich. Für gewöhnlich legte sich Nannerls Nervosität, sobald sie sich ans Klavier setzte oder wie heute die Geige ergriff. Doch an diesem Abend war alles anders. Ihre Finger zitterten, und sie bekam kaum Luft. Vielleicht war ihr Kleid doch zu straff geschnürt? Ihr Blick suchte immer wieder die dunkelblauen Augen, die ausschließlich auf ihr ruhten. Wolfgang griff in die Tasten und begann, eine neu komponierte Klaviersonate zu spielen. Nannerl verpasste beinahe ihren Einsatz, so unkonzentriert war sie. Wolfgang konnte blind das Klavier bedienen und schaute sie irritiert an. Sie versuchte, ihn zu ignorieren, und spielte weiter. Die Finger ihrer linken Hand glitten mühelos über die Saiten, und ihre Rechte führte den Bogen. Doch sosehr sie das Stück liebte, es in- und auswendig kannte, sie schaffte es heute nicht, die Musik zu fühlen. Sie wurde nicht eins mit den Klängen, sondern war in Gedanken im Zuschauerraum. Beobachtete Ippold sie? Was dachte er über ihr Spiel? Sicher hörte er die Unsicherheiten. Was war nur los mit ihr? Ihre Nervosität schien sich auf Wolfgang zu übertragen. Immer wieder warf er ihr fragende Blicke zu. Nannerl schloss die Augen. Sie versuchte, das Publikum aus ihren Gedanken zu drängen und sich vorzustellen, dass sie nur für sich selbst spielte. Doch es wollte nicht gelingen. Sie wusste, dass sie heute Abend vor allem eine Person beeindrucken wollte.

Was hatte Wolferl gesagt, als er die Sonate komponierte? Sie erinnere ihn an einen Sommertag an der Salzach. Blauer Himmel, plätscherndes Wasser, ein Fisch springt aus dem Wasser. Mit einem Mal konnte Nannerl den Fluss und die Würze der saftigen Wiesen an seinen Ufern riechen. Im Hintergrund erhob sich der Unterberg vor ihrem geliebten Salzburg. Mit diesen Bildern im Kopf fand sie endlich in die Musik. Sie spielte den Rest des Stücks voller Leidenschaft und Hingabe. Der Bogen flog förmlich über die Saiten, und ihre Finger bewegten sich wie von selbst. Sie nahm Wolfgangs zufriedenes Nicken nicht wahr und sah auch die bewegten Gesichter im Publikum nicht. Erst als Wolfgang dem Klavier den Schlusston entlockte, erwachte sie aus ihrem kleinen Tagtraum und kehrte in den Konzertsaal zurück. Tosender Applaus ließ sie hochschrecken. Das Publikum stand von den Sesseln auf und klatschte, was das Zeug hielt. Wolfgang verbeugte sich, und auch Nannerl machte einen bescheidenen Knicks. Erst Minuten später ließ die Begeisterung des

Publikums nach, und die beiden konnten die Bühne verlassen.

»Sag, was war am Anfang mit dir los?«, raunte Wolfgang ihr zu. »Du hast noch nie so gepatzt.«

Nannerl zuckte bloß entschuldigend mit den Schultern. Die Erklärung wäre zu kompliziert. Am finsteren Gesicht ihres Vaters konnte sie erkennen, dass auch er mit ihrem Auftritt nicht zufrieden war. Nannerl hoffte, dass er mit seiner Standpauke warten würde, bis sie wieder zu Hause waren. Während Leopold und Wolfgang Nannerls anfängliche Schnitzer genau gehört hatten, schien das Publikum nichts davon wahrgenommen zu haben. Viele Gäste kamen, um ihr zu ihrem Auftritt zu gratulieren.

»Fräulein Mozart, Sie sind eine begnadete Musikerin. Ich kann es kaum erwarten, Sie wieder spielen zu hören. Wann geben Sie Ihr nächstes Konzert?«

»Formidabel, einfach formidabel. Sie sind großartig! Geben Sie mir die Ehre, und besuchen Sie den Musikabend in meinem Haus.«

»Ihr Spiel ist ebenso schön, wie Sie selbst es sind.«

Nannerl wurde mit Komplimenten überschüttet. Sie fühlte sich glücklich. Salzburg war die Stadt, in der man sie schätzte und verehrte. Während Nannerl am kaiserlichen Hof in Wien auf ihre Rolle als Wolferls Schwester reduziert worden war, kannten die Menschen sie hier. Sie nannten sie »das charmante Fräulein Mozart« und schätzten ihr Talent.

Doch Leopold sorgte bald dafür, dass die Menschen von Nannerl abließen und sich Wolfgang zuwandten.

»Mein Sohn hat die Musik komponiert. Mit nur dreizehn

Jahren schafft er Werke, die in die Musikgeschichte eingehen werden.«

In diesem Moment war es Nannerl nur recht, in den Hintergrund gerückt zu werden. Das Publikum hatte ihr bereits genug Anerkennung gezollt. Jetzt wollte sie sich auf die Suche nach Ippold machen. Sie zog sich dezent zurück und ließ ihren Blick schweifen. Am anderen Ende des Saals entdeckte sie Katharina, die mit zwei jungen Männern in einer Ecke stand und scherzte.

»Darf ich Ihnen zu Ihrem gelungenen Geigenspiel gratulieren?«

Auch ohne sich umzudrehen, wusste Nannerl genau, wer sie gerade ansprach. Die Stimme war tief, ruhig und hatte eine angenehme Klangfarbe. Genauso hatte sie sie sich vorgestellt. Erwartungsvoll drehte sie sich um. Sie hatte sich nicht geirrt. Vor ihr stand Franz Armand d'Ippold. Aus der Nähe war das Blau seiner Augen noch intensiver. Wie sie vermutet hatte, waren sie von kleinen Lachfältchen umgeben. Über die rechte Augenbraue zog sich eine verblasste Narbe. Woher die wohl stammte? Nannerl fand, dass sie dem ebenmäßigen Gesicht etwas Verwegenes gab.

»Vielen … Dank.« Sie stotterte vor Verlegenheit. Das passierte ihr sonst nie.

»Wir kennen einander, Fräulein Mozart.« Sein Lächeln trug nicht dazu bei, dass Nannerl sich beruhigte. Im Gegenteil. Wann war sie jemals so nervös gewesen? »Wir haben letzten Fasching miteinander getanzt.«

»Ich weiß!«

Am liebsten hätte Nannerl sich auf den Mund geschlagen. Es war töricht, so schnell zuzugeben, dass sie sich an ihn erinnern konnte.

Belustigt zog er die Augenbraue mit der Narbe hoch. »Wie schön«, sagte er. »Ich hatte nicht zu hoffen gewagt, dass ich Ihnen in Erinnerung geblieben bin. Lag es etwa an meinen stümperhaften Tanzversuchen?«

»Sie tanzen ganz und gar nicht stümperhaft!« Schon wieder derselbe Fehler. Sie sollte sich Zeit mit den Antworten lassen. Doch Ippold schien sich daran nicht zu stoßen. Es sah aus, als würde er ihre Direktheit schätzen.

»Vielen Dank.« Er verneigte sich. »Darf ich mich vorstellen? Mein Name ist Franz Armand d'Ippold, ich bin Direktor des adeligen Collegium Virgilianum.«

Vorsichtshalber biss Nannerl auf ihre Unterlippe, um nicht voreilig »Ich weiß« zu sagen. Mit möglichst sachlicher Stimme entgegnete sie: »Sehr erfreut«, und reichte ihm ihre Hand. Sie war eiskalt, dabei hatte sie eben mit vollem Einsatz Geige gespielt.

Er ergriff sie, führte sie zum Mund und hauchte einen Kuss auf den Handrücken. Es war bloß eine zarte Berührung. Doch Nannerl hatte das Gefühl, als würde die Haut unter seinen Lippen brennen. Viel zu schnell ließ er ihre Hand wieder los.

»Es tut mir sehr leid, dass ich Sie letztes Jahr nicht zu einem weiteren Tanz aufgefordert habe, aber ich musste den Ball wegen eines unerfreulichen Vorfalls in der Schule vorzeitig verlassen.«

»Das tut mir leid. Ich hoffe, es war nichts Schlimmes.«

»Zwei vorwitzige Knaben haben sich einen Spaß gemacht und sich als Ahnfrauen des Collegiums verkleidet, weshalb die Köchin in Ohnmacht gefallen ist, der Schuldiener Alarm geschlagen und die Küchenmagd losgeschickt hat, um mich zu holen.«

»Oh! Ich nehme an, dass Sie die Schuldigen bestraft haben?«

Ippold neigte den Kopf. »Wer war Ihrer Meinung nach der Schuldige? Die Knaben, die den letzten Faschingstag für einen kleinen Spaß genutzt haben? Der Schuldiener, der an diesem besonderen Tag im Jahr zu tief in die Flasche geschaut hatte, oder die Köchin, die so abergläubisch ist, dass sie die Existenz von weißen Ahnfrauen nicht anzweifelt?«

Mit dieser Antwort hatte Nannerl nicht gerechnet. »Sie haben die Knaben nicht bestraft?«

»Ich habe am nächsten Tag mit allen Beteiligten ein ernstes Wort geredet. Mit den Knaben, der Köchin und dem Schuldiener. Alle waren sehr geknickt, weshalb es mir übertrieben erschien, noch weitere Maßnahmen zu treffen. Es war ohnehin Aschermittwoch. Da mussten alle fasten und zur Beichte gehen. Ich dachte, das wäre genug.« Er sah Nannerl mit abwartender Neugier an. »Halten Sie meine Entscheidung für zu milde?«

»Nein, durchaus nicht«, schoss es aus Nannerls Mund. »Es überrascht mich bloß. Viele Direktoren hätten anders gehandelt.«

Wieder rutschte seine Augenbraue fragend nach oben.

»Aber ich mag die Art, wie Sie das Problem gelöst haben«, bekannte Nannerl ehrlich. »Es zeugt von einem gewissen Sinn für Humor, Verständnis und Großzügigkeit.«

Nun schwieg Ippold für einen kurzen Moment verlegen. Dann überbrückte er die entstandene Pause und fragte Nannerl nach den Musikstücken, die sie heute Abend gemeinsam mit Wolfgang gespielt hatte. Sie unterhielten sich über Wolfgangs Sonate, über die Schwierigkeiten, die beim Geigenspiel entstehen konnten, über die Spiegel im Musiksaal und den wohlschmeckenden Punsch, der Nannerl zusätzliche Röte in die Wangen trieb. Es war überraschend einfach und unkompliziert, sich mit Ippold zu unterhalten. Kaum war ein Thema vom Tisch, ergab sich auch schon das nächste. Die Zeit verging im Flug, und so war Nannerl enttäuscht und überrascht zugleich, als ihr Vater neben ihr stand und das Gespräch abrupt beendete. »Nannerl, wir müssen nach Hause, Wolfgang und ich treten morgen eine lange Reise an.«

»Kennst du Herrn Ippold schon, Vater?« Nannerl wollte unbedingt, dass ihr Vater erfuhr, mit wem sie sich eben unterhalten hatte.

»Wir sind einander noch nie begegnet, aber ich habe von Ihnen gehört. Wenn ich richtig informiert bin, leiten Sie das Collegium Virgilianum.«

»Ja, ich bin der Direktor der Schule. Ich hoffe, dass nur Erfreuliches über mich im Umlauf ist.« Ippold sprach langsam und ruhig mit einem Anflug von Humor. Er reichte Leopold die Hand, die dieser beherzt ergriff.

»Ich habe nichts Negatives gehört.«

»Das freut mich«, sagte Ippold erleichtert. »Ich hatte heute Abend die Ehre, mich mit Ihrem charmanten Fräulein Tochter zu unterhalten. Ich hoffe, dass ich bald wieder die

Gelegenheit dazu bekommen werde. Sie ist eine ganz außergewöhnliche Musikerin.«

Er bedachte Nannerl mit einem Blick, der ihr erneut die Röte ins Gesicht trieb. Sie hoffte inständig, dass ihr Vater es nicht bemerkte. Doch der war damit beschäftigt, Wolfgang zu suchen.

»Ich frag mich, wo dein Bruder steckt«, murmelte er in Nannerls Richtung. »Er weiß doch, dass wir morgen früh aufstehen müssen.«

Ippold hatte seine leisen Worte gehört. »Ihr Sohn steht beim Büfett.« Sofort drehten Leopold und Nannerl sich um und sahen, wie Wolfgang ein ganzes Glas Punsch auf einmal leer trank. Es schien nicht das erste zu sein, denn er wankte bereits ein wenig und starrte dabei ungeniert der Gräfin Radetzky in den freizügigen Ausschnitt.

»Das darf nicht wahr sein«, stöhnte Leopold. »Gott stehe mir in den nächsten Wochen und Monaten bei.«

Schon wollte Leopold sich von Ippold verabschieden, als dieser ihn zurückhielt.

»Ich hoffe, dass Sie keine Einwände haben, wenn ich Ihrer Tochter während Ihrer Abwesenheit meine Aufwartung mache. Ich würde mich freuen, wenn wir unser angenehmes Gespräch fortsetzen dürften.«

Nun glühten Nannerls Wangen förmlich. Es fühlte sich fast an wie einer der Fieberschübe ihrer Pockenerkrankung, bloß dass sie diesmal keine Schmerzen litt.

»Ich werde in den nächsten Wochen nicht in Salzburg sein. Sie müssen sich also ein wenig gedulden.«

Nannerl konnte ihre Enttäuschung nicht verbergen. Leopold schien selbst zu bemerken, dass seine Antwort eine Spur zu streng war. Etwas milder fügte er hinzu: »Meine Frau wird in Salzburg bleiben, ich werde mit ihr sprechen.«

»Vielen Dank!« Ippold verbeugte sich leicht und wünschte Leopold eine erfolgreiche und angenehme Reise.

»Ich hole Wolferl. Mach dich bitte fertig, wir gehen«, befahl Leopold Nannerl.

Und schon marschierte ihr Vater zum Büfett.

»Es war mir eine Ehre, Sie kennenzulernen.« Ippold ergriff erneut ihre Hand und führte sie zu seinen Lippen. Bevor sie ihre Haut berühren konnten, nahm Nannerl ihren ganzen Mut zusammen: »Mögen Sie das Bölzelschießen?«

Er hielt in der Bewegung inne und zog fragend die Augenbraue mit der Narbe hoch.

»Meine Mutter und ich sind im nächsten Monat bei den Gilowskys eingeladen.«

»Ich habe davon gehört. Aber soviel ich weiß, muss man Mitglied in der Bölzelschützenkompanie sein, um an den unterhaltsamen Veranstaltungen teilzunehmen.«

»Haben Sie denn Interesse daran?« Nannerl war über sich selbst überrascht. Sie war fest entschlossen, nicht erneut ein Jahr zu warten, bis sie ihn wiedersah. Aus den Augenwinkeln spähte sie zu ihrem Vater, der damit beschäftigt war, Wolferl am Ellbogen zur Garderobe zu ziehen. Es blieb ihr nicht viel Zeit.

»Ich hätte großes Interesse, am Bölzelschießen teilzunehmen.«

»Dann werde ich dafür sorgen, dass Sie von der Familie Gilowsky eine Einladung erhalten.«

Unglaublich, Nannerl hatte es tatsächlich gesagt! Ihre Kühnheit beeindruckte und erschreckte sie gleichermaßen. In Ippolds blauen Augen lag eine sanfte Neugier.

»Ich werde auf jeden Fall kommen.«

Dann führte er ihre Hand, die er immer noch behutsam in seiner hielt, erneut an die Lippen. Diesmal löste die Berührung ein wahres Feuerwerk in ihrem Bauch aus. Ähnlich wie das Spektakel, das sie in Wien erlebt hatte. Doch heute explodierten die Knallkörper nicht am nächtlichen Himmel, sondern brachten ihr Inneres gehörig durcheinander.

Als sie auf dem Weg nach Hause war, fühlte sich die Stelle auf ihrem Handrücken immer noch warm an. Sie konnte es kaum erwarten, Ippold wiederzusehen.

9

Salzburg, März 1769

»Mama, es ist ein Brief aus Italien gekommen!« Nannerl hob ihre Röcke und lief die Stufen hinauf in den dritten Stock. Ihre Mutter und Sophie waren gerade dabei, Sauerkraut mit Wacholderbeeren und Salz in ein großes Fass einzulegen. Der Geruch des frisch geschnittenen Krauts hing in der Küche.

»Na endlich«, seufzte Anna Maria. »Ich habe mir schon Sorgen gemacht.« Sie wischte sich die Hände an der Schürze ab. Dann nahm sie Nannerl den Umschlag ab, riss ihn sorgfältig auf und entnahm ihm mehrere Blätter Papier.

»Was schreibt der Papa? Hat Wolferl auch einen Brief für mich beigelegt?«

Anna Maria überflog die Zeilen. Ihr Gesicht hellte sich auf. »Wolferl kommt in Mailand beim Publikum gut an. Er hat mit seinem *Dramma per musica Lucio Silla* großen Erfolg.« Ein Seufzer der Erleichterung entfuhr ihr. »Endlich!«

»Mama, hat Wolferl auch einen Brief für mich beigelegt?«

Anna Maria sah alle Blätter durch. »Ja, hier. Dieser Brief ist für dich.« Sie reichte ihn Nannerl, nachdem sie einen neugierigen Blick auf die Zeilen geworfen hatte, die an ihre Tochter gerichtet waren.

»Danke.«

Nannerl setzte sich damit auf das hellblaue Kanapee und begann zu lesen.

»Liebste Zizibe ...« Sie musste grinsen. Es sah ihrem Bruder ähnlich, sie mit einem neckischen Spitznamen anzureden. Gut, dass er diesmal nicht »Canaglia« schrieb wie beim letzten Mal. Nannerl hatte ihn daraufhin Hanswurst genannt. Schmunzelnd las sie weiter. Genau wie Leopold berichtete auch Wolferl vom Erfolg in Mailand, der zudem einen unerwarteten Geldsegen versprach. Er beschrieb die Stadt, die vom Nebel verschluckt wurde, sodass er die berühmte Oper kaum zu Gesicht bekam. Nannerl versuchte, zwischen den Zeilen zu lesen, und konnte die Wehmut erkennen, die darin versteckt lag. Ja, ihr Bruder freute sich über den Erfolg und genoss ihn. Aber er schien auch unter dem zunehmenden Druck des Vaters zu leiden.

» ... deshalb würde ich dich bitten, mir die Abschrift einer Sinfonie von Mysliveček zu besorgen, die ich zum Studium benötige ...«

Nannerl ahnte, dass es sich um Noten handelte, die Wolfgang vor dem Vater geheim halten wollte, weil sie Leopold nicht gefallen würden. Besonders die letzten Worte gaben ihr Grund zur Sorge.

» ... ich vermisse dich aufs Schmerzlichste, und obwohl Italien großartig ist und Musiker hier wie im Paradies leben, kann ich mich nicht grenzenlos daran erfreuen. Tausend Schmatzerl, dein Wolferl.«

Wolfgang hatte sich in seinem Brief auch erkundigt, welchen Hund sie denn nun ausgesucht hatte. Nannerl hatte die Entscheidung bis jetzt hinausgeschoben. Katharina riet ihr zu einem kleinen Seidenhündchen, wie ihn ihre Schwägerin besaß. Alle, die etwas auf sich hielten, hatten nun so einen Hund. Anna Maria bevorzugte einen Mops. Doch die gefielen Nannerl ganz und gar nicht. Eine ihrer neuen Schülerinnen, Barbara Zezi, hatte einen flauschigen Pudel, den sie bei jeder Unterrichtseinheit wegsperren musste, weil er unentwegt kläffte.

»Der Papa will wissen, was für ein Hund ihn erwartet, wenn er wieder in Salzburg ist.« Anna Maria setzte sich zu Nannerl auf das Kanapee.

»Was schreibt der Papa noch?«, wollte Nannerl wissen.

»Er lässt dich schön grüßen und will, dass du fleißig übst und der kleinen Zezi mit Fleiß und Geduld das Klavierspielen beibringst. Er erinnert dich daran, dass die Zezis eine der einflussreichsten Familien Salzburgs sind. Wenn du sie überzeugen kannst, stehen dir als Klavierlehrerin sämtliche Türen der Stadt offen.«

Nannerl verzog den Mund zu einer Grimasse. Barbara Zezi war mit Abstand die unangenehmste Schülerin und bei Weitem nicht klein, im Gegenteil, sie war beinahe in Nannerls Alter und nicht nur einen Kopf größer als sie selbst, sondern auch doppelt so breit. Barbara war die Tochter eines Galanteriewarenhändlers. Geld spielte in ihrem Leben keine Rolle. Sie schien genug davon zu besitzen, um ihrer Umwelt das Leben schwer zu machen. Anders als bei Leopoldine und Emilia, die einfach ein bisschen faul, im Grunde aber wohlerzogene, liebe Mädchen waren, konnte Nannerl an Barbara nichts Liebenswertes finden. Sie war überheblich, eingebildet und hinterlistig. Nach jeder Stunde fürchtete Nannerl, dass die junge Frau üblen Tratsch über sie verbreiten würde, auch wenn Nannerl ihr keinen Anlass dazu gab. Barbaras Gesicht war von den Pocken entstellt, ähnlich wie das von Wolferl. Die Narben versuchte sie mit einer dicken Schicht Puder zu verbergen, was nicht immer gelang. An manchen Tagen sah ihr Gesicht wie eine riesige teigige Masse aus, in der die Augen schier verschwanden. Das alles wäre kein Grund, sich zu beklagen. Doch sie weigerte sich auch, die Übungen zu machen, die Nannerl ihr nach jeder Einheit aufgab, und beschwerte sich gleichzeitig über die fehlenden Fortschritte. Sie war davon überzeugt, dass sie ein Naturtalent besaß, und hielt sich für eine große Pianistin. Dass sie dennoch kein Stück allein spielen konnte, lag ihrer Meinung nach allein an Nannerls Unfähigkeit als Lehrerin. Hätte Leopold nicht darauf bestanden, dass Nannerl sie weiter unterrichtete, hätte sie es längst aufgegeben und sich netteren Schülerinnen gewidmet.

»Ich werde ihm schreiben, dass du fleißig übst und regelmäßig Unterricht erteilst, er also keinen Grund zur Sorge haben muss.«

Nannerl seufzte. Lieber wäre ihr gewesen, Anna Maria hätte ihrem Mann die Wahrheit gesagt und geschrieben, dass Nannerl die Stunden bei den Zezis hasste.

»Und was den Hund betrifft: Ich habe uns morgen Nachmittag bei der Familie Waldstein angesagt.«

»Die Besitzer der Tuchmanufaktur?«

»Ja, Frau Waldstein besitzt fünf kleine Seidenhündchen. Lauter niedliche flauschige Wollknäuel. Ihre älteste Hündin, Fifi, hat Nachwuchs bekommen, und sie würde sich freuen, wenn sie uns eines davon abgeben könnte.«

»Ein Seidenhündchen?« Der Gedanke gefiel Nannerl ganz und gar nicht. »Die sind so winzig klein. So als hätte man ein Kaninchen auf dem Schoß.«

»Die Hunde sind modern«, sagte Anna Maria. »Sie kosten ein Vermögen. Es wäre eine große Ehre, eines geschenkt zu bekommen.«

»Ich weiß nicht«, meinte Nannerl. »Ich habe eigentlich an ein größeres Tier gedacht.«

»Doch nicht an einen Jagdhund!« Anna Maria klang entsetzt. »Die Viecher fressen Unmengen.«

»Wir können uns das Seidenhündchen ja mal ansehen«, lenkte Nannerl ein.

In Gedanken sah sie Katharina das Hündchen begeistert durch den Mirabellgarten tragen und ihm kleine bunte Schleifen ins Fell flechten.

»Aber das heißt nicht, dass wir auch einen nehmen«, fügte sie entschieden hinzu.

Am nächsten Tag fuhren Nannerl und ihre Mutter mit einer Kutsche Richtung Bad Reichenhall, wo das Anwesen der Familie Waldstein lag. Die Tuchmanufaktur, ein Ableger der riesigen Baumwollspinnereien in Niederösterreich, befand sich abseits des großen Gutshofs und bestand aus einem flachen einfachen Bau aus unverputzten Backsteinen. Daneben lag ein kleineres Gebäude, das mehr wie eine Baracke aussah als wie ein Haus. Trostlos und windschief stand es zwischen mehreren hohen Nadelbäumen. Vor den Fenstern hingen schmutzige und löchrige Hemden an einer Wäscheleine zum Trocken. Auf den Stufen des Hauseingangs hockten zwei Mädchen in fadenscheinigen Kleidern und schälten Zwiebeln, die sie aus einem Korb nahmen, der vor ihnen auf dem staubigen Boden stand. Trotz der eisigen Temperaturen waren sie barfuß. Ihre eingefallenen Gesichter blickten emotionslos auf, als sie die Kutsche vorbeifahren sahen. Die Hoffnungslosigkeit in ihren Augen schmerzte Nannerl. »Wohnen die Kinder in dem Haus?«, wollte sie wissen.

»Ich nehme es an.« Anna Maria schien ebenso entsetzt über den Zustand der Mädchen wie Nannerl. »Warum sollten sie sonst davorsitzen?«

Die Kutsche fuhr weiter, vorbei an der Manufaktur hin zum feudalen Anwesen der Besitzer. Das Haus glich mit seinen verspielten Türmchen und Erkern einem kleinen Schlösschen. Es lag in einer gepflegten Parkanlage. Gerade als die Kutsche das schmiedeeiserne Tor passierte, hielt der Kutscher sein Gefährt abrupt an. Der Mann schimpfte laut. Nannerl und Anna Maria waren durch den Aufprall unsanft zusammengestoßen. Beide rieben sich die schmerzenden Seiten.

»Was ist jetzt passiert?« Neugierig schaute Nannerl aus dem Fenster und suchte nach dem Grund des plötzlichen Stehenbleibens. Ein gefleckter Straßenhund war aus einem der Büsche gekommen und hatte das Pferd erschreckt. Es war ein junges Tier, das mit angelegten Ohren und eingezogenem Schwanz verängstigt neben dem Weg stand und zitterte. Mit erhobener Faust kam ein Gärtner, der sich an der Hecke zu schaffen machte, und verjagte das Tier. »Verschwinde, du nutzloser Köter!« Er warf einen Stein nach dem Hund, der sich winselnd im Gebüsch verkroch.

»Pass besser auf den Köter auf«, schimpfte der Kutscher. »Er macht mein Pferd scheu.«

»Das Viech gehört uns nicht«, antwortete der Gärtner. »Es stammt von einem der Bauern. Aber statt es zu erschlagen, hat man es weggejagt.«

»Dann nimm deinen Rechen, und zieh ihm eins über!«, forderte der Kutscher.

»Dazu muss ich ihn erst mal erwischen. Aber ich hab anderes zu tun, als in diesen verdammten Busch zu kriechen.«

»Pah.« Der Kutscher knallte mit der Peitsche, und langsam trottete das Pferd weiter.

Nannerl sah sich nach dem Hund um, doch sie konnte ihn nicht mehr sehen. Er war wieder im Gebüsch verschwunden. Stattdessen konnte sie die Gartenanlage bestaunen. Wer immer sie geplant hatte, musste zuvor in Hellbrunn gewesen sein. Überall standen Figuren aus Marmor in zu dieser Jahreszeit leeren Wasserbecken. Nannerl sah Nymphen und Fische, Engel und griechische Götter. Der Prunk wollte so gar nicht zu dem Elend passen, an dem sie eben vorbeigefahren waren. Über einen gekiesten Weg gelangten sie zum Wohnhaus ihrer Gastgeber. Zwei breite Treppen führten rechts und links zum imposanten Eingang.

Die Waldsteins besaßen keinen Adelstitel, doch sie lebten wie Grafen. Der Kutscher sprang von seinem Kutschbock und öffnete die Wagentür. Zuerst kletterte Nannerl heraus, dann folgte ihre Mutter, die dem Kutscher ein Säckchen mit Münzen in die Hand drückte.

Gemeinsam stiegen sie die flache, geschwungene Treppe zum Eingang hoch. Ein Diener empfing die beiden Frauen. Kaum hatten sie die prunkvolle Eingangshalle betreten, kam ihnen auch schon Frau Waldstein entgegen. Sie trug ein geschmackvolles Hauskleid mit einem offenen Überrock aus üppigen Rüschen. Ihre Haare waren zu einem Turm hochgesteckt, auf dessen Spitze ein buntes Schiff steckte. Im Arm hielt sie ein kleines Seidenhündchen, in dessen Fell ebenfalls ein Schiff prangte, nur wenig kleiner als das seiner Herrin.

»Nein, was für eine große Freude!« Die Stimme von Frau Waldstein überschlug sich förmlich. »Frau Mozart und ihre charmante Tochter. Kommen Sie weiter. Ich habe schon alles für die Jause richten lassen.«

Die Damen begrüßten einander und folgten der Gastgeberin über eine Marmortreppe in den ersten Stock, wo in einem kleinen chinesischen Salon ein Tisch gedeckt war. An den Wänden hingen chinesisch anmutende Tapeten. Auf einem kleinen Tischchen in der Ecke stand eine riesige mintfarbene chinesische Vase mit zierlichem Blumenmuster. Nannerl hatte ähnliche Kunstgegenstände in Versailles gesehen.

»Mein Mann ist ein großer Liebhaber exotischer Exponate«, erklärte Frau Waldstein. »Wo immer er ein neues Objekt erstehen kann, schlägt er zu. Setzen Sie sich doch.«

Sie bat ihre Gäste zu Tisch. Es überraschte Nannerl nicht, dass Jasmintee eingeschenkt wurde. Dazu gab es einen ganz gewöhnlichen Nusskuchen mit Rosinen. Frau Waldstein setzte sich und nahm ihr Hündchen auf den Schoß. »Ich bin so unverschämt und überfalle Sie gleich mit einer Frage: Wäre es möglich, dass Fräulein Mozart später für uns eine kleine Kostprobe ihres Könnens gibt?« Sie lächelte Nannerl erwartungsvoll an.

»Selbstverständlich«, sagte Nannerl. »Wollen Sie lieber ein Stück am Klavier hören, oder bevorzugen Sie die Geige?«

»Mir ist alles recht«, entgegnete Frau Waldstein schnell. »Ich habe meinen Freundinnen erzählt, dass Sie heute zu Besuch kommen. Sie wollen es sich nicht nehmen lassen und später selbst vorbeischauen. Wann hat man schon die Gelegenheit, eine so große Künstlerin im Haus zu haben.« Nannerl fühlte sich geschmeichelt. Während Frau Waldstein sprach, beschnüffelte der kleine Hund auf ihrem Schoß ihren Porzellanteller. Seine winzige rosarote Zunge fuhr über den Nusskuchen. Nannerl bemühte sich, ihren Ekel zu verbergen, und wandte sich ab.

»Sie wollen also einen meiner kleinen Lieblinge entführen«, fuhr Frau Waldstein fort. Sie hob das Wollknäuel hoch, damit es besser an den Teller kam. Mit spitzen Fingern brach sie ein Stück Kuchen ab und hielt es dem Hund entgegen. Er schleckte es ab, wollte es aber nicht essen, woraufhin Frau Waldstein es selbst in den Mund steckte. Nannerl hatte plötzlich keinen Appetit mehr. Am liebsten hätte sie Kuchen und Tee zur Seite geschoben, aber das wäre unhöflich gewesen. »Es fällt mir wirklich nicht leicht, mich von ihnen zu trennen. Die Tiere sind wie meine eigenen Kinder.«

»Wem gehört der Hund, der in Ihrem Garten frei herumläuft?«, fragte Nannerl.

»Der gefleckte Köter?«, fragte Frau Waldstein irritiert. »Ist er etwa immer noch da? Ich habe dem Gärtner gesagt, dass er ihn fortjagen soll. Es ist unerhört, dass er meine Befehle einfach ignoriert.«

Anna Maria versuchte, das Thema zu wechseln. »Es ist außerordentlich großzügig von Ihnen, dass Sie uns einen Ihrer Hunde überlassen wollen.«

»Na, so ganz sicher bin ich mir noch nicht«, gab Frau Waldstein zu. »Es ist eine wirklich schwierige Entscheidung, welchen der Welpen ich fortgeben soll.«

»Das kann ich gut verstehen«, sagte Nannerl einfühlsam. Sie trank einen Schluck Tee. »Wir sind an Ihrer Manufaktur vorbeigefahren und haben uns gefragt, was sich in dem Haus daneben befindet. Zwei Kinder saßen auf den Stufen davor.«

»Das ist ein Waisenhaus.« Wieder bekam der kleine Hund ein Stück Kuchen.

»Ein Waisenhaus?«, wiederholte Anna Maria verwirrt.

»Aber ja doch, das ist so am praktischsten. Die Kinder wohnen im Waisenhaus und arbeiten in der Manufaktur. Auf diese Weise können sie der Gesellschaft gleich wieder zurückgeben, was man in sie investiert.«

Nannerl blieb das winzige Stück Kuchen, das sie eben in

den Mund gesteckt hatte, im Hals stecken. Sie musste husten.

»Nehmen Sie noch einen Schluck vom Tee. Er ist vorzüglich und kommt direkt aus China.«

»Aber die Kaiserin hat doch die Schulpflicht eingeführt«, wandte Anna Maria vorsichtig ein. Auch sie war blass geworden. »Die Kinderarbeit ist weitgehend abgeschafft.«

Frau Waldstein machte eine wegwerfende Handbewegung. »Zum einen wohnen wir im Fürsterzbistum und unterstehen nicht dem Befehl der Kaiserin, zum anderen ist auch im Habsburgerreich die Kinderarbeit ein gängiges Modell. Auf diese Weise sind die unglücklichen Kleinen versorgt und leisten einen Beitrag für die Gesellschaft. Vor und nach der Arbeit in der Manufaktur erhalten sie Unterricht im Lesen und Schreiben. Das muss reichen, denn zu viel Wissen würde sie nur übermütig machen.«

»Zahlen Sie den Kindern den gleichen Lohn wie den erwachsenen Arbeitern?«, fragte Nannerl und ignorierte den warnenden Blick ihrer Mutter.

»Um Himmels willen, natürlich nicht«, sagte Frau Waldstein. »Das Verhältnis der Löhne von Männern, Frauen und Kindern ist vier zu zwei zu eins. Deshalb ist es ja so lukrativ, Kinder anzustellen, und man tut dabei gleich etwas Gutes. Ist das nicht großartig? Stellen Sie sich nur vor, was mit den armen Kleinen passieren würde, hätten sie bei uns kein Zuhause.«

Nannerl biss sich auf die Zunge. Sie verstand unter dem Begriff »Zuhause« etwas anderes.

»So, aber jetzt reden wir über etwas Erfreulicheres. Wie

geht es denn Ihrem Mann und Ihrem Sohn in Italien? Man hört, dass die beiden große Erfolge feiern.« Die Gastgeberin griff sich an den Kopf und überprüfte ihre Frisur. Das Schiff saß nach wie vor fest im Haar.

Es folgte eine Konversation über die Musik, Wolfgangs Kompositionen und die Städte, die die Mozarts bereist hatten. Nannerl hörte nur mit einem Ohr zu. Ihr Blick ruhte auf dem kleinen Hund, der mit Kuchen vollgestopft wurde, während die Kinder nur wenige Gehminuten vom Haus entfernt barfuß Zwiebeln schälten, für einen Hungerlohn arbeiteten und die Basis für diesen ausufernden Reichtum erwirtschafteten. Sie spürte, wie der Unmut in ihr wuchs.

»Ich sehe, dass Sie Ihren Blick nicht von meiner kleinen Fifi wenden können«, sagte Frau Waldstein stolz. »Wollen Sie mit mir ins Nebenzimmer gehen, wo die kleinen Welpen sind?«

»Lieber nicht«, antwortete Nannerl.

Ihre Antwort ließ ihre Mutter erstarren. Auch Frau Waldstein reagierte überrascht. »Warum denn nicht?«

»Während Sie mit meiner Mutter über meinen Bruder gesprochen haben, wurde mir schmerzhaft bewusst, wie sehr er mir fehlt«, log Nannerl.

»Oh, das kann ich mir vorstellen. Sie sind ja gemeinsam an so vielen Orten aufgetreten. Sicher verbindet Sie ein enges Band.«

»Ja, so ist es«, stimmte Nannerl traurig zu. »Ich würde es nicht übers Herz bringen, die kleinen Welpen zu trennen. Sie sind so entzückend, sie sollten auf alle Fälle beisammenbleiben. Ich will nicht die Schuld daran haben, dass eines dieser kleinen Tierchen unglücklich und allein ist.«

Ergriffen fasste sich Frau Waldstein an die Brust. »Fräulein Mozart, Sie sind nicht nur eine begnadete Künstlerin, sondern haben auch ein großes weiches Herz. Ich bin beeindruckt. Kann ich mich in einer anderen Weise erkenntlich zeigen? Schließlich werden Sie meinen Freundinnen und mir eine kleine Darbietung Ihres Könnens geben.«

»Ja, da wäre etwas«, sagte Nannerl betont ruhig. »Würden Sie den nächsten Nusskuchen ins Waisenhaus schicken?« Sie verkniff sich den Zusatz: Anstatt ihn an einen kleinen, fetten Hund zu verfüttern.

»Ja, selbstverständlich. Was für eine überaus großzügige Geste von Ihnen. Aber es muss eine Ausnahme bleiben, sonst glauben die Kinder noch, es würde ihnen zustehen, und wir wollen sie schließlich nicht verziehen.«

Wieder spürte Nannerl, wie ihr übel wurde.

Nach der Jause kamen Frau Waldsteins Freundinnen. Sie trugen ebenfalls kleine Hunde bei sich und setzten sie sich auf den Schoß, während sie andächtig Nannerls Musikdarbietung am Klavier lauschten. Alle drei Damen überschlugen sich mit Lob und Beifall. Gräfin Bartholdi bat Nannerl, auch zu ihr zum Nachmittagskaffee zu kommen und für ihre Freundinnen zu spielen.

»Selbstverständlich werde ich Sie angemessen entlohnen«, sagte sie gönnerhaft. Nannerl wagte es nicht, das Angebot auszuschlagen. Sie sagte vage zu.

Als sie endlich das Haus verließen, war es draußen schon finster. Nannerl fühlte sich erleichtert.

»Warum hast du den Welpen abgelehnt?«, wollte Anna Maria wissen. »Ich dachte immer, du willst unbedingt einen Hund haben.«

»Das will ich auch«, sagte Nannerl. »Und wir werden auch einen mit nach Hause nehmen.«

»Ach ja?« Belustigt hob Anna Maria die Augenbrauen. »Lass mich raten: Wir suchen in dem Busch neben dem Gartentor nach ihm?«

Nannerl nickte.

»Falls wir ihn finden sollten, müssen wir uns davor hüten, deinem Vater davon zu erzählen, wie wir zu dem Hund gekommen sind.«

»Das bleibt unser Geheimnis«, versprach Nannerl, und schon eilte sie über den Kiesweg zum Gebüsch. Dort ging sie in die Hocke und suchte auf allen vieren nach einem kleinen gefleckten Welpen. Hoffentlich hatte der Gärtner nicht ernst gemacht und das Tier erschlagen. Doch sobald Nannerl am Boden hockte, trollte der dreifarbige Welpe tollpatschig aus den immergrünen Blättern des Kirschlorbeerstrauchs und kroch schnurstracks in ihren Schoß. So als hätte er auf Nannerl gewartet.

»Du bist ein Süßer!« Sie kraulte das weiche Fell, und der Hund legte vertrauensvoll seinen Kopf in ihre Hand. »Sieh nur, Mama, ist er nicht entzückend?«

»Er scheint dich zu mögen«, sagte Anna Maria. »Aber er wird mit Sicherheit größer als die flauschige Fifi, und dann passt er nicht mehr in deinen Schoß.«

»Da gehört er auch nicht hin«, meinte Nannerl. »Ich will

einen Hund, mit dem ich spazieren gehen kann, und keinen, den ich herumtragen muss.«

»Wie willst du ihn nennen?«

Nannerl kraulte den Welpen hinter den Ohren. Hier war das Fell noch weicher. Dankbar schleckte das Tier über Nannerls Hand.

»Ich finde, er sieht aus wie ein Pimberl, was meinst du, Mama?«

»Ich glaube, das Pimberl ist ein Mädchen.« Anna Maria lachte. »Aber jetzt komm. Der Kutscher wartet nicht ewig auf uns.«

Nannerl stellte Pimberl wieder ins Gras und stand auf. Der Hund legte enttäuscht die Ohren an. »Komm, Pimberl, ich nehm dich mit. Du bist ab jetzt in der Getreidegasse zu Hause.«

Nannerl klopfte gegen ihren Oberschenkel. Sofort sprang das Hundemädchen auf und lief ihr mit beschwingten Schritten und flatternden Schlappohren nach. Erst vor der Kutsche hob Nannerl sie hoch, damit das Pferd nicht scheute, und half Pimberl in die Kutsche. »Aber das bleibt eine Ausnahme, hörst du?« Sie flüsterte ins weiche Hundeohr. »Und du kriegst keinen Nusskuchen, dafür verspreche ich dir einen saftigen Knochen, sobald du groß genug dafür bist.«

10

Salzburg, Mai 1769

»Ich kann nicht glauben, dass du auf ein Seidenhündchen verzichtet und stattdessen die Pimberl mitgenommen hast.« Katharina war immer noch fassungslos.

»Hör nicht hin, Pimberl, die Katherl meint es nicht so. Sie ist eigentlich eine ganz Liebe.« Nannerl bückte sich und hielt ihre Hände gegen die Hundeohren. Pimberl schleckte sofort über ihren Handrücken.

»Natürlich meine ich es so«, widersprach Katharina. »Ist dir eigentlich klar, was so ein Seidenhündchen kostet? Die Viecher sind mit Gold aufzuwiegen.«

»Wenn ich gewusst hätte, dass du unbedingt ein kleines Herumtrage-Viecherl haben willst, hätte ich eines für dich mitgenommen.« Nannerl stand wieder auf und ging mit Pimberl an der Leine weiter. Sie spazierten durch die Gärten von Schloss Mirabell, dem Sommersitz des Erzbischofs. Die Parkanlagen waren allen Salzburgern frei zugänglich, und die Freundinnen flanierten gerne im Sonnenschein zwischen akkurat geschnittenen Büschen über die weiß gekiesten Wege. Früher hatten sie sich dabei vorgestellt, sie seien Prinzessinnen oder Herzoginnen, die im eigenen Garten lustwandelten. Heute war beiden klar, dass sie niemals einen Garten in dieser Größe besitzen würden. Was nichts daran änderte, dass sie die Schönheit genossen.

»Nein danke. Für mich ist das nichts mit den Hunden.« Katharina wedelte abwehrend mit den Händen und schloss zu Nannerl auf.

»Dann mach dich nicht über mein Pimberl lustig, und sag mir lieber, ob deine Eltern Franz Armand d'Ippold zum Bölzelschießen eingeladen haben.«

Nannerl hatte Katharina gestanden, dass ihr der Direktor des Collegiums gefiel, als sie die Freundin um eine Einladung für ihn gebeten hatte. Katharina hatte verwundert, aber hilfsbereit reagiert und sofort die Bitte weitergegeben.

»Meine Eltern waren überrascht, aber sie haben eine Einladung ins Collegium geschickt.« Katharina verzog den Mund. »Sie vermuten, dass ich ein Auge auf den guten Ippold geworfen habe.«

»Oje, daran habe ich gar nicht gedacht.« Nannerl schlug die Hand vor den Mund.

»Mach dir keine Sorgen«, beruhigte Katharina sie. »Es ist nicht das erste Mal, dass sie hoffen, ein Mann würde mich umwerben. Sie waren bloß besorgt, dass meine Wahl auf jemanden gefallen ist, der nicht heiraten kann.«

»Was sagst du?« Nannerl blieb stehen, und Pimberl wurde an der Leine zurückgehalten.

»Er ist der Direktor einer Schule für adelige Knaben, die der Kirche untersteht. In dieser Position darf er keine Ehe eingehen. Er ist quasi mit seinem Beruf verheiratet. Eine Frau würde ihn von seiner verantwortungsvollen Aufgabe ablenken.« Katharina verdrehte die Augen.

»Das ist doch unsinnig«, empörte sich Nannerl. In ihren Träumen hatte sie sich Hand in Hand mit Ippold durch diesen Garten spazieren sehen. Sollte das nur eine Wunschvorstellung bleiben? Durfte er sich am Ende auch nicht mit Frauen treffen?

Katharina zuckte mit den Schultern. »Es gibt eine Menge seltsamer Gesetze auf dieser Welt. Die meisten davon betreffen uns Frauen. Diesmal wurde eine unsinnige Verhaltensregel für Männer aufgestellt. Vielleicht ist das ein gerechter Ausgleich.«

Nannerl fand daran nichts gerecht. Im Gegenteil, sie war der Meinung, dass diese Vorschrift sich ebenfalls gegen Frauen richtete. Und zwar gegen jene, die sich für Direktoren interessierten.

Die Freundinnen setzten ihren Spaziergang fort. »Hat Ippold denn zugesagt?«, wollte Nannerl wissen.

»Noch am selben Tag kam ein Brief von ihm, in dem er sich für die Einladung bedankte und sein Kommen angekündigt hat.«

Katharina grinste.

Nannerl versuchte erst gar nicht, ihre Freude zu verbergen. Sie hatte darauf gehofft, dass Ippold zusagen würde. Nun würde sie die Tage zählen, bis sie ihn endlich wiedersehen würde.

»Wer stellt diesmal das Scheibenbild zur Verfügung?«, fragte sie. Bei jedem Treffen der Bölzelschützenkompanie stiftete ein anderes Mitglied die neue Scheibe. Gastgeber war jeweils der Gewinner des letzten Treffens.

»Der Hutmacher Hoffmann.«

Nannerl verzog besorgt den Mund. »Oje, hoffentlich wählt er ein neutrales Motiv.«

»Das kann ich mir nicht vorstellen«, meinte Katharina.

Es war eine alte Tradition, dass auf den Scheiben Frauen dargestellt wurden, die oft nur spärlich bekleidet waren. Dem Hutmacher bereitete es besonderes Vergnügen, vollständig nackte Frauen auf die Scheiben malen zu lassen, um sie dann mit Bölzen aus Windbüchsen zu beschießen. Er wählte Motive aus der römischen Antike, verpasste ihnen aber das Gesicht ehrbarer Salzburgerinnen. Oft wurden die Damen noch zusätzlich verulkt, indem auf ihre Schwächen aufmerksam gemacht wurde. So hatte man Katherl schon einmal nägelkauend abgebildet. Nannerl war bisher verschont geblieben.

Jetzt wurde sie von ihrer Freundin angegrinst. »Hast du etwa Angst, dass jemand ein schlechtes Bild von dir bekommen könnte?«

Als Antwort stieß Nannerl der Freundin sanft mit dem Ellbogen in die Seite, und beide lachten. Dabei blieben sie erneut stehen, was Pimberl, die gerade einer Taube hinterherlaufen wollte, nicht ganz so lustig fand. Doch die Hundedame setzte sich geduldig und wartete. Ein verwöhntes Seidenhündchen hätte das ganz sicher nicht gemacht, davon war Nannerl überzeugt.

• • •

Am folgenden Samstag traf man sich im Garten der Familie Gilowsky. Hinter dem Haus von Katharinas Eltern befand sich ein kleiner, aber gemütlicher Garten, der gegen alle Modeströmungen naturbelassen war. Weder Bäume noch Büsche waren in Form geschnitten. Neben einem Gemüsebeet wuchsen bunte Bauernblumen. Unter einer Laube aus Holz standen Tische und Stühle. Statt eines Brunnens gab es eine Regentonne, und dort, wo in anderen Gärten Marmorstatuen bewundert werden konnten, stand bei den Gilowskys ein Hühnerstall. Nannerl liebte diese kleine Oase. Mit den knorrigen Obstbäumen und den verwachsenen Holunderbüschen verband sie unbeschwerte Kindheitserinnerungen.

An diesem strahlenden Frühsommertag mit wolkenlosem Himmel und warmen Temperaturen waren zu den Tischen und Stühlen in der Laube noch zusätzliche Bänke für die Gäste aufgestellt worden. Es gab einen kleinen Ausschank gleich neben dem Kücheneingang. Dort warteten die Gilowskys mit Bier und Wein auf. Außerdem gab es Grammelbrote, Brezen und Schmalzgebäck. Das Scheibenbild war an der Rückseite des Gartens an den Zaun gehängt worden. Wie Nannerl befürchtet hatte, zeigte es eine nackte Frau, die große Ähnlichkeit mit der Gattin des Bürgermeisters hatte. Sie hielt ein kleines Weinfässchen im Arm. Jeder in der Stadt wusste, dass die gute Frau dem Getränk nicht abgeneigt war und schon bei so mancher Tanzveranstaltung mit ihrem zügellosen Verhalten für Aufsehen gesorgt hatte.

Nannerl und ihre Mutter waren unter den ersten Gästen. Frau Gilowsky und Anna Maria begrüßten einander herzlich. Sie unterhielten sich über die letzte Wienreise, über das

Wohlergehen von Wolfgang und Leopold, über Frau Gilowskys Enkelkinder, und Nannerl verlor schnell das Interesse. Nach und nach trafen auch die anderen Gäste ein. Nannerl spähte immer wieder zur Gartentür. Wo blieb Ippold? Während sie Ausschau hielt, wurde Nannerl vom Sohn des Hutmachers, Siegfried, in ein Gespräch verwickelt. Der junge Mann, der genau wie sie eine Vorliebe fürs Theater hatte, schwärmte von Lessings Stücken. Ganz besonders hatte es ihm *Emilia Galotti* angetan. »Ich kann es kaum erwarten, dass das neue Hoftheater in Salzburg eröffnet wird. Es ist eine Schande, dass wir keine große Sprechbühne in der Stadt haben.«

»Ja, das ist wirklich schade«, stimmte ihm Nannerl zu. Sowohl im Erzbistum als auch im Habsburgerreich stand die Förderung der Musik an oberster Stelle. Literatur hatte hier wie dort keinen Stellenwert. Ganz anders sah es da im Norden Deutschlands aus, wo Dichter wie Goethe, Lessing und Schiller großartige Werke schufen, die im Süden niemand kannte. Die Gegenreformation wirkte noch nach. In Salzburg hatte man alle Protestanten aus dem Erzbistum verbannt.

»Ich hoffe auf den Kaiser. Sobald er nicht mehr unter den Fittichen seiner Mutter steht, wird er die strenge Zensur der Jesuiten zerschlagen und auch den Menschen zwischen Salzburg und Wien den Zugang zur Literatur ermöglichen.«

»Josef II., der große Förderer der Literatur? Das kann nicht Ihr Ernst sein«, mischte sich Herr Gilowsky ein. Katharinas Vater war kein Freund der Habsburger, ganz egal, was sie taten.

»Zumindest ist er ein Mann der Reformen«, mischte sich nun eine Stimme ein, die Nannerls Herz augenblicklich schneller schlagen ließ. Gab es einen Trick, wie man dieses Organ unter Kontrolle bringen konnte? Sie benötigte auch dringend einen Rat, was man gegen das Erröten der Wangen tun konnte. Sicher hatte ihr Gesicht eben die Farbe der reifen Kirschen, die üppig am Baum im hinteren Garten hingen, angenommen. Sie drehte sich um.

»Wie schön, Sie wiederzusehen, Fräulein Mozart.« Ippold lächelte sie freundlich an. Sein kantiges Gesicht war sonnengebräunt wie das eines einfachen Bauern. Offenbar scherte er sich nicht allzu sehr um Konventionen. Seine ungewohnte Bräune stand in starkem Kontrast zu seinem weißen Hemd und den leuchtend blauen Augen. Für einen Moment verlor sich Nannerl darin. Zu ihrer großen Enttäuschung küsste er heute nicht ihre Hand, sondern begnügte sich mit einer Verbeugung, bevor er sich ihrem Gesprächspartner zuwandte.

»Kennen wir uns?«, fragte Siegfried Hoffmann.

»Ich denke ja, wir sind einander bei der Ostermesse im Dom vorgestellt worden.«

»Ja, richtig«, rief Siegfried. »Ich kann mich wieder erinnern. Wir unterhielten uns über ein mögliches Toleranzpatent. Der Kaiser redet immer wieder davon, aber seine Mutter handelt genau konträr.«

Nannerl hatte noch nie etwas von einem geplanten Toleranzpatent gehört, aber sie wusste, dass Maria Theresia ein Aufenthaltsverbot für Juden in Wien und Österreich oberhalb und unterhalb der Enns erlassen hatte.

»Ich bin davon überzeugt, dass der Kaiser liberalere Gesetze einführen wird, sobald er dazu in der Lage ist«, meinte Ippold zuversichtlich. »Er hat kein Interesse daran, die Juden in seinem Reich zu verlieren.« Dann wandte er sich Nannerl zu und wechselte das Thema. »Ich bin schon sehr gespannt, was mich heute erwarten wird.« Er sah sie so eindringlich an, dass Nannerl das Gefühl hatte, vor lauter flatternden Schmetterlingen in ihrem Bauch vom Boden abzuheben. Sie schienen sich seit ihrer letzten Begegnung verdoppelt zu haben.

»Dort hinten ist die Scheibe, auf die wir schießen werden«, erklärte Nannerl. »Gespielt wird in Gruppen. Jeder darf einen Satz der Wurfpfeile werfen. Für jeden Treffer erhält man Punkte. Die Gruppe, die am Ende die höchste Punktzahl hat, geht als Sieger aus dem Turnier hervor.«

»Dazwischen wird getrunken, gegessen, gelacht und manchmal auch musiziert und getanzt«, ergänzte Siegfried.

»Das klingt nach einem unterhaltsamen Nachmittag.«

Die kleine Gruppe näherte sich der Zielscheibe, auf der es mehrere durch Linien abgetrennte Felder mit Zahlen gab. Der Busen der nackten Frau wurde mit der höchsten Punktzahl belohnt, ihr Hinterteil ebenso. Für das Weinfass gab es ebenfalls viele Punkte. Der Hintergrund des Motivs, die Bäume und Sträucher, waren weitaus weniger wert.

»Ich habe noch nie auf eine nackte Frau gezielt …«, sagte Ippold mit gerunzelter Stirn.

»Die wenigsten Spieler treffen die Ziele mit den hohen Punkten.«

»Zu fortgeschrittener Stunde verfehlen viele sogar die Scheibe.« Siegfried lachte.

»Sind Sie ein geübter Bölzelschütze?«, wollte Gilowsky wissen.

»Dies ist mein erster Versuch«, gestand Ippold.

»Dann brauchen Sie sich keine Gedanken wegen des Motivs zu machen. Sie werden damit beschäftigt sein, überhaupt auf die Scheibe zu zielen.«

Katharina hatte Ippold und Nannerl entdeckt und kam nun zu ihnen. Sie stellte sich vor, forderte alle dazu auf, etwas zu essen, und zog dann dezent den Sohn des Hutmachers und ihren Vater mit sich. Leider entdeckte der Bankier Rotschopf Ippold kurz darauf beim Büfett und verwickelte ihn in ein Gespräch. Er war auf der Suche nach einer passenden Schule für seinen jüngsten Sohn und fand es wunderbar, dass der Direktor des Collegiums zu Gast war. Nannerl stand kurz daneben und hörte zu, wie über die Vor- und Nachteile eines Internats gesprochen wurde. Dann ging sie wieder nach hinten zur Zielscheibe. Nachdem alle Gäste sich gestärkt hatten, wurden die Gruppen eingeteilt. Jeder Gruppe stand ein Mitglied der Bölzelschützenkompanie vor. Die anderen Teilnehmer wurden gelost. Dazu schrieb man alle Namen auf kleine Zettel, die Katharina als Tochter des Gastgebers aus einem Topf ziehen durfte. Nannerl und Ippold kamen zufällig in dieselbe Gruppe. Nannerl hätte schwören können, dass sowohl auf ihrem Zettel als auch auf dem von Ippold ein kleiner Punkt war. Katharina zwinkerte Nannerl verschwörerisch zu.

Nacheinander durfte nun jeder auf die Scheibe zielen. Die Herren hatten drei Versuche, die Damen fünf.

Nannerl und Ippold waren in der Gruppe des Apothekers Nessel. Neben den dreien waren noch Katharinas Mutter und die Frau des Bankiers Rotschopf dabei.

»Mal sehen, was wir zusammenbringen«, meinte Nessel. »Es ist zwei Jahre her, dass ich das letzte Mal gewonnen habe.«

»Dann wird es höchste Zeit für einen neuerlichen Sieg«, sagte Frau Rotschopf übermütig. Sie machte den ersten Wurf. Er ging ins Leere. Die Zuschauer raunten. Auch die nächsten zwei Schüsse landeten im Gras.

»So wird es wohl nichts mit dem Gewinnen«, beklagte sich Nessel. Worauf Frau Rotschopf der Ehrgeiz packte und der nächste Pfeil am äußersten Rand des Schilds stecken blieb. Auch ihr letzter Pfeil fand sein Ziel. Nannerl und ein paar andere applaudierten.

Nun war Nannerl an der Reihe. Sie war eine geschickte und geübte Bölzelschützin. Als Pianistin waren es ihre Hände gewohnt, unter großer Anspannung konzentriert und fehlerfrei zu arbeiten. Auch jetzt zitterte sie nicht. Dennoch war sie nervöser als sonst, was wohl Ippolds erwartungsvollem Blick geschuldet war. Bevor sein Interesse sie noch weiter verunsichern konnte, schoss sie ihre Pfeile ab. Alle fünf trafen die Scheibe. Einer davon landete punktgenau im Weinfass. Ein Jubel ging durch die Zuschauer.

»Sie haben die Messlatte sehr hoch gelegt«, bemerkte Ippold anerkennend, als er seine Pfeile entgegennahm. Anders als die anderen Teilnehmer stellte er sich entspannt hinter die Schnur, die als Abgrenzung diente. Locker aus dem Handgelenk warf er den Pfeil und traf damit neben die Stelle, an der zuvor Nannerls Pfeil gesteckt hatte.

»Wunderbar!« »Anfängerglück!« »Gratulation!«

Bei seinem zweiten Wurf waren die Blicke aller auf ihn gerichtet. Er ließ sich davon nicht aus der Ruhe bringen. Diesmal traf er das Hinterteil der Frau. Entschuldigend, so als hätte er etwas Verwerfliches getan, lächelte er Nannerl an.

»Formidabel!« »Großartig!« »Ein Meisterschütze!«

Ippolds dritter und letzter Pfeil traf den Busen der nackten Frau. Die Zuschauer überschlugen sich vor Begeisterung. Der Apotheker Nessel klopfte ihm dankbar auf die Schulter. »Gut gemacht. Sie sind ein Naturtalent.«

Nachdem er seine Pfeile wieder eingesammelt hatte, trat Nannerl näher zu Ippold. »Wo haben Sie so gut schießen gelernt?«

»Ich stamme aus Deutschböhmen und war jahrelang K.-u.-k.-Hauptmann. Ich habe eine militärische Ausbildung genossen.« Wieder machte er den Eindruck, als würde er sich dafür entschuldigen wollen.

»Andere Männer geben mit ihrem Dienst beim Militär an.«

»Dann hatten sie das große Glück, von den Gräueln des Krieges verschont geblieben zu sein«, meinte Ippold bitter. Zum ersten Mal sah Nannerl, wie sich ein Schatten über sein Gesicht legte. »Wer den Tod auf dem Schlachtfeld erlebt hat und immer noch stolz darauf ist, Soldat zu sein, mit dem stimmt irgendetwas nicht.« Zur Bekräftigung tippte er sich mit dem Zeigefinger gegen die Stirn.

Ihr Gespräch wurde unterbrochen, denn Nannerl musste nun Katharina ablösen und die Punktzahl auf eine Tafel schreiben.

Sie genoss den Nachmittag, der langsam in den frühen Abend überging, in vollen Zügen. Der Wein, den sie mit reichlich Wasser verdünnte, tat sein Übriges. Andere Gäste tranken den Rebensaft pur. Dementsprechend ausgelassen war die Stimmung. Als es dunkel wurde, stellten die Dienstmädchen der Gilowskys Laternen im Garten auf. Man konnte nun nicht mehr genug sehen, um die Zielscheibe zu treffen. Doch die Teilnehmer hatten ihre Pfeile bereits abgeschossen, und es gab einen Gewinner. Das nächste Bölzelschießen würde im Garten des Bankiers Rotschopf stattfinden. Man stieß ausgelassen auf seinen Sieg an.

Nannerl verbrachte beinahe den ganzen Abend in Ippolds Nähe. Sie unterhielten sich angeregt und waren so in ihr Gespräch vertieft, dass sie die anderen Gäste um sich herum beinahe vergaßen. Einmal sah Nannerl aus den Augenwinkeln die beunruhigten Blicke ihrer Mutter, woraufhin sie das Gespräch kurzzeitig unterbrach und zum Büfett ging, um sich ein Stück Schmalzgebäck zu holen. Doch als sie auf ihrem Rückweg ihre Mutter in ein Gespräch mit der Frau des Hutmachers vertieft vorfand, kehrte sie wieder zu Ippold zurück. Sie fühlte sich in seiner Gegenwart einfach zu wohl, um darauf verzichten zu wollen. Ganz egal, was ihre Mutter hinterher sagen würde. Als die Uhr am Dom elfmal schlug, war es höchste Zeit, sich zu verabschieden. Die ersten Gäste waren bereits gegangen. Anna Maria hatte sich gut unterhalten und dabei offenbar auch die Zeit übersehen. Jetzt winkte sie Nannerl aufgeregt herbei.

»Ich würde gerne Ihren Hund kennenlernen«, sagte Ippold zum Abschied.

»Sehr gerne. Ich gehe jeden Tag mit ihr zur Mittagszeit im Mirabellgarten spazieren.«

»Da kann ich leider das Collegium nicht verlassen.« Die Enttäuschung auf Ippolds Gesicht freute Nannerl.

»Pimberl muss auch am Abend ausgeführt werden. Normalerweise übernimmt das Sopherl, unser Dienstmädchen. Aber ich kann sie dabei begleiten«, schlug sie schnell vor.

»Das wäre sehr schön.« Wie bei ihrem letzten Treffen ergriff Ippold Nannerls Hand. »Morgen nach der Abendandacht?«

»Meine Mutter und ich sind für eine Woche bei Freunden am Wolfgangsee«, sagte sie bedauernd. »Aber danach gerne.«

»Heute in einer Woche?«

Nannerl nickte. Sie sah, dass ihre Mutter ungeduldig am Gartentor stand und wartete.

»Abgemacht!«

Ippold schien zufrieden. Er führte Nannerls Hand zum Mund und küsste ihren Handrücken. Die Berührung seiner Lippen fühlte sich wie eine zärtliche Liebkosung an. Trotz der fortgeschrittenen Stunde verspürte sie keine Müdigkeit und lief kurz darauf beschwingt neben ihrer grimmig schweigenden Mutter nach Hause.

11

Salzburg, Juni 1769

»Fräulein Nannerl, Sie hätten mir sagen müssen, dass wir einen jungen Herrn treffen. Was soll ich denn Ihrer Frau Mama erzählen, wenn sie mich fragt?« Sophie lief mit sorgenvoll gerunzelter Stirn neben Nannerl her.

»Aber Sopherl, was soll die Mama denn fragen?« Nannerl beruhigte das Dienstmädchen. »Wir waren ja nur spazieren und haben dabei zufällig Herrn Ippold getroffen, der uns freundlicherweise begleitet hat.«

»Pah, von wegen zufällig«, schnaufte Sophie. »Der junge Mann hat am Tor auf uns gewartet, das konnte jeder sehen. Warum sonst hätte er eine Rose dabeihaben sollen?«

Nannerl fühlte sich schuldig. Sie hätte Sophie einweihen sollen. Aber wäre sie dann gemeinsam mit ihr in den Park gegangen? Wahrscheinlich nicht. Und das wäre jammerschade gewesen, denn der Spaziergang mit Ippold war wunderschön, auch wenn Sophie die ganze Zeit neben ihnen gelaufen war und wie ein Wachhund darauf geachtet hatte, dass Ippold Nannerl nicht zu nahe kam. Trotzdem hatte sich ein interessantes und unterhaltsames Gespräch entwickelt. Ippold war klug, besonnen und ganz und gar nicht eingebildet wie viele andere Männer, die Nannerl kannte. Er brachte sie zum Lachen, hatte aber auch zu ernsten Themen kluge Gedanken, die Nannerl noch länger beschäftigten. Was sie besonders freute, war seine Leidenschaft für die Musik. Er liebte sie ebenso wie Nannerl. Auch wenn er selbst kein Instrument spielte, so konnte er stundenlang dem Piano lauschen und sich im Klang einer Geige verlieren. Nannerl fühlte sich in Ippolds Gegenwart wohl, und die Zeit, die sie mit ihm verbrachte, verging viel zu schnell. Sehnsuchtsvoll roch sie am zartrosa Blütenkopf der Rose, die Ippold ihr überreicht hatte.

»Der Herr ist der Direktor des Knabeninternats«, sagte Sophie leise. Sie blickte über die Schulter, so als fürchtete sie, jemand könnte sie hören. »Er darf nicht heiraten.«

»Wer redet denn vom Heiraten?« Nannerl wollte sich mit diesem heiklen Thema im Moment nicht auseinandersetzen. Sie versuchte, es zur Seite zu schieben, so gut es ging, und sich nur auf das Schöne zu konzentrieren, das sie empfand, sobald sie in Ippolds Nähe war.

Sophie wurde kreidebleich. »Psst!« Sie hielt den Zeigefinger mahnend vor den Mund. »Fräulein Nannerl, es gibt Frauen, die wegen solcher Gedanken an den Pranger gestellt werden.«

Nur zu gut erinnerte sich Nannerl an die armen Frauen, die im Winter vor dem Rathaus ausgepeitscht worden waren. Sie schüttelte den Kopf, um die grausamen Bilder wieder zu vertreiben.

»Unsinn, Sopherl!«, sagte sie. »Ich habe weder etwas Unzüchtiges getan noch gedacht. Ich war bloß mit meinem Hund spazieren und bin dabei einem netten Bekannten begegnet, der uns beide ein Stück weit begleitet hat.«

»Ich habe gehört, wie Sie sich für nächsten Samstag wieder verabredet haben.«

»Was ist daran anstößig? Der Mirabellgarten ist für alle Salzburger offen. Er ist wunderschön. Ist es nicht naheliegend, dass man dort flaniert?«

Sophie wiegte besorgt den Kopf. »Sie werden in Teufels Küche kommen und ich mit Ihnen.«

»Solange du mich begleitest, kann gar nichts passieren«, versuchte Nannerl, sie zu beruhigen.

»Die Leute werden tratschen, und irgendwann wird Ihre Frau Mama davon erfahren.« Sophie blieb stehen. »Und wenn der Herr Mozart wieder in Salzburg ist, wird er es auch hören. Jessas Maria und Josef. Besser, ich such mir gleich eine neue Dienststelle.«

Nannerl legte ihren Arm beschwichtigend um Sophies Schulter und zog sie zu sich. »Du machst dir zu viele Gedanken, Sopherl. Aber wenn es dich beruhigt, werde ich der Mama erzählen, dass wir heute Herrn Ippold getroffen und bemerkt haben, dass wir die gleiche Vorliebe für den Mirabellgarten hegen. Deshalb ist es durchaus möglich, dass wir einander wieder begegnen werden. Ist das in deinem Sinne?«

»Hm.« Sophie schien sich zu beruhigen. »Und wenn Ihre Mama dagegen ist?«

»Dann werde ich dich nicht in weitere Schwierigkeiten bringen, versprochen.«

Sophie schielte sie ungläubig von der Seite an. »Dann werden Sie Ihre Freundin Katherl mitnehmen, stimmt's?«

Nannerl lächelte betreten. Denn natürlich war genau das ihr Plan gewesen. Leider hatte Katharina heute keine Zeit gehabt, weshalb Sopherl hatte herhalten müssen.

»Oh Gott, oh Gott.« Sophie löste sich aus Nannerls Umarmung und streckte beide Arme zum Himmel. »Herr, was habe ich angestellt, dass du mich derart prüfst?«

»Katherl ist diskret, sie würde niemals tratschen«, versicherte Nannerl.

»Das Fräulein Gilowsky ist zu diskret. Statt aufzupassen, dass der Herr Ihnen nicht zu nah kommt, würde sie ihn dazu ermutigen, sich unsittlich zu verhalten.« Entschieden schüttelte Sophie den Kopf. »Es ist besser, wenn ich dabei bin. Auch wenn ich mir damit einen Haufen Probleme einhandle. Die sind mit Sicherheit harmlos gegen das, was passiert, wenn ich es nicht tue.« Sophie schien sich der verantwortungsvollen Aufgabe, die ihr gerade zufiel, bewusst zu werden, und wie es aussah, erfüllte sie die Erkenntnis nicht nur mit Sorgen. Sie war als Geheimnishüterin und Anstandsdame auf einmal sehr wichtig geworden.

»Ich werde Sie begleiten«, verkündete sie tapfer.

»Vielen Dank.« Nannerl drückte das Dienstmädchen erneut an sich.

»Aber Ihrer Frau Mama geben Sie trotzdem Bescheid.« Sophie hob mahnend den Zeigefinger.

»Versprochen.« Nannerls Antwort klang zuversichtlicher, als sie sich fühlte. Würde ihre Mutter damit einverstanden sein, dass sie sich mit Ippold traf? Mit Sicherheit würde sie ihrem Mann in einem der vielen Briefe davon erzählen. Und es war gut möglich, dass Leopold die Treffen verbot, weil Ippold der Direktor eines Knabengymnasiums war. Die Sache war kompliziert. Nannerl schloss für einen kurzen Moment die Augen. Warum hatte sie den Termin heute nicht verschoben und gewartet, bis Katharina Zeit hatte? Die Antwort lag auf der Hand. Weil sie nicht hatte warten wollen. Sie fühlte sich zu Ippold hingezogen. Aber waren diese Gefühle es wert, ein großes Drama zu veranstalten?

Einmal mehr wünschte Nannerl, die gesellschaftlichen Regeln ließen ihr als junger, unverheirateter Frau mehr Spielraum. Egal, was sie tat, im Moment hatte sie das Gefühl, überall an Grenzen zu stoßen.

12

Salzburg, Mai 1770

»Nannerl, so kannst du unmöglich zum Sommerball der Schiedenhofens gehen.« Anna Maria musterte kritisch Nannerls Frisur. Sie hatte auf die Pölsterchen und das Drahtgestell verzichtet und – statt es hochzustecken – ihr Haar bloß zu Zöpfen geflochten, die Sophie an den Seiten zu kunstvollen Schnecken gewickelt hatte. Seit Nannerl sich regelmäßig mit Ippold zum Spaziergang traf, schwand ihre Vorliebe für pompöse, aufwendige Frisuren. War es, weil er keinen Wert auf Perücken legte und ihr immer wieder zu verstehen gab, dass er sie hübsch fand, so, wie sie war? Nannerl hatte ihre Liebe zu ihrem eigenen Haar wiederentdeckt. Es war dunkel, kräftig und fiel in weichen, großen Locken über ihre Schultern. Am liebsten trug sie es in kunstvoll geflochtenen Zöpfen.

»Aber warum?«, fragte Nannerl. »Es sieht doch sehr hübsch aus.«

»Du bist doch keine einfache Dienstmagd oder gar eine Bäuerin.« Es war gewiss nicht Anna Marias Absicht, Sophie zu kränken, doch das Dienstmädchen, das neben Nannerl stand, zuckte bei den Worten unmerklich zusammen.

»Nimm das Drahtgestell, mit dem man diese hübsche Kuppel formen kann«, forderte Anna Maria. »Sophie soll ein paar frische Sommerblumen einarbeiten. Dunkelrote Rosen, die passen zu deinem Kleid.«

Seit Tagen war Nannerls Mutter in heller Aufregung wegen des bevorstehenden Balls. Leopold hatte die Einladung arrangiert, als er und Wolfgang vor ein paar Wochen in Salzburg waren. Ihr Aufenthalt war nur von kurzer Dauer gewesen, denn in Italien erwartete man mit großer Ungeduld Wolfgangs Oper *Ascanio in Alba*. Bereits das Libretto hatte für Begeisterungsstürme gesorgt. Nach einigen offiziellen Auftritten beim Fürsterzbischof waren Leopold und Wolfgang wieder in den Süden aufgebrochen.

»Das Drahtgestell ziept und drückt«, beschwerte sich Nannerl. »Ich kriege davon Kopfschmerzen. Außerdem kann ich damit kaum tanzen. Bei jedem Schritt schwankt das Ding wie eine riesige Galeere.«

»Jetzt ist wirklich nicht der Zeitpunkt für Gejammer«, tadelte Anna Maria. Sie wandte sich an Sophie. »Hol das Drahtgestell.«

Hin- und hergerissen, wessen Befehl sie befolgen sollte, blieb das Dienstmädchen einen Moment zwischen den beiden Frauen stehen. Schließlich nickte ihr Nannerl resigniert zu. Sie wusste, dass die Nerven ihrer Mutter derzeit blank lagen. Sie war aufgeregt und nervös wegen der Einladung zum Ball. Joachim von Schiedenhofen war einer der wohlhabendsten jungen Adligen, die großes Ansehen in der Stadt genossen. Was ihn für die Mozarts besonders interessant machte: Er war lediger Junggeselle, der auf der Suche nach einer passenden Braut war, und wenn man den Gerüchten Glauben schenkte, so war er ein großer Verehrer von Nannerls Fertigkeiten als Pianistin. Sie sollte heute Abend vorspielen. Es war kein großer Auftritt geplant, Nannerl hatte bloß eine Klaviersonate ihres Bruders einstudiert.

Nannerl selbst sah dem Abend mit gemischten Gefühlen entgegen. Natürlich freute sie sich darauf, nach so langer Zeit wieder vor Publikum aufzutreten. Doch es missfiel ihr der Gedanke, dabei wie Ware angepriesen zu werden. Viel lieber hätte sie den Abend mit Ippold und Pimberl verbracht. Es war Wochen her, dass sie sich das letzte Mal gesehen hatten. Nannerl hatte ihr Versprechen immer noch nicht eingelöst und weder ihrer Mutter noch ihrem Vater von den heimlichen Treffen erzählt.

»Kennen wir die anderen Gäste, die kommen werden?«, fragte Nannerl.

»Die Zezis werden anwesend sein, und Gräfin Waldstein und ihr Mann und …«

Nannerl hörte nur noch mit einem Ohr zu. Die Vorstellung, den ganzen Abend mit ihrer Schülerin Barbara Zezi an einem Tisch zu sitzen, ließ sie aufstöhnen. Sie drehte sich um und rief Sophie hinterher: »Sopherl, bitte das kleine Gestell, das man bequem am Hinterkopf befestigen kann.«

Entschuldigend wandte sie sich an ihre Mutter: »Barbara Zezi und Kopfschmerzen, das ist zu viel für einen Abend.«

»Aber die dunklen Rosen bleiben«, befahl Anna Maria ungewohnt streng.

Nannerl hatte während ihrer dreieinhalbjährigen Reise durch Europa zahlreiche musikalische Auftritte vor Königen und Herzögen absolviert. Sie war den Prunk alter Herrscherhäuser gewöhnt, und Luxus war ihr nicht fremd. Dennoch war sie überrascht über den Aufwand, den man für einen einfachen Sommerball auf dem Landgut der Familie von Schiedenhofen betrieben hatte. Die gekieste Einfahrt war von Fackeln gesäumt. Auch der Eingang des stattlichen Gutshofs war mit Laternen und Lichtern geschmückt. Die marmornen Skulpturen waren mit Blütenketten aus unzähligen Rosen, Margeriten und Glockenblumen versehen worden. Nannerl fühlte sich an die Kulisse eines opulenten Musiktheaters erinnert. Die große geflieste Terrasse war zu einer Tanzfläche umgestaltet worden. Auf dem Rasen davor lud ein Labyrinth aus hüfthohen Buchsbäumen zum Lustwandeln ein. Von der Tanzfläche führten breite offen stehende Glastüren in den prunkvollen Salon. Ein großzügiges Büfett an der Längsseite des zweistöckigen Gebäudes bot alles, was das kulinarische Herz begehrte. Gebratene Tauben, gefüllte Schwalben, Wachteleier, Rehbraten und Wildschwein sowie zahlreiche Fische und Flusskrebse in dicken Soßen, die exotische Gerüche verströmten. Den Höhepunkt bildete ein aus Zucker und Marzipan hergestellter Schwan in der Mitte der Tafel.

Nannerl und ihre Mutter waren bei ihrer Ankunft freundlich von Joachim Ferdinand von Schiedenhofen begrüßt worden. Der gut aussehende Mann trug eine modische Perücke, eine hüftlange Jacke, darunter ein rüschenbesetztes Hemd, eine schwarze Kniebundhose und dazu passende schwarze Seidenstrümpfe. Die Absätze seiner Schuhe waren eine Spur zu hoch. Möglich, dass er damit seine fehlende Körpergröße wettmachen wollte. Er kümmerte sich charmant und zuvorkommend um seine Gäste, allen voran um Nannerl. Er verwickelte sie in eine lange Konversation über Opern und streute dabei immer wieder französische Redewendungen ein. Als Sohn eines Hofrats und Domkapitelsyndikus und einer Gräfin hatte er zweifelsohne die allerbeste Ausbildung genossen.

»Ich kann es kaum erwarten, dass Sie uns mit einer erlesenen Kostprobe Ihres musikalischen Könnens beglücken werden. Ganz Salzburg spricht vom Erfolg Ihres kleinen Bruders, dessen Oper in Mailand nicht hoch genug gelobt werden kann. Hoffentlich haben wir bald auch in Salzburg die Ehre, sie zu hören.«

Nannerl neigte den Kopf zur Seite. »Soweit ich informiert bin, hält der Fürsterzbischof nichts von Opern. Er schätzt Kirchenoratorien.«

»Vielleicht können die Werke Ihres geschätzten Herrn Bruders seine Meinung ändern.« Von Schiedenhofen lächelte sie gewinnend an. Dabei ruhten seine Augen eine Spur zu lange auf ihrem Dekolleté. Nannerl errötete.

Nachdem die meisten Gäste sich gestärkt hatten und die ersten Getränke gereicht worden waren, bat der Gastgeber alle in den Salon, wo ein Klavier für Nannerl bereitstand. Unter großem Applaus nahm sie Platz. Von Schiedenhofen hielt eine kurze, aber lobende Ansprache und kündigte Nannerl als größte lebende Pianistin Europas an.

Nannerl freute sich über das Lob. Sie konnte es kaum erwarten, die Tasten endlich zu berühren. Wie vor jedem Auftritt schloss sie kurz die Augen, atmete tief durch und lenkte dann ihre volle Konzentration auf die Tasten. Sobald die ersten Töne erklangen, verloren sowohl die Zuhörer als auch die vielen kleinen Nebengeräusche an Bedeutung. Nannerl hörte weder das leise Klirren der Weingläser noch das dezente Husten eines älteren Herrn. Alles, was sie wahrnahm, waren die perfekt aufeinander abgestimmten Harmonien. Es war ihr, als stünde Wolferl neben ihr und beobachtete sie zufrieden. Auf seinem Gesicht lag dieselbe Begeisterung, mit der sie sein Stück zum Besten gab. Vollkommen fehlerfrei und mit großer Leichtigkeit spielte sie seine Sonate. Sie wusste, was in ihrem Bruder vorging, wenn er Stücke wie dieses komponierte. Mit jedem Tastenschlag gab sie seine Unbekümmertheit, seine Lebensfreude und seinen kindlichen Optimismus wieder. Diese scheinbare Leichtigkeit erforderte viel Können. Nannerls Finger glitten mit einer Selbstverständlichkeit über die Tastatur, die zeigte, wie viele Stunden ihres Lebens sie am Klavier verbracht hatte. Niemand würde die Noten ihres Bruders jemals mit einer annähernden Präzision spielen, wie sie es vermochte. Während Nannerl in dem Stück versank, sah sie aus den Augenwinkeln, wie bewegt Anna Maria war. Ihre Mutter tupfte mit ihrem feinen Spitzentaschentuch Tränen aus ihren Augenwinkeln. Sobald der letzte Ton verklang, setzte ein tosender Applaus ein. Nannerl erkannte in den Gesichtern, dass es anderen Gästen ähnlich erging wie ihrer Mutter. Sie hatte mit ihrem Klavierspiel die Herzen der Menschen berührt. Nur eine Zuhörerin schien immun. Mit verschränkten

Armen stand Barbara Zezi in der Ecke und schmollte verärgert. Ihre Pockennarben hatte die junge Frau geschickt mit Schminke übermalt, und ihr Gesicht hatte heute keine Ähnlichkeit mit rohem Teig, dafür glich sie einer der Hofdamen an König Ludwigs Hof, die ihre wahren Gesichter unter Masken aus Puder und Creme verbargen. Das Kleid, das sie trug, brachte ihre weiblichen Kurven vorteilhaft zur Geltung. So mancher Blick eines männlichen Gastes blieb an ihrem freizügigen Ausschnitt hängen. Zezi machte kein Geheimnis daraus, dass sie ausschließlich an der Aufmerksamkeit eines Mannes interessiert war. Wie ein aufgeregtes Schoßhündchen scharwenzelte sie um Schiedenhofen herum.

Als der Applaus langsam abebbte und Nannerl sich zurückzog, betraten drei Musiker die Bühne, nahmen Aufstellung und begannen, einen beschwingten Reigen zu spielen. Der Gastgeber forderte Nannerl zum ersten Tanz auf, was zu einigem Getuschel führte.

»Der Graf hat sich wohl ins charmante Fräulein Mozart verguckt!« »Ob er an ihr ernsthaft interessiert ist?« »Ohne ordentliche Mitgift wird es mit einer Ehe nichts werden.«

Nannerl hörte nur Wortfetzen. Der Tratsch war ihr unangenehm, am liebsten hätte sie sich unsichtbar gemacht. Ihre Mutter hingegen schien sich am aufgeregten Murmeln nicht zu stören. Ganz im Gegenteil, Anna Maria schürte das Feuer, indem sie betonte, wie sittsam, tugendhaft und fleißig ihre Tochter war und dass schon einige heiratswillige Männer ein Auge auf sie geworfen hatten. Was freilich eine glatte Lüge war. Außer den Gebrüdern Mölk hatte noch niemand ernsthaft um Nannerls Hand angehalten.

Während einer Tanzpause führte Schiedenhofen Nannerl zum Büfett und reichte ihr ein Glas gezuckerte Bowle. Sie nippte nur daran, wissend, dass das Getränk rasch zu Kopf stieg.

»Sie sind eine begnadete Musikerin«, schwärmte Schiedenhofen. »Ich wünschte, Sie würden regelmäßig für mich spielen. Ich könnte Ihnen stundenlang zuhören.« In seinen dunkelbraunen Augen lag Bewunderung und noch etwas, das Nannerl nicht sofort zuordnen konnte, sie aber beunruhigte. Er rückte näher an sie heran. Sein Parfüm, eine durchaus angenehme Note aus herben Kräutern und Moschus, mischte sich unter den Duft des süßlichen Punschgetränks.

»Darf ich Ihnen mein kleines Labyrinth zeigen?«, fragte er. »Meine Gärtner haben es erst letzten Sommer angelegt. Es ist eine wahre Freude, darin herumzuirren.« Er lächelte einladend. »Gräfin Rotschopf und ihr Mann haben einen ganzen Nachmittag dazu benötigt, um wieder herauszugelangen.«

»Oh, es wäre schade, wenn wir die nächsten Tänze versäumten.« Nannerl fühlte sich zunehmend unwohl. Glaubte der Graf wirklich, sie würde allein mit ihm durch sein Labyrinth laufen?

»Keine Angst«, beschwichtigte er und bot ihr galant seinen Arm an, »ich bin schon zigmal durch das Labyrinth flaniert. Ich würde mit verbundenen Augen wieder herausfinden.«

Nannerl zögerte immer noch.

Er schien ihre Bedenken zu erraten. »Die Buchsbäume sind hüfthoch. Im Notfall kann man darüberklettern.«

Es war nicht die Angst, im Labyrinth gefangen zu sein, die Nannerl zu denken gab, sondern die Tatsache, allein mit einem Fremden zwischen Büschen zu verschwinden. In jenem hüfthohen Labyrinth war diese Sorge unbegründet. Jeder konnte sehen, dass sie bloß mit ihrem Gastgeber flanierte.

»Na dann«, meinte sie.

Aus den Augenwinkeln nahm sie Barbara Zezi wahr. Sie hätte schwören können, dass sie vor Wut und Eifersucht kochte. Allein deshalb lohnte es sich, den kleinen Spaziergang zu unternehmen. Nannerl und Schiedenhofen waren nicht die Einzigen im Labyrinth. Zwei weitere Paare machten sich den Spaß und wandelten auf den engen Pfaden zwischen den akkurat geschnittenen Hecken. In den Baumkronen der Linden, die das Labyrinth säumten, hingen Laternen und sorgten für romantisches Licht. Kaum hatten sie den Irrgarten betreten, legte Schiedenhofen seine Hand auf die von Nannerl, so als müsste er sie vor einer großen Gefahr beschützen. Sie ließ ihn gewähren. Ihr Herz klopfte schneller, denn diese ungewohnte Nähe zu einem Mann war neu für sie. Bis auf die paar Treffen mit Ippold war Nannerl im Hinblick auf Männer völlig unerfahren. Ippold hatte sich stets ritterlich verhalten und den gesellschaftlich erforderten Abstand zwischen ihnen gewahrt. Selbst der Begrüßungs- und der Abschiedskuss auf ihren Handrücken waren bloß gehaucht gewesen. Trotzdem hatten die leichten Berührungen stürmischere Gefühle in Nannerl ausgelöst als die Nähe des Grafen. Sopherl hatte noch nie Grund gehabt, mahnend zwischen Nannerl und Ippold einzuschreiten. Wäre das Dienstmädchen jetzt hier, würde es mit Sicherheit so lange räuspernd hinter ihnen gehen, bis Schiedenhofen seine Hand wieder von Nannerls nahm.

»Ich muss zugeben, dass ich es kaum erwarten konnte, Sie heute auf meinem bescheidenen Anwesen begrüßen zu dürfen«, sagte er und untertrieb mit seinen Worten maßlos. Das Gut war alles andere als bescheiden. Seine Stimme hatte nun einen vertraulichen Ton angenommen. »Ich bewundere Sie seit Jahren.«

»Tatsächlich?« Nannerl war auf der Hut. Sämtliche Nerven in ihrem Körper waren angespannt. Es war ihr, als stellten sich die winzigen Härchen in ihrem Nacken auf.

»Der Mann, der Sie einmal zur Frau bekommt, ist ein wahrer Glückspilz.«

Nannerl wurde heiß. Ihre Wangen glühten förmlich. Wohin würde dieses Gespräch führen?

»Sie kennen mich doch gar nicht«, sagte sie verlegen.

»Ich habe Augen im Kopf.« Sein Lächeln war charmant und gewinnend. Aber irgendwie auch aalglatt und unverbindlich. Nannerl wurde nicht schlau daraus. »Erlauben Sie mir die Bemerkung, dass Sie mit Abstand die schönste Frau auf diesem Ball sind. Und Sie sind klug. Sie haben halb Europa bereist.«

»Sie übertreiben, aber Sie schmeicheln mir.« Es fiel Nannerl schwer, seinem Blick standzuhalten. In seinen dunklen Augen lag etwas Forderndes. Nannerls Unbehagen wuchs.

»Ich würde Ihnen gerne ein Angebot unterbreiten.«

Nannerl hielt den Atem an. War es möglich, dass er ihr schon am ersten Abend, den sie gemeinsam verbrachten, einen Heiratsantrag machen wollte? Nun, andere Männer hielten um die Hand von Frauen an, die sie gar nicht kannten. Ihr Herz schlug bis zum Hals.

»Ich würde Sie gerne häufiger hier begrüßen.«

»Ach ja?« Nannerl drehte sich brüsk zu ihm. Mit einem Mal konnte sie ihm wieder in die Augen schauen. Und sie musste beinahe über sich selbst schmunzeln. Hatte sie tatsächlich geglaubt, er würde sie bitten, seine Frau zu werden?

»Es wäre mir eine große Ehre, wenn Sie mich zukünftig allein besuchen würden.« Seine Finger streichelten nun über ihren Handrücken.

»Ich soll zu Ihnen kommen und einer kleineren Gesellschaft ein Klavierkonzert geben?« Nannerl ahnte seine wahren Absichten, aber sie stellte sich naiv und war gespannt darauf, was er sagen würde.

Sein Lächeln wurde breiter. »Keine Gesellschaft, Sie würden nur für mich spielen.«

»Nur für Sie?« Nannerl runzelte die Stirn.

Schiedenhofen räusperte sich. »Nun, es ist nicht ungewöhnlich, dass ein Mann einem charmanten, hübschen Mädchen, das finanziell und gesellschaftlich unter seinem Rang steht, diesen Vorschlag macht.«

Jetzt entzog Nannerl ihm ihre Hand. »Sie wollen mich zu Ihrer Geliebten machen?« Eigentlich sollte sie beleidigt sein, doch alles, was sie empfand, war Erleichterung. Erst jetzt wurde ihr bewusst, wie sehr sie sich vor einem Heiratsantrag gefürchtet hatte. Ihre Eltern hätten niemals erlaubt, ihn abzulehnen.

»Wäre das so abwegig?« Er neigte den Kopf. »Ich bin ein stattlicher Mann.«

Unter die anfängliche Erleichterung mischte sich Wut über die Dreistigkeit des Grafen. Doch Schiedenhofen war ein einflussreicher und großzügiger Kunstmäzen. Sie konnte es sich nicht leisten, ihn vor den Kopf zu stoßen. Das würden ihr weder ihr Vater noch Wolfgang je verzeihen. Sie musste eine kluge Antwort geben, die Schiedenhofen nicht verletzte, ihn aber gleichzeitig eindeutig in die Schranken wies.

»Lieber Herr Graf«, begann sie und hoffte, dass ihre Stimme gleichgültiger klang, als sie sich fühlte. »Ich bin eine unverheiratete Frau, die, wie Sie richtig bemerkt haben, nicht sonderlich wohlhabend ist. Alles, was ich einem Mann zu bieten habe, sind mein tadelloser Ruf und meine Jungfräulichkeit. Aus diesem Grund werde ich mich auch weiterhin um Ersteres bemühen und das Zweite bis zu meiner Hochzeit für meinen Ehemann aufbewahren.«

Der Graf schluckte. Offenbar musste er die Antwort erst verdauen. Vermutlich bekam er nicht oft einen Korb.

»Das ist zutiefst bedauerlich«, sagte er schließlich und seufzte. »Natürlich verstehe und respektiere ich Ihre Entscheidung.«

Schiedenhofen rückte ein Stück von ihr ab. »Wie schade, dass Sie keinen Adelstitel haben oder aus einer Familie stammen, die auf ein beträchtliches Vermögen zurückgreifen kann.« Sein Bedauern wirkte echt. Er spielte ihr nichts vor. »Ich versichere Ihnen, Fräulein Mozart, ich würde auf der Stelle auf die Knie sinken und um Ihre Hand anhalten.«

Was sind Sie doch für ein armseliger Wicht!, dachte Nannerl verärgert. Sie presste ihre Lippen fest zusammen, um nichts Falsches zu sagen.

»Ich hoffe, ich darf Sie trotzdem wieder einladen?«

Nannerl zählte bis zehn, bevor sie antwortete. Mit einem offenen Konflikt war niemandem gedient. Es kostete sie Überwindung, sich ein Lächeln abzuringen. »Solange Sie mich nicht allein empfangen wollen, gerne.«

Er hatte sich rasch wieder im Griff und überspielte die Enttäuschung, die ihm ins Gesicht geschrieben stand. Mit oberflächlichem Plauderton führte er Nannerl sicher und ohne Umwege wieder aus dem Labyrinth.

In der Kutsche auf dem Weg nach Hause konnte Anna Maria ihr Glück kaum fassen. »Der Graf hat den ganzen Abend nur Augen für dich gehabt.«

»Hm.«

»Ich bin mir sicher, dass er dich erneut einladen wird, ist das nicht großartig? Er ist so ein gut aussehender und kultivierter Mann. Dein Papa wird ganz angetan von ihm sein.«

Je aufgeregter ihre Mutter plapperte, umso stiller wurde Nannerl.

»Du sagst ja gar nichts. Freust du dich denn nicht, dass der Graf sich für dich interessiert?« Anna Maria sah Nannerl verständnislos von der Seite an. »Die anderen Frauen haben dich voller Neid beobachtet. Du solltest glücklich sein.«

Nur ungern zerstörte Nannerl die Euphorie ihrer Mutter. Doch sie konnte ihren Worten nicht länger zuhören.

»Der feine Herr Graf hat mich gefragt, ob ich seine Geliebte werden möchte«, platzte sie ungehalten heraus.

»Wie bitte? Das kann nicht sein!« Anna Maria schüttelte den Kopf. »Graf Schiedenhofen ist ein anständiger Mann. Er hat Manieren und ist kultiviert. Du bist noch so unerfahren und jung, ganz sicher hast du seine Absichten falsch interpretiert.«

Nannerl verdrehte die Augen. Innerlich kochte sie vor Wut. »Daran war nichts falsch zu verstehen, glaube mir.«

»Aber …« Anna Maria schnappte nach Luft. Sie wollte erneut zu einer Erwiderung ansetzen, doch Nannerl hielt sie davon ab.

»Ich will nicht mehr über das unerfreuliche Gespräch reden.«

Zur Demonstration ihrer Entschlossenheit verschränkte sie die Arme vor der Brust, drückte sich fest in die Polster der Kutsche und starrte aus dem Fenster in die Dunkelheit der Nacht.

13

Noch in derselben Woche sollte Nannerl Barbara Zezi eine Klavierstunde geben. Es überraschte sie nicht, dass ihre Schülerin wieder einmal nicht geübt hatte. Wie so oft war die junge Frau grantig und ließ ihre Laune an Nannerl aus. An diesem Nachmittag war sie sogar so mürrisch, dass sie den Hausdiener unflätig beschimpfte und aus dem Musikzimmer jagte, als dieser Tee und Kuchen bringen wollte.

»Wir arbeiten, da braucht es keine Erfrischung«, fuhr sie ihn an.

Nannerl war es nur recht. Sie hatte keine Lust auf eine zusätzliche Unterhaltung mit Barbara Zezi. Der Unterricht war anstrengend genug. Heute sah das Gesicht der jungen Frau wieder teigig aus. Die Schminke verlieh ihr ein fast gespenstisches Aussehen. Als der Diener den Raum verlassen hatte, wollte Nannerl mit einer weiteren Lektion der Tonleitern beginnen. Doch ihre Schülerin hatte anderes im Sinn.

»Ich habe Sie beim Sommerball auf Gut Schiedenhofen beobachtet und weiß ganz genau, was zwischen Ihnen und dem Grafen vorgeht«, begann sie drohend.

Nannerl war bemüht, sich keine Verlegenheit anmerken

zu lassen. Hatte Barbara Zezi die unerfreuliche Konversation etwa belauscht?

»Sie denken wohl, dass Sie sich an den Grafen heranmachen können, damit er Ihnen einen Antrag macht, aber daraus wird nichts. Mein Vater befindet sich bereits in Gesprächen über eine mögliche Ehe zwischen ihm und mir.«

»Oh, wie schön«, entfuhr es Nannerl. »Das freut mich.« Sie brauchte nichts vorzuspielen. Sie war wirklich erleichtert, dass Schiedenhofen Barbara Zezi ehelichen wollte. Der Antrag würde ihrer Mutter beweisen, dass er kein echtes Interesse an ihr gehabt hatte.

Für einen Moment verschlug es der jungen Frau die Sprache. Doch sie fand ihren Faden rasch wieder und fuhr fort: »Machen Sie sich nicht über mich lustig!« Ihre Stimme überschlug sich förmlich. »Sie wissen ganz genau, dass der Graf sich noch nicht entschieden hat und meine Eltern und mich zappeln lässt. Doch wenn Sie glauben, dass Sie mit Ihrem lächerlichen Klavierspiel dazwischenpfuschen können, dann haben Sie sich getäuscht. Würde ich mehr üben, könnte ich genauso gut spielen wie Sie.«

Nannerl musste sich auf die Unterlippe beißen, damit ihr nichts herausrutschte, was sie später bereuen würde.

»Ich möchte Sie mit diesem Gespräch warnen, Fräulein Mozart.«

Was kam jetzt? Nannerl sah sie fragend an.

»Mir ist zu Ohren gekommen, dass Sie sich regelmäßig mit einem jungen Herrn im Mirabellgarten treffen. Sie gehen gemeinsam spazieren.«

Nannerl erstarrte. Was ging Barbara Zezi ihre Freundschaft zu Ippold an?

»Sollte ich erfahren, dass Sie Graf Schiedenhofen noch einmal besuchen, werde ich dafür sorgen, dass ganz Salzburg von Ihrem skandalösen Verhalten erfährt. Sie treffen sich mit einem Mann, der niemals eine Ehe eingehen darf. Sie wurden beobachtet, wie Sie in ungebührender Nähe flanierten und einander unsittlich berührt haben.«

»Das stimmt nicht!«, entfuhr es Nannerl entrüstet. »Das ist eine glatte Lüge.«

»Wollen Sie etwa abstreiten, dass er Ihre Hand küsst und Ihnen Blumen schenkt? Ich frage mich, was Ihr Herr Papa dazu sagen wird, wenn er wieder in Salzburg ist.« Barbara Zezi genoss ihre Lage sichtlich. »Und der Fürsterzbischof erst. Auch der wird entsetzt sein und sich die Frage stellen, ob der Mann die richtige Besetzung für den Posten eines Schulleiters ist. Es liegt ganz an Ihnen, ob Sie zum Gespött der Stadt werden.«

Barbara Zezis Gesicht war jetzt zu einer hässlichen Fratze verzogen.

Nannerl hätte am liebsten in das teigige Antlitz gespuckt. Doch stattdessen ballte sie ihre Hände zu Fäusten. Die Wut brachte ihr Blut in Wallung, und sie hatte Mühe, ihre Stimme zu kontrollieren.

»Es ist rührend, wie sehr es Sie trifft, auf das kleine Techtelmechtel verzichten zu müssen.« Barbara Zezi grinste boshaft.

»Sollten Sie sich wieder mit Ippold treffen, werde ich dafür sorgen, dass man bei der Sittenpolizei davon erfährt, ganz egal, wie Sie sich Schiedenhofen gegenüber verhalten. Also merken Sie sich eines: Beide Männer sind für Sie ab sofort tabu.«

»Die Sittenpolizei kann mir nichts Verwerfliches zum Vorwurf machen.«

»Oh, keine Sorge«, meinte Barbara Zezi. »Die Beamten finden immer etwas. Und selbst wenn sie nichts zu beanstanden haben, eines ist danach sicher: Ihr guter Ruf, Fräulein Mozart, ist dahin. Adieu, auf Nimmerwiedersehen.« Sie machte eine winkende Bewegung mit ihrer Rechten.

»Warum sind Sie so gehässig?«, fragte Nannerl tonlos.

Für einen Moment wirkte Barbara Zezi überrascht. »Ist der Grund nicht offensichtlich?«

Nannerl schwieg.

»Schauen Sie mal in den Spiegel, und dann werfen Sie einen Blick auf mich.« Barbara Zezis Stimme war jetzt eiskalt. »Wir hatten beide die gleiche Krankheit. Aber während Sie nach wie vor eine Haut so zart wie ein Pfirsich haben, sehe ich aus wie eine Hexe. Das ist nicht gerecht.«

Nannerl war fassungslos. »Aber dafür kann ich doch nichts.«

»Natürlich können Sie nichts dafür. Aber es ärgert mich trotzdem.« Barbara Zezi stampfte mit dem Fuß auf wie ein verwöhntes kleines Kind. »Und wenn Gott nicht für Gerechtigkeit sorgt, dann muss ich eben ein bisschen nachhelfen.«

Damit ging sie zum Klavier und setzte sich. Der teure Stoff ihres Kleides raschelte laut. »Fangen Sie endlich mit dem Unterricht an. Mein Vater bezahlt Sie nicht fürs Löcher-in-die-Luft-Starren.«

Nannerl holte tief Luft. »Das muss er auch nicht«, sagte sie leise. »Ich werde keine weitere Stunde meines Lebens damit vergeuden, Ihnen Unterricht zu erteilen.«

»Kommen Sie sofort hierher«, brüllte Barbara Zezi.

Nannerl drehte sich um und lief mit festen Schritten zur Tür.

»Wenn Sie jetzt gehen, brauchen Sie nie wieder zu kommen. Ihre Anstellung ist hiermit beendet.«

»Das hatte ich auch nicht vor«, antwortete Nannerl ruhig. Sie verließ den Raum, ohne ein weiteres Mal nach ihrer Klavierschülerin zu sehen. Lauter als sonst knallte sie die Tür hinter sich zu. Barbara Zezis wüste Beschimpfungen waren bis auf den Gang zu hören. Nannerl ging eilig zur breiten Treppe und lief sie hinunter. Als sie am Ende der Stufen ankam, trat der Herr des Hauses aus dem Raum daneben. Barbara Zezis Vater war ein kleiner Mann, der mit einer übertrieben hohen Perücke versuchte, seine mangelnde Größe wettzumachen.

»Fräulein Mozart, Sie gehen schon?«, fragte er erstaunt. »Die Stunde ist doch noch lange nicht vorbei.«

»Es tut mir aufrichtig leid«, sagte Nannerl. »Ich werde Ihre Tochter nicht weiter unterrichten.«

»Was?« Der Mann war irritiert. »Bezahlen wir Ihnen zu wenig? Wollen Sie mehr Lohn?«

»Es liegt nicht am Geld«, antwortete Nannerl wahrheitsgemäß. »Sie waren stets sehr großzügig.«

»Was ist dann der Grund?«

»Es wäre unrecht, noch weiter Geld von Ihnen anzunehmen, wenn doch aus Ihrer Tochter niemals eine passable Musikerin werden wird.«

»Es heißt, jeder kann das Musizieren erlernen«, entgegnete Herr Zezi. »Sie sind die beste Lehrerin der Stadt. Sie werden meiner Barbara doch das Klavierspiel beibringen können.«

Nannerl wählte die nächsten Worte mit Bedacht. »Es geht nicht um fehlendes Talent«, sagte sie. »Wer ein Instrument erlernen will, muss viel Zeit investieren. Ohne regelmäßiges Üben ist jede Unterrichtsstunde sinnlos.«

»Dann kommen Sie eben jeden Tag und führen die notwendigen Übungsstunden mit meiner Tochter durch«, sagte Zezi. »Am Geld soll es nicht scheitern.«

Nannerl hoffte inständig, dass ihre Eltern niemals von diesem großzügigen Angebot erfuhren und auch ihre Antwort ein Geheimnis zwischen Zezi und ihr bleiben würde.

»So gerne ich zusagen würde ...« Sie hob entschuldigend die Schultern. »Leider muss ich Sie enttäuschen. Es fehlt mir die Zeit dazu. Ich habe zu viele andere Verpflichtungen.« Sie machte einen Knicks und wollte an Zezi vorbei, doch Barbaras Vater war hartnäckig.

»Ich zahle Ihnen das doppelte Gehalt.«

Nannerl spürte, wie die Wut zurückkehrte. »So leid es mir tut ...« Sie bemühte sich, ihre Stimme höflich klingen zu lassen. In ihrem Inneren brodelte es. »Es gibt Dinge, die man mit Geld allein nicht kaufen kann.«

Zezis Gesicht erstarrte. Nannerl nutzte den Moment seiner Überraschung und drängte sich an ihm vorbei zur Eingangstür.

»Leben Sie wohl!«

Erst als die Tür hinter ihr ins Schloss fiel und sie wieder auf der Straße stand, wurde ihr die Tragweite ihres Handelns bewusst. Zezi war ein einflussreicher Mann. Wenn er herumerzählte, dass Nannerl eine unzuverlässige Klavierlehrerin war, und seine Tochter noch eins draufsetzte, indem sie über die heimlichen Treffen mit Ippold sprach, war Nannerls guter Ruf ruiniert.

Mit jedem Schritt, den sie sich vom Haus der Zezis entfernte, wuchs ihre Angst. Der kurze Moment des Triumphs, den sie eben noch genossen hatte, schmolz dahin. Nannerl war sich sicher, dass Barbara Zezi sich rächen würde. Sie durfte ihr keine Gelegenheit dazu bieten.

Noch am selben Abend setzte Nannerl sich an ihren winzigen Schreibtisch und begann schweren Herzens mit einem Brief an Ippold. Wie sollte sie ihn ansprechen? Minutenlang starrte sie auf das leere Briefpapier, bevor sie die Feder ins Tintenfass steckte und zu schreiben begann:

»Mein lieber, guter Freund, es tut mir aufrichtig leid, und es schmerzt mich zutiefst, diese Zeilen schreiben zu müssen. Ich habe unsere gemeinsamen Spaziergänge aufrichtig genossen und mich jeden Abend darauf gefreut wie auf ein neues Theaterstück oder ein perfekt komponiertes Lied. Trotzdem können wir uns in Zukunft nicht mehr treffen. Ich hoffe, dass Sie mich dennoch in guter Erinnerung behalten werden. Mit innigen Grüßen, Ihr Nannerl.«

Sie faltete das Papier und steckte es sorgfältig in ein Kuvert. Morgen Abend würde sie Sopherl bitten, Ippold den Brief zu überreichen. Nannerl fühlte sich traurig, wütend und hilflos zugleich. Sie warf sich auf ihr Bett und weinte Tränen des Zorns. Von ganzem Herzen wünschte sie Barbara Zezi noch mehr hässliche Pockennarben ins Gesicht.

• • •

Die köstlich cremige Chocolade stand unberührt vor Nannerl und kühlte aus. Sie spürte den sorgenvollen Blick der Freundin auf sich ruhen. Seit Katharina ihr Ippolds Antwortbrief übergeben hatte, schwieg Nannerl traurig.

»Am liebsten würde ich dieser bösartigen Zezi jedes Haar einzeln ausreißen«, schimpfte Katharina verärgert. »So eine blöde Ziege. Wie kann es einem Spaß bereiten, andere unglücklich zu machen? Was ist das für ein Mensch?«

Nannerl hatte lange darüber nachgedacht, warum Barbara Zezi ihr so böse mitspielte. Sie selbst war stets freundlich und zuvorkommend gewesen und hatte sich wirklich bemüht, ihr das Klavierspiel beizubringen.

»Zum Glück gibt es Gerechtigkeit«, verkündete Katharina. »Ich habe gehört, dass der Schiedenhofen sie trotz ihres Geldes nicht heiraten wird.«

»Das wird sie noch mehr verbittern.«

»Aber dir kann sie nichts mehr anhaben. Du hast die Unterrichtseinheiten mit ihr beendet.«

Nannerl entwich ein lauter Seufzer. Es war nicht leicht gewesen, ihrer Mutter beizubringen, dass sie Barbara Zezi nicht weiter unterrichten würde.

»Warum, Nannerl? Die Zezis sind einflussreich, und sie

zahlen gut. Das wird deinen Vater sehr verärgern«, hatte Anna Maria gejammert.

»Barbara Zezi kann Moll von Dur nicht unterscheiden«, hatte Nannerl geantwortet. »Nicht einmal der Papa hätte ihr das Klavierspiel beibringen können.«

Wirklich beruhigt hatte Anna Maria sich erst, als Nannerl behauptet hatte, keine Zeit für Barbara Zezi zu haben. Das war nicht einmal gelogen, denn mittlerweile gab sie in fünf verschiedenen Familien Musikunterricht. Nannerl war erleichtert, dass sie Barbara Zezi nicht mehr ins Gesicht schauen musste.

»Was hat er denn nun geschrieben, dein Herr Ippold?«

»Er ist nicht mein Herr Ippold«, korrigierte Nannerl ihre Freundin. In Gedanken fügte sie ein wehmütiges »leider« hinzu. »Er schreibt, dass es ihm sehr leidtut, dass ich mich nicht mehr mit ihm treffen möchte. Er hofft, mich nicht verletzt zu haben, denn das wäre nie seine Absicht gewesen. Er sagt, dass er auch weiterhin ständig an mich denken wird, und wünscht mir alles Gute.«

Katharina neigte den Kopf zur Seite. »Das klingt nach Kränkung. Der Arme hat keine Ahnung, warum du ihm den Brief geschickt hast. Sicher nimmt er an, dass es einen anderen Mann in deinem Leben gibt.«

»Aber das stimmt nicht. Ich habe das unmoralische Angebot von Schiedenhofen abgelehnt«, verteidigte sich Nannerl.

»Und das ganze Schlamassel gibt es nur, weil Barbara Zezi eine böse Intrigantin ist.«

Nannerl schwieg, und Katharina schob ihr die Tasse mit der inzwischen kalten Chocolade zu.

»Ich vermisse die Gespräche mit Ippold«, gab Nannerl zu. »Ich mag ihn sehr. Er ist ein kluger und einfühlsamer Mann. Aber vielleicht ist es besser so. Am Ende hätten wir noch tiefere Gefühle füreinander entwickelt.«

»Wer sagt dir denn, dass er die nicht längst empfindet?«

»Er ist der Direktor des Collegiums. Er darf nicht heiraten. Die ganze Sache wäre ohnehin unmöglich und kompliziert gewesen. Vielleicht hat Barbara Zezi mir, ohne es zu wissen, einen großen Gefallen getan.«

»Unsinn!«

Pimberl, die die ganze Zeit neben Nannerl gesessen hatte, stand nun auf und legte ihr den Kopf in den Schoß. Die Hündin schien immer genau zu wissen, was in Nannerl vor sich ging. Nannerl kraulte sie dankbar hinter den Ohren.

»Ich nehme übrigens alles zurück, was ich je über Pimberl gesagt habe«, meinte Katharina versöhnlich. »Sie ist klüger, als jedes Seidenhündchen es jemals hätte sein können.«

»Sie mochte Ippold auch.«

»Ich sag ja, dass sie klug ist.«

»Ach, Katherl. Warum ist das Leben so kompliziert?«

»Weil Geld eine viel zu wichtige Rolle spielt und es immer Männer sind, die unsinnige Regeln aufstellen, unter denen Frauen leiden müssen.«

»Wie meinst du das?«

»Warum macht Schiedenhofen dir ein unmoralisches Angebot, wenn er dich so attraktiv findet? Nur, weil du nicht wohlhabend genug bist? Warum kann eine Frau nicht entscheiden, mit wem sie sich in der Öffentlichkeit treffen will? Ich verrate dir die Antwort: weil Männer Verhaltensregeln für uns aufstellen.« Katharina redete sich in Rage. »Ich pfeif auf das alles und mach einfach, was ich will.«

»Das klingt gut«, pflichtete Nannerl der Freundin bei. »Ich wünschte, wir Frauen könnten unser Leben selbst in die Hand nehmen, ohne dafür die Erlaubnis von Männern zu benötigen.« Sie seufzte. »Ich fürchte, dass das noch einige Generationen dauern wird.«

Wieder kamen ihr die Bilder der öffentlichen Auspeitschungen in den Sinn. Die Erinnerungen waren eine mahnende Drohung. Sobald Frauen auch nur ein kleines Stück von der Norm abwichen, waren sie der Kritik der Gesellschaft ausgeliefert.

»Ich werde eines Tages Perücken machen«, sagte Katharina entschieden. »Und heiraten werde ich nur, wenn ich das auch wirklich will.«

Nannerl beneidete die Freundin um ihre Unabhängigkeit.

»Ich stell dich bei mir ein«, sagte Katharina. »Wir können den Salon gemeinsam führen.«

Nun lachte Nannerl herzlich. »Ich soll Perücken machen? Um Himmels willen. Katherl, hast du schon mal gesehen, wie ich aussehe, wenn ich mir die Frisur selbst hochstecke?«

Katharina betrachtete Nannerls einfachen Knoten im Nacken. »Na ja, vielleicht hast du recht. Besser, du spielst weiter Klavier.«

Endlich nahm Nannerl einen Schluck ihrer kalten Chocolade. Das Getränk schmeckte heiß eindeutig besser.

»Wirst du Ippold auf seinen Brief antworten?«

Nannerl schüttelte entschieden den Kopf. »Nein, das hat keinen Sinn. Unsere Freundschaft hat keine Zukunft.«

Es überraschte Nannerl, dass Katharina nicht nachbohrte. Insgeheim wünschte sie sich, die Freundin würde versuchen, sie umzustimmen.

Teil II

14

Salzburg, Jänner 1775

»Ich wollte gar nicht aus Wien abreisen«, schwärmte Wolfgang. »Die Stadt pulsiert. Sie ist voll von Menschen, die die Kunst und die Unterhaltung lieben. Freigeister, die neue Ideen schätzen. Sie kommen aus allen Teilen des Kaiserreiches. Man spricht so viele verschiedene Sprachen. Ich fühle mich dort zum ersten Mal im Leben richtig lebendig.« Er und Nannerl spazierten mit Pimberl einen schmalen vereisten Weg die Salzach entlang. Der Himmel war wolkenlos und blau, aber es war bitterkalt. Nannerl vergrub ihre Hände tief in einer Fellrolle, die sie an eine Schnur gebunden um den Hals trug. Pimberl lief ohne Leine einige Meter vor ihnen, blieb immer wieder stehen und sah sich zu ihnen um. Wolfgang war mit Nannerls Hundewahl sehr zufrieden gewesen. Er liebte Pimberl genau wie sie. Ein Seidenhündchen hätte er schrecklich gefunden, hatte er ihr gestanden. Pimberl passte in keine Schublade, ähnlich wie Wolferl.

»Sobald Papa mir nicht mehr dreinreden kann, werde ich in die Habsburgerstadt ziehen«, sagte Wolfgang.

Es war nicht das erste Mal, dass Nannerl diesen Satz hörte. Drei Italienreisen und eine nach Wien hatten das Verhältnis zwischen Vater und Sohn auf eine Belastungsprobe gestellt. Wolfgang litt zunehmend unter Leopolds Druck, der genau vorgab, wo Wolfgang auftrat, wem er seine Werke anbot und bei welchen Mäzenen er vorsprechen sollte. Doch Wolfgang scherte sich weder um Vorgaben noch um Konventionen. Geld und Bezahlung waren ihm völlig egal, sehr zum Leidwesen seines Vaters.

»Es ist wie ein Zwang«, gestand Wolfgang. »Sobald Papa mir Vorschriften macht, muss ich mich dagegen wehren. Ich will nicht, dass er in meine Notenblätter hineinschreibt. Das war früher in Ordnung, aber jetzt nicht mehr. Es ist meine Musik und nicht seine. Deshalb kann ich auch selbst entscheiden, vor welchem Publikum ich spiele. Ich werde zwanzig Jahre alt. Ich bin kein Kleinkind mehr.« Wolfgang war tatsächlich erwachsen geworden. In den letzten Jahren war aus dem kleinen, dürren Jungen ein richtiger Mann geworden. Sonderlich groß war er immer noch nicht, aber er überragte Nannerl um ein paar Zentimeter, auf die er stolz war.

Am Abend zuvor war Nannerl unfreiwillige Zuhörerin eines Gesprächs ihrer Eltern geworden. Die beiden hatten sich im Salon unterhalten, während sie in der Küche getrocknete Apfelringe für einen Kuchen klein geschnitten hatte. Dabei hatte sie die Stimme ihres Vaters vernommen: »Er hat die Statur und das Alter eines jungen Mannes, aber sein Gemüt entspricht dem eines Zehnjährigen.«

»Ach, Leopold, du siehst die Welt zu schwarz.« Wie immer hatte Anna Maria versucht, ihren Mann zu beruhigen.

»Ich bin Realist und verschließe meine Augen nicht«, hatte Leopold geantwortet. »Wolfgang hat keinerlei Gefühl fürs Geld. Sobald er welches in der Hand hat, gibt er es aus, so als wäre es Papier oder Obst, das am nächsten Baum wächst. Er ist ein Genie auf dem Gebiet der Musik, aber allein völlig lebensunfähig. Ich weiß nicht, was wir in Zukunft tun können, um ihn vor Schaden zu bewahren.«

»Du wirst ihn nicht ewig beschützen können.«

»Aber genau das ist meine Aufgabe als Vater. Es geht ja nicht nur um Wolfgang, sondern auch um Nannerl. Sie ist jetzt fünfundzwanzig. Wenn mit uns beiden etwas passiert, wer sorgt dann für sie, bis sie verheiratet ist? Wir vererben ihr nichts als Schulden. Die Italienreisen waren teuer.«

Nannerl hätte gerne die Küche verlassen und ihrem Vater erklärt, dass sie mit ihren Klavierstunden gut für sich selbst sorgen konnte. Aber sie wollte nicht zugeben, dass sie gelauscht hatte, deswegen ließ sie es bleiben.

»Der Fürsterzbischof wird mir keinen weiteren Urlaub gewähren, das hat er mir heute klar und deutlich gesagt. Ich kann Wolferl also auf keine weitere Reise begleiten. Der Bischof meint, unser Sohn sei erwachsen. Er hat ja keine Ahnung. Nie und nimmer können wir ihn allein wegschicken.«

»Wir werden eine Lösung finden«, hatte Anna Maria ihn beruhigt. »Zuerst einmal fährst du mit Nannerl und Wolferl zur Premiere seiner Oper *La finta giardiniera* nach München, das ist schon seit Monaten so geplant. Oder hat der Bischof die auch gestrichen?«

»Nein, dagegen hat er nichts einzuwenden.«

»Das ist doch schon ein Erfolg, der uns Zeit verschafft.

Und danach sehen wir weiter.« Auch wenn sie es nicht hatte sehen können, so war Nannerl sich sicher gewesen, dass ihre Mutter beschwichtigend ihre Hand auf die ihres Vaters gelegt hatte. Kurz darauf war Sophie vom Schuster zurückgekommen und hatte das Gespräch unterbrochen, und Nannerl konnte unentdeckt aus der Küche verschwinden.

»Was ist eigentlich aus dem Herrn Ippold geworden?« Wolfgang holte Nannerl aus ihren Überlegungen zurück in die Gegenwart.

»Wie bitte?«

»Du hast mir doch mehrere Briefe nach Italien geschickt, in denen du von den langen Spaziergängen mit ihm berichtet hast. Ich hätte schwören können, dass mehr dahintersteckt.« Neugierig musterte Wolfgang seine Schwester von der Seite. Zum Glück waren ihre Wangen vom eisigen Wind bereits rot, weshalb sie nicht weiter an Farbe gewinnen konnten.

»Was hat der Mann verbrochen, dass er deine Gunst verloren hat?«

Nannerl wusste, dass Wolfgang nicht lockerlassen würde, bis sie es ihm verriet. Wenn er etwas erfahren wollte, konnte er hartnäckig sein, und so erzählte sie ihm die ganze Geschichte. Sie begann beim Bölzelschießen, endete bei der letzten Lektion bei Barbara Zezi und ließ auch den Sommerball auf Gut Schiedenhofen nicht aus.

»Nannerl, du hast einen Fehler gemacht«, sagte er geradeheraus.

»Weil ich nicht bei der Sittenpolizei angezeigt werden wollte?«

»Weil du dieser Schlange Zezi Unterricht erteilt hast. Sie ist ein unzufriedenes, garstiges Frauenzimmer.«

»Das weiß ich jetzt auch«, bemerkte Nannerl. Sie verschwieg, dass ihr Abgang durchaus dramatisch gewesen war und sie bis heute die Rache der Zezis fürchtete.

Ein eisiger Wind pfiff in Nannerls Gesicht. Sie schlug den Kragen ihres Mantels höher und spähte zu Wolfgang, der sich von dem beißenden Wind nicht beeindrucken ließ. Gut, dass sie morgen nach München aufbrachen. Blieben sie in Salzburg, müsste Nannerl befürchten, dass ihr Bruder gerade etwas ausheckte. Vor ihrem inneren Auge sah sie ihn Barbara Zezi eine Ladung verfaulter Kohlblätter entgegenwerfen. Das hatte er als Siebenjähriger in Antwerpen gemacht, als ein vorlauter Lehrling Nannerl als sittenloses Mädchen bezeichnet hatte, das sich nicht schämte, vor Männern aufzutreten. So schön das Bild vom stinkenden Kohl in Barbara Zezis Gesicht auch war, es wäre den Ärger, der folgen würde, nicht wert. Und Wolfgang war ein erwachsener Mann, er durfte sich derlei Streiche nicht mehr leisten.

»Komm, lass uns nach Hause gehen«, forderte Nannerl. »Ich habe noch nicht gepackt.«

15

München, Jänner 1775

Die Mozarts bestiegen lange vor Sonnenaufgang die bestellte Kutsche. Nur Anna Maria blieb in Salzburg zurück. Trotz der Enge im Inneren des Wagens und der dicken Decken, die sie über ihren Schoß breiteten, war es bitterkalt. Nannerl zitterte so heftig, dass ihre Zähne gegeneinanderschlugen. Von der kahlen Winterlandschaft, die an ihr vorbeizog, bekam sie nicht viel mit, weil sie die Decke bis über die Nase zog. Als sie abends endlich in München ankamen, war es wieder dunkel, denn die Tage im Winter waren kurz, und die Sonne bescherte den Menschen nur ein paar Stunden Wärme und Licht. Nannerls Hinterteil schmerzte vom Durchgerütteltwerden auf den verschneiten Straßen. Es war ihr ein Rätsel, wie Postboten es schafften, Tag für Tag diese Strecke zu befahren. Nannerl konnte es kaum erwarten, das wackelige Gefährt wieder zu verlassen.

Ihre Quartiergeberin Frau von Dunst hatte zur Begrüßung ihrer Gäste eine Öllampe vor der Tür aufgestellt und erwartete sie bereits mit einem deftigen Abendessen. Als

Nannerl das kleine, schmale Häuschen betrat, wehte ihr der Geruch von Würsteln und Kraut entgegen. Die Zimmer des Hauses waren weitaus geräumiger, als es von außen den Anschein hatte. Die drei Fenster des Salons führten in einen begrünten Innenhof, der jetzt von einer dicken Schneeschicht bedeckt war und in völliger Dunkelheit lag. Das Salvatortheater befand sich nur wenige Gehminuten entfernt. Dieser Umstand würde es Leopold und Wolfgang in den nächsten Tagen erleichtern, die Vorbereitungen für die Premiere der Oper zu überwachen. Nannerl hatte unterdessen Zeit, sich in der Stadt umzusehen. Ihre letzte Reise lag Jahre zurück. Frau von Dunst wollte ihr die schönsten Kirchen der Stadt zeigen und irgendwann in den nächsten Tagen gemeinsam mit Nannerl eine Kutsche nehmen und nach Schloss Nymphenburg fahren, um dort den Garten und die Innenräume des Schlosses zu besichtigen.

»Leider sind die Gärten im Winter nur halb so schön«, sagte sie bedauernd. »Die Brunnen sind leer, und es sprudelt kein Wasser. Auf dem Teich fahren keine Boote, und die Blumenbeete sind verwaist. Aber mit etwas Fantasie können Sie sich vorstellen, wie die Anlage im Sommer aussieht.« Frau von Dunst wischte sich den fettigen Mund mit einer riesigen Stoffserviette ab.

»Ich kenne das Schloss«, sagte Nannerl. »Als Zwölfjährige bin ich vor dem Kurfürsten aufgetreten.«

»Ja, richtig.« Frau von Dunst schlug sich mit der flachen Hand gegen die Stirn. »Wie habe ich das nur vergessen können. Von Ihrem Auftritt und dem Ihres Bruders spricht man heute noch. «

»Wirklich?« Nannerl war sich nicht sicher, ob die Frau flunkerte und ihr nur schmeicheln wollte.

Man tauschte noch weitere Freundlichkeiten aus, besprach die Pläne für die nächsten Tage, dann endlich konnte Nannerl sich zurückziehen. Sie war schon lange nicht mehr so müde gewesen. Sie fragte sich, wie sie als Kind die langen Fahrten quer durch Europa so mühelos weggesteckt hatte. Sie konnte sich nicht daran erinnern, je so erschöpft gewesen zu sein wie heute Abend. Es war ein Segen, dass sie ein eigenes kleines Zimmer hatte, in das sie sich zurückziehen konnte. Auf einem Regal an der Wand befanden sich kleine Porzellanfiguren. Schäferinnen in anmutigen Ballkleidern reihten sich neben Kavalieren auf schneidigen Pferden. Frau von Dunst schien eine leidenschaftliche Sammlerin zu sein. Nannerl betrachtete die Figuren und ließ sich erleichtert auf die Matratze plumpsen. Sie fühlte sich an ihre Kindheit erinnert. Damals hatten sie alle paar Wochen in einem neuen Quartier gewohnt und jeden Tag ein kleines Abenteuer erlebt. Jetzt war sie eine erwachsene Frau. Sie konnte selbst bestimmen, was sie von der Stadt sehen, welche Plätze sie aufsuchen und welche Gottesdienste sie besuchen wollte. Natürlich nur in Begleitung. Frau von Dunst hatte sich bereits angeboten. Nannerl nahm sich vor, die Zeit in vollen Zügen zu genießen. Mit einem Gefühl der Vorfreude schlief sie ein.

Die nächsten Tage vergingen wie im Flug. Nachdem Nannerl mit Frau von Dunst in der eindrucksvollen Renaissancekirche St. Michael die heilige Messe besucht hatte, war sie zum

Kaffee beim Kanonikus von Pernat eingeladen gewesen. Dort traf sie die Töchter von Veronika Rubinig, einer alten Freundin ihrer Mutter. Aloisia und Victoria boten sich voller Begeisterung an, ihr München zu zeigen. Aloisia war in Nannerls Alter, Victoria war etwas jünger. »Wir haben so selten Gäste bei uns«, sagte Victoria entschuldigend. »Wenn dann mal jemand da ist, freuen wir uns riesig.« Nannerl fand es ebenso fein, herumgeführt zu werden. Sie spazierten von der Residenz zum Marienplatz, bestaunten die Frauenkirche und das Rathaus. Aloisia bestand darauf, dass sie beim Salvatorausschank das köstliche Bier der Paulanermönche probierten und einen Abstecher in die erst kürzlich gegründete Nymphenburger Porzellanmanufaktur machten. Nannerl konnte nicht widerstehen und erstand zwei kleine Teetassen und ein Löffelchen, auf das eine winzige Rose und ein Veilchen gemalt waren. Eine Tasse wollte sie ihrer Mutter, die andere Katherl mitbringen. Das klitzekleine Löffelchen war für Sophie, die ihr hoch und heilig versprochen hatte, während Nannerls Abwesenheit gut auf Pimberl achtzugeben.

Nannerl konnte sich an der Stadt nicht sattsehen. Wenn sie abends müde ins Bett fiel, freute sie sich auf den nächsten Tag und weitere neue Eindrücke. Während Nannerl sich vergnügte, wuchs bei ihrem Vater die Nervosität. Je näher die Uraufführung der Oper rückte, umso unruhiger wurde er. Wolfgang hingegen blieb gelassen. Oder zumindest tat er so, als würde ihn all der Trubel nichts angehen. Nannerl vermutete, dass er mit seinem Verhalten Leopold provozieren wollte, was ihm auch mühelos gelang.

»Meine Musik wird überzeugen«, verkündete Wolfgang

mit einer Überheblichkeit, die eigentlich nicht zu ihm passte. Nannerl wusste, dass er oft an seinen Kompositionen zweifelte und erst richtig zufrieden war, wenn auch das Publikum die Musik liebte.

»Was hilft das beste Libretto, wenn die Musiker es nicht richtig interpretieren?« Leopold nahm die Perücke ab und raufte sich das immer schütter werdende Haar.

Sie saßen allein beim Abendessen zusammen. Frau von Dunst war bei einer Freundin eingeladen. Ihr Dienstmädchen hatte ihnen wieder Würste serviert, diesmal mit Knödeln. Während all ihrer Reisen hatte Nannerl nie eine Stadt besucht, in der es so viele verschiedene Sorten von Würsten gab wie in München. Mal wurden sie geräuchert, dann wieder gekocht. Einige waren hart und hielten wochenlang, andere wieder waren butterweich und mussten sofort verzehrt werden. Die Würste, die heute auf ihren Tellern lagen, waren in Fett gebraten worden und schmeckten nach Majoran und Pfeffer.

»Es wird schon alles gut gehen«, gab sich Nannerl zuversichtlich. Doch Leopold war mit dem Bühnenbild unzufrieden, fand die Kostüme der Sänger zu grell und hatte Bedenken bezüglich des Orchesters. Besondere Sorge bereiteten ihm die Geigenspieler. »Ich frage mich, wo die drei ihre Ausbildung gemacht haben. Von mir würden die niemals ein Zeugnis ausgestellt bekommen.«

»Das liegt nicht an den Musikern, sondern an deinen hohen Ansprüchen«, meinte Nannerl amüsiert.

Ihr Vater sah sie vorwurfsvoll an. Nannerl nahm den letzten Bissen ihrer Wurst, um ihr Grinsen zu unterdrücken, dann wischte sie sich den Mund ab und schob den Teller zur Seite.

»Morgen werden wir erfahren, wie der Kurfürst und die Münchner die Oper aufnehmen«, sagte Nannerl.

Sie konnte es kaum erwarten, das Salvatortheater von innen zu sehen. Von außen war das Gebäude mit seiner schmucklosen Fassade eher unauffällig, auch wenn sich heute niemand mehr vorstellen konnte, dass das Opernhaus ehemals ein Kornspeicher gewesen war. Zur guten Stimmung der letzten Tage mischte sich ein kleiner Wermutstropfen in Nannerls Gedanken. Gerne hätte sie selbst auf der Bühne gestanden. Doch bei einer Opernaufführung hatte sie als Solopianistin nichts verloren.

»Wir müssen noch einmal mit den Kostümschneidern reden und mit dem Bühnenbildner. Es kann nicht sein, dass man einen Himmel malt, der rosarot ist.«

Nannerl wollte sich das Jammern ihres Vaters nicht länger anhören und verließ das Speisezimmer mit der Entschuldigung, einen Brief an die Frau Mama zu schreiben.

Kaum hatte sie sich an den kleinen Tisch in ihrem Zimmer gesetzt, trat Wolfgang ein und ließ sich ungefragt auf ihrem Bett nieder.

»Wenn man Papa zuhört, dann geht es morgen nicht um meine Musik, sondern um Kostüme, Bühnenbild und Geigenspieler, die ihr Handwerk nicht beherrschen.«

»Ach, mach dir nichts draus, es wird ein großartiger Abend. Die Musik ist einzigartig. Als ich zum ersten Mal die Notenblätter durchgesehen habe, konnte ich sie nicht mehr weglegen, so beeindruckt war ich. Du hast dich in den letzten Jahren enorm weiterentwickelt.« Nannerl lächelte ihren Bruder aufmunternd an.

»Wie meinst du das?«, hakte er nach.

»Denk doch nur an die erste Oper, die du mit zwölf geschrieben hast.«

»Erinnere mich nicht daran.« Wolferl machte eine wegwerfende Bewegung.

»*La finta semplice* war ebenfalls gut«, fuhr Nannerl fort. »Aber jetzt hast du deinen eigenen Stil entwickelt. Man hört die Klänge und weiß sofort, das hat Wolfgang Amadeus Mozart komponiert. Die komische Oper liegt dir. Du könntest sogar aus einem der beliebten Kasperlstücke in Wien eine Oper machen.«

Wolfgang lachte. »Damit alle Anwesenden einen Herzinfarkt bekommen oder schimpfend den Saal verlassen? Das wäre ein unglaublicher Skandal!«

»Seit wann stört dich das?« Nannerl nickte ihm zu. »Du bist ein begnadeter Komponist, und deshalb wirst du heute Abend nicht enden wollenden Applaus bekommen.«

Er stieß erleichtert die Luft aus, was Nannerl bewies, dass er nervöser war, als er zuzugeben bereit war.

»Ich habe dir übrigens einen Platz in einer der Logen reservieren lassen.«

»Oh, vielen Dank. Ich dachte, dass ich in der ersten Reihe sitzen werde.«

Wolfgang schüttelte den Kopf. »Von oben hast du einen besseren Überblick auf das Bühnenbild. Die Rubinig-Töchter werden auch bei dir sitzen.«

»Oh, wie schön. Ich freue mich auf den Abend!« Sie

grinste. »Hinterher werde ich mit meinem berühmten Bruder angeben.«

Offenbar war es ihr gerade gelungen, die richtigen Worte zu finden, denn Wolfgang entspannte sich merklich.

»Wird Papa auch bei uns sein?«

Wolfgang verzog den Mund. »Der lässt es sich nicht nehmen, in der Nähe des Kurfürsten Maximilian III. zu sitzen. Sicher will er seine Mimik studieren und mir hinterher Ratschläge geben, was ich beim nächsten Stück anders machen soll. So als würde ich nur für einen bestimmten Fürsten oder Monarchen komponieren.«

Zum Glück konnte Leopold seinen Sohn nicht hören. Es war der ewige Streitpunkt zwischen den beiden. Während Wolfgang Musik machte, weil er den inneren Drang dazu verspürte, wollte Leopold, dass er gefällige Stücke schrieb, um damit möglichst viel Geld zu verdienen. Am besten sollte jeder Auftraggeber genau das Stück bekommen, das seinem Geschmack entsprach. Eine Vorstellung, die Wolfgang unerträglich war. Gerade bei dieser Oper hatten die beiden heftig diskutiert. Die Handlung war Leopold zu oberflächlich und zu humorvoll. Er hätte sich mehr Tiefgang gewünscht, den Wolfgang strikt verweigert hatte, sehr zu Nannerls Freude. Sie liebte Wolfgangs lustige, beschwingte Stücke, die voller turbulenter Liebesgeschichten waren.

»Mach dich morgen besonders hübsch«, bat Wolfgang. »Ich will, dass meine Schwester die schönste Frau im Zuschauerraum ist.«

»Warum das denn?«, fragte Nannerl irritiert.

»Falls die Oper doch nicht so gut ankommt, kann ich zumindest mit einer wunderschönen Schwester punkten.«

• • •

Als Nannerl am nächsten Tag aufstand, waren ihr Bruder und ihr Vater bereits im Salvatortheater, um letzte Vorbereitungen zu treffen. Sie hatten einen langen Arbeitstag vor sich. Nannerl frühstückte mit Frau von Dunst und besuchte mit ihr die Messe, diesmal in der Frauenkirche. Danach holten Victoria und Aloisia sie ab. Sie gingen eine Runde spazieren und aßen dann gemeinsam zu Mittag in einer kleinen Gaststube am Marienplatz. Später nahmen die beiden Nannerl mit zu einem stadtbekannten Friseur. Unter den kundigen Händen von Monsieur Français, einem waschechten Bayern, der in Wahrheit Franz hieß, verwandelten Nannerls Haare sich zu einem kunstvollen Gebilde aus zusammengerollten und kompliziert hochgesteckten Zöpfen, die mit zahlreichen Seidenblumen verziert wurden und etwas von einer riesigen fantasievollen Meeresschnecke hatten. Auf das Reismehl verzichtete der Meister zum Glück. Stattdessen sprühte Monsieur Français Rosenwasser in die Frisur.

»Mei, is des sche!«, seufzte der Lehrling des Haarkünstlers, und Nannerl konnte dem schlaksigen Jungen, dessen Gliedmaßen zu lang für seinen Körper zu sein schienen, nur zustimmen. Die Frisur war wirklich gelungen.

Danach blieb gerade genug Zeit, um sich umzuziehen und rechtzeitig zur Oper zu gelangen. Gemeinsam mit Frau von Dunst lief sie zum Salvatorplatz. Aus allen Himmelsrichtungen strömten die Zuschauer zum Gebäude. Große Laternen am Eingang sorgten für ausreichend Licht. Über ein paar Stufen gelangten sie in eine Vorhalle. Während Nannerl im ersten Stockwerk saß, musste ihre Gastgeberin ein Stockwerk höher steigen. Sie verabschiedeten sich im Treppenhaus und wünschten einander einen unterhaltsamen Abend.

Nannerl spürte, wie ihre Aufregung wuchs. Sie kannte jedes einzelne Stück, das heute Abend gespielt werden würde. Sie hatte selbst die meisten davon auf dem Klavier probiert. Aber es war etwas völlig anderes, wenn ein ganzes Orchester die Kompositionen spielte und Sänger die Musik mit ihren Stimmen zum Leben erweckten. In der kleinen, mit einer roten Samttapete ausgekleideten Loge standen vier goldlackierte Stühle. Nannerl war die Erste, die eintraf. Da Aloisia und Victoria beide deutlich kleiner waren als Nannerl, beschloss sie, einen der hinteren Stühle zu nehmen, auch wenn sie gerne vorne gesessen und direkt über die Brüstung geschaut hätte. Wie gut, dass sie ihr kleines Opernglas dabeihatte, ein Geschenk ihrer Eltern zu ihrem zehnten Geburtstag. Kaum, dass sie aus ihrem Mantel geschlüpft war, kamen Aloisia und Victoria und begrüßten Nannerl überschwänglich. Auch sie schienen aufgeregt und redeten wild drauflos.

»Ich kann es nicht erwarten. Das ist meine allererste Oper«, gab Victoria zu.

»Ob man verstehen kann, was gesungen wird? Warum sind eigentlich alle Opern auf Italienisch?«, fragte Aloisia laut.

Nannerl hörte dem fröhlichen Geplapper nur mit einem Ohr zu und ließ ihren Blick über den Publikumssaal gleiten, der sich nach und nach füllte. An den Wänden hingen Laternen, einige waren sehr schlicht, andere groß und prunkvoll. In der Mitte des Saals schwebte ein riesiger Kronleuchter mit unzähligen Kerzen. Das Licht funkelte im geschliffenen Glas. Dionysos, der inmitten von Weinreben und halb nackten Frauen von einem Künstler mit kräftigen Farben auf der Decke verewigt worden war, schien vom Licht der Kerzen zum Leben erweckt. Er grinste die Zuschauer von oben herab an und vergnügte sich mit einem ganzen Fass Rotwein. Nannerls Blick glitt weiter. In einer der Logen über ihr entdeckte sie Frau von Dunst, die ihr fröhlich zuwinkte. Nannerl erwiderte den Gruß mit ihrem Fächer, den sie nun aufgeklappt hatte, denn je mehr Menschen in den Saal drängten, umso stickiger wurde die Luft. Plötzlich erspähte sie im Parkett einen ungewöhnlich großen Mann, der keine Perücke trug, sondern sein braunes Haar zu einem schlichten Zopf zusammengebunden hatte. Nannerls Herz setzte kurz aus, um dann in rasantem Tempo weiterzuschlagen. Konnte es sein, dass Ippold hier war? Sie streckte den Hals und spähte um die Ecke. Doch der Mann war wieder aus ihrem Blickfeld verschwunden. Wünschte sie seine Anwesenheit so sehr, dass sie sich einbildete, ihn zu sehen? Nannerl kramte in ihrem Beutel nach dem Opernglas und schaute noch einmal. Doch sie konnte den Mann nicht mehr finden.

Hinter der Bühne betätigte jemand eine Klingel, die dem Publikum den baldigen Beginn der Vorstellung signalisierte. Die Musiker im Orchestergraben stimmten ihre Instrumente. Nannerl konnte Wolfgang ausmachen, der ganz vorne am Dirigentenpult stand. Er hatte alles Kindliche abgelegt und sah aus wie ein bedeutender Künstler. Sein ernstes Gesicht war angespannt. Die Klingel ertönte ein zweites Mal, worauf die Zuschauer eifrig zu ihren Plätzen drängten. Stoffe raschelten, Absätze klapperten, und die Stimmen wurden lauter. Noch einmal klingelte es, dann ertönte der erste Paukenschlag. Augenblicklich wurde es still. Auch Victoria, die eben noch die goldenen Engel an den Säulen zwischen den Logen bewundert hatte, verstummte.

Der schwere Bühnenvorhang hob sich, und der erste von drei Akten begann. Kaum ertönte die Musik, fühlte Nannerl sich verzaubert. Sie erkannte die Motive wieder, die sie in den letzten Wochen so oft gehört hatte, und war unglaublich stolz auf ihren Bruder. Wolfgang hatte sich seit seiner letzten Oper enorm weiterentwickelt und war dabei, einen ganz persönlichen Stil zu kreieren. Er tat gut daran, nicht auf Leopold zu hören, sondern seinen eigenen Ideen nachzuspüren. Die Opera buffa lag ihm. Das komische Element entsprach seinem Naturell. Mit seiner beschwingten, fröhlichen Musik unterhielt er sein Publikum mit einer einmaligen Leichtigkeit. Es war wie eine vom Arzt verschriebene Therapie gegen Schwermut. Alles schien auf einmal möglich und machbar. Grenzen waren überwindbar und kein Problem zu groß, um nicht bewältigt werden zu können. Gerade als Nannerl sich vorstellte, wie sie leicht und beschwingt über das Parkett eines Tanzsaals schwebte, öffnete sich die Logentür, und der vierte Besucher trat leise ein. Verärgert schaute sie auf und erschrak. Sie traute ihren Augen nicht. War das Bild der Musik und ihren Tagträumen geschuldet? Sie zwickte sich in ihren Oberschenkel, bis es schmerzte. Nein, es war wirklich Ippold, der sich mit einem entschuldigenden Lächeln neben ihr auf den leeren Stuhl setzte.

»Guten Abend«, flüsterte er. Seine Stimme war noch genauso melodisch und vertraut wie an den Abenden im Mirabellgarten. Victoria und Aloisia drehten gleichzeitig die Köpfe nach hinten. »Pssst!«

Ippold entschuldigte sich leise und lehnte sich vorsichtig zurück. Der Sessel knarrte dennoch. Nannerl beobachtete, wie er seinen Mantel umständlich auf seinem Schoß zusammenfaltete. Wie kam es, dass er hier war? Die Premiere war seit Wochen ausverkauft. Und wie hatte er ausgerechnet in dieser Loge einen Platz ergattert? Statt sich auf die Bühne zu konzentrieren, wanderte ihr Blick immer wieder zu dem Mann neben ihr. Sie konnte seine Nähe spüren und sein Parfüm riechen. Es war der vertraute Geruch von Kampfer, Kiefern- und Tannennadeln. Am liebsten hätte sie ihre Nase ganz nah an seinen Hals gedrückt, um den Duft noch intensiver wahrnehmen zu können. Er saß so dicht neben ihr, dass sie mit einer kleinen Bewegung ihrer Hand seinen Oberschenkel hätte berühren können. Ob er sich der Nähe genauso bewusst war wie sie? Wünschte er, ihre Hand zu ergreifen und zu halten? Serpetta sang gerade eine atemberaubende Arie, und Sandrina antwortete mit einer ebenso großartigen Gesangsdarbietung darauf. Doch Nannerl war das Verwirrspiel auf der Bühne einerlei, sie war mit ihren eigenen Gefühlen beschäftigt. Der erste Akt zog sich schmerzlich in die Länge. Nannerl wünschte, sich endlich mit Ippold unterhalten zu können. Es dauerte schier eine Ewigkeit, bis der Bühnenvorhang fiel und das Publikum begeistert applaudierte.

Ippold stand auf und hängte seinen Mantel auf einen der Haken in der Wand.

»Was machen Sie in München?«, platzte Nannerl heraus, die sich ebenfalls erhoben hatte.

Überrascht zog Ippold die Augenbrauen hoch. »Ich dachte, Sie wüssten von meiner Reise.«

»Nein, woher denn?«

Aloisia und Victoria drehten sich neugierig um. Mit ungeniertem Interesse musterten sie den zusätzlichen Gast in der Loge. Nannerl stellte die drei einander vor.

»Sehr erfreut«, sagte Victoria und kicherte nervös. Sie war es offenbar nicht gewohnt, sich mit fremden Männern zu unterhalten. Ihre Wangen waren knallrot, was wohl nicht ausschließlich der Hitze in der Loge geschuldet sein konnte.

»Ich muss ein bisschen an die frische Luft«, erklärte Aloisia. »Kommt noch jemand mit?«

Als Nannerl und Ippold zögerten, grinste sie wissend und zog ihre kleine Schwester mit sich. Was immer sie sich gerade dachte, Nannerl war es gleich. Sie war dankbar, dass sie ein paar Worte allein mit Ippold wechseln konnte. Als die Schwestern gegangen waren, verschränkte Ippold die Arme vor der Brust und lehnte sich gegen die Samttapete. »Es tut mir leid, wenn ich Sie unangenehm überrascht habe. Das war nicht meine Absicht«, sagte er mit ernstem Gesicht.

»Es stimmt, dass ich überrascht bin«, beeilte Nannerl

sich zu sagen. »Aber nicht unangenehm. Ich freue mich, dass Sie hier sind.«

Er hob eine Augenbraue. War ihre vorherige Bemerkung zu schroff gewesen?

»Wirklich, das müssen Sie mir glauben«, beteuerte sie.

»Ich dachte, dass die Einladung zur Premiere Ihre Idee war, deshalb bin ich noch gestern in die Kutsche gestiegen und Richtung München gefahren.«

»Sie haben eine Einladung erhalten?«

Nannerl konnte nicht erkennen, was hinter Ippolds Stirn vor sich ging.

»Als Absender stand der Name Ihres Bruders auf dem Kuvert, ich war jedoch davon überzeugt, dass die Einladung von Ihnen stammt. Schließlich kenne ich Ihren Bruder nicht.«

»Wolferl!«, entfuhr es Nannerl, und sie konnte nicht umhin, über ihren Bruder den Kopf zu schütteln. Er hatte Ippold hinter ihrem Rücken eingeladen. »Mein Bruder wollte mir eine Freude bereiten«, erklärte sie, und als Ippold immer noch keine Reaktion zeigte, fügte sie rasch hinzu: »Und die ist ihm wirklich gelungen.«

Wieder hob sich die Augenbraue mit der kleinen Narbe. Nannerl verspürte den verstörenden Wunsch, mit ihrem Zeigefinger darüberzustreichen. Was sie natürlich niemals tun würde.

»Wie gefällt Ihnen die Oper meines Bruders?«

»Sie ist sehr unterhaltsam«, sagte Ippold. »Aber ich muss gestehen, dass ich bis jetzt nicht viel davon gesehen habe, da meine Aufmerksamkeit ausschließlich Ihnen galt.«

Nannerl hätte nicht gedacht, dass ihr noch heißer werden konnte. Sie klappte ihren Fächer auf und wedelte sich Luft zu. Wie gut, dass sie keine Perücke aufhatte, sonst würde ihr jetzt Schweiß über die Schläfen rinnen.

»Verraten Sie das meinem Bruder nicht.«

»Ich werde beim zweiten Akt aufmerksamer sein.«

Sie sahen einander direkt an, und für eine Weile schwiegen sie. Ippolds Augen waren genauso blau wie in Nannerls Erinnerung. Die Geräusche des Theatersaals traten in den Hintergrund. Mit einem Mal schien es nur noch sie beide zu geben.

»Warum haben Sie mir geschrieben, dass Sie sich nicht mehr mit mir treffen wollen?« Seine Stimme war leise, fast tonlos.

Nannerl biss sich auf die Unterlippe. »Die Antwort ist kompliziert.«

»Ich arbeite mit Kindern, ich bin Geschichten, die von mehreren Seiten betrachtet werden müssen, gewöhnt.«

Die Glocke ertönte und kündigte das Ende der Pause an. Aloisia und Victoria kehrten in die Loge zurück. Eine schwere Duftwolke aus süßen Frühlingsblumen umwehte sie und breitete sich in der winzigen Loge aus. Nannerl klappte erneut ihren Fächer auf.

»Wie lange werden Sie in München sein, Herr Ippold?«, erkundigte sich Aloisia.

»Ich reise am Sonntag zurück nach Salzburg.«

»Oh, dann bleibt Ihnen nur der Samstag. Haben Sie schon Pläne?«

»Bis jetzt noch nicht. Es heißt, dass man am Ufer der

Isar schöne Spaziergänge machen kann.« Sein Blick war auf Nannerl gerichtet.

»Da haben Sie recht«, meinte Aloisia. Ippolds Interesse an Nannerl schien ihr nicht entgangen zu sein. »Wir zeigen dem Fräulein Mozart die Stadt. Vielleicht haben Sie Lust, sich uns anzuschließen? Die meiste Zeit bewegen wir uns zu Fuß, nur hin und wieder nehmen wir eine Kutsche.«

»Das klingt verlockend.« Er lächelte.

»Fein, dann ist es abgemacht. Du hast doch nichts dagegen, Nannerl?«

»Ich würde mich sehr darüber freuen, wenn Herr Ippold uns begleitet.« Nannerl zwinkerte ihm aufmunternd zu.

Im nächsten Moment hob sich der Bühnenvorhang, und der zweite Akt begann. Nannerl gelang es nun etwas besser, sich auf das Bühnengeschehen zu konzentrieren. Die Paare auf der Bühne sangen von Liebe und taten dennoch alles, um nicht mit ihren Angebeteten zusammenzukommen. Ihr Ungeschick, die unglücklichen Zufälle und Geheimnisse zwischen den Protagonisten erinnerten Nannerl an sich selbst. Es war ihr, als hätte Wolferl sie und Ippold diskret in seine Oper eingebaut. Als Ippold sie eben gefragt hatte, warum sie ihn nicht mehr hatte sehen wollen, hatte seine Stimme gekränkt geklungen. Sie hatte ihn verletzt. Das war nicht ihre Absicht gewesen. Mit ihrer Entscheidung hatte sie nicht nur ihm wehgetan, sondern auch sich selbst. Jetzt, da sie ihn wiedersah, wurde ihr erneut schmerzlich bewusst, wie sehr sie die regelmäßigen Treffen mit ihm vermisst hatte. Genau wie die Figuren auf der Bühne: Wie Don Anchise, Marchesa Violante Onesti und Serpetta fühlte sich auch Nannerl gefangen in einem Netz aus Missverständnissen.

Während der kurzen Pause zwischen dem zweiten und dritten Akt verließ niemand der vier die Loge. Aloisia und Victoria überschlugen sich mit Lob.

»Dein Bruder ist ein Genie.«

»Ich hätte nie gedacht, dass Opern so bewegend und zugleich so unterhaltsam sind. In Zukunft werde ich auf keine Aufführung mehr verzichten.«

»Denkst du, dein Bruder will uns zum Kaffee besuchen?«

»Oder zum Tee?«

»Natürlich bist du auch ganz herzlich eingeladen.«

»Und der Herr Ippold soll ebenfalls kommen.«

Bevor die Schwestern noch weitere Leute zur Jause einladen konnten, kündigte die Glocke den Beginn des dritten und letzten Akts an. Nannerl nahm sich vor, nicht nur das Geschehen auf der Bühne im Auge zu haben, sondern auch auf die Gesichter im Publikum zu achten. Aber es war unmöglich. Die Musik nahm ihre gesamte Aufmerksamkeit in Anspruch. Nannerl hatte die Stücke auf dem Papier studiert und einzelne Stimmen der Partituren auf dem Klavier ausprobiert. Doch jetzt hörte sie alle Instrumente auf einmal. Auch wenn Nannerl imstande war, sich mehrere Stimmen gleichzeitig vorzustellen, so war es ein Unterschied, sie tatsächlich mit allen Sinnen wahrzunehmen. Nannerl hörte die Musik nicht nur, sie fühlte sie. Die Klänge verschmolzen zu einem perfekten Ganzen und verwandelten den Konzertsaal in einen Raum des Glücks. Erst als der Schlussvorhang fiel, schaute Nannerl in die Gesichter der Zuhörer. Sie sah ausschließlich bewegte Mienen. Das Publikum applaudierte minutenlang. Der Kurfürst Maximilian stand auf, und die anderen Zuschauer folgten seinem Beispiel. Es wurde unter begeisterten Zurufen geklatscht, was das Zeug hielt. Wolfgang kam auf die Bühne und verbeugte sich in der Mitte der Sänger und Musiker. Er lachte ausgelassen. Nannerl konnte ihn wegen des tosenden Applauses nicht hören, aber das machte nichts, sie wusste auch so, wie das Lachen ihres Bruders klang, wenn er erleichtert war. Selten war sie so stolz auf Wolfgang gewesen wie in diesem Moment. Sie suchte im Publikum nach ihrem Vater und fand ihn neben dem Kurfürsten. Auch er war aufgestanden und applaudierte seinem Sohn. Nach einer gefühlten Ewigkeit ebbte der Applaus ab, und die Zuschauer verließen in kleinen Gruppen das Theater. Nannerl beobachtete, wie Wolfgang und ihr Vater gemeinsam mit dem Kurfürsten hinter einer hohen weißen Tür seitlich der Bühne verschwanden.

»Sicher dürfen dein Bruder und dein Vater jetzt mit Maximilian speisen und auf den Erfolg der Oper anstoßen«, sagte Aloisia. »Man hört, dass der Kurfürst den Künstlern für besonders gelungene Premieren persönlich gratuliert.«

»Ich nehme an, dass es dauern wird«, sagte Nannerl. »Besser, ich mache mich gemeinsam mit Frau von Dunst auf den Heimweg. Hoffentlich finde ich sie in der Menge.« Nannerl sah sich suchend um.

»Wenn Sie erlauben, begleite ich Sie zu Ihrem Quartier«, bot Ippold an.

Aus den Augenwinkeln sah Nannerl, dass Aloisia und

Victoria sich schmunzelnd zunickten, so als hätten sie dieses Angebot erwartet.

»Das wäre sehr nett von Ihnen«, sagte Nannerl. »Das Haus von Frau von Dunst liegt nur ein paar Gehminuten vom Theater entfernt.«

Galant half Ippold allen drei Damen in ihre Mäntel.

»Kommen Sie morgen mit uns mit?«, wollte Victoria wissen. »Sie sind uns noch eine Antwort schuldig.«

»Sehr gerne.«

»Fein, dann treffen wir uns nach der Messe vor der Frauenkirche«, schlug Aloisia vor. »Schade, dass es Winter ist und alles voller Schnee liegt. Im Frühling hätten wir ein Picknick an der Isar machen können.«

»Es wird auch so ein feiner Ausflug werden«, war Nannerl gewiss.

Gerade als sie die Loge verließen, kam Frau von Dunst die Treppe aus dem oberen Stockwerk herunter.

»Nein, so ein Glück. Ich fürchtete schon, dass ich Sie verpasst habe und Sie allein nach Hause gehen mussten. Kommen Sie, meine Liebe.« Sie hakte sich bei Nannerl unter, ohne Ippold Beachtung zu schenken. Dem fiel es schwer, die Enttäuschung in seinem Gesicht zu verbergen.

»Dann bis morgen«, sagte er leise.

Auch Nannerl hätte es vorgezogen, von ihm nach Hause begleitet zu werden. Aber die Aussicht, ihn schon in wenigen Stunden wiederzusehen, entschädigte sie.

»Bis morgen«, antwortete sie leise.

Ihr Blick war einzig auf Ippold gerichtet, weshalb ihr das verschwörerische Lächeln der Rubinig-Schwestern entging.

16

München, Jänner 1775

Am nächsten Morgen schlief nicht nur Wolfgang länger, was nicht ungewöhnlich war, sondern auch Leopold. Erst als Nannerl schon ausgehfertig an der Tür stand, kam ihr Vater aus seinem Zimmer geschlurft.

»Ist es schon so spät?«, fragte er verschlafen.

»Ich besuche die Messe mit Frau von Dunst, und danach bin ich mit Aloisia und Victoria verabredet. Wir wollen einen Spaziergang an der Isar machen.«

Leopold nickte zustimmend. Offenbar war er froh darüber, dass Nannerl den ganzen Tag über versorgt war.

»Wolferl und ich sind am Nachmittag beim Kurfürsten eingeladen, gemeinsam mit anderen hochrangigen Adligen. Ich hoffe, dass wir neue Kontakte knüpfen können. Am Abend gibt es eine weitere Vorstellung in der Oper.«

An jedem anderen Tag wäre Nannerl enttäuscht gewesen, dass ihr Vater sie nicht zum Kurfürsten mitnehmen wollte und sie die zweite Opernvorstellung nicht sehen durfte, aber heute war es ihr mehr als recht, dass sie den ganzen Tag frei nach ihren Vorstellungen gestalten konnte.

»Ich wünsche euch alles Gute für das Treffen beim Kurfürsten«, sagte sie, hielt beide Daumen nach oben gerichtet und verließ dann hinter Frau von Dunst das Haus.

Wenig später rutschte Nannerl unruhig auf einer der hinteren Holzbänke der Kirche herum und ließ die Messe voller Ungeduld über sich ergehen. Die lateinischen Worte des Priesters zogen an ihrem Ohr vorbei, ihre Gedanken wanderten zu Ippold. Ob er auch dem Gottesdienst beiwohnte? Sie hatte zuvor alle Reihen abgesucht, aber weder ihn noch Aloisia oder Victoria entdecken können. Hatten die Schwestern nicht gesagt, dass sie ebenfalls die Messe besuchen wollten?

Nach schier einer Ewigkeit entließ der Priester die Gemeinde mit seinem Segen. Frau von Dunst wusste, dass Nannerl etwas vorhatte und nicht mit ihr nach Hause zurückgehen würde, weshalb sie sich rasch von ihr verabschiedete.

Das Wetter hätte an diesem Tag nicht besser sein können. Der wolkenlose blaue Himmel und die gleißende Wintersonne luden förmlich zu einem Spaziergang ein. Nannerl entdeckte Ippold vor einem Hausportal auf der anderen Seite des Frauenplatzes. Er trug einen einfachen dunklen Stoffhut, der ebenso schlicht war wie sein Mantel, der ihm bis zu den Waden reichte. In der Hand hielt er einen Korb, der Nannerls Neugier weckte. Mit der anderen Hand winkte er ihr freudig zu. Nannerls Herz machte einen kleinen Sprung.

Er kam auf sie zu und begrüßte sie mit einer angedeuteten Verbeugung. Zu Nannerls Bedauern verzichtete er auf den Handkuss.

»Haben Sie die Messe besucht?«, wollte Nannerl wissen. »Ich habe Sie nicht gesehen.«

»Ich muss gestehen, dass ich heute darauf verzichtet habe«, erklärte Ippold. »Aber ich habe eine Entschuldigung.« Er hob geheimnisvoll den Korb hoch, dessen Inhalt mit einem karierten Tuch abgedeckt war. »Ich habe alles für ein Picknick an der Isar gepackt.«

»Ein Picknick im Winter?«

»Aber ja doch. Im Sommer kann jeder im Freien essen.«

Er lächelte, und Nannerl fühlte sich mit jedem Wort, das er sprach, unbeschwerter. Sie mochte die Lachfältchen um seine Augen.

»Wir haben heute Glück mit dem Wetter. Es ist zwar kalt, aber die Sonne besitzt genügend Kraft, damit wir gemütlich an einem windstillen Platz verweilen können«, sagte Ippold.

»Ein Picknick, das klingt wunderbar!«

Nannerl fuhr erschrocken herum. Aloisia hatte sich beinahe geräuschlos von hinten genähert und die letzten Worte mitgehört.

Nannerl begrüßte die Freundin. »Wo ist denn Victoria?«, erkundigte sie sich.

»Die ist leider erkältet.« Etwas in ihrer Stimme ließ Nannerl aufhorchen. Sie hatte den Eindruck, als würde Aloisia nicht die Wahrheit sagen. Aber warum sollte sie schwindeln?

»Und ich habe auch Halskratzen und fürchte, dass ich mich bei meiner Schwester angesteckt habe.« Aloisia griff sich an den Hals und täuschte einen Husten vor. Dabei sah sie aus wie das blühende Leben. Nannerl kniff die Augen zusammen und musterte sie.

»Ich hoffe, dass du nicht böse bist, Nannerl. Und auch Sie, Herr Ippold, müssen mir und meiner Schwester verzeihen. Aber der Münchner Fasching hat eben erst begonnen, und es wäre jammerschade, wenn wir jetzt ernsthaft krank werden würden. Nächste Woche finden drei Bälle statt, die Victoria und ich besuchen wollen.«

»Die Gesundheit geht natürlich vor«, sagte Ippold verständnisvoll.

Nannerl stand benommen da. Musste sie jetzt auf das Picknick mit Ippold verzichten? Es war undenkbar, allein mit ihm zum Picknick zu gehen. Gleichzeitig war es genau das, wonach sie sich so sehr sehnte. Ihr Atem ging flach, und sie wünschte sich, dass Aloisia es sich anders überlegte. Die Freundin schien ihr Zögern zu bemerken. Sie zog Nannerl am Ellbogen zur Seite.

»Auf ein Wort unter Frauen.« Sie entschuldigte sich kurz bei Ippold.

So leise, dass nur Nannerl sie hören konnte, flüsterte sie: »Victoria und ich haben gestern mitbekommen, wie du und der Herr Ippold einander angesehen habt, und wir haben beschlossen, dass es besser ist, wenn ihr zu zweit unterwegs seid.«

Nannerl öffnete den Mund zum Protest, doch Aloisia zwinkerte ihr aufmunternd zu. »Wir wären heute nur im Weg.«

»Aber …«

»Wir verraten nichts, und es wird nie jemand nachfragen.« Aloisia machte mit der Hand eine Drehbewegung vor dem Mund, so als würde sie ihre Lippen verschließen.

Noch bevor Nannerl etwas erwidern konnte, richtete sie ihre Worte wieder an Ippold. »Ich muss jetzt unbedingt nach Hause. Unsere Köchin hat heißen Kräutertee und eine kräftigende Hühnersuppe zubereitet. Sie ist die Gutmütigkeit in Person, aber wenn man ihr Essen kalt werden lässt, kann sie zur Furie werden.«

»Gute Besserung«, wünschte Ippold.

Nannerl sah Aloisia nach, als sie über den Platz lief und in einer der kleinen Seitengassen verschwand. Am liebsten hätte sie der Freundin ein lautes und ausgelassenes »Danke« nachgerufen. Sie würde es zu einem späteren Zeitpunkt nachholen.

»Und jetzt?«, fragte Ippold vorsichtig.

Nannerl lächelte ihn an. Diesmal hatte sie nicht vor, sich an die gesellschaftlichen Spielregeln zu halten. Zu oft hatte sie auf Dinge verzichten müssen. Heute wollte sie einfach nur das tun, worauf sie sich seit dem Aufwachen gefreut hatte. Niemand in München kannte sie oder Ippold. Sie waren zwei Fremde, die einen Spaziergang unternahmen. Vielleicht hielt man sie für ein Ehepaar.

Auf Ippolds Gesicht erschien ebenfalls ein breites Lächeln. »Interpretiere ich Ihr Schweigen richtig? Geben Sie mir die Ehre und begleiten mich zum Picknick?«

»Unbedingt!«

Die Erleichterung in seinen Augen ließ Nannerls Herz schneller schlagen. Seine Freude wirkte genauso echt wie die ihre. Für einen winzigen Moment rückte der Kirchenplatz in den Hintergrund. Nannerl sah nur das Blau seiner Augen.

»Dann lassen Sie uns keine Zeit verlieren. Suchen wir uns ein nettes Plätzchen an der Isar«, schlug Ippold vor.

»Eine wundervolle Idee. Ich bin gespannt, was Sie alles in Ihren Korb gepackt haben.«

Ippold bot Nannerl seinen Arm an. Sie hakte sich unter und hielt vor Aufregung kurz den Atem an. Die körperliche Nähe war ungewohnt. Ob er es ebenso aufregend fand, ihre Hand auf seinem Arm zu spüren? Nannerl sah sich ängstlich um, aber niemand schien von ihnen Notiz zu nehmen.

Ippold führte Nannerl zum Isartor und von dort weiter zu einem kleinen Weg, auf dem man direkt zum Fluss gelangte, dessen seichte Ränder zugefroren waren. Es dauerte eine Weile, bis Nannerl ihre Nervosität ablegte. Ippold schien es ganz selbstverständlich zu finden, so nah neben ihr zu gehen. Sie unterhielten sich über den gestrigen Abend und diskutierten die Unterschiede zwischen der Opera buffa, der komischen Oper, und der Opera seria, der ernsten Oper. Beide kamen zu dem Schluss, dass Wolfgangs Stärke in der komischen Oper lag und die *Finta giardiniera* eine perfekte Mischung der Gattungen war.

Je weiter sie sich von der Stadtmauer entfernten, desto

ruhiger wurde es um sie herum. Schon bald waren sie ganz allein unterwegs. Die Bäume, die im Sommer mit dichtem Blätterwerk für angenehmen Schatten sorgten, waren jetzt kahl, und die blasse Wintersonne schien durch die dunkelbraunen Zweige. Schnee lag auf dem Boden und knirschte unter jedem ihrer Schritte. Ein Teil der Äste war mit Reif überzogen. Wie perfekt geschliffene Diamanten glitzerten die Eiskristalle im Sonnenlicht. Auf der dünnen Eisschicht am Uferrand lag ebenfalls Schnee. Sprudelnd und gluckernd bewegte sich das Wasser darunter hindurch. Es sah unwirklich schön aus, wie auf einem Bild der großen Landschaftsmaler.

»Wollen wir uns dort hinten niederlassen?« Ippold zeigte auf einen Baumstamm, der irgendwann im Laufe seines Wachstums einen Knick abbekommen und beschlossen hatte, parallel zur Erde weiterzuwachsen, bevor er sich wieder dem Himmel zuwandte.

»Der Baum ist wie geschaffen für ein Picknick«, meinte Nannerl begeistert.

»Er scheint auf uns gewartet zu haben«, stimmte Ippold zu.

»Dann sollten wir ihn nicht enttäuschen.«

Nannerl hob ihre Röcke und lief mit einer ausgelassenen Freude zum Baumstamm, die sie seit Jahren nicht mehr empfunden hatte. Sie fühlte sich wunderbar frei und unbeschwert. Ippold folgte ihr mit großen Schritten. Als sie beim Baumstamm ankamen, waren beide außer Atem. Ippolds Wangen waren gerötet, eine Strähne hatte sich unter seinem Hut gelöst und war ihm in die Stirn gerutscht. Er stand so nah vor Nannerl, dass sie meinte, sein Herz schlagen zu hören. Mit jeder Faser ihres Körpers fühlte sie sich zu ihm hingezogen. Für einen Moment sah sie nur das Blau seiner Augen, das mit dem Himmel über ihnen eins zu werden schien. Wenn er seinen Kopf neigen würde, wären seine Lippen ganz nah an ihren. So nah, dass sie sich berühren könnten.

Ippold räusperte sich verlegen. »Dann werde ich mal den Tisch decken.«

Beschämt ob ihres Wunsches machte Nannerl einen Schritt rückwärts. Ob er eben geahnt hatte, dass sie ihn hatte küssen wollen?

Ippold breitete das karierte Tuch auf dem breiten Baumstamm aus und stellte den Korb daneben. Er holte Brot, Käse, Wurst, Trockenfrüchte, Äpfel und Nüsse hervor. Außerdem hatte er zwei Gläser dabei und eine Flasche Wein.

»Ich muss mich entschuldigen, dass ich keine Teller mitgebracht habe. Dafür habe ich Servietten.« Er reichte ihr ein weißes Tuch.

»Danke schön!« Sie kletterte geschickt auf den Baumstamm und entfaltete die Serviette auf ihrem Schoß.

Ippold nahm auf der anderen Seite des Tuchs Platz.

»Ich hoffe, Sie mögen Rotwein.«

»Ich kann mir nichts Besseres zu Brot, Käse und Nüssen vorstellen.«

Er lächelte sie an, zog den Korken aus der Flasche, schenkte eines der Gläser halb voll und reichte es ihr.

Nannerl nahm es dankend entgegen. Es waren kunstvoll

geschliffene Bleikristallgläser, die in jedem fürstlichen Haushalt ein gutes Bild abgegeben hätten.

Dann füllte er ein zweites Glas, stellte die Flasche zurück in den Korb und diesen vorsichtshalber auf den Boden.

»Auf einen wunderschönen Nachmittag«, sagte er und prostete ihr zu.

Sie stießen mit den Gläsern an. Ein heller, reiner Ton erklang, der noch lange in Nannerls Ohren nachhallte.

»Probieren Sie den Käse dazu«, forderte Ippold. Aus seiner Manteltasche hatte er ein kleines Messer hervorgezaubert und schnitt damit ein Stück vom Käse ab. Mit der Spitze der Klinge hielt er Nannerl die Kostprobe entgegen. Der Käse war würzig und harmonierte mit dem schweren Wein.

»Mmh, köstlich.« Nannerl schloss genießerisch die Augen. Wann hatte sie das letzte Mal so gut gegessen? Die Wintersonne wärmte ihr Gesicht. Als sie die Augen wieder öffnete, bemerkte sie, dass Ippold sie beobachtete. Verlegen wandte sie den Blick ab.

»Sie schulden mir noch eine Erklärung«, sagte er sanft.

»Wegen des Briefes, den ich Ihnen geschickt habe?« Nannerl formulierte eine Frage, obwohl sie genau wusste, worum es ging.

Er nickte geduldig.

In wenigen Worten erzählte sie ihm von Barbara Zezi. Graf Schiedenhofens unsittliches Angebot ließ sie unerwähnt.

Ippold schien erleichtert. »Ich dachte, dass ein anderer Mann Ihnen den Hof macht und Sie aus diesem Grund kein Interesse mehr an meiner Gegenwart haben.«

»Selbst wenn ein anderer Mann sich um mich bemüht hätte, wäre das kein Grund gewesen, Sie nicht mehr zu treffen.« Nannerl war von sich selbst überrascht. Woher nahm sie den Mut, diese Worte so offen auszusprechen?

Als er lächelte, vertieften sich die Fältchen rund um seine Augen.

»Denken Sie, dass immer noch Gefahr von Fräulein Zezi ausgeht? Soviel ich gehört habe, hat sie letztes Jahr geheiratet und ist nach Innsbruck gezogen.«

»Das ist mir auch zu Ohren gekommen.« Nannerl nahm einen kleinen Schluck vom Wein, der sanft ihre Kehle hinunterfloss und ein angenehm warmes Gefühl hinterließ.

»Es wäre mir eine große Freude, wenn wir unsere Spaziergänge wieder fortsetzen könnten«, sagte Ippold.

Nannerl brach ein Stück vom Brot ab. Sie wog ihre Worte sorgfältig ab. Auch sie wünschte sich, Ippold wieder in ihrem Leben zu haben. Barbara Zezi war nicht mehr in Salzburg, aber es würde dennoch irgendwann auffallen, wenn sie sich regelmäßig in der Öffentlichkeit mit einem Mann traf. Ihre Erklärung fiel ihr nicht leicht.

»Sosehr ich Ihre Gegenwart schätze, lieber Herr Ippold, es ist einfach zu gefährlich, wenn wir uns weiter zum Spazieren im Mirabellgarten treffen. Die Leute tratschen, und meinen Eltern ist es ein großes Anliegen, dass ich meinen guten Ruf nicht verliere.« Sie blickte entschuldigend von ihrem Brot auf. »Da wir nicht viel Geld besitzen, ist es das Einzige, was mein Vater ins Treffen führen kann, wenn er nach einem geeigneten Ehemann für mich Ausschau hält.«

Ein Schatten legte sich über Ippolds Gesicht. »Ich nehme an, dass es mehrere Anwärter gibt?«

»Im Moment ist mein Vater so mit den Opern meines Bruders beschäftigt, dass er für derlei Dinge keine Zeit hat«, gab Nannerl zu.

»Finden Sie es nicht befremdlich, dass Eltern darüber entscheiden, welchen Ehemann ihre Tochter nehmen soll? Es gibt Fälle, da kennen die Eheleute einander vor der Hochzeit nicht einmal. Dabei handelt es sich um eine Beziehung fürs ganze Leben. Nichts ist schwerwiegender als die Entscheidung, mit wem man alt werden möchte.« Ippold klang nun sehr ernst.

Nannerl hatte dieses Thema schon öfter mit Katharina erörtert. Mit einem Mann hatte sie darüber noch nie gesprochen. »Es ist eine weitverbreitete Meinung, dass das Eheversprechen wie ein Geschäftsvertrag ist. Für beide Seiten muss dabei ein Gewinn herausschauen, sonst wird er nicht eingegangen.«

Ippolds Augenbrauen rutschten wieder nach oben. Nannerl kannte diesen Gesichtsausdruck nun schon sehr gut. »Diese Antwort erscheint mir reichlich unromantisch für eine junge Frau. Ist es auch Ihre Meinung?«

»Was würden mir romantische Vorstellungen nützen? Wäre ich am Ende nicht doppelt enttäuscht, wenn meine Träume sich nicht erfüllten?«

Nannerl war gespannt auf Ippolds Antwort. Sie griff nach einer Nuss, steckte sie in den Mund und wartete seine Reaktion ab. Als er nicht antwortete, wollte sie wissen: »Aus welchem Grund würden Sie heiraten?«

»Meine derzeitige Anstellung verbietet mir leider eine Eheschließung«, gab er zerknirscht zu. »Sollte ich mich jemals zum Heiraten entschließen, müsste ich zuerst einen anderen Posten finden. Doch ich würde mit Sicherheit eine Entscheidung mit meinem Herzen treffen.«

»Das heißt, Sie würden der Liebe wegen heiraten?« Nannerl begann, das Gespräch zu genießen. Es war aufregend. Sie fühlte sich so lebendig wie beim Spiel einer beschwingten Melodie.

»Selbstverständlich!« Er sprach mit einer kindlichen Zuversicht, die Nannerls Herz warm werden ließ. Seine Antwort erinnerte sie in gewisser Hinsicht an Wolferl.

»Ich nehme an, dass es für einen Mann einfacher ist, so etwas zu sagen.«

»Das müssen Sie mir näher erklären«, forderte Ippold.

»Mein Vater ist mein Vormund. Er ist für meine Zukunft verantwortlich. Er bestimmt, wem ich meine Hand gebe«, erklärte Nannerl.

»Und das finden Sie richtig?«

Nannerl lachte. »Lieber Herr Ippold, Sie sind der erste Mann, dem ich begegne, der sich Gedanken darüber macht, wie es Frauen damit geht, dass über ihre Zukunft bestimmt wird.«

»Das ist keine Antwort auf meine Frage«, beharrte er.

Nannerl zögerte. Sollte sie ehrlich antworten?

»Könnte ich selbst über mein Leben bestimmen, würde ich mit der Musik meinen Unterhalt verdienen«, gab sie zu. »Ich würde den Mann heiraten, den ich liebe, und ich würde der ganzen Welt Wolferls Kompositionen präsentieren.

Mehrere Monate lang würde ich jeden Tag an einem anderen Ort ein Klavierkonzert geben.« Sie machte eine Pause. »Und wenn ich müde wäre, würde ich in mein geliebtes Salzburg zurückkehren. In meine Heimat, wo ich jeden Stein und jede Gasse, jeden Winkel liebe.«

»Keine Kinder?«, fragte Ippold.

»Doch«, sagte Nannerl. »Zu gegebener Zeit.«

»Das alles klingt doch sehr vernünftig und machbar«, meinte Ippold. »Sie sind eine großartige Musikerin. Ich habe Sie spielen hören.«

Nannerl schwenkte das Glas und betrachtete die rote Flüssigkeit, die hinter dem geschliffenen Glas funkelte wie Rubine. »Sobald ich heirate, ist jeder weitere Auftritt unmöglich. Selbst wenn mein Mann damit einverstanden wäre, niemand lässt eine verheiratete Frau auftreten.«

Nannerl trank einen Schluck, bevor sie weitersprach. »Die Möglichkeiten einer Frau sind sehr begrenzt. Vor ein paar Jahren hatte ich gehofft, dass ich mit Klavierunterricht genug Geld verdienen kann, um selbstständig zu leben.« Sie lächelte entschuldigend. »Heute weiß ich, dass ich naiv war. Ich kann mir ein nettes Zubrot verdienen, aber ich werde niemals davon leben können.«

»Doch was die Ehe betrifft, können Sie selbst entscheiden.«

»Meine Familie ist mittellos, auch hier sind meine Möglichkeiten beschränkt.«

»Sie wollen Ihre Ehe vom Geld abhängig machen?«

Nannerl verzog den Mund. »Ich mag es nicht, wenn Sie mich als habgierige und unromantische Person darstellen.«

»Das würde ich niemals tun«, schoss es aus Ippolds Mund. Er klang unglücklich. »Bitte verzeihen Sie mir!«

»Schon gut.« Nannerl machte eine beschwichtigende Handbewegung. »Ich kann gut verstehen, dass Sie dieses Bild von mir haben.« Sie holte Luft, bevor sie weitersprach. »Mein Vater hat ständig Geldsorgen. Die Reisen und sein Ehrgeiz kosten viel Geld. Ich habe gelernt, wie wichtig ein geregeltes Einkommen ist, um nicht eines Tages auf der Straße zu landen.«

»Eine Ehe mit einem Mann einzugehen, der kein Herzog ist, heißt nicht, dass Sie deshalb unter der Brücke schlafen müssen.«

Die Bemerkung brachte Nannerl zum Lachen. »Stimmt«, gab sie zu. »Dennoch wird mein Vater die Entscheidung treffen. Ich liebe meine Familie und würde es niemals übers Herz bringen, mich mit ihr zu entzweien. Zum Glück ist mein Vater kein Tyrann. Auch wenn Wolferl das manchmal behauptet. Vater würde mich niemals zu etwas zwingen, was mich unglücklich macht.« Sie überlegte und fügte hinzu: »Zumindest hoffe ich das.«

»Nicht unglücklich zu sein bedeutet nicht zwangsläufig, dass man glücklich ist.«

»Bis jetzt habe ich zwei Heiratsanträge bekommen«, sagte Nannerl. »Mein Vater hat beide abgelehnt, und dafür bin ich ihm von ganzem Herzen dankbar. Niemals hätte ich mich mit einem der beiden Männer vermählen wollen.«

Bei der Erinnerung lief Nannerl heute noch ein eisiger Schauer über den Rücken.

Sie hob den Kopf und suchte Ippolds Blick. Eigentlich

hatte sie mit weiteren Sticheleien gerechnet. Doch was sie in seinen Augen las, brachte ihr Herz in Aufruhr. Zum Glück saß Nannerl bereits. Hätte sie gestanden, hätten ihre Knie möglicherweise nachgegeben. Ippold trat näher. Er ergriff ihre Hände und führte sie zu seinen Lippen. Nannerl wurde trotz der Kälte und des Schnees um sie herum heiß. Sanft hauchte er einen Kuss auf ihren Handrücken.

»Fräulein Mozart, Sie sind die aufregendste und interessanteste Frau, die mir je begegnet ist.«

Verlegen entzog Nannerl ihm ihre Hände. Die Stelle, an der eben noch seine Lippen gelegen hatten, brannte förmlich. Wie konnte es sein, dass eine so leichte Berührung so intensive Gefühle hervorrief?

Sie räusperte sich. Auch wenn nichts Unsittliches passiert war, so war es Nannerl, als hätte sie eben eine Grenze überschritten. Sie schob ihre Hände unter ihren Mantel.

»Sollen wir die anderen Dinge in Ihrem Picknickkorb probieren?«, fragte sie nervös.

»Ja, gerne.« Er machte einen Schritt zurück und wirkte mit einem Mal sehr reserviert.

Sie nahmen Wurst und Käse aus dem Korb und unterhielten sich. Ippold erzählte von der Wurstauswahl.

»Ich habe ewig vor dem Regal des Metzgers gestanden und konnte mich nicht entscheiden. Ich glaube, es gab mindestens zwanzig verschiedene Würste in dem Laden.«

Nannerl lachte. In Wahrheit waren ihr die Würste völlig egal, und sie ahnte, dass auch Ippold die Geschichte bloß erzählte, um sie nicht weiter in Verlegenheit zu bringen.

Ihre Gedanken kreisten um die kleine Geste, die ihre Gefühle derart in Aufruhr gebracht hatte. Was hatte der Kuss zu bedeuten? War es gar eine rein freundschaftliche Geste gewesen, in die Nannerl nun zu viel hineininterpretierte? Sie kam zu keinem Schluss.

Der Nachteil eines Picknicks im Winter war, dass es viel zu kurz war. Schon bald stand die Sonne so tief, dass sie wieder zusammenpacken mussten. Kaum waren die wärmenden Sonnenstrahlen weg, wurde es bitterkalt. Nannerl vergrub ihre Hände tief in ihrer Fellrolle, trotzdem zitterte sie. Ippold bot ihr seinen Mantel an, den Nannerl natürlich ablehnte. Sie wollte nicht, dass er sich erkältete.

»Darf ich Ihnen meinen Arm anbieten?«

Nannerl nickte und rückte ganz dicht an ihn heran, und das nicht nur aus Gründen der Wärme. Es fühlte sich einfach gut an, ihm so nah zu sein. Als sie die Stadtmauer erreichten, ließ sie seinen Arm voller Bedauern wieder los. Ippold begleitete sie bis zum Haus von Frau von Dunst.

»Sie reisen morgen wieder nach Salzburg?«, fragte sie bedauernd.

»Ja, gleich nach dem Frühstück.«

Eine Pause entstand. Eigentlich war jetzt der Zeitpunkt gekommen, sich zu verabschieden.

»Werden wir uns in Salzburg wiedersehen?«, fragte Ippold.

Nannerl wiegte den Kopf. »Es ist Fasching.«

»Ihre Antworten sind mir oft ein Rätsel.«

»Jede Woche finden Bälle und Tanzveranstaltungen statt«, sagte Nannerl. »Ich bin mir sicher, dass wir uns treffen werden.«

»Werden Sie denn so bald schon zurückkehren?«

Nannerl wusste nicht genau, wie lange ihr Vater vorhatte, in München zu bleiben. Würde sie frühzeitig zurückkehren können? Sie würde es versuchen.

»Ich werde Ihnen schreiben«, versprach Nannerl.

»Ich freue mich darauf.« Ippold ergriff Nannerls Hände. Sie waren eiskalt. Er führte sie erneut zu seinem Mund, drehte die Handflächen diesmal nach oben und hauchte einen sanften Kuss zuerst in ihre Linke, dann in die Rechte. Diese intime und zärtliche Geste löste erneut einen Wirbelsturm der Gefühle in Nannerl aus. Augenblicklich wurde ihr heiß. Sie spürte, wie sich die Hitze von den Zehenspitzen bis zum Haaransatz ausbreitete.

»Gute Nacht«, hauchte er leise. Seine Stimme war nicht mehr als ein Flüstern. Die Worte streichelten sanft über Nannerls Haut. Sie wollte antworten, konnte aber nicht, so aufgeregt und verwirrt war sie.

Dann wandte er sich zum Gehen. Nannerl hielt seine Hand fest. Die Überraschung in seinem Blick war sanft und voller Neugier. Er neigte sich zu ihr. Nannerl wehrte sich nicht – ganz im Gegenteil –, sie drehte sich zu ihm, und Ippold machte endlich das, wovon sie den ganzen Nachmittag geträumt hatte. Er beugte sich zu ihr und küsste sie sanft. Die Berührung ihrer Lippen war bloß ein leichter Hauch.

Hinterher war Nannerl sich nicht mehr sicher, ob es wirklich stattgefunden hatte. Doch sie träumte davon, den ganzen Abend und auch noch, als sie Stunden später im Bett lag und einschlief.

17

Salzburg, Juni 1776

Seit einer Stunde saß Nannerl neben Katharina auf der Bank in der Stube der Gilowskys und hielt ihre Hand. Noch nie hatte sie die Freundin so traurig und verzweifelt erlebt. Katharina, die immer eine Lösung für alle Probleme fand und niemals verzagte, saß wie ein Häufchen Elend da und weinte sich die Seele aus dem Leib. Ihre Augen waren rot und geschwollen, die kunstvoll hochgesteckte Frisur nur noch ein jämmerliches Gebilde aus losen Strähnen, die ihr ins Gesicht hingen.

Ihr Bruder Ferdinand hatte sich kurzfristig entschieden, seine Karriere als Soldat an den Nagel zu hängen, und geheiratet. Um seiner Familie ein geregeltes Einkommen zu gewähren, wollte er nun doch den Perückenladen seines Vaters übernehmen. Katharina musste weichen. Statt wie geplant die Besitzerin eines Perückenladens zu werden, sollte sie einen wohlhabenden Wirt heiraten. Der Mann war um die zehn Jahre älter als Katharina und verfügte über ein beträchtliches Vermögen. Ihm gehörte eines der größten Gasthäuser Salzburgs. Im *Goldenen Eber* übernachteten Herrscher und Adlige, wenn sie sich auf der Durchreise befanden. Der Reichtum des Mannes und ein Haus im unteren Nonntal ließen ihn in den Augen von Katharinas Vater als den idealen Schwiegersohn erscheinen.

»Ich werde Peter Krüger nicht heiraten«, sagte die Freundin entschieden. »Lieber stürze ich mich in die Salzach.« Sie wischte sich mit dem Handrücken über die rinnende Nase.

»Unsinn, Katherl, das wirst du nicht machen. Das werde ich nicht zulassen«, widersprach Nannerl. »Vielleicht ist der Ferdl ja bereit, dir einen Teil des Ladens zu überlassen. Er hat schließlich keine Ahnung vom Perückenmachen. Er wollte ja unbedingt gegen feindliche Armeen in den Krieg ziehen.«

»Ach, das glaubst du doch selbst nicht«, stieß Katharina empört hervor. »Seit Papa weiß, dass einer seiner Söhne seinen Laden übernehmen will, schwebt er auf Wolken. Er verbringt den ganzen Tag mit Ferdl in der Werkstatt und bringt ihm alles bei, was es braucht, um ein guter Perückenmacher zu werden.«

»Aber er war doch immer so stolz auf dich und hat deine Fertigkeiten gelobt.« Nannerl konnte die plötzliche Kehrtwende nicht verstehen.

»Ich war bloß die Notlösung. Die Innung ist nie erfreut über eine Frau gewesen«, erklärte Katharina. »Als Tochter ist man immer nur die zweite Wahl. Ich habe es so satt.« Sie spuckte ihre Worte förmlich aus.

Nannerl konnte die Freundin sehr gut verstehen. Auch

sie hatte in den letzten Jahren spüren müssen, was es heißt, in die zweite Reihe geschoben zu werden.

»Und was ist mit Peter Krüger?«

»Diesen hässlichen, fetten Witwer, der nach Zwiebeln und ranzigem Fett stinkt, nehme ich ganz sicher nicht zum Mann. Dem fehlt die Hälfte seiner Zähne, seine Nase leuchtet wie ein riesiger roter Apfel, weil er täglich ein ganzes Fass von seinem Bier säuft, und er neigt zum Jähzorn. Angeblich hat er seine erste Frau so oft verprügelt, dass sie irgendwann aus Gram gestorben ist.«

»Du übertreibst, Katherl«, versuchte Nannerl, sie zu besänftigen.

»Nein, das tu ich nicht. Hast du ihn dir schon mal angesehen? Seine teure Kleidung kann nicht darüber hinwegtäuschen, dass er ein einfacher Lump ist.« Katharina schüttelte sich vor Ekel. »Und die Mama besteht darauf, dass ich ihn heirate.«

»Aber warum?« Nannerl bekam immer mehr den Eindruck, dass ihre Freundin ihr etwas verschwieg.

»Ach, es ist alles so furchtbar!« Katharina setzte erneut zum Weinen an und vergrub ihr Gesicht in ihren Händen.

»Die Salzach ist auf alle Fälle keine Lösung«, sagte Nannerl streng. »Komm!« Sie stand auf und klopfte sich die Röcke glatt.

Sofort sprang auch Pimberl auf die Pfoten. Die Hundedame hatte geduldig neben ihrem Frauchen gelegen und schien sich nun über den anstehenden Spaziergang zu freuen. »Wir vertreten uns die Füße «, schlug Nannerl vor.

»Vielleicht kommen wir auf freundlichere Gedanken und finden eine Lösung.«

»Es gibt keine Lösung!« Trotz ihrer Verzweiflung stand Katharina schließlich schniefend auf und ließ es über sich ergehen, dass Nannerl ihr die losen Haarsträhnen wieder in die Frisur zurücksteckte und sie mit sich nach draußen zog.

Langsam spazierten sie einen schmalen Weg entlang, der ins Nonntal führte. Es war genau die Richtung, in der Katharinas zukünftiges Zuhause lag.

»Also noch einmal der Reihe nach. Warum will deine Mutter, dass du den Wirt heiratest? Es gibt doch sicher noch mehr Kandidaten«, fragte Nannerl.

Katharina schwieg.

»Du verheimlichst mir irgendetwas«, versuchte Nannerl es vorsichtig. Es war bloß eine Vermutung, aber sie traf damit voll ins Schwarze. Wieder begann Katharina zu weinen. Nannerl blieb betroffen stehen. Sie ergriff die Hände der Freundin, die trotz der warmen Temperaturen eiskalt waren.

»Was ist los?«, fragte sie besorgt.

»Ich habe einen großen Fehler begangen«, schniefte Katharina. »So schlimm, dass ich nicht darüber reden kann.«

»Unsinn, ich bin deine Freundin, du kannst mir alles anvertrauen.«

Katharina legte den Kopf schräg und schien abzuwägen. »Du versprichst mir, dass du hinterher noch mit mir befreundet sein wirst?«

»Was soll der Unfug?«, empörte sich Nannerl. »Natürlich werde ich immer deine Freundin bleiben, ganz egal, in welches Schlamassel du dich gebracht hast.«

Katharina atmete tief durch. »Also gut«, sagte sie leise. »Aber bitte verurteile mich nicht.« Während sie sprach, ging sie langsam weiter. »Es passierte vor zwei Monaten auf dem Ball bei Baron Kaltenbrunn.«

Nannerl ahnte bereits, wohin das Gespräch führen würde. Sie wusste, dass Katharina für den jungen Baron schwärmte, und ein mulmiges Gefühl breitete sich in ihr aus.

»Es war kurz nach Ostern. Du konntest beim Ball nicht dabei sein, weil du Klavierstunden gegeben hast.« Nannerl erinnerte sich. Hätte sie den Unterricht doch bloß abgesagt!

»Der Baron hat in seiner schicken dunkelblauen Jacke mit der goldenen Stickerei und der eleganten dunklen Hose sehr schneidig ausgesehen. Er hat den ganzen Abend nur mir seine Aufmerksamkeit geschenkt. Dabei waren auch andere junge Damen anwesend.«

Nannerl unterdrückte die Bemerkung, dass die anderen Damen ihm wohl keinen Grund zur Hoffnung gegeben hatten. Das würde Katharina jetzt auch nichts mehr nutzen.

»Es gab diese sündhaft gute Bowle, die mit ganz viel Zucker und reichlich Rum gemacht wird.«

Nannerl kannte das teuflische Getränk, von dem ein einziges Glas reichte, dass ihr der Kopf schwirrte und der Ballsaal anfing, sich zu drehen.

»Ich fürchte, dass ich zu viel davon getrunken habe.« Entschuldigend hob Katharina die Schultern.

»Und der Baron hat deine Situation schamlos ausgenutzt«, ergänzte Nannerl.

Katharinas Blick glitt zu Boden. Sie starrte auf die Spitzen ihrer Schuhe, so als sähe sie sie heute zum ersten Mal. »Ich denke, dass ich selbst nicht ganz unschuldig war«, gab sie leise zu. »Er wollte mir zwei Porträts seiner Vorfahren zeigen und eine goldene Uhr aus Paris«, erzählte Katharina. »Ich war zu dem Zeitpunkt schon recht beschwipst und bin mit ihm in eines der Separees gegangen.« Sie schüttelte den Kopf bei der Erinnerung daran. »Ich hätte das nicht tun sollen. Ich hätte ahnen müssen, was er vorhatte. Aber seine Augen, er hat gar so lieb dreingeschaut.« Immer noch geriet sie bei der Erinnerung ins Schwärmen.

»Du hast ja nicht ahnen können, dass er über dich herfällt wie ein Tier«, verteidigte Nannerl die Freundin.

Doch die widersprach: »Er ist nicht über mich hergefallen.« Ihre Stimme wurde leiser. »Wir haben uns geküsst. Zuerst ganz unschuldig, aber dann wurde er immer fordernder. Und irgendwann waren seine Hände unter meinen Röcken, und dann ...« Sie errötete.

»Dann hat er dich im Separee bedrängt? Obwohl jederzeit jemand hätte ins Zimmer kommen können? Was hat er sich dabei gedacht? Katherl, warum hast du dich nicht gewehrt?«

Noch während sie sprach, bereute Nannerl ihre Worte. Vorwürfe waren jetzt das Letzte, was Katharina brauchte.

Tränen kullerten über die Wangen der Freundin. »Ich wusste, dass du mich verachten wirst.«

Nannerl legte ihren Arm um Katharina, die nun bitterlich zu weinen begann. Sie schluchzte und zitterte. Innerhalb kurzer Zeit war Nannerls Kleid an der Schulter durchnässt.

»Er hat gemeint, dass ihm dieser Kitzel, erwischt werden zu können, besonders viel Spaß mache. Und ich war zu betrunken, um mich zu wehren. Ich hab die ganze Zeit gekichert, dabei war nichts daran lustig.«

Nannerl schloss die Augen. Sie wollte sich die Szene nicht vorstellen.

»Es war nicht mal besonders nett«, fuhr Katharina weinend fort. »Es hat wehgetan, war kurz und heftig, und ich wollte nur, dass es vorbeigeht. Hinterher hat er mich einfach stehen lassen und ist wieder in den Tanzsaal gegangen, als sei nichts passiert.«

»So ein Mistkerl!«, schimpfte Nannerl. Sie streichelte Katharina sanft über den Rücken.

»Ich hatte gehofft, dass ich die Sache geheim halten kann und niemand je davon erfährt. Aber dann blieb meine Blutung aus. Ich musste mit meiner Mutter reden, die hat drei Tage lang geweint und dann meinen Vater losgeschickt, damit er nach einem Bräutigam sucht. Peter Krüger war sofort Feuer und Flamme.«

»Weiß der Wirt, dass du schwanger bist?«

Katharina machte entsetzt einen Schritt nach hinten. »Nein, natürlich nicht. Meine Mutter und du, ihr seid die Einzigen, die das Geheimnis kennen. Nicht einmal mein Vater oder meine Brüder sind eingeweiht.«

»Und der Baron?«

Noch bevor Katharina antwortete, kannte Nannerl die Antwort.

»Warum sollte ich ihm davon erzählen? Er würde es lächelnd verleugnen und mich in aller Öffentlichkeit bloßstellen und behaupten, ich sei eine schamlose Lügnerin, die noch dazu Unzucht vor der Ehe trieb.«

Nannerl wusste, dass Katharina recht hatte. Eine unglaubliche Wut packte sie. Wie konnte es sein, dass der Baron einfach so davonkam und mit keinerlei Konsequenzen für sein widerliches Verhalten rechnen musste? Das war einfach nicht gerecht.

»Am liebsten würde ich mir diesen Baron vorknöpfen«, schimpfte Nannerl. Sie ballte ihre Hände zu Fäusten. »Man sollte ihm jemanden vorbeischicken, der ihm eine Lektion erteilt.«

»Du meinst, wir sollen ihn verprügeln lassen?«, fragte Katharina erstaunt. Die Idee schien ihr zu gefallen.

»Leider weiß ich nicht, wo man solche Leute auftreibt«, sagte Nannerl. Mit ihrer absurden Idee hatte sie es immerhin geschafft, Katharinas Stimmung für einen kleinen Moment zu heben. Nun suchte Nannerl nach einem Vorschlag, der ihrer Freundin wirklich helfen konnte.

»Gibt es jemanden, den du gerne heiraten würdest?«, fragte Nannerl vorsichtig. Das schien ihr die einfachste Lösung zu sein.

»Ich heirate auf keinen Fall«, sagte Katharina mit einer Bestimmtheit, die erahnen ließ, dass sie eine bessere Idee hatte.

»Was hast du vor?«, fragte Nannerl.

Wieder blieb Katharina stehen. Sie starrte auf ihre Schuhspitzen und schob ein Steinchen vorsichtig von einer Seite zur anderen. »Es gibt da eine Hebamme, die …«

»Katherl, das ist viel zu gefährlich.« Nannerl war entsetzt. »Für dich und für die Hebamme. Denk an die Auspeitschungen vor dem Rathaus. Die Bestrafungen waren harmlos gegen das, was dir passieren würde.«

Katharina schob immer noch höchst konzentriert den Stein hin und her. »Ich habe keine andere Wahl«, sagte sie leise.

»Was ist mit Siegfried Löschner, dem Sohn des Spezereihändlers? Der hat doch immer ein Auge auf dich geworfen. Er ist nett.« Nannerl fand es schrecklich, die Freundin zu einer Ehe zu überreden. Aber die Vorstellung, dass Katharina sich in so große Gefahr begab, war noch unerträglicher.

»Siegfried ist ein Langweiler«, sagte Katharina. »Es hat einen Grund, warum ich seine Avancen nicht erwidert habe.«

Besser ein langweiliges Leben als gar keins, dachte Nannerl. Laut fragte sie: »Würde dein Vater einer Ehe mit Siegfried zustimmen?«

»Ich heirate nicht!« Katharina hob den Kopf, und Nannerl sah die eisige Entschlossenheit im Gesicht ihrer Freundin. »Lieber springe ich in die Salzach.«

Nannerl verdrehte die Augen. »Nicht schon wieder. Das Thema hatten wir schon. Der Fluss ist keine Lösung.«

Sie setzten ihren Weg fort und schwiegen eine Weile.

»Begleitest du mich, wenn ich zur Hebamme gehe?«, fragte Katharina schließlich. »Es heißt, sie kennt Kräuter, die man einnehmen kann, damit man das Kind verliert.«

»Wir zwei können dort nicht hingehen«, sagte Nannerl schnell. »Man kennt uns hier zu gut und wird sich den Mund darüber zerreißen. Dann dauert es nicht lange, bis wir am

Pranger stehen. Wir brauchen jemand anderen, der die Kräuter holt.«

»Aber wer würde das tun?«

Nannerl überlegte. Sopherl fiel ihr ein. Sicher würde das loyale Dienstmädchen ihr helfen. Aber Nannerl fand es nicht richtig, Sopherl in Gefahr zu bringen. Nein, es musste eine andere Lösung geben.

»Egal, wen ich für diesen Dienst bezahle«, begann Katharina, »die Person wird sich fragen, warum ich diese speziellen Kräuter benötige. Auch wenn ich mein Geheimnis für mich behalte, wird sich jemand seine Gedanken machen.«

Nannerl pflichtete Katharina bei. Es war zu riskant. Außerdem war es sehr unwahrscheinlich, dass Hilde Pfeiffer diese Kräuter an jemand Unbekanntes verkaufte.

»Ich lasse mir etwas einfallen«, versprach Nannerl. Sie legte der Freundin den Arm um die Schultern und zog sie zu sich. »In spätestens einer Woche hast du die Kräuter.«

Sie klang zuversichtlicher, als sie sich fühlte. Doch Katharina beruhigten die Worte augenblicklich. Ihre angespannte Körperhaltung löste sich, und während sie weitergingen, gelang es ihr sogar zweimal, kurz zu lachen.

Nannerl war froh, dass Katharina aufgehört hatte zu weinen und ihre absurde Idee vom Sprung in die Salzach verworfen hatte. Nun galt es, einen Weg zu finden, ihr Versprechen einzuhalten. Am besten würde es wohl sein, sie machte sich selbst auf den Weg zu Hilde. Nannerl konnte eines von Sophies Kleidern ausborgen. Als Dienstmagd verkleidet würde ihr niemand Beachtung schenken. Hoffentlich würde Hilde sie trotzdem erkennen und ihr die Kräuter für Katharina verkaufen. Aber damit würde Nannerl sich erst später beschäftigen. Zuerst galt es, Sopherls Kleid zu bekommen. Das würde gar nicht so einfach werden. Sie brauchte eine gute Geschichte, denn Sopherl war nicht auf den Kopf gefallen.

• • •

Schon beim nächsten gemeinsamen Spaziergang mit Pimberl ging Nannerl die Sache an.

»Würdest du mir eines deiner Kleider leihen?« Sie bemühte sich, möglichst beiläufig zu klingen.

»Sie wollen eines von meinen Kleidern? Aber warum denn?«, fragte Sopherl erstaunt.

»Ein Musikabend bei den Gilowskys«, log Nannerl. »Die Gäste sollen in Kostümen erscheinen.«

»Aber der Fasching ist doch schon lang vorbei.«

»Du kennst doch Katharina.« Nannerl lachte nervös. »Die hat immer eine Menge lustiger Ideen.«

»Wird Ihre Mutter auch hingehen?«, erkundigte sich Sopherl. »Sie müsste die Köchin fragen. Ich hab nur ein passables Kleid. Außerdem bin ich viel dünner als Ihre Frau Mama.«

»Mama ist nicht eingeladen«, beeilte sich Nannerl zu sagen. »Es ist bloß eine ganz kleine Veranstaltung.«

»Ach ja?« Sopherl blieb stehen und musterte Nannerl misstrauisch.

»Ja«, log Nannerl und ging weiter.

Sopherl folgte ihr. Eine Weile schwiegen beide. Dann nahm Sopherl das Gespräch wieder auf. »Gestern war ich bei der Bäckerin Huber.«

»Du bist jeden Tag bei der Bäckerin«, sagte Nannerl.

»Sie hat mich gefragt, warum Sie sich nach der Adresse von Hilde Pfeiffer erkundigt haben.«

Nun blieb Nannerl stehen. Leider war das gestern nicht ganz nach Plan gelaufen. Sie hatte sich nach dem Enkelkind der Bäckerin erkundigt und dabei wissen wollen, wer die Hebamme war und wo die denn wohne. Sie hatte völlig beiläufig klingen wollen, aber die Bäckerin war misstrauisch gewesen und hatte gefragt, warum Nannerl das wissen wolle. Leider hatte Nannerl nicht sofort eine passende Antwort parat gehabt. Sie hatte herumgestottert. Zum Glück war eine andere Kundin in den Laden gekommen, und Nannerl hatte rasch aus dem Geschäft schlüpfen können. Dass die Bäckerin Sopherl brühwarm von dem Gespräch erzählen würde, damit hatte Nannerl nicht gerechnet.

»Jemand hat mich um die Adresse gebeten«, sagte Nannerl. Sie verschränkte abwehrend die Hände vor der Brust.

»Wer?«, wollte Sopherl wissen.

»Ich denke nicht, dass ich dir das sagen muss.« Es war nicht Nannerls Art, Sopherl wie eine Bedienstete zu behandeln. Aber nun fühlte sie sich in die Enge getrieben.

Sopherl ließ sich von Nannerls Worten nicht einschüchtern. Sie stemmte die Hände in ihre schmalen Hüften. »Sind Sie in Schwierigkeiten?«

»Wie kommst du darauf?«

Auf Sopherls Stirn bildeten sich tiefe Sorgenfalten. »Ich

kenne Sie besser als jeder andere …« Tatsächlich war sie häufig die Erste, die sah, wenn Probleme Nannerl quälten. »Sie können mir vertrauen«, sagte sie ernst. »Ich bin immer für Sie da.«

Ihre Worte rührten Nannerl. Sie wusste, dass das alternde Dienstmädchen nicht log. Sie würde alles für sie tun. Damit Sopherl sich keine unnötigen Sorgen machte, gab sie einen Teil ihres Geheimnisses preis.

»Es geht nicht um mich.«

»Ist das Fräulein Katherl in Schwierigkeiten?«

Nannerl konnte es nicht glauben. War sie so leicht zu durchschauen? Sie antwortete nicht, was Sopherl nicht davon abhielt, ihre Fantasien weiterzuspinnen.

»Ich hab immer befürchtet, dass das Fräulein Katherl einmal große Probleme kriegen wird. Sie war immer schon leichtsinnig«, jammerte Sopherl.

»Sopherl, hör auf«, forderte Nannerl. »Ich hab mit keinem Wort Katharina erwähnt.«

»Aber ich hab recht«, riet Sopherl. »Ich kann es an Ihrem Gesicht erkennen. Sie können nicht lügen. Das haben Sie noch nie gekonnt. Auch als Kind nicht. Ihr Herr Bruder ist da aus ganz anderem Holz geschnitzt.«

Nannerl verzog den Mund, ohne etwas zu erwidern.

»Das Fräulein Katherl braucht also Hilfe von der Hilde. Deshalb hat sie Sie gebeten, sie zu begleiten …« Sopherl reimte sich weiter die Wahrheit zusammen. »Das war nicht fein vom Fräulein Katherl!«, empörte sich Sopherl. »Wenn sie sich in Schwierigkeiten bringt, dann muss sie zusehen, dass sie allein wieder rauskommt. Sie kann doch ihre beste

Freundin nicht mit hineinziehen.« Sopherl redete sich in einen Strudel der Aufregung.

»Ich habe Katharina versprochen, dass ich Hilde aufsuchen werde und sie um ganz bestimmte Kräuter bitte«, gab Nannerl niedergeschlagen zu. Es hatte keinen Sinn, weiter zu schweigen. Sopherl würde so lange weiterbohren, bis sie erfuhr, was sie hören wollte. »Deshalb brauche ich dein Kleid. Damit ich mich als Dienstmagd verkleiden kann.«

»Heilige Mutter Gottes!« Sopherl bekreuzigte sich gleich dreimal hintereinander. »Das dürfen Sie nicht tun.«

Nannerl wartete, bis sie sich ein bisschen beruhigt hatte. Erst dann fuhr sie fort: »Die Katharina ist meine allerbeste Freundin. Ich lasse sie ganz sicher nicht im Stich. Sie würde dasselbe für mich tun.«

»Maria, voll der Gnade, der Herr sei mit dir ...«

»Sopherl, nun hör auf zu beten«, forderte Nannerl genervt. »Das bringt uns jetzt nicht weiter.«

Voller Entsetzen riss Sopherl die Augen auf. »Aber Fräulein Nannerl ...«, stotterte sie. »So was darf man nicht sagen.« Sie senkte die Stimme und deutete mit dem Daumen Richtung Himmel. »Der Herrgott hört und sieht alles.«

Nannerl war eine gläubige Katholikin, die regelmäßig in die Kirche ging, aber in Katherls Fall zweifelte sie daran, dass Gott wirklich alles sah. »Wenn der liebe Gott alles hört und sieht«, zischte sie verärgert, »dann frag ich mich, warum die Katherl jetzt dasteht und ungewollt schwanger ist, während der ehrenwerte Herr Baron, der ihr das Schlamassel eingebrockt hat, ungestraft tun und lassen kann, was er will.«

Sopherl war blass geworden. So viel Blasphemie war zu viel für die Arme.

Nannerl legte noch eins drauf. »Es sind doch immer die Frauen, die ihren Kopf hinhalten müssen.«

Sopherl bekreuzigte sich erneut. Diesmal versuchte sie, es so schnell zu machen, dass Nannerl es nicht sehen konnte.

»Also, Sopherl, borgst du mir dein Kleid, oder muss ich jemand anderen darum bitten?« Nannerl hatte keine Ahnung, wen sie sonst fragen könnte. Die Köchin würde sofort zu ihrer Mutter laufen und sie verraten.

»Wenn man Sie dabei erwischt, wird man Sie hängen«, flüsterte Sophie ängstlich. »Man darf ungeborenen Kindern nichts Böses tun.«

»Und was ist mit der Katharina?«, wollte Nannerl wissen. »Soll die ihr ganzes Leben unglücklich sein und einen saufenden Wirt heiraten, der sie vielleicht jeden Tag schlägt? Das wäre ihr Todesurteil. Und alles nur, weil der Herr Baron sich nicht zurückgehalten und ihre Situation ausgenutzt hat?«

Sopherl schwieg betroffen.

»Niemand wird mich erkennen«, beschwichtigte Nannerl. »Und selbst wenn, wer soll erfahren, welche Art von Kräutern ich bei Hilde kaufe? Es kann ja genauso gut ein Aufguss wegen einer Magenverstimmung sein.«

»Die Hebamme wird ebenfalls hängen, wenn jemand sie verrät. Die Hilde hat schon einmal eine Strafe abgesessen«, sagte Sopherl.

Nannerl schluckte. Dieses Argument wog schwer. Sie

hatte selbst darüber nachgedacht. Natürlich wollte sie Hilde nicht in Schwierigkeiten bringen. Nur zu gut erinnerte sich Nannerl an den Nachmittag vor dem Rathaus.

»Ich muss es dennoch versuchen«, sagte sie. »Hilde ist die Einzige, die in der Lage ist, Katherl zu helfen.«

»Dann werde ich Sie begleiten«, sagte Sopherl tapfer.

»Wie bitte?« Nannerls Stimme klang ungewollt schrill. Mit diesem Angebot hatte sie nicht gerechnet.

»Ich kann nicht zulassen, dass Sie sich allein dieser bedrohlichen Situation aussetzen.«

»Auf keinen Fall, das wäre zu riskant«, widersprach Nannerl. Auch wenn der Gedanke, Hilde nicht allein aufzusuchen, durchaus verlockend war. Nannerl durfte die Dienstmagd nicht unnötig in Gefahr bringen. »Man wird dich erkennen und sich dann fragen, wer die Frau neben dir ist. Wir wollen die Sache nicht komplizierter machen, als sie ohnehin schon ist.«

Doch Sopherl war dickköpfig, und sie hatte es sich zur Aufgabe gemacht, Nannerl vor allem Bösen auf dieser Welt zu beschützen. »Ich war bei Ihrer Geburt dabei«, sagte sie zum gefühlten hundertsten Mal. »Ich werde nicht zulassen, dass Sie allein ins Verderben laufen. Wenn Sie sich unbedingt in Schwierigkeiten begeben wollen, dann will ich dabei sein.«

»Ach, Sopherl!« Die Loyalität der Frau rührte Nannerl. »Zu zweit ist das Vorhaben viel gefährlicher.«

»Keineswegs«, sagte Sopherl. »Sie schlüpfen in die Rolle der Dienstmagd und ich in die der Herrin.« Für einen Moment hellte sich ihr Gesicht auf. Möglich, dass ihr der Gedanke gefiel. »Niemand wird uns erkennen.«

Nannerl dachte nach. Sie selbst war eine lausige Lügnerin. Mit Sopherl an ihrer Seite würde das Vorhaben vielleicht einfacher werden. Die Dienstmagd wertete ihr Zögern als Zusage. »Also abgemacht. Wir gehen gemeinsam.«

In Gedanken schien Sopherl schon zu überlegen, welches von Nannerls Kleidern sie anziehen sollte.

Auf tragisch-komische Weise bekam das waghalsige Vorhaben den Beigeschmack einer Scharade. Nannerl war sich nicht ganz sicher, was sie von dieser Wendung halten sollte. Doch die Tatsache, nicht allein zu sein, hatte etwas unglaublich Beruhigendes.

• • •

Sie wollten Hilde am Mittwoch aufsuchen. Es war der Tag, an dem Anna Maria nach dem täglichen Besuch der heiligen Messe ihre Freundin Elisabeth, die Frau des Lebzelters Koch, besuchte. Diese Treffen, zu denen auch andere Salzburgerinnen geladen waren, dauerten meist bis spät in den Nachmittag. Nannerl und Sophie hatten also ausreichend Zeit für ihr Vorhaben.

Sopherl stand vor dem Spiegel in Nannerls Kammer und betrachtete sich verzückt. »So ein schönes Kleid …« Sie seufzte. »Ich weiß gar nicht, wie ich mich darin bewegen soll.«

Das Kleid stand der Dienstmagd wirklich ausgezeichnet, während Nannerl in Sophies einfacher Tracht wie eine ganz gewöhnliche Dienstbotin aussah. Nichts erinnerte daran, dass sie die berühmte Musikerin war, die bereits an den wichtigsten Höfen Europas aufgetreten war. Es war erstaunlich, was Kleidung bewirkte. Gerade als sie sich fertig verkleidet aus dem Haus schleichen wollten, klopfte es an der Wohnungstür.

»Wer ist das?« Sophie schlug die Hand vor den Mund. Sie starrte zur Tür.

»Keine Ahnung«, flüsterte Nannerl. Die Köchin war auf dem Markt, Sophie und Nannerl waren allein. »Sei einfach still. Wir warten, bis der Besuch wieder geht.«

Sie lauschten angespannt. Erneut klopfte es. »Fräulein Mozart ...« Es war die Stimme der Nachbarin, Frau Bogner. »Ich weiß, dass Sie zu Hause sind. Machen S' auf.«

»Woher weiß sie, dass ich zu Hause bin?«

Sophie zuckte mit den Schultern.

»Einen Moment!«, rief Nannerl und lief in ihre Kammer. Sie holte ihren warmen Mantel aus der Truhe und warf ihn über die einfache Dienstbotentracht. Das Tuch, mit dem sie eben noch ihr Haar bedeckt hatte, legte sie hastig zur Seite. Sopherl versteckte sich in der Küche.

Nannerl atmete tief durch und öffnete die Tür.

»Ja, bitte?« Trotz ihrer Bemühungen, ruhig zu klingen, zitterte ihre Stimme.

»Warum ham S' denn so lange mit dem Aufmachen gebraucht?« Die alte Nachbarin musterte sie aus zusammengekniffenen Augen.

»Ich war noch nicht angezogen«, log Nannerl. Sie schob den Mantel enger zusammen.

»Is Ihnen kalt?«, fragte die Nachbarin besorgt.

»Ein bisserl.«

»Passen S' auf, dass Sie nicht krank werden«, mahnte Frau Bogner. »Die Schwester meiner Schwägerin ist letzte Woche am Fieber verstorben. Schreckliche Sache ...«

»Was kann ich für Sie tun?«, erkundigte sich Nannerl. Die Frau zu unterbrechen, gerade wenn es um den Tod einer Angehörigen ging, war unhöflich.

Die Nachbarin besann sich auf ihr eigentliches Anliegen. »Es geht um die Milchbestellung.«

Nannerl sah sie fragend an.

»Ich fahr nächste Woche zu meiner Tochter nach Ischl. Sie hat Zwillinge bekommen und braucht meine Hilfe.«

Nannerl hoffte inständig, dass die geschwätzige Frau nun nicht stundenlang über ihre Enkelkinder reden würde.

»Wie schön, das freut mich«, würgte sie alle weiteren Erklärungen ab. »Was hat das mit Ihrer Milchlieferung zu tun?«

Frau Bogner wirkte irritiert. Sie war es nicht gewöhnt, dass Nannerl so wenig Empathie an den Tag legte.

»Ich hab vergessen, dem Bauern zu sagen, dass ich keine Milch brauchen werde«, erklärte sie. »Deshalb wollt ich fragen, ob Sie das für mich übernehmen können.«

»Selbstverständlich«, versprach Nannerl. »Kein Problem. Auf Wiedersehen.« Schon wollte sie die Tür zuschlagen, als Frau Bogner die Hand dagegenstemmte.

»Warten S', sagte sie. »Morgen kommt ja eine Kanne. Ich wollt fragen, ob Sie die haben wollen. Es wär ja schad, wenn die gute Milch sauer wird. Sie wissen ja, dass der Huberbauer die beste Milch der ganzen Gegend liefert …« Frau Bogner setzte zu einem Vortrag über Milch an.

Nannerl musste sie stoppen. »Es tut mir leid«, sagte sie unruhig. »Ich muss jetzt leider gehen. Aber ich verspreche, dass ich meiner Mutter Bescheid gebe und wir uns um Ihre Milchbestellung kümmern werden.«

»Ja?«

Warum zweifelte die Frau?

»Ja«, wiederholte Nannerl bestimmt.

»Na dann. Danke«, sagte Frau Bogner. Wieder musterte sie Nannerl sorgenvoll. »Sie wirken nervös«, sagte sie. »Das wird mit dem Fieber zusammenhängen. Bei den Temperaturen braucht niemand einen Mantel. Außer, man hat Fieber.«

»Auf Wiedersehen!« Nannerl schob Frau Bogner aus dem Türrahmen und schloss die Tür. Mit klopfendem Herzen lehnte sie sich dagegen. So unhöflich war sie noch nie gewesen. Sophie kam aus der Küche. »Die Bogner wird mit Ihrer Mutter reden, darauf können S' Gift nehmen.«

Nannerl zuckte mit den Schultern. »Und wennschon«, sagte sie. »Ich frage mich, wie wir unbemerkt an der Frau aus dem Haus schleichen können. Du weißt doch, wie neugierig sie ist. Sicher hockt sie am Stiegenfenster, um mich erneut abzupassen.«

Sopherl sah an sich herunter. »Wenn sie uns nicht anspricht und nur von hinten sieht, verwechselt sie uns vielleicht.«

»Stimmt«, sagte Nannerl. »Wir dürfen uns bloß nicht ansprechen lassen.«

Die Kirchturmglocken schlugen zehnmal. Höchste Zeit

aufzubrechen. Sonst würde die Köchin zurück sein, bevor Nannerl und Sophie das Haus verlassen hatten.

Nannerl zog ihren Mantel wieder aus. Sie schwitzte bereits darunter und öffnete die Tür. Angespannt lauschte sie ins Stiegenhaus. Nichts rührte sich. Leise zog sie die Tür hinter sich zu. Wie Diebe schlichen Sopherl und sie über die enge Wendeltreppe. Die Holzdielen knarrten verräterisch bei jedem Schritt. Vor dem Fenster von Frau Bogner, das ins Stiegenhaus führte, hielten sie an. Nannerl vergewisserte sich, dass die Frau nicht dahintersaß. Außer dem gehäkelten Vorhang war nichts zu sehen. Rasch liefen sie daran vorbei. Auch der Innenhof war leer, und die Frauen stürzten hastig auf die Getreidegasse. Da hörte Nannerl, wie sich hinter ihr ein Fenster öffnete.

»Fräulein Mozart. Sie können doch nicht mit Fieber das Haus verlassen.« Es war Frau Bogners Stimme. Nannerl drehte sich nicht um. Sopherl blieb stehen, doch Nannerl zog sie energisch mit sich.

»Komm«, forderte sie. »Wir tun einfach so, als würden wir sie nicht hören.« So schnell es die Menschen in der engen Gasse erlaubten, liefen sie Richtung Rathaus. Erst als sie sicher waren, außer Sichtweite von Frau Bogner zu sein, verlangsamten sie die Schritte.

»Das war knapp«, sagte Nannerl.

Sophie schüttelte den Kopf. »Das Ganze ist ein großer Fehler.«

Je mehr Sopherl jammerte, umso nervöser wurde auch Nannerl. Sie fragte sich, ob es nicht doch besser gewesen wäre, allein zu gehen. Schnell liefen sie zum Stadttor. Bildete sie es sich bloß ein, oder waren die Blicke so mancher Passanten auf sie gerichtet?

»Die Leute schauen uns an«, raunte Nannerl hinter vorgehaltener Hand.

»Ja natürlich«, sagte Sopherl. »Sie gehen nicht wie eine Dienstmagd.«

»Was meinst du?«

»Ihre Körperhaltung ist viel zu aufrecht. Ziehen S' den Kopf ein bisserl ein.«

»Oh!« Sofort schob Nannerl die Schultern nach vorne. Seit sie sich zurückerinnern konnte, hatten ihre Eltern sie dazu ermahnt, aufrecht zu gehen. Als kleines Mädchen hatte sie Bücher auf dem Kopf tragen müssen, um ihre Haltung zu üben.

»Sehen S'«, flüsterte Sopherl. »Jetzt beachtet uns niemand mehr.«

Tatsächlich waren die neugierigen Blicke weniger geworden. Ohne Aufsehen gelangten sie zum Stadttor. Von dort führte ein Weg außerhalb der Stadtmauer zum unteren Flusslauf der Salzach. Hier wohnte im vierten Stock eines schäbigen Mietshauses Hilde Pfeiffer.

»Ich habe kein gutes Gefühl bei der Sache«, raunte Sophie.

»Du wiederholst dich«, sagte Nannerl. »Wir statten meiner alten Hebamme einen Besuch ab. Da ist gar nichts Verwerfliches dabei.«

Sophie war anderer Meinung, doch sie sah ein, dass sie Nannerl nicht von ihrem Plan abbringen konnte. Gemeinsam stiegen die beiden eine wackelige Außentreppe hoch.

Über eine hölzerne Galerie gelangten sie zur Wohnung von Hilde Pfeiffer. Sophie klopfte. Es dauerte nicht lange, bis die niedrige Tür geöffnet wurde. Nannerl erkannte die rothaarige Frau sofort wieder. Mittlerweile war das Haar mit grauen Strähnen durchzogen. Aber die Hebamme hatte nichts von ihrem Stolz eingebüßt. Mit hocherhobenem Kopf stand sie da und ließ ihren Blick ruhig zwischen Sophie und Nannerl hin- und hergleiten.

»Ja, bitte?« Ihre Worte waren Begrüßung und Frage zugleich.

»Dürfen wir reinkommen?« Sophie schaute gehetzt über beide Schultern, aber die Galerie war leer, und auch auf dem Hof des Mietshauses war niemand zu sehen. Einige Kleidungsstücke, die auf einer Wäscheleine zum Trocknen hingen, wehten im Wind.

Hilde Pfeiffer öffnete die Tür, damit sie eintreten konnten. Die Wohnung bestand aus einem einzigen Zimmer, das Küche, Schlafkammer und Stube zugleich war. Trotz der Enge war das niedrige Zimmer behaglich eingerichtet. Von der niedrigen Decke hingen Kräuterbüschel in unterschiedlichen Größen und verströmten einen würzigen Duft. Kamille mischte sich mit Pfefferminze, Holunderblätter mit Schafgarbe und Frauenmantel.

»Ich kann Ihnen leider keinen Platz anbieten«, entschuldigte sich Hilde Pfeiffer. »Wenn Sie wollen, können Sie sich auf mein Bett setzen.« Sie selbst ließ sich auf dem einzigen Sessel im Raum nieder. Erwartungsvoll sah sie Nannerl an. »Als ich Sie das letzte Mal gesehen habe, waren Sie ein winzig kleines Bündel Mensch, das am Busen seiner Mutter getrunken hat.«

Sie konnte sich also noch an Nannerls Geburt erinnern. »Ich dachte jedoch, dass Sophie Ihre Dienstmagd und Sie die Herrin sind. Habe ich etwas verpasst?«

»Wir wollten unerkannt bleiben«, gab Nannerl zu. Damit schien das Thema abgehakt.

Die Hebamme stellte keine weitere Frage zu den vertauschten Rollen. Möglich, dass Frauen sich öfter einer Verkleidung bedienten, wenn sie ihr einen Besuch abstatteten.

»Eine Freundin braucht Ihre Hilfe«, sagte Nannerl. Sie hatte beschlossen, gleich mit der Tür ins Haus zu fallen.

»Warum ist sie nicht selbst gekommen?«

»Sie hielt es für zu gefährlich.«

»Deshalb hat sie lieber ihre Freundin geschickt und damit riskiert, dass sie in Gefahr gerät?

»Ich habe meiner Freundin diesen Dienst angeboten.« Nannerl hatte das Bedürfnis, Katharina zu verteidigen.

»Lassen Sie mich raten, Schätzchen.« Hilde behandelte Nannerl wie ein kleines Mädchen. »Sie ist ungewollt schwanger.«

»Woher wissen Sie …?«

Hilde Pfeiffer lachte rau. Das Lächeln erreichte ihre Augen nicht.

»Ich übe seit dreißig Jahren meinen Beruf aus. Ich erkenne, wenn eine Frau kommt, weil sie mich darum bittet, ihr bei der Geburt ihres Kindes beizustehen. Und ich sehe es auch, wenn genau das Gegenteil der Fall ist. Sind Sie sicher, dass nicht Sie in der Klemme stecken?«

»Ganz sicher«, empörte sich Nannerl. Etwas in ihrer Stimme musste dafür gesorgt haben, dass Hilde Pfeiffer ihr glaubte. Die Hebamme zuckte mit den Schultern und deutete an, dass es ihr im Grunde egal war, wer in Not geraten war.

»Wie weit ist die Freundin?«

»Die Sache … also der Mann, er hat meine Freundin … ich meine …« Nannerl stotterte verlegen herum.

»Es war vor zwei Monaten«, sprang Sophie hilfreich ein.

Die Hebamme wiegte nachdenklich den Kopf. »Mit etwas Glück hat sich das Kind noch nicht richtig im Bauch der Mutter eingenistet.«

Nannerl schluckte hart. Die Vorstellung, ein kleines Lebewesen daran zu hindern zu wachsen, war alles andere als erfreulich. Gleichzeitig wusste Nannerl, dass es die einzige Möglichkeit für Katharina war, einer ungewollten Ehe zu entgehen.

»Ich kann der Freundin ein wirkungsvolles Abführmittel geben. Sie wird sich davon schrecklich fühlen. Ein paar Vergiftungssymptome werden auftreten, sie wird wünschen, dass sie lieber tot als lebendig wäre. Aber wenn sie Glück hat, geht das Kind ab. Das Abführmittel macht ihren Körper zu einem Ort, an dem Kinder sich nicht wohlfühlen.«

Dieses Bild fand Nannerl noch verstörender.

»Wichtig ist, dass die Freundin das Mittel nicht allein einnimmt. Es muss jemand bei ihr sein. Und sie darf auf keinen Fall zu viel davon erwischen. Eine Überdosis kann tödlich sein.«

Nannerl lief ein eisiger Schauer über den Rücken. Sollte

Katharina die Prozedur nicht überleben, würde sie an ihrem Tod die Mitschuld tragen. Nannerl sah aus den Augenwinkeln, wie Sophie sich mehrere Male bekreuzigte.

Hilde Pfeiffer schüttelte den Kopf. »Auf den da oben …«, sie schaute zur Decke, » … sollte sich die Freundin nicht verlassen.«

Ähnliches hatte Nannerl erst vor Kurzem selbst gesagt. Hilde faszinierte sie von Minute zu Minute mehr.

»Ich hab in all den Jahren zu oft sehen müssen, dass Frauen starben, weil sie sich in seine Hand begeben haben«, fuhr Hilde fort. Sie verzog bitter den Mund. »Glauben Sie mir, besser, wir Frauen nehmen unser Schicksal selbst in die Hand. Die Freundin soll die Dosis genau einhalten, und am besten, Sie bleiben bei ihr.«

Nannerl nickte beklommen.

»Ich nehme an, dass ich Sie nicht darauf hinweisen muss, wie gefährlich das Wissen über die Wirkung der Kräuter sein kann.« Wieder schaute sie zuerst zu Nannerl, dann zu Sophie. Obwohl sie davon überzeugt zu sein schien, dass sie den Ernst der Lage verstanden hatten, fügte sie hinzu: »Sollte man sie dennoch in Ihrem Besitz finden, dann behaupten Sie, dass die Freundin sich eine Lebensmittelvergiftung zugezogen hat, die sie mit starkem Brechmittel bekämpfen musste.«

Nannerl fiel ein, was ihre Mutter ihr von dem letzten Hexenprozess in Salzburg erzählt hatte. Er hatte ein Jahr vor ihrer Geburt stattgefunden. Die Frau war verbrannt worden, weil sie angeblich die Kühe des Nachbarn mit Kräutern vergiftet hatte. Beim Gedanken an einen Scheiterhaufen wurde ihr mulmig.

»Ich kann nicht garantieren, dass das Mittel wirkt«, gab Hilde Pfeiffer zu. Sie stand nun von ihrem Sessel auf und machte einen Schritt zu einem Regal neben dem Herd. Aus mehreren verschiedenen Gläsern und Tontöpfen mischte sie Kräuter in der Schale einer Waage. Mit einem Mörser zerrieb sie die Blätter zu feinem Staub, füllte ihn mit einem Trichter in eine kleine Flasche und goss die Mischung mit Alkohol auf. Nannerl konnte nicht sehen, um welche Zutaten es sich handelte, da Hilde mit dem Rücken zu ihr stand. Sie nahm einen scharfen, beißenden Geruch wahr, der ihr Übelkeit verursachte. Sophie schien es ähnlich zu ergehen. Sie hielt sich schützend die Hand vor die Nase. Hilde hantierte mit der Präzision eines Apothekers. Geschickt stöpselte sie das Fläschchen zu, schüttelte es und reichte es Nannerl.

»Fünf Gulden!« Sie hielt ihre Hand auf.

Nannerl hatte mit einer höheren Summe gerechnet, schließlich war die Angelegenheit für die Hebamme sehr gefährlich. So als könnte sie Nannerls Gedanken lesen, erklärte Hilde Pfeiffer: »Ich würde mich nie am Leid einer Frau bereichern wollen. Ihre Freundin hat einen Fehler begangen, keine Frage. Aber war es nicht ein Mann, der sie in diese Lage gebracht hat?«

Die Hebamme sprach Nannerl aus der Seele.

»Meine Freundin war betrunken«, sagte sie. »Aber der Mann hat ihr versichert, dass nichts passieren könnte, und sie hat es ihm geglaubt.«

Hilde Pfeiffer schüttelte verärgert den Kopf. »Wenn ich

das höre, könnte ich schreien vor Wut.« Ihre Wangen färbten sich rot. Nannerl sah Sophie ratlos an, doch die zuckte bloß mit den Schultern.

»Würden junge Mädchen von ihren Müttern erfahren, was es mit ihrer Monatsblutung und ihrem Körper auf sich hat, dann würde so etwas viel seltener passieren«, sagte Hilde. »Wissen Sie über Ihre fruchtbaren Tage Bescheid?«

Nun war es Nannerl, die errötete, aber nicht aus Wut, sondern aus Scham. Sie war es nicht gewohnt, über ihren Körper zu reden. Alles, was sie darüber wusste, was zwischen Mann und Frau geschah, wenn sie verheiratet waren, hatte sie hinter vorgehaltener Hand von Freundinnen erfahren. In Brüssel hatte sie einmal verbotene Zeichnungen gesehen, an denen sich ein Dienstbote heimlich erfreut hatte. Sie selbst hatte die Darstellungen obszön und abstoßend gefunden. Anna Maria und Leopold hatten Nannerl immer gesagt, dass sie sich von Männern fernzuhalten hatte. Und ähnliche Worte predigten auch die Priester von der Kanzel. Was also tatsächlich im Ehebett passierte, davon hatte Nannerl keine Ahnung. Woher auch? Selbst Wolfgang, von dem sie wusste, dass er bereits Erfahrungen mit Frauen gesammelt hatte, hatte ihr gegenüber geschwiegen. Seit sie sich zurückerinnern konnte, hatte man ihr gesagt, dass sie ihre Jungfräulichkeit bis zur Ehe bewahren musste. Nannerl hatte immer gedacht, dass man die Tugend im Bett verlor, weshalb sie Katherls Geständnis vom Stehen im Separee verwirrt hatte. Aber die Freundin war so verzweifelt gewesen, dass sie nicht näher hatte nachfragen wollen. Nannerl hatte sich das für einen späteren Zeitpunkt vorgenommen.

»Mein liebes Fräulein Mozart«, sagte Hilde Pfeiffer ernst und drückte Nannerl wieder aufs Bett zurück. »Ich denke, dass wir ein längst fälliges Gespräch führen sollten.«

Und dann klärte die Frau, die vor fünfundzwanzig Jahren dabei geholfen hatte, Nannerl zur Welt zu bringen, die junge Frau detailliert auf. Nannerl erfuhr, wie sie ihre Blutung beobachten konnte, um zu erfahren, wann es besonders gefährlich war, mit einem Mann zu schlafen, dass es völliger Unsinn war, wenn Männer behaupteten, sie würden »aufpassen«, und vieles mehr. Bei diesem Gespräch hörte auch Sophie aufmerksam zu. Die Augen des alternden Dienstmädchens hingen ebenso an Hilde Pfeiffers Lippen wie die von Nannerl. Die Hebamme räumte mit falschen Bildern auf und bestärkte die beiden darin, dass sie selbst Herrin über ihren Körper waren. Für das, was Hilde an diesem Vormittag sagte, hätten alle drei Frauen mit Sicherheit auf dem Scheiterhaufen landen können.

Als Nannerl und Sophie das Haus der Hebamme verließen, waren beide schweigsam. Nannerl verstand nun, wie wichtig das Wissen über den eigenen Körper war. Möglich, dass Katharina damit nie in die Situation geraten wäre, in der sie sich jetzt befand. Nannerl schwor sich, sollte sie jemals Mutter einer Tochter werden, sie würde sie nicht im Ungewissen lassen.

Um nicht erneut von Frau Bogner beobachtet zu werden, wechselten Nannerl und Sophie ihre Kleider in einem dunklen Hinterhof vor der Stadtmauer. Bis auf eine dürre Katze und ein paar Ratten schenkte ihnen niemand Beachtung.

Die Sorge war unbegründet gewesen, denn Frau Bogner

war bereits auf dem Weg nach Ischl, und sie gelangten unbemerkt zurück in die Wohnung. Noch am selben Abend brachte Nannerl die kleine Flasche zu Katharina. Sie mahnte sie eindringlich, sich an die Dosierung zu halten, und flehte sie an, das Mittel nur zu nehmen, wenn jemand bei ihr war. Katharina versicherte ihr, dass sie nicht allein zu Hause war. Ihre Mutter und mehrere Dienstboten waren da. Zu gerne wäre Nannerl geblieben, aber sie konnte nicht die Nacht bei Katharina verbringen, und Hilde Pfeiffer hatte gesagt, dass es eine Zeit lang dauern würde, bis das Mittel Wirkung zeigte. Manchmal war es auch notwendig, zweimal davon zu nehmen. Wenn das Kind dann immer noch nicht abgehen wollte, dann war es Gottes Wille, dass es in Katharina heranwuchs.

»Ich pfeif auf Gottes Willen«, flüsterte Katherl.

Nannerl unterdrückte den Impuls, sich zu bekreuzigen. Weder sie selbst noch Katharina mussten Gott um Vergebung bitten. Hilde Pfeiffer hätte ihre Gedanken mit Sicherheit gemocht.

»Ich komme dich morgen besuchen.«

»Danke!«

Nannerl drückte die Freundin ganz fest an sich und hoffte inständig, dass sie eben das Richtige getan hatte.

Die ganze Nacht über konnte Nannerl nicht schlafen. Unruhig wälzte sie sich von einer Seite zur anderen. Egal, wie viele Gebete sie sprach, sie kam nicht zur Ruhe. Hatte sie sich schuldig gemacht, weil sie Katherl das Mittel gebracht hatte? Nein, sie musste diese Zweifel verwerfen. Hilde Pfeiffer half den Schwangeren und linderte ihre Schmerzen. Sie stand Frauen bei, die von ihren Männern mit Gewalt genommen wurden und jenen, die unfreiwillig ein Kind erwarteten. Man hatte von Nannerl immer verlangt, dass sie tugendhaft und sittsam sein sollte, ohne ihr zu erklären, was das eigentlich bedeutete. Nannerl spürte eine Wut in sich aufsteigen, über die Unwissenheit, in der man sie und andere junge Frauen ließ. Sie hatten ein Recht auf das Wissen über ihren Körper. Nannerl wünschte, sie könnte jetzt bei Katherina sein. Ob die Freundin große Schmerzen litt? Ganz egal, was Maria Anna sagte, Nannerl würde morgen die Messe erneut auslassen und noch vor dem Frühstück zum Haus der Gilowskys laufen. Sie musste einfach erfahren, wie es um die Freundin stand. Der Himmel wurde im Osten wieder hell, als Nannerl endlich in einen unruhigen Schlaf fiel.

• • •

»Willst du nicht wenigstens ein kleines Schüsserl Hirsebrei essen?«, fragte Anna Maria. Sie war der Meinung, dass ein ausgiebiges Frühstück die wichtigste Mahlzeit am Tag war.

»Später«, rief Nannerl und verließ im Laufschritt das Haus. Sie hastete die Getreidegasse entlang. Was, wenn das Mittel zu stark war und Katharina die Nacht nicht überlebt hatte?

Nannerls Herz raste. Sie sah Katharina vor Schmerzen gekrümmt am Boden liegen, den leblosen Blick gegen die Decke ihrer Kammer gerichtet. Nannerl sah Blut und Erbrochenes.

Mit jedem Schritt, mit dem sie sich Katharinas Elternhaus näherte, wuchs ihre Angst. Als sie nun vor der Tür stand, wagte sie es kaum, die Hand zu heben und zu klopfen. Ihr Herz schlug bis zum Hals. Ihr Arm war schwer wie Blei, als sie schließlich klopfte. Schon nach wenigen Augenblicken öffnete Luise, die Köchin. Sie sah müde aus. Lag Kummer in ihrem Gesicht oder gar Trauer? Nannerl konnte es nicht erkennen.

»Grüß Gott, Fräulein Nannerl. Das Fräulein Katherl ist heute leider unpässlich.«

»Ist sie krank?« Nannerl stieß die Worte atemlos hervor.

Da kam Frau Gilowsky zur Tür. »Grüß dich, Nannerl.«

»Guten Tag.« Nannerl knickste höflich.

Katharinas Mutter winkte sie herein, und Elsa verschwand in der Küche.

»Wie geht es Katherl?«

Frau Gilowsky kniff die Augen zusammen und musterte Nannerl eingehend. Sie schien etwas zu ahnen. Hatte Katharina ihr etwas verraten? Was war passiert? Am liebsten hätte Nannerl laut aufgeschrien, um endlich zu erfahren, was los war.

»Sie fühlt sich schwach, was kein Wunder ist, wenn man die ganze Nacht über dem Nachttopf hängt«, erklärte Frau Gilowsky.

»Kann ich sie sehen?«

»Sie schläft.«

»Hat sie erbrochen?«, tastete Nannerl sich vorsichtig vor.

Frau Gilowsky starrte an Nannerl vorbei. Was ging hinter

ihrer Stirn vor? Wie viel wusste sie? »Katherl hat erbrochen und sich auch anderwärtig erleichtert.«

Nannerl nickte. Jetzt wusste sie zumindest, dass Katharina am Leben und gesund war. Sie bedankte sich und wandte sich wieder zum Gehen. Da hielt Frau Gilowsky sie am Ärmel fest.

»Gott wird es nicht gefallen, wenn ich das sage, aber die Katherl kann dankbar sein, dass du ihre Freundin bist.«

Nannerl sah sie fragend an, doch Katherls Mutter wich ihrem Blick aus.

»Ich habe Katherls Nachttopf geleert.« Frau Gilowskys Stimme brach. »Und ich habe dafür gesorgt, dass niemand den Inhalt sehen konnte.«

Sie fixierte einen Punkt an der Wand hinter Nannerl.

»Bitte richten Sie Katherl meine allerbesten Wünsche aus. Ich komme, sobald es ihr wieder besser geht.«

»Das werde ich machen.« Endlich sah Frau Gilowsky Nannerl direkt in die Augen. Was Nannerl darin las, war Erleichterung. Es entsprach genau dem Gefühl, das Nannerl soeben erfasst hatte.

18

Salzburg, Dezember 1777

Nannerl holte den Brief aus der kleinen Schublade ihres Nachtkästchens und entfaltete ihn vorsichtig. Er stammte von Ippold. Zwei Jahre war es nun her, dass er sie in München geküsst hatte. Manchmal glaubte Nannerl, dass sie sich den kurzen Moment des Glücks bloß ausgedacht hatte. Obwohl sie nur wenige Straßenzüge entfernt von der Schule wohnte, in der er arbeitete, sah sie ihn so selten, als lebte er in London oder Paris. Wenn sie sich zufällig auf einem der Bälle oder bei einer Musikveranstaltung trafen, waren sie nie allein. Immer befanden sich andere Menschen bei ihnen. Nie konnten sie sich ungestört unterhalten. Manchmal fürchtete Nannerl, er würde ihr absichtlich ausweichen. Sie war es gewesen, die sein Angebot, regelmäßig spazieren zu gehen, abgelehnt hatte. Wie oft hatte Nannerl in den letzten Monaten ihre Worte in München bereut. Als sie sich damit abzufinden begann, dass er jedes Interesse an ihr verloren hatte, war ein Brief von ihm gekommen. Darin schrieb er, dass er es nicht wagte, sie um ein Treffen zu bitten, da er wusste, sie würde sein Ansinnen ablehnen.

»Doch je länger ich auf unsere Treffen verzichten muss, umso mehr vermisse ich Ihre Nähe. Das Leben erscheint mir trist und freudlos ohne Ihr Lachen.«

Nannerl hatte diesen Teil des Briefes schon zigmal gelesen. Dennoch war es jedes Mal, als flatterte ein ganzer Schwarm Schmetterlinge los, wenn ihr Blick über die Worte glitt.

»Daher bitte ich Sie um etwas Geduld. Ich werde eine Lösung finden, Sie wiederzusehen, das verspreche ich.

Ihr Franz Ippold.«

Nannerl faltete den Brief wieder sorgsam zusammen. Sie schob das Papier zurück in die Lade und lauschte auf die Geräusche aus dem Nebenzimmer.

Es war weit nach Mitternacht, trotzdem hörte Nannerl ihren Vater in der Stube neben ihrer Schlafkammer rumoren. Leise knarrten die Holzbretter unter seinen Schritten. Dann wieder wurde der Stuhl verrutscht, und Papier raschelte. Auch Nannerl konnte keinen Schlaf finden. Seit einem halben Jahr waren Wolfgang und ihre Mutter unterwegs, um Wolfgangs Karriere als Musiker voranzutreiben. Zuerst waren sie in Augsburg gewesen, in der Geburtsstadt Leopolds, dann waren sie weiter nach Mannheim gezogen, als nächste Station war Paris geplant. Der Reise waren lange Diskussionen vorangegangen. Ihr Bruder hatte nicht akzeptieren wollen, dass er die Mutter als »Aufpasserin« und »Kindermädchen« von Leopold zur Seite gestellt bekam. Er war der Meinung, dass er mit seinen einundzwanzig Jahren sehr gut für sich allein sorgen konnte.

Doch jetzt bewahrheiteten sich die schlimmsten Ängste des Vaters. Auch die Mutter schaffte es nicht, Wolfgang davon abzuhalten, Schulden anzuhäufen. Die Summe betrug mittlerweile den stolzen Betrag von sechshundert Gulden. Und jede Woche kamen neue Zahlungsaufforderungen nach Salzburg. Er war zwar ein Genie der Musik, aber im echten Leben leider weniger geschickt. Ohne Leopolds Hilfe gelang es Wolfgang nicht, seine Musikstücke zum tatsächlichen Wert zu verkaufen. Immer wieder komponierte er für den Lohn eines Butterbrots und schmälerte dadurch seinen Wert als Künstler. Er ging in seiner Musik auf und vergaß, darüber hinaus seinen Marktwert als Komponist zu steigern. Zu alldem hatte er sich in Mannheim in die Sängerin Aloisia Weber verliebt, der er unbedingt zu einer Karriere verhelfen wollte und dafür noch weitere Schulden aufnahm. Auf Nannerls letzten Brief, in dem sie ihn ganz vorsichtig gebeten hatte, etwas sorgfältiger mit dem Geld umzugehen, hatte er mit Hohn geantwortet und gemeint, sie solle sich um ihre eigenen Angelegenheiten kümmern. Nannerl hatte sich nicht von dem ruppigen Ton kränken lassen. Sie kannte ihren Bruder und wusste, dass er solche Worte nur wählte, wenn er sich in die Enge getrieben fühlte. Aus diesem Grund würde sie im nächsten Brief das Wort »Geld« nicht mehr erwähnen. Es reichte, wenn Leopold Druck auf ihn ausübte.

Wieder hörte sie, wie der Sessel in der Stube gerückt wurde. Nannerl schob die Decke zur Seite und kletterte aus dem Bett. Der Boden unter ihren Füßen war eiskalt. Sie griff nach einem Wolltuch und legte es sich über die Schultern, bevor sie zu ihrem Vater ging. Mit gebeugtem Rücken saß er über mehreren Papieren. Seine Perücke hing über der Lehne des Sessels. Als er Nannerl erblickte, erschrak sie. Sein graues Gesicht sah im fahlen Licht der Kerze alt und krank aus. Wie ein Greis, aus dem die Lebensenergie entwich.

»Papa, fühlst du dich nicht gut?« Sie war besorgt. »Du solltest ins Bett gehen.«

»Ich habe eben die Rechnungen und Zahlungsaufforderungen durchgesehen«, sagte er bedrückt. »Der Schuldenberg wird immer größer.«

Nannerl biss sich auf die Unterlippe. Ihre Worte fielen ihr schwer, aber sie konnte die Verzweiflung im Gesicht ihres Vaters kaum ertragen. »Ich habe mit meinem Klavierunterricht eine ganz hübsche Summe zusammengespart«, begann sie. »Es sind fast zweihundert Gulden.«

Die Überraschung auf Leopolds Gesicht war nicht zu übersehen. »Das ist sehr lieb von dir, Nannerl«, meinte er gerührt. »Den Betrag nehme ich gerne. Er hilft uns, aus dem Gröbsten rauszukommen.«

Nannerl hatte nicht damit gerechnet, dass ihr Vater ihr Angebot so schnell annehmen würde. Sie hatte lange dafür gearbeitet. Jetzt wäre die Summe mit einem Schlag weg.

Nannerl trat näher und warf einen Blick auf die Papiere. Sie sah Rechnungen und Mahnungen, aber erkannte auch die Handschrift ihrer Mutter. Es war wohl der Brief, der gestern in Salzburg eingetroffen war.

»Was schreibt Mama?«

»Sie macht sich Sorgen wegen des Geldes und wegen Wolfgangs kindlichen Schwärmereien für ein Weibsstück, das es nicht wert ist, erwähnt zu werden.«

Nannerl wollte nicht mit ihrem Vater über die Gefühle ihres Bruders streiten. Wer konnte sich schon aussuchen, in wen er sich verliebte?

»Das Problem ist, dass man in Salzburg glauben soll, Wolfgang sei ausgezogen, um Karriere als Musiker zu machen. Nur so kann er bei seiner Rückkehr auf die Stelle als Kapellmeister hoffen.«

Nannerl schwieg. Es war nicht ihre Aufgabe, dem Vater zu sagen, dass Wolfgang diese Karriere nicht anstrebte.

»Wie soll ich den Glauben der Salzburger an Wolfgangs Erfolg aufrechterhalten, wenn keine Nachrichten über neue Werke in die Stadt dringen? Wolfgang komponiert, ohne seine Stücke zu verkaufen. Was nützt das schönste Libretto, wenn niemand es zu hören bekommt?«

Unter all den Briefen entdeckte Nannerl ein Notenblatt. Sie erkannte die Schrift ihres Bruders sofort. Niemand setzte die Notenstriche mit solch einer nachlässigen Leichtigkeit wie Wolfgang.

»Was ist das?« Neugierig geworden, ergriff sie das Notenblatt. Es handelte sich um ein Präambulum. Nannerl las die Noten und hörte die Melodie dazu im Kopf. Es war eine herrlich beschwingte Melodie, die Wolferls musikalische Handschrift aufwies. Nannerl summte die Noten und schlug mit den Fingerkuppen den Takt dazu auf der Tischplatte.

»Das ist gut!«

»Ja, das ist es«, bestätigte Leopold.

Nannerl ergriff das nächste Notenblatt. »Und was ist das?«

»Eine Sonate.«

Nannerl überflog die Notenzeilen. Mit jedem Takt, den sie las, wuchs ihre Begeisterung. »Diese Stücke müssen gespielt werden. Wir dürfen sie dem Publikum nicht vorenthalten.«

»Wer sollte das tun?« Leopold schüttelte deprimiert den Kopf.

»Ich«, schlug Nannerl mit einer Selbstverständlichkeit vor, die sie selbst überraschte.

Leopold zögerte. Doch Nannerl konnte sehen, wie der Vorschlag in seinem Kopf Gestalt annahm und er sich damit anfreundete.

»Niemand kann Wolfgangs Kompositionen dermaßen präzise wiedergeben wie du«, meinte er nachdenklich. »Du kennst deinen Bruder, und du bist eine Meisterin des Klaviers.« Nach einer Pause fügte er hinzu: »Manche seiner Werke interpretierst du einfühlsamer und überzeugender als er selbst.«

Das unerwartete Lob des Vaters ehrte Nannerl.

»Ich werde den Fürsterzbischof fragen, ob er mit einem Klavierkonzert einverstanden ist. Auf diese Weise könnten wir Wolferls Musik den Salzburgern ins Gedächtnis bringen. Nichts ist schädlicher für einen Komponisten als eine schaffensfreie Zeit.«

Nannerl spürte, wie die altbekannte prickelnde Energie sie durchströmte. Sie liebte dieses Gefühl der Aufregung vor einem Auftritt, es hatte ihr gefehlt.

»Am liebsten würde ich mich auf der Stelle ans Klavier setzen und die Stücke spielen.«

Auf Leopolds Gesicht breitete sich ein Lächeln aus. »Besser, du wartest damit bis in der Früh, sonst bekommen wir Probleme mit unseren Nachbarn, und unser gutes Sopherl ist morgen den ganzen Tag über unausgeschlafen und mürrisch.«

Nannerl nahm die Notenblätter mit in ihre Schlafkammer. Im Schein des Vollmondes, der durch das kleine Fenster fiel, las sie die Notenzeilen immer und immer wieder. So lange, bis sie die Stücke auswendig konnte, ohne sie je auf dem Klavier gespielt zu haben.

19

Salzburg, Mai 1778

Das Konzert fand Anfang Mai im kleinen Rahmen statt. Der Fürsterzbischof hatte ursprünglich nur eine Handvoll Gäste geladen, doch im Laufe der Woche wollten immer mehr Salzburger die Darbietung des Fräulein Mozart besuchen. Wie ein Lauffeuer verbreitete sich die Nachricht in der Stadt, und so war der kleine Prunksaal in der Redoute schließlich bis auf den letzten Sessel besetzt.

Nannerl hatte ihr hübschestes Kleid angezogen, einen weinroten Traum aus fließendem Damast. Trotz des Drängens ihres Vaters hatte sie auf die Perücke verzichtet und stattdessen ihr eigenes Haar hochstecken lassen. Schade, dass Monsieur Franz aus München nicht zur Hand war. Aber auch sein Salzburger Kollege verzauberte Nannerls Haarpracht in ein kleines Kunstwerk, geschmückt mit zahlreichen Bändern und Schleifen.

Nannerl hatte im Vorfeld Katharina und Ippold eine Einladung zukommen lassen. Katharina arbeitete seit mehreren Wochen als Kammerfrau der Gräfin Koburg, einer älteren Witwe, die nach dem Tod ihres Mannes allein in einem kleinen Palais im Zentrum Salzburgs wohnte. Die Freundin hatte sich erfolgreich gegen die Ehe mit dem Wirt des *Goldenen Ebers* gewehrt und war von zu Hause ausgezogen. Als ihre Dienstherrin von Katharinas Einladung hörte, hatte sie sich selbst ebenfalls um eine Eintrittskarte für das Konzert bemüht. Die beiden saßen in einer der letzten Reihen. Katharina hatte Nannerl aufgeregt zugewinkt.

Nun war Nannerl gespannt, ob auch Ippold der Einladung nachkommen würde. Sie hatte ihn seit Wochen nicht gesehen. Das letzte Mal waren sie einander auf einem Ball zum Ende des Faschings begegnet. Er hatte ihr geschrieben, dass er zu einer dienstlichen Reise nach Wien angetreten war. Hoffentlich hatte er sich heute Abend Zeit nehmen können. Nannerl wünschte sich innig, dass er sie auf dem Klavier hören konnte.

Ihr Vater ließ es sich nicht nehmen, seine Tochter persönlich anzukündigen und dabei mehrmals den Namen seines Sohnes zu erwähnen, der die Werke geschrieben und einige seiner großen Erfolge, die gerade in Mannheim gefeiert wurden, nach Hause geschickt hatte, damit auch die Salzburger in den Genuss seiner Musik kamen. Es wurde höflich applaudiert. Dann setzte sich Nannerl ans Klavier. Bevor sie begann, ließ sie ihren Blick ein letztes Mal über das Publikum streifen und nahm gerade noch die hochgewachsene Gestalt wahr, die mit etwas Verspätung den Konzertsaal betrat und in der letzten Reihe Platz nahm. Nannerls Herz machte einen kleinen Sprung, wie immer, wenn sie Ippold in der Nähe wusste.

Dann beugte sie sich lächelnd über die Tasten und begann zu spielen. Die Leichtigkeit, mit der sie ihre Finger über die Tasten bewegte, trug sie selbst hinfort. Nannerl verschmolz mit der Musik. Sie verstand jeden einzelnen Ton, spielte aus dem Gedächtnis, ohne einen Blick auf das Notenblatt zu werfen, das vor ihr lag. Sie ließ die Noten lebendig werden, gab ihnen eine eigene Klangfarbe, variierte das Tempo an einigen Stellen und ließ sich von der Musik mitreißen. Mit jedem Takt, den sie spielte, verschwand die Aufregung. Nichts war mehr von Wichtigkeit außer der Musik. Nannerl war sich der Anwesenheit des Publikums bewusst. Wie sehr hatte sie den gefüllten Konzertsaal vermisst. Das Rascheln von Kleidern, das dezente Hüsteln. Die aufmerksamen Blicke, die alle auf sie gerichtet waren. Nannerl war dabei, Wolfgangs Ruf als Komponist tief im Bewusstsein der Salzburger zu verankern. Es waren Melodien für die Ewigkeit, und niemand konnte sie derart grandios interpretieren wie sie. Als sie die letzten Noten spielte und die Töne langsam verklangen, wurde sie mit tosendem Applaus belohnt. Nannerl stand auf, knickste bescheiden und wartete geduldig, bis der Applaus nachließ.

Anschließend wollte sie sofort Ippold aufsuchen, doch auf dem Weg zu ihm wurde sie von mehreren Zuschauern aufgehalten.

»Eine großartige Leistung. Sie sind mit Sicherheit die größte Pianistin Europas.«

»Ganz hervorragend, wie Sie spielen, meine Liebe.«

Höflich bedankte sich Nannerl für das viele Lob. Auch ihr Vater schien glücklich. Er lächelte ihr stolz zu. Nannerl schwebte nach dem Auftritt vor Glück wie auf Wolken. Sie bahnte sich einen Weg zu Ippold, der etwas abseits am Rand des Saals stand und sich mit einem hochrangigen Kirchenmann unterhielt. Sie wartete, bis er Zeit für sie hatte. Bildete sie es sich bloß ein, oder versuchte er ungeduldig, den Kanonikus loszuwerden? Leider ohne Erfolg. Der Mann redete und redete, und Ippold blinzelte immer wieder sehnsuchtsvoll zu Nannerl. Die wurde unterdessen überschwänglich von der Freundin mit einem Kuss auf die Wange begrüßt.

»Du warst wundervoll«, schwärmte Katharina.

Die Gräfin stimmte ihr zu. »Es war wirklich atemberaubend. Ich kann mich nicht erinnern, wann ich das letzte Mal so beschwingte und mitreißende Musik gehört habe. Was für ein Glück, dass mein liebes Fräulein Katherl mir von diesem Konzert erzählt hat. Ich wäre untröstlich, hätte ich es verpasst.«

Nannerl bedankte sich höflich und plauderte noch eine Weile weiter mit den beiden Damen. Sie stellte erfreut fest, dass Katharina mit ihrer neuen Lebenssituation rundherum zufrieden wirkte. Sie hatte wieder an Gewicht zugelegt, und ihre Haut hatte den vertrauten rosigen Teint angenommen. Die Krise war überstanden, und Katherl war wieder die Alte. Sie genoss die Gesellschaft der alten Gräfin, die ein selbstständiges Leben führte und sich wenig um die Meinung der anderen scherte. Es war, als hätten die beiden einander gesucht und gefunden. Für den nächsten Monat plante die Gräfin eine Reise in die Normandie. Katharina sollte sie begleiten und konnte es kaum erwarten, zum ersten Mal nach Frankreich zu reisen.

Während die Gräfin sich zum Büfett aufmachte, blieben Katharina und Nannerl allein zurück.

»Du siehst gut aus«, sagte Nannerl ehrlich.

»Ich fühle mich auch gut.« Katharina grinste. »Mittlerweile hat auch mein Vater akzeptiert, dass es für mich das Beste ist, nicht zu heiraten.« Zuerst hatte Herr Gilowsky getobt und darauf bestanden, dass Katharina die Ehe mit dem Wirt einging, schließlich hatte er dem Mann die Hand seiner Tochter versprochen. Doch dann hatte er dem Jammern seiner Tochter und seiner Frau nachgegeben. Peter Krüger hatte rasch einen Ersatz gefunden. Schon zwei Wochen nach seiner Hochzeit war die junge Frau mit einem blauen Auge gesehen worden, und Herr Gilowsky verlor kein Wort mehr über den Wirt.

Katharina lehnte sich nah zu Nannerl und senkte die Stimme. »Da hat jemand großes Interesse an dir.«

Nannerl wusste genau, wen Katharina meinte. Sie konnte es kaum erwarten, mit ihm zu reden.

»Er kommt herüber.« Nun drehte sich Nannerl doch zu Ippold. Er blieb in gebührendem Abstand stehen und begrüßte sowohl Katharina als auch Nannerl mit einem angedeuteten Handkuss.

»Sie sind eine begnadete Musikerin«, sagte er bewundernd. »Ich wünschte, ich könnte Sie jeden Tag spielen hören.«

»Vielen Dank.« Nannerl lächelte verlegen.

»Gräfin Koburg winkt mir zu. Ihr entschuldigt mich.« Katharina verabschiedete sich und zwinkerte Nannerl frech zu.

Kaum, dass sie allein waren, senkte Nannerl ihre Stimme. »Ich habe Ihren Brief bekommen und ihn unzählige Male gelesen.«

»Das freut mich.« Sein Lächeln ließ Nannerls Knie weich werden.

»Es wäre schön, wenn wir einander öfter sehen könnten.« Sie sprach schnell und fast tonlos. Nannerl hatte sich vorgenommen, kein Blatt vor den Mund zu nehmen. Sie wollte ihn wiedersehen, und er sollte das wissen.

In seinen Augen lag ein Funkeln, das Hoffnung versprach. Hatte er schon eine Lösung gefunden?

»Ich hatte vor ein paar Tagen die Ehre, Ihren Vater persönlich kennenzulernen«, erzählte Ippold.

»Tatsächlich?«

»Er war bei uns im Collegium. Es ging um den geplanten Musikunterricht für unsere Schüler. Ihr Vater beriet unsere Lehrer.«

»Worüber haben Sie sich mit ihm unterhalten?«, wollte Nannerl wissen.

Ippolds Lächeln wurde so breit, dass Nannerl seine weißen Zähne sehen konnte. »Über Sie!«

»Über mich?« Nannerl spürte, wie sie errötete.

»Ich habe Ihrem Vater erzählt, dass ich die Freude hatte, Sie beim Ball und später beim Bölzelschießen kennenzulernen, und Ihr Bruder so großzügig war, mich zur Premiere seiner Oper nach München einzuladen.«

»Papa weiß, dass Sie in München waren?« Nannerl kam aus dem Staunen nicht heraus. Warum hatte ihr Vater die Unterhaltung ihr gegenüber nicht erwähnt?

»Ich muss gestehen, dass ich unser Picknick für mich behalten habe.«

Bei der Erinnerung an den Nachmittag an der Isar wurde Nannerl warm. Ein Glück, dass ihr Vater nichts davon wusste.

»Ich denke, dass wir in Zukunft nicht mehr ganz so vorsichtig sein müssen und einander zum Spazierengehen treffen können. Ihr Vater weiß, dass wir uns kennen und ich ausschließlich ehrbare Absichten verfolge. Vorausgesetzt, Sie sind damit einverstanden.«

Ippold musste einen guten Eindruck bei ihrem Vater hinterlassen haben. Den letzten jungen Mann, der sich um sie bemüht hatte, Johann Joseph Adam, hatte ihr Vater vor ein paar Monaten hochkant aus der Wohnung gejagt. Der Truchsess und Leibkammerdiener war, seiner Meinung nach, keine gute Partie. Obendrein war er ein Musikbanause. Nannerl war ihrem Vater dafür mehr als dankbar gewesen. Jetzt war sie erleichtert, dass er Ippold den Kontakt zu ihr nicht untersagte.

»Ich habe unsere Gespräche vermisst«, bekannte Nannerl.

»Ich auch.« In seiner Stimme lag so viel Zuneigung, dass Nannerl heiß wurde. »Wir könnten in den nächsten Tagen einen Spaziergang unternehmen.«

»Sehr gerne.«

»Im Mirabellgarten?«

»Lieber im hinteren Nonntal. Dort gibt es ein paar sehr schöne Wege«, schlug Nannerl vor.

Ippold sah sie neugierig an. Die Wege im Nonntal waren nicht nur schön, sie waren vor allem einsam.

»Es vergeht kein Tag, an dem ich nicht an unser Picknick in München denke«, flüsterte Ippold.

»Mir geht es genauso.«

»Wir sollten keine weiteren zwei Jahre verstreichen lassen, um einander wiederzusehen. Haben Sie morgen Nachmittag Zeit?«

Die Aussicht, ihn schon morgen wiederzusehen, machte sie so glücklich, dass sie am liebsten vor Freude geschrien hätte. Stattdessen nickte sie sittsam und sagte leise: »Ich freue mich.«

Er ergriff ihre Hand und hauchte einen Kuss auf ihren Handrücken. Es war bei Weitem nicht so aufregend wie die Berührung seiner Lippen in München, aber es weckte in Nannerl den Wunsch nach mehr. Leider wurde Ippold erneut von ihr weggerufen. Er verneigte sich höflich und verabschiedete sich von ihr. Nannerl hoffte inständig, dass niemand im Saal die Sehnsucht sah, mit der sie ihm noch lange nachblickte.

• • •

Nannerl hatte Pimberl zum Spaziergang mitgenommen. Die Hündin begrüßte Ippold wie einen engen Vertrauten. Sie bellte aufgeregt und ließ sich ausgiebig von ihm streicheln.

Nach dem tagelangen Schnürlregen, der die Sommer in Salzburg oft wochenlang unterbrach, war der Himmel an diesem Nachmittag bis auf ein paar kleine Quellwolken strahlend blau. Ippold hatte heute keinen Picknickkorb dabei, dafür eine Wolldecke, auf der sie bequem eine Rast einlegen konnten. Über einen Feldweg gelangten sie zum dicht bewaldeten Teil des Mönchsbergs. Auf einer der Anhöhen genossen sie den malerischen Ausblick ins Tal.

Ihre Unterhaltung war belanglos und oberflächlich. Beide schienen sich davor zu fürchten, die Gefühle anzusprechen, die so präsent waren, dass man fast nach ihnen greifen konnte. Wenn sich ihre Hände zufällig berührten, war es, als knisterte es. Nannerl war nervös. Ihr Atem ging flach, und sie lachte öfter als sonst üblich.

Ippold erzählte von seiner Reise nach Wien. Er war kein Freund der Residenzstadt der Habsburger. »Es gibt viel Glanz, aber ebenso viel Elend in Wien«, berichtete er.

»Gibt es das nicht in jeder großen Stadt?«

»Ich fürchte, da muss ich Ihnen recht geben«, meinte er. »Ich mag es nicht, wenn ich ständig meine Geldbörse festhalten muss aus Angst, dass sie mir gestohlen wird.«

»Denken Sie, dass es in Salzburg weniger Diebe gibt?«

»Wenn Menschen trotz ehrlicher Arbeit zu wenig zum Leben haben, müssen sie stehlen. Armut schafft Diebe. Ich denke, das ist in Salzburg ebenso wie in Wien oder München. Mit der Größe der Stadt steigt die Zahl der Armen, Bettler und Diebe.«

»Sie würden also lieber in einem kleinen Ort auf dem Land leben?«, fragte Nannerl. »Wo es keine Theater und keine Opern gibt? Wo weder Konzerte noch Bälle stattfinden?«

»Ich bin in Salzburg sehr zufrieden«, meinte Ippold und lächelte sie an. »Hier gibt es beides. Und Sie sind hier.«

Nannerl errötete. Das Gespräch nahm die Richtung an, die sie so gefürchtet und gleichzeitig so herbeigesehnt hatte. Warum fehlte ihr nur der Mut, es zuzulassen?

»Mein Bruder hasst die Stadt und meint, dass sie zu klein und zu provinziell sei«, sagte sie.

»Das kann ich mir gut vorstellen. Er ist ein großer Künstler mit visionären Ideen, da kann man an einem Ort wie Salzburg rasch an seine Grenzen stoßen. Sicher fühlt er sich hier eingeengt und in seinen Möglichkeiten beschränkt.« Er machte eine kleine Pause. »Sehnen Sie sich auch nach einer größeren Stadt?«

»Ich?« Nannerl lachte. »Wie kommen Sie auf die Idee?«

»Nun, Sie sind eine große Pianistin. Ich habe noch nie jemanden derart gut auf dem Instrument spielen hören wie Sie. Die Menschen würden Ihnen auch in Paris, Mailand und London zu Füßen liegen.«

Verlegen zupfte Nannerl im Vorbeigehen einen hohen Grashalm aus und wickelte ihn um ihren Zeigefinger. Sie hatte selbst schon oft darüber nachgedacht und war immer zu demselben Schluss gekommen: Für sie als Frau war diese Karriere undenkbar.

»Ich mag Salzburg sehr gerne und bin hier zufrieden«, sagte sie. »In der Stadt gibt es zahlreiche Kulturveranstaltungen, und der Bäcker ist mir ebenso vertraut wie der Fischhändler und die Schneiderin. Und das Wichtigste …« Sie machte eine Pause. »Hier leben meine Freunde und die Menschen, die ich liebe.«

Bei ihrer letzten Bemerkung blieb Ippold stehen.

»Nannerl, darf ich …?« Er schaute sie eindringlich an.

Nannerl räusperte sich und hielt an. »Franz«, sagte sie verlegen.

Er war nur eine Schrittlänge von ihr entfernt. Nannerl konnte sehen, wie sich seine Brust unter dem weißen Hemd bei jedem Atemzug hob und senkte. Seine Jacke hatte er ausgezogen und lässig über die Schulter gehängt. Nannerls Herz schlug laut und schnell. Ob er es hören konnte? In seinen Augen lag eine zärtliche Frage, die sie beantwortete, indem sie noch näher an ihn herantrat. Ihr Blick war auf seine Lippen gerichtet. Nichts erschien ihr in diesem Moment erstrebenswerter, als sie zu berühren. Nannerl wehrte sich nicht, als er sich zu ihr beugte. Sie streckte ihm ihr Gesicht entgegen und schloss die Augen, als er sie so sanft und zärtlich küsste, wie sie es sich seit Wochen und Monaten erträumte. Es war Nannerl, als würde sie vom Boden abheben, so schwerelos fühlte sie sich mit einem Mal.

Hand in Hand folgten sie dem Weg tiefer in den Wald, wo sie vor neugierigen Blicken sicher waren. Immer wieder hielt Franz an und zog Nannerl zu sich, um sie erneut zu küssen, und jedes Mal fühlte es sich an wie ein Feuerwerk der Gefühle. Sobald sie sich voneinander lösten, fühlte Nannerl eine Leere, dort, wo eben noch Franz' Arme sie umschlungen hatten. Nach der Intimität ihrer Küsse war es wie selbstverständlich, dass sie einander duzten. Eine Weile schwiegen sie und hingen beide ihren Gedanken nach, doch dann nahmen sie ihre Unterhaltung wieder auf. Sie sprachen über Musikstücke, die Nannerl besonders bewegten, und über die Schule, die Franz leitete. Die Unterhaltung hatte jede Belanglosigkeit verloren. Nannerl hing an Franz' Lippen. Er schien seinen Beruf zu lieben, denn er sprach ausschließlich mit Respekt von seinen Schülern. Nannerl verstand, warum es ihm so leichtgefallen war, ihren Vater für sich zu gewinnen. Auch Leopold war Lehrer.

Wenn ihnen der Gesprächsstoff ausging, bewunderten sie schweigend die Farbenpracht der Sommerblumen auf der Wiese vor ihnen oder den Specht, der gerade ein Loch in einen der Baumstämme hämmerte. Alles war faszinierend, solange sie es zu zweit betrachteten. Viel zu schnell verging der Nachmittag, und als sie sich wieder der Stadt näherten, ließen sie wehmütig ihre Hände los und hielten wieder den sittsamen Abstand, der von ihnen erwartet wurde.

Franz verabschiedete sich bereits am Domplatz von Nannerl, um jeden Tratsch zu verhindern. »Sehen wir uns morgen wieder?«

»Nichts würde ich lieber tun«, bekannte Nannerl ehrlich. »Aber wir müssen vorsichtig bleiben. Wenn wir zu häufig miteinander gesehen werden, wird wieder getratscht.«

Sie sprach nicht weiter. Franz musste auch so wissen, dass es nur eine Lösung für ihr Problem gab. Solange er nicht um ihre Hand anhielt, würden sie sich immer heimlich treffen müssen. Nannerl fragte sich, wann er die ersehnten Worte endlich aussprechen würde. Wäre jetzt nicht der beste Augenblick?

Doch Franz wiederholte seine Frage: »Wann werden wir uns wiedersehen?«

Nannerl verzog nun den Mund. »Das hängt von dir ab.« Musste sie noch deutlicher werden?

Ein Lächeln breitete sich auf seinem Gesicht aus. »Ich werde heute noch einen Brief schreiben und deinen Vater um einen Termin bitten.«

Hieß das, dass er sie heiraten wollte?

Zum Abschied ergriff er ihre Hand und küsste sie zärtlich. Seine warmen Lippen erfüllten Nannerl mit Glück.

Franz ließ sie mit einer Menge offener Fragen zurück und mit einer Sehnsucht, die schier unstillbar zu sein schien. Nannerl konnte es nicht erwarten, ihm wieder so nahe zu sein wie heute Nachmittag.

Mit beschwingten Schritten eilte sie die Treppe in den dritten Stock hinauf. Übermütig hob sie die Röcke und nahm immer zwei Stufen auf einmal. Ohne anzuklopfen, stürzte sie in die Wohnung. Abrupt hielt sie mitten in der Tür inne. In der Stube saß ihr Vater, den Kopf in die Hände gestützt, am Tisch. Als er sie bemerkte, hob er den Kopf. Seine Augen waren blutunterlaufen, sein Gesicht kreidebleich. Er hatte geweint.

»Was ist passiert?«, fragte Nannerl erschrocken. Ein ungutes Gefühl breitete sich in ihrem Inneren aus und vertrieb die beschwingte Leichtigkeit des Nachmittags. Sie versuchte, sich für das zu wappnen, was sie gleich hören würde. Doch nichts konnte sie vor den Worten schützen, die ihr Vater unter Tränen aussprach:

»Anna Maria ist tot. Deine Mutter ist in Paris gestorben.«

20

Salzburg, Dezember 1778

Wolfgang hatte den Tod seiner Mutter eine Zeit lang verschwiegen und nur von ihrer Krankheit berichtet, um Leopold und Nannerl Zeit zu geben, sich auf die wirklich schreckliche Botschaft vorzubereiten. Seine Rechnung war nicht aufgegangen. Die Nachricht traf beide mit einer unerwarteten Wucht.

Die nächsten Wochen erschienen Nannerl wie ein einziger unwirklicher Albtraum. Wenn sie abends im Bett lag, hoffte sie, am nächsten Morgen zu erwachen und festzustellen, dass das Leben so sein würde wie früher. Doch sobald sie die Augen aufschlug, traf sie die traurige Gewissheit, dass ihre Mutter irgendwo in Paris auf einem Friedhof begraben lag, fern ihres geliebten Salzburgs. Nie wieder würde sie Nannerl liebevoll durchs Haar streichen und damit jeden Kummer vertreiben. Nie wieder würde Nannerl ihr warmes Lachen hören, ihren nachsichtigen Blick auf sich spüren, wenn mal etwas danebengegangen war. Sie vermisste die

Großzügigkeit, mit der sie über Schwächen hinweggesehen hatte.

Nannerl hatte keinen Ort, an dem sie ihre Mutter betrauern konnte. Kein Grab, an dem sie stehen und weinen konnte. Die Seelenmesse, die Leopold für seine Frau lesen ließ, zog an Nannerl vorbei, ohne dass sie begriff, worum es ging. Sie saß in der ersten Reihe, hörte die Worte des Priesters und wollte sie dennoch nicht wahrhaben. Nannerl vermisste auch ihren Bruder. Warum hatte Wolfgang seine Reise nicht abgebrochen und war nach Salzburg zurückgekommen? Sie brauchte ihn jetzt. Er sollte ihr genau erzählen, was passiert war. Wie war es ihrer Mutter in den letzten Stunden ihres Lebens ergangen? Doch statt langer Erzählungen hatte er zuerst gelogen und dann einen unpersönlichen Brief verfasst, in dem er in knappen Worten von einer kurzen, aber heftigen Krankheit geschrieben hatte.

Nannerl versuchte jeden Tag, das Bild ihrer Mutter heraufzubeschwören und sich an den Duft ihrer Kleidung und ihres Haars zu erinnern. Die Vorstellung, das Bild könnte eines Tages verblassen, ängstigte Nannerl. Wie in Trance erledigte sie die Aufgaben ihrer Mutter. Sie versorgte den Haushalt, kümmerte sich um den Einkauf, das Haltbarmachen von Speisen, die Reparatur und Reinigung der Kleidung, sie organisierte den Waschtag, stopfte Bettlaken und hielt die Köchin und die beiden Dienstmädchen bei Laune. Aber nichts, was sie tat, drang wirklich zu ihr durch. Sie magerte ab. Nichts schmeckte ihr, nicht einmal der Marillenkuchen der neuen Köchin. Nannerl besuchte dreimal am Tag die Messe in der Stiftskirche St. Peter und betete für das Seelenheil ihrer Mutter. Die Ruhe der Kirche und die monotonen Gebete spendeten ihr Trost.

Franz sah sie in den Wochen der Trauer nicht. Sie schrieb ihm einen Brief und bat ihn darin um Geduld. Er sollte noch warten, bevor er mit ihrem Vater sprach. Nannerls Kraft reichte, um den Alltag zu bewältigen, für alles, was darüber hinausging, fehlte ihr die Energie. Seine weiteren Briefe ließ sie unbeantwortet. Sie las seine Zeilen Abend für Abend und weinte bitterlich, denn sie hörte die Sehnsucht in seinen Worten, aber sie konnte sie nicht spüren. Außer ihrem Vater wollte Nannerl niemanden sehen.

Leopold war selbst vom Tod seiner Frau so mitgenommen, dass er nicht imstande war, seiner Tochter Trost zu spenden. Auf eine seltsame Weise fühlte Nannerl sich schuldig. Wie hatte sie mit Franz so großes Glück empfinden können, während ihre Mutter schon unter der Erde gelegen hatte? Das Geheimnis ihrer Liebe zu wahren und es nie mit ihrer Mutter teilen zu können belastete sie. Je mehr sie an ihren Verstand appellierte, dieses Gefühl abzuschütteln, umso quälender wurde es. Nannerl wünschte so sehr, Wolfgang wäre bei ihr. Ihm würde es gelingen, ihre Gedanken aufzuheitern. Doch er vertrieb sich weiterhin die Zeit in Paris. Seinen Briefen entnahm sie, dass er den Verlust der Mutter rasch überwunden hatte. Allen Bitten Leopolds zum Trotz, der ihn anflehte, zurück nach Salzburg zu kommen und die Stelle als Hofkapellmeister anzunehmen, blieb Wolfgang in Frankreich. Statt Geld zu verdienen und nach Hause zu schicken, nahm er weitere Schulden auf. Er hatte sich in den Kopf gesetzt, die Familie Weber finanziell zu unterstützen.

Dabei schien er seinen Vater und Nannerl vollkommen zu vergessen. In einem Brief gestand Wolfgang Nannerl, dass er nicht mehr für die Sängerin Aloisia Weber schwärmte, sondern für deren Schwester Constanze, die er inniglich liebte. Je größer die Schuldenberge wurden, umso mehr Klavierstunden gab Nannerl.

Auch ihr Vater fing wieder an, neben seiner Stellung beim Fürsterzbischof den Kindern reicher Familien Musikunterricht zu erteilen. Doch die Zuverdienste reichten bei Weitem nicht, um die Gläubiger zufriedenzustellen. Dafür hätte es einer größeren Summe bedurft. Leopold drängte Wolfgang abermals, wieder nach Salzburg zu kommen. Er bot sich an, beim bayrischen Kurfürsten für Wolfgang zu werben. Dazu brauchte er aber eine neue Oper, die er vorzeigen konnte. Es dauerte bis zum späten Herbst, bis Wolfgang sich endlich dazu bequemte, die Rufe aus Salzburg ernst zu nehmen und nach Hause zurückzukehren. Wie sie später erfuhren, war der eigentliche Grund, dass ihm niemand in der Stadt weiteres Geld leihen wollte.

Die Ankunft des Bruders ließ Nannerl endlich aus ihrer Starre erwachen. Sie antwortete auf Franz' Briefe und bat um ein Treffen. Nannerl schlug den Kirchenplatz vor St. Peter nach der Abendandacht vor.

Er musste schon eine ganze Weile in der Kälte gewartet haben, denn er trat unruhig von einem Fuß auf den anderen und rieb sich die Hände, während er immer wieder warmen Atem auf seine gefalteten Handflächen blies. Sobald Nannerl ihn erblickte, traf sie die Erkenntnis, wie sehr sie ihn vermisst hatte. Es war, als würde mit ihm ein Stück Leben zu ihr zurückkehren. Sie hatte sich fast ein halbes Jahr in die Wohnung in der Getreidegasse zurückgezogen und war nur zum Kirchgang oder zu den Musikstunden bei ihren Schülerinnen aus dem Haus gegangen. Franz' Anblick ließ nach langer Zeit wieder so etwas wie ein Glücksgefühl in ihr hochkommen. Er sah noch genauso anziehend und natürlich aus, wie sie ihn in Erinnerung hatte: seine schlanke Gestalt, sein ungefärbtes Haar, das zu einem einfachen Zopf zusammengebunden war, und seine einzigartigen blauen Augen, an denen sie sich nicht sattsehen konnte. Warum hatte sie ihn so lange von sich ferngehalten?

In seinem Blick lag Besorgnis. Sah sie selbst so schlecht aus? Sie hatte in den letzten Wochen wieder etwas an Gewicht zugenommen. Doch ihr Körper war immer noch knöchern, ihr Gesicht schmal und die Wangen eingefallen. Eine Schrittlänge von ihr entfernt blieb er stehen. Seine Augen suchten die ihren. Nannerl musste den Drang, sich in seine Arme zu stürzen, unterdrücken. Sie spähte über ihre Schulter. Der Platz war bis auf ein älteres Ehepaar leer.

»Komm, wir suchen einen Ort, an dem wir ungestört sind«, schlug er vor. Er ergriff Nannerls Hand, und sie ließ es zu. Seine Berührung war fest und entschlossen. Sie versprach Sicherheit und Geborgenheit. Beides war Nannerl in den letzten Wochen abhandengekommen.

Franz zog sie mit sich und führte sie zu einem schmalen Torbogen, der in fast völliger Dunkelheit lag. Auch während des Tages war er meist verlassen, da die Häuser, zu denen er führte, seit Jahren beinahe unbewohnt waren. Jetzt war der

Bogen völlig verwaist. Im Schutz der Mauer machte Franz halt. Er stand jetzt ganz dicht neben ihr. Nannerl konnte die Wärme spüren, die von seinem Körper ausging. Wieder suchte er ihren Blick. In seinen Augen lag so viel Wärme, dass Nannerl nicht anders konnte. Sie tat das, was sie zuvor schon hatte tun wollen. Sie drückte sich ganz fest an ihn und begann, bitterlich zu weinen. Die Tränen, die sie vor ihrem Vater so tapfer zurückhielt, suchten sich jetzt ihren Lauf. Einmal angefangen, war es beinahe unmöglich, wieder mit dem Weinen aufzuhören. Nannerl schluchzte bitterlich, und ihre Tränen durchnässten Franz' Mantel. Er stand einfach da und hielt sie fest im Arm. Sanft strich er ihr übers Haar, ähnlich, wie ihre Mutter es immer getan hatte. Er konnte nicht wissen, dass diese Geste Nannerl noch trauriger machte.

»Ich bin bei dir«, hauchte er in ihr Ohr. »Und halte dich so lange fest, bis du nicht mehr weinst. Lass dir Zeit.«

Seine Worte trösteten Nannerl. Er versuchte nicht, ihr einzureden, dass alles gut werden würde, so wie es Katherl probiert hatte. Das war Unsinn, denn nichts würde wieder gut oder so wie früher werden. Ihre Mutter war tot, und das für immer. Nannerl musste nun lernen, mit dem Verlust zu leben.

Als ihr Schluchzen und Zittern nachließ, holte Franz ein Taschentuch aus seiner Manteltasche. Zärtlich tupfte er damit ihre Wangen ab. Nannerl nahm ihm das Tuch ab und wischte energisch die restlichen Tränen aus ihren Augen.

»Es tut so unendlich weh«, sagte sie entschuldigend.

»Ich weiß«, bestätigte er ernst.

»Ich frage mich, ob es jemals leichter werden wird.«

»Mit Sicherheit.«

Nannerl nickte. Sie glaubte ihm. Schon jetzt fühlte sie sich ein bisschen besser. Vielleicht hätte sie Franz früher treffen sollen. Aber es war ihr falsch erschienen, sich auf etwas zu freuen, wenn sie doch trauern sollte.

»Ich habe dich vermisst«, sagte Franz leise.

Nannerl nickte. Jetzt, da sie so nah bei ihm stand, seinen Pulsschlag und seinen warmen Atem auf ihrer Haut spüren konnte, wusste sie, dass auch sie ihn vermisst hatte.

»Versprich mir eines, Nannerl.«

»Was?«

»Dass du mich nie wieder so rigoros von dir wegstößt. Ganz egal, was passiert.«

»Aber ich …« Sie setzte zu einer Erklärung an, die er unterbrach. Er legte seinen Zeigefinger auf ihre Lippen. »Versprich es, bitte. Ich bin in den letzten Wochen fast verrückt geworden vor Sorge um dich und aus Angst, du könntest mich nicht wiedersehen wollen.«

»Ich war so unendlich traurig. Ich wollte dir nicht wehtun.« Nannerl schmiegte sich erneut an seine Brust. Eine Weile standen sie regungslos da, dann hörten sie Schritte, die sich vom Kirchenplatz her näherten. Sofort machte Nannerl einen Satz rückwärts und starrte zum Platz vor der Kirche. Wie Diebe, die bei einem Einbruch erwischt wurden. Doch sie konnte niemanden sehen, und die Schritte entfernten sich wieder. Nannerl und Franz lauschten beide in die langsam zurückkehrende Stille.

»Ich werde in den nächsten Tagen das Gespräch mit deinem Vater suchen«, erklärte Franz. »Damit wir uns nicht immer heimlich treffen müssen. Ich werde ihn um deine Hand bitten. Das hätte ich schon vor Monaten tun sollen.«

Nannerls Herz machte einen Satz. Wie hatte sie auch nur einen Moment daran zweifeln können, dass das seine Absicht war? Und sosehr sie sich darüber freute, musste sie ihn nun bitten, sich weiter zu gedulden.

»Es ist zu früh«, erwiderte Nannerl leise. »Lass ihm noch ein bisschen Zeit. Er ist verwirrt und traurig, außerdem bereitet ihm Wolfgang Sorgen.« Nannerl wollte nicht zugeben, dass sie in großen finanziellen Nöten steckten. Möglich, dass der Schuldenberg Franz abschreckte, vielleicht würde er es sich anders überlegen und sie nicht mehr sehen wollen. Diese Vorstellung war schier unerträglich.

Sie lösten sich aus der Verborgenheit des Durchgangs und spazierten über den verlassenen Kirchenplatz in Richtung Mirabellgarten. Die meiste Zeit über schwiegen sie, doch auch in der Stille fühlte sich Nannerl seltsam getröstet. Als sie sich nach einer Stunde verabschiedeten, sagte sie leise:

»Ich verspreche dir, dass ich dich nicht mehr von mir weisen werde.«

»Das ist gut.«

Gegen alle gesellschaftlichen Regeln beugte er sich zu ihr und küsste sie sanft auf die Lippen. Nannerl schmeckte die Sehnsucht, die in diesem Kuss lag. Außer einer Krähe sah niemand das unsittliche Verhalten.

21

Salzburg, Mai 1779

»Ich hasse Salzburg!« Wolfgang raufte sich die Haare, bis sie ihm zu Berge standen. »Wie soll ich hier etwas Brauchbares komponieren? In dieser Stadt gibt es kein Leben und keine Spannung. Sogar die Luft zum Atmen fehlt.«

Seit einer geschlagenen Stunde lief ihr Bruder in der Stube auf und ab. Nannerl beobachtete ihn dabei. Die Flickarbeit hatte sie längst zur Seite gelegt. Es hatte ohnehin keinen Sinn. Sie musste die Spitzenmanschetten ihres Vaters Sophie geben, wenn sie wollte, dass sie noch zu verwenden waren.

»Mit einem fixen Einkommen beim Fürsterzbischof kannst du einen Teil der Schulden zurückzahlen, die du gemacht hast«, erinnerte ihn Nannerl. Wolfgang hatte nach der Rückkehr aus Paris, wie von Leopold erhofft, die Stellung des Hofkapellmeisters erhalten.

»Komm du mir jetzt bitte nicht auch noch mit dem schnöden Geld. Ich kann Papas Gejammer nicht mehr hören. Es steht mir bis zum Hals.« Er führte seinen Zeigefinger zum Mund und deutete an, sich zu übergeben.

Nannerl verdrehte die Augen. Sie versuchte es anders. »Du hast doch deine neue Oper fast fertig geschrieben. Das hat dir große Freude bereitet.«

Wolfgang blieb stehen. Er hatte in den letzten Monaten deutlich an Gewicht zugelegt und war schon lange nicht mehr der kleine, dürre Jugendliche, sondern ein junger Mann mit einem Bauchansatz.

»Das Einzige, was mich am Leben hält, sind meine Freunde in Salzburg und die Aussicht, meine Oper in München zu zeigen. Das Publikum dort weiß meine Kunst zu schätzen. Hier in Salzburg wäre es, wie Perlen vor die Säue zu werfen.«

Nun zuckte Nannerl unmerklich zusammen. Wolfgang wusste, dass sie die Stadt liebte. Wollte er mit seinen Worten auch sie beleidigen?

»Reiß dich zusammen, Wolferl!«, forderte sie.

»Reiß dich zusammen«, äffte er seine Schwester nach. »Ich will mich nicht zusammenreißen. Ich will mein eigenes Leben leben. Fernab von dieser Stadt. Ich wollte immer nach Wien gehen, und jetzt lasse ich mich schon wieder von Papa hier festhalten. Ich hab es ein für alle Mal satt.«

Wolfgang trat zu Nannerl. Geräuschvoll schob er den Sessel vom Tisch weg und ließ sich daraufplumpsen. Die Federn ächzten.

»Wie hältst du es hier aus? Papa redet doch auch dir bei jedem Schritt, den du machst, rein.« Wolfgang klang jetzt niedergeschlagen. »Seit Mama tot ist, rackerst du dich für ihn ab. Und was ist der Dank dafür? Du musst ihn wegen jedem Gulden, den du ausgeben willst, um Erlaubnis fragen.«

Nannerl presste die Lippen zusammen. Dass sie nicht mehr frei über ihren Lohn als Klavierlehrerin verfügen konnte, hatte mit Wolfgang zu tun und nicht mit ihrem Vater. Sie wechselte das Thema.

»Kann es sein, dass du nach Wien willst, weil dort eine ganz spezielle Person wohnt?«, fragte Nannerl vorsichtig. Jedes Mal, wenn Wolfgang von Constanze Weber erzählte, geriet er ins Schwärmen. Nannerl fragte sich, ob schon mehr zwischen ihrem Bruder und der jungen Frau in Mannheim vorgefallen war, wo sie einander kennengelernt hatten. Doch Wolfgang hielt sich diesbezüglich bedeckt.

»Das ist das nächste Problem«, seufzte Wolfgang. »Papa lässt kein gutes Haar an Stanzerl. Dabei ist sie das wundervollste Geschöpf auf Gottes Erdboden. Papa hat nicht das Recht, über sie herzuziehen, bloß weil sie nicht aus einer reichen Familie stammt.«

Nannerl hielt sich auch hier mit ihrer Meinung zurück. Constanze Webers Familie verfügte über keinen Reichtum, doch das war nicht einmal das Problem. Die Weberischen waren Theaterspieler und Sänger, die sich mehr schlecht als recht durchs Leben schlugen und denen kein guter Ruf anhaftete. Nannerl wollte den Finger nicht in Wolfgangs Wunde legen, sie selbst hatte kaum bessere Karten in der Hand. Franz war zwar in einer angesehenen Position, aber er durfte nicht heiraten. Letzten Monat hatte er eine definitive Absage erhalten, nachdem er vorsichtig beim Kanonikus nachgefragt hatte, ob man in seinem Fall eine Ausnahme in Sachen Ehe machen könnte. Schließlich hatte er sich nicht dem Zölibat verpflichtet und war kein Priester oder Mönch, sondern bloß der Leiter einer Schule. Doch von höchster Kirchenseite war ein striktes und klares Nein die Antwort gewesen. Seither vermieden Nannerl und er, das Thema anzusprechen, auch wenn es ständig über ihnen schwebte.

»Sobald du in München mit *Idomeneo* Erfolge feiern wirst, wird sich alles fügen«, war Nannerl überzeugt. Wolfgang brauchte begeistertes Publikum wie Fische das Wasser, um zu überleben. Und die Familie musste die nagenden Geldsorgen loswerden. Leopold würde dann wieder ruhig schlafen, und Nannerl würde ihr Geld für die eigene Zukunft sparen.

»Möglich«, sagte er immer noch finster. »Wird Franz nach München zur Uraufführung kommen?«

»Lässt du ihm denn wieder eine Karte zukommen?«

»Die Überraschung war gelungen, nicht wahr?«

Wolfgang konnte nicht oft genug hören, dass er Nannerl mit Ippolds Einladung eine große Freude bereitet hatte.

»Es war die beste Überraschung aller Zeiten.«

Endlich breitete sich wieder ein Grinsen auf Wolfgangs Gesicht aus. Manchmal hatte es tatsächlich den Anschein, als hätte Leopold recht, wenn er behauptete, Wolfgang hätte sich trotz seines Alters das Gemüt eines Kindes bewahrt. Seine Stimmungen schlugen rasch um. Eben noch war er wütend gewesen, jetzt lachte er, und Nannerl konnte ihm nie lange böse sein, auch dann nicht, wenn er sie beleidigte.

»Natürlich lade ich ihn ein. Was für eine Frage.« Er

beugte sich vertraulich zu Nannerl über den Tisch. »Wird der Herr Ippold mein Schwager?«

Nannerl schoss das Blut ins Gesicht. »Ich wünsche es mir«, gab sie zu. »Doch solange die Sache mit seiner Anstellung nicht geklärt ist, macht es wenig Sinn, dass er bei Papa um meine Hand anhält.«

»Wenn die Pfaffen in Salzburg dem Ippold Probleme machen, soll er doch einfach nach Wien gehen und dort sein Glück probieren.« Wieder zeigte sich Wolfgangs kindliches Gemüt. Es war nicht so leicht, einen neuen Dienstgeber zu finden. Posten wie die von Franz warteten nicht wie Blumen am Straßenrand darauf, dass man sie im Vorbeigehen einfach pflückte. Franz hatte auch keine Familie mehr, die für etwaige Rechnungen aufkam, wenn er ein paar Monate kein Einkommen hatte. All das behielt Nannerl für sich. Sie wollte Wolfgang nicht erneut aufbringen.

»Spielst du mir ein Stück aus der Oper vor?« Ihr Interesse war nicht geheuchelt. Sie wollte wirklich hören, was ihr Bruder bisher komponiert hatte.

»Ja natürlich!« Wolfgang sprang auf. »Die Premiere wird im neu errichteten Residenztheater stattfinden.«

»Nicht im Salvatortheater?«

»Das Gebäude ist baufällig geworden, und der Kurfürst hat beschlossen, dass München dringend ein neues Opernhaus braucht. Ich wünschte, der Fürsterzbischof von Salzburg würde nur ein bisschen von dem Kunstverständnis des Kurfürsten besitzen.« Wolfgang war wieder bei seinem Ärger auf das fürstliche Erzbistum angelangt. Er schnaufte verächtlich, beruhigte sich aber sogleich wieder. »Meine Oper ist eine der ersten, die im Residenztheater uraufgeführt werden.«

»Papa hat hart dafür gekämpft.« Nannerl musste daran denken, wie sehr sich ihr Vater für die Premiere eingesetzt hatte. Dreimal war er nach München gereist und hatte alle seine Kontakte geschickt ausgespielt. Nannerls Bemerkung gab Wolfgangs Ärger neue Nahrung.

»Papa muss das alles nicht machen«, sagte er grimmig. »Ich kann meine Werke selbst verkaufen. Immer tut er so, als würde ich ihn für jeden Schritt im Leben benötigen. Er behandelt mich wie ein kleines Kind.«

Nannerl biss sich auf die Unterlippe, um ihren Bruder mit der Bemerkung, die ihr auf der Zunge lag, nicht zu kränken. Nie im Leben hätte Wolfgang seine Oper zu dem Preis verkauft, den ihr Vater erzielt hatte. Im Grunde seines Herzens wusste Wolfgang das auch.

Er schien Nannerls Gedanken zu erraten. »Geld ist nicht alles im Leben«, fügte er zerknirscht hinzu.

Wieder schluckte Nannerl, statt zu antworten. Wolfgang tat gerne so, als sei Geld ihm nicht wichtig.

»Bitte spiel mir ein paar Motive aus deiner Oper vor«, forderte sie. Besser, sie blieben beim Thema Musik. Das war deutlich weniger konfliktbeladen.

Wolfgang ging in sein Zimmer, holte aber nicht nur Notenblätter, sondern auch seine Geige. »Du setzt dich ans Klavier«, sagte er. »Zu zweit macht es mehr Freude.«

»Denkst du denn, dass ich ohne zu proben mit dir mithalten kann?«

Wolfgang zog seinen rechten Mundwinkel nach oben.

»Wenn nicht du, Schwesterherz, wer dann? Ich bin viel in Europa herumgekommen, aber ich habe nirgendwo eine Klavierspielerin getroffen, die das Instrument besser beherrscht als du.«

Die Worte des Bruders ehrten Nannerl.

»Das ist auch so eine seltsame Sache. Warum lässt Papa dich nicht Karriere machen? Du könntest als gefeierte Musikerin quer durch Europa reisen. Immer nur fixiert er sich auf mich.«

»Das ist lieb von dir«, sagte Nannerl und meinte es ernst. »Als kleines Mädchen habe ich von einer Karriere als Musikerin geträumt. Aber ich bin erwachsen geworden. Heute weiß ich, dass ich nicht immer auf Reisen sein möchte. Ich will eine Familie haben, und ich mag mein Salzburg. Wenn ich hier nur öfter vor Publikum spielen könnte ...«

Ihre Antwort entlockte Wolfgang ein verständnisloses Kopfschütteln.

»Lass uns nicht streiten. Spielen wir lieber.«

Und das taten sie, nachdem Nannerl einen Blick auf die Notenblätter geworfen und die Melodie überflogen hatte. Sobald sie sich ans Klavier setzte und die ersten Töne erklangen, vergaß sie ihre Meinungsverschiedenheiten. Wolfgangs Musik war wie ein heilender Balsam, der offene Wunden wieder verschloss. Gemeinsam mit ihm machte Nannerl sich auf in eine Welt, in der nur Klänge und Harmonien Wichtigkeit besaßen. Sie gab sich der schwerelosen Leichtigkeit hin und verschmolz mit Wolferls Komposition.

22

Salzburg und München, Jänner 1781

»Ich kann leider nicht bei der Premiere der Oper dabei sein.« Franz war zerknirscht. Nannerl wusste, dass er ein großer Liebhaber von Wolfgangs Musik war, deshalb tat es ihr aufrichtig leid, dass er das Ereignis versäumte.

»In der Schule gibt es Probleme mit zwei neuen Schülern. Sie sind Söhne sehr einflussreicher Familien, die dem Collegium regelmäßig große finanzielle Zuwendungen zukommen lassen. Wenn die Situation während meiner Abwesenheit eskaliert, würde ich mir das nie verzeihen.«

Franz hatte Nannerl schon einmal von den Burschen erzählt, die gerne über die Stränge schlugen, was er bei Heranwachsenden nicht allzu bedenklich fand. Was ihm Sorgen bereitete, waren die Disziplinierungsmaßnahmen, die so mancher Lehrer einsetzte. Franz fand die Strafen drakonisch und überzogen, auch wenn die Lehrer sich darauf beriefen, dass die Väter diese Konsequenzen einforderten. Franz bezweifelte, dass Eltern sich wünschten, ihre Kinder würden mitten in der Nacht aus den Betten gezerrt und mit

Stockhieben gezüchtigt. Um derlei Übergriffe zu vermeiden, wollte er derzeit Salzburg nicht verlassen.

»Ich werde die Oper ansehen, sobald sie in Salzburg gezeigt wird«, versprach Franz.

Nannerl nickte verständnisvoll. Sie hatten sich heute für eine kleine Wanderung auf den Untersberg verabredet. Da es um diese Jahreszeit sehr zeitig dunkel wurde, waren sie schon seit den frühen Morgenstunden unterwegs. Pimberl konnte ihr Glück über den Ausflug kaum fassen und lief ausgelassen vor ihnen her. Kaum, dass sie außer Sichtweite von Menschen waren, hatte Franz Nannerls Hand ergriffen. Diese kleine Intimität war bereits zur Gewohnheit zwischen ihnen geworden und fühlte sich für Nannerl völlig richtig an.

»Ich habe über uns nachgedacht«, begann Franz. Seine Stimme hatte einen ernsten Ton angenommen. Nannerl sah ihn von der Seite abwartend an. »Ich genieße die Zeit mit dir und freue mich auf jede Stunde, die ich mit dir verbringen darf.«

Seine Worte klangen, als würde ein »Aber« folgen. Nannerl verlangsamte ihre Schritte.

»Mir geht es genauso«, beeilte sie sich zu sagen.

Franz blieb ganz stehen. Er sah sie mit festem Blick an. »Aber die ganzen Heimlichkeiten sind mir zuwider.«

Nannerl verstand ihn.

»Ich werde deinen Vater um deine Hand bitten. Ganz offiziell. Ich will dich in den Arm nehmen können, ohne dabei Angst haben zu müssen, dass jemand uns erwischt. Ich will dich küssen und dabei kein schlechtes Gewissen haben.

Und ich will …« Seine Stimme wurde weicher und sanfter. Er beugte sich zu ihr und küsste sie auf die Nasenspitze. »Ich will dich.«

Nannerl spürte, wie dieses wohlig leichte Gefühl sich in ihr breitmachte, wie jedes Mal, wenn er sie küsste oder berührte.

»Nannerl, willst du mich denn heiraten?«

Er hatte wieder ihre Hände ergriffen und hielt sie fest gegen seine Brust gedrückt. In seinem Blick lag eine ängstliche Bitte. So als könnte sie irgendetwas anderes sagen als Ja.

»Natürlich will ich deine Frau werden!« Sie entzog ihm ihre Hände und schlang sie um seinen Hals. Seit Monaten sehnte sie sich nach nichts anderem. Sie wollte jeden Abend neben Franz einschlafen und morgens neben ihm aufwachen.

»Nur was ist mit deiner Anstellung?«, erkundigte sie sich.

»Als Direktor des Collegiums muss ich ledig bleiben. Aber das heißt nicht, dass ich ewig diese Stellung behalten muss. Es gibt auch andere Posten.«

»Du würdest für mich deinen Posten aufgeben?« Nannerl wurde warm ums Herz.

»Natürlich!«, sagte Franz und klang gekränkt. »Hast du etwa daran gezweifelt?« Er strich mit den Fingerspitzen zärtlich über ihre Wangen. »Ich würde alles tun, um dich nicht zu verlieren.«

Nannerls Herz füllte sich mit Liebe. Sie war sich sicher, dass sie mit Franz alt werden wollte. Ganz egal, ob er Direktor vom Collegium blieb oder nicht.

»Ich kann mir keinen besseren Ehemann als dich vorstellen«, sagte Nannerl. »Ich hoffe inständig, dass du ganz schnell einen anderen Posten findest.«

Trotz ihres Glücks versuchte sie, realistisch zu bleiben. Ohne fixes Einkommen würde Leopold niemals in eine Heirat einwilligen. So als könnte er ihre Bedenken erraten, zog Franz Nannerl sanft zu sich und hielt sie fest.

»Dann werde ich mich rasch um einen neuen Posten bewerben.«

Nannerl schmiegte sich an ihn.

»Ich werde weitere Briefe schreiben und in Wien mein Glück versuchen.« Er hielt inne. Seine Stimme wurde unsicher. »Würdest du mit mir nach Wien gehen?«

»Ich würde überall mit dir hingehen«, sagte Nannerl überschwänglich und wusste, dass es die Wahrheit war. »Nach Wien, München, Mailand ... ganz egal. Hauptsache, wir sind zusammen.«

Franz grinste breit. »Nun, ich denke, wir sollten uns vorerst auf Städte konzentrieren, in denen wir die Sprache verstehen. Als Schuldirektor ist es von Vorteil, sich mit Schülern, Lehrern und Eltern unterhalten zu können.«

Nannerl stellte sich auf die Zehenspitzen und küsste Franz. Er erwiderte den Kuss mit einer ungeahnten Leidenschaft. Trotz des Schnees, der die Äste der Bäume zu Boden drückte, spürte Nannerl eine Hitze in sich aufsteigen, die völlig neu, wild und aufregend zugleich war. Franz schien es ebenso zu ergehen. Als er wieder von ihr abließ, meinte er atemlos:

»Im Notfall lerne ich auch Französisch, Italienisch, Polnisch oder weiß der Kuckuck was.«

• • •

Nannerl begleitete ihren Vater und ihren Bruder nach München. Sosehr sie das Reisen mochte, diesmal fiel ihr der Abschied von Salzburg schwerer als in den Jahren davor. Der Grund hatte einen Namen und dunkelblaue Augen. Vor ihrer Abreise hatte Franz Nannerl geschworen, sich noch intensiver um eine neue Anstellung zu bemühen. »Ich werde die Taschen der Postkutschen mit meinen Briefen füllen«, hatte er versprochen und sie dabei so leidenschaftlich geküsst, dass Nannerl immer noch ganz schwindelig wurde bei der Erinnerung an seine Nähe.

Wie vor sechs Jahren wurden die Mozarts freudig von Frau von Dunst empfangen. Nannerl musste erfahren, dass Aloisia im letzten Winter einem schlimmen Fieber erlegen war und ihre Schwester Victoria einen Tuchhändler in Heidelberg geheiratet hatte, dem sie bereits drei Kinder geschenkt hatte, von denen nur eins das erste Jahr überlebt hatte. So war es an Frau von Dunst, sich um Nannerl zu kümmern, während Wolfgang und Leopold die letzten Proben für die Oper überwachten. Es war Nannerls Vermittlungsbemühungen und ihrer Überredungskunst zu verdanken, dass Vater und Sohn sich noch einmal gemeinsam an eine Arbeit wagten.

Das neue Residenztheater übertraf Nannerls Erwartungen bei Weitem. Der prachtvolle Rokokobau war vom Hofbaumeister François de Cuvilliés errichtet worden und mit seinen verspielten Balkons und den vergoldeten Stuckverzierungen sehr modern. Das Theater bot mit seinen fast fünfhundertsechzig Plätzen einem großen Publikum Platz. Dennoch waren die Karten für Wolfgangs Oper innerhalb kürzester Zeit ausverkauft. Nach einer sagenhaften Premiere wurde die Oper an vier folgenden Tagen wiederholt, damit sich alle Münchner Kunstliebhaber daran erfreuen konnten.

Wolfgang sonnte sich im Erfolg. Die Zeitungen waren voll des Lobes, und selbst der Fürsterzbischof in Salzburg beglückwünschte den jungen Komponisten. Noch bevor die Familie für einen Besuch bei Leopolds Nichte nach Augsburg aufbrach, erhielt Wolfgang die Aufforderung seines Dienstgebers, unverzüglich nach Wien zu reisen. Der Salzburger Landesherr weilte in der Residenzstadt und wollte dort am Kaiserhof seinen Musiker präsentieren. Wolfgang konnte es nicht erwarten, nach Wien aufzubrechen. Leopold und Nannerl verschoben ihre Fahrt nach Augsburg und kehrten mit ihm nach Salzburg zurück. Wolfgang blieb nur eine Nacht, um dann eine Kutsche nach Wien zu nehmen. Nannerl hatte ihren Bruder seit Jahren nicht mehr so glücklich gesehen. Als er ihr zum Abschied zuwinkte, strahlte er die Zuversicht und Freude eines Kindes aus, das einem großen Abenteuer entgegenblickte. Obwohl er nur nach Wien fuhr und nicht nach Paris oder London aufbrach, ahnte Nannerl, dass sie ihn für eine lange Weile nicht wiedersehen würde. Dieser Gedanke hinterließ einen bitteren Geschmack der Traurigkeit, auch wenn sie sich aufrichtig für Wolferl freute.

23

Salzburg, August 1782

Mit gebeugtem Rücken saß Leopold vor seinem Schreibtisch über einem Stapel Papiere. Mit dem Erfolg der Oper *Idomeneo* hatte sich die finanzielle Situation der Mozarts wieder einigermaßen gefestigt. Doch der nächste Sturm hatte nicht lange auf sich warten lassen. Nannerls böse Ahnung hatte sich bewahrheitet. Schon nach einem Monat in Wien hatte Wolfgang einen Brief nach Salzburg geschickt, in dem er Leopold mitteilte, dass er endgültig mit dem Fürsterzbischof gebrochen hatte. Ab sofort wollte er als selbstständig arbeitender Künstler in Wien leben. Leopold hatte getobt und geschrien. Dann hatte er in seinem hilflosen Zorn alle nur erdenklichen Argumente vorgebracht, um Wolfgang zum Einlenken und zur Rückkehr zu bewegen, doch alles blieb ohne Erfolg. Daraufhin stellte Leopold seine Zahlungen ein und weigerte sich, Wolfgang weiter finanziell zu unterstützen.

Wolfgangs Verhalten hatte in Salzburg auch ein schlechtes Licht auf den Vater geworfen. Mit seinem Hitzkopf hatte er auf denkbar undiplomatische Weise dem Fürsterzbischof den Rücken zugekehrt. Doch Wolfgang fühlte sich in keiner Weise schuldig. Glaubte man seinen Briefen, so arbeitete er jeden Tag von frühmorgens bis spät in die Nacht und komponierte. Im Gegensatz zu Leopold war Nannerl ihrem Bruder nicht böse. Sie verstand ihn. Die Musik war ihm zum unentbehrlichen Mittelpunkt des Lebens geworden. Die Briefe vom Vater waren bloß lästige Störungen. Wolfgang benötigte Menschen um sich, die ihn bereicherten, und eine Umgebung, die ihn motivierte. Beides fand er in Salzburg nicht, was schade, aber zu akzeptieren war.

Wolfgangs Flucht nach Wien brachte mit sich, dass Leopold den Fokus wieder mehr auf Nannerl richtete. Mit jedem Tag, der verging, wuchs seine Sorge um Nannerls Zukunft. Sie war jetzt einunddreißig Jahre alt und immer noch nicht verheiratet. Immer öfter versuchte er, das Thema anzusprechen, und Nannerl wich aus, so gut es ging. Sie hatte Angst, dass ihr Vater ihr einen Heiratskandidaten vorstellte, den sie ablehnen würde, bevor Franz um ihre Hand angehalten hatte. Warum nur dauerte es so lange mit der neuen Anstellung?

»Komm her, und setz dich«, forderte Leopold sie eines Abends im August auf. Nannerl nahm ihm gegenüber Platz. In den letzten Jahren hatten sich die Falten im Gesicht ihres Vaters verdoppelt. Nannerl hatte zudem den Eindruck, als sei Leopold seit dem Tod ihrer Mutter geschrumpft.

»Ich habe immer gedacht, dass eines Tages dein Bruder für dich sorgen wird. Daher habe mir nie ernsthaft Gedanken wegen deiner Vermählung gemacht.« Da war es auch schon, das unliebsame Hochzeitsthema.

»Wenn ich sterbe, bekommst du vom Fürsterzbischof nicht einen Kreuzer. Die Familie eines Musikers ist dem Landesfürsten egal. Er sieht weder für Witwen noch für die Kinder seiner Bediensteten Apanagen vor.«

»Ich weiß, Papa. Aber du musst dir um mich keine Sorgen machen. Ich kann mir als Klavierlehrerin meinen Unterhalt verdienen.«

»Unsinn!«, fuhr Leopold ihr ins Wort. »Die paar Gulden sind bestenfalls ein netter Zuverdienst. Du brauchst einen Mann, der dich versorgt. Eine Wohnung oder ein Haus, in dem du bleiben kannst. Oder willst du wie die Katherl als Kammerfrau enden?«

Nannerl hatte diese Möglichkeit tatsächlich ernsthaft in Erwägung gezogen. Als Kammerfrau könnte sie weiterhin Franz heimlich treffen. Doch dann hatte sie diese Option wieder verworfen. Sie wollte keine Heimlichkeiten mehr, sondern ganz offiziell mit ihm zusammenleben.

»Mir ist es nicht entgangen, dass der Herr Ippold ein Auge auf dich geworfen hat.«

Nannerl erstarrte. Sie hatte nicht geahnt, dass ihr Vater von ihren heimlichen Treffen wusste.

»Ich mag den Herrn. Er ist kultiviert, klug und kann sich gut ausdrücken. Außerdem hat er eine angesehene Stellung inne.« Leopold machte eine lange Pause. »Leider hat sein Posten einen Haken.«

»Ich weiß«, sagte Nannerl zerknirscht. »Er darf nicht

heiraten. Was für eine unsinnige und halsstarrige Regelung!«

»Mir erscheint das auch reichlich übertrieben. Aber es ist, wie es ist, und deshalb werden wir nach einem anderen Kandidaten suchen müssen.«

»Nein, Papa!« Nannerl sprang vom Tisch auf. Sie erschrak über die Heftigkeit ihrer Reaktion. »Ich will keinen anderen.«

Beruhigend legte Leopold seine faltige Hand auf die von Nannerl. »Aber Mädel, wie soll das gehen? Ihr könnt ja nicht bloß von Luft und Liebe leben. Um eine Familie zu gründen, braucht man Kapital und ein regelmäßiges Einkommen.«

»Franz wird sich eine andere Stellung suchen. Wir haben bereits darüber gesprochen«, gab Nannerl zu. »Er hätte längst bei dir um meine Hand angehalten. Ich habe ihn davon abgehalten, weil ich wusste, wie du reagieren wirst.«

Leopold blieb überraschend gelassen. Fast traurig meinte er: »Egal, welche Schule er leiten will, er darf in dieser Position niemals heiraten.«

Nannerl senkte den Kopf. Das hatte Franz in den letzten Monaten bereits bitterlich erfahren müssen. Er hatte Nannerl gar nichts von seinen Absagen erzählen müssen, sie hatte die negativen Botschaften von seinem deprimierten Gesicht auch ohne viele Worte ablesen können.

»Franz war Hauptmann in der Armee des Kaisers«, sagte sie. »Er könnte dorthin zurückkehren.«

»Du willst mit einem Mann verheiratet sein, der die meiste Zeit des Jahres über unterwegs ist? Nannerl, überleg dir das gut.«

»Würdest du denn einer Ehe unter diesen Umständen zustimmen?«, fragte Nannerl.

»Wenn der Herr Ippold eine Anstellung vorweisen kann, mit der er dich und eure Kinder ernähren kann, selbstverständlich. Ich mag den Burschen. Aber wenn nicht …«

Leopold beendete seinen Satz nicht. Nannerl wusste auch so Bescheid.

»Und die Zeit drängt«, meine Leopold. »Ich bin nicht mehr der Jüngste. Der Tod kann jederzeit an die Tür klopfen.«

»Papa, das will ich nicht hören!«

»Aber es ist die Wahrheit«, widersprach Leopold. »Und so weh es mir tut, das zu sagen: Dein Bruder wird dir keine Stütze sein.«

Nannerl wusste, dass das stimmte. Aber das machte sie Wolfgang nicht zum Vorwurf. Solange er die Welt mit seiner wundervollen Musik beglückte, war Nannerl zufrieden. Und auch wenn Leopold das anders sah: Nannerl fand nicht, dass es Wolferls Aufgabe war, für sie zu sorgen. Das würde sie schon selbst tun.

24

Salzburg, September 1783

Es war ein seltsames Gefühl, wieder in der Küche der Familie Gilowsky zu sitzen. Wie so oft stand cremige Chocolade vor ihr auf dem Tisch, die Luise, die Köchin, die nun in die Jahre gekommen war und mit gekrümmtem Rücken am Herd stand, zubereitet hatte. Katherl hatte sich verändert. Aus dem lebenslustigen Mädchen, das sich nichts und niemandem beugte, war eine ruhige, ernste Frau geworden. Nach glücklichen Jahren als Kammerfrau im Dienste der Gräfin Koburg war diese vor ein paar Wochen verstorben. Sie hatte Katharina ein kleines regelmäßiges Einkommen hinterlassen, das ihr jedoch nicht zum Leben reichte. Deshalb hatte Katharina wieder die Kammer in ihrem Elternhaus bezogen. Ihre Schwägerin Poldi war darüber sehr erfreut und spannte Katharina in die Kindererziehung ein. Katharinas Bruder hatte bereits fünf Kinder in die Welt gesetzt, die zur großen Freude aller am Leben geblieben waren. Doch so willkommen Katharina als tatkräftige Tante auch war, für sie war dies nur eine vorübergehende Lösung.

»Ich werde mir eine neue Anstellung suchen«, sagte Katharina. »Aber das ist gar nicht so einfach. Ich hatte mit der Gräfin Koburg wirklich einen Glückstreffer gelandet. Sie war einfach großartig.«

Die lebenslustige Gräfin war mit Katharina quer durch Europa gereist. Sie hatten in Paris, Amsterdam und Helsinki gewohnt. Sie hatten an einem Schlittenrennen teilgenommen und vor dem Louvre heiße Chocolade getrunken. Katharina geriet ins Schwärmen, wenn sie an die letzten Jahre zurückdachte.

»Hast du dir überlegt zu heiraten?«, fragte Nannerl.

»Heiraten?« Katharina sprach das Wort aus, als handelte es sich um eine ansteckende Krankheit. »Um Himmels willen. Nein.«

»Auch nicht, wenn der Richtige vorbeikäme?«

»Den Richtigen, den gibt es nicht«, erklärte Katharina überzeugt. »Schau dir Poldi an. Sie liebt meinen Bruder, keine Frage. Aber sie ist jedes Jahr wieder schwanger. Ihr Körper sieht aus wie der einer Hundertjährigen, und sie bewegt sich langsamer als unsere Luise. Sie ist ein Wrack, dabei ist sie sechs Jahre jünger als ich. So stelle ich mir meine Zukunft nicht vor.«

Nannerl nickte und nippte an ihrer Chocolade. Es war lange her, dass sie dieses Luxusgetränk genossen hatte. In der Getreidegasse verzichtete man seit einiger Zeit auf solche Extravaganzen.

»Wie schaut es bei dir aus?«, fragte Katharina. »Hat dein Franz endlich eine andere Anstellung gefunden?«

Traurig schüttelte Nannerl den Kopf. War sie vor einem

Jahr noch voller Hoffnung gewesen, so ertappte sie sich zunehmend dabei, sich verzagt zu fühlen. Franz hatte eine Absage nach der anderen erhalten. Niemand stellte einen Schuldirektor ein, der vorhatte zu heiraten. Also hatte Franz probiert, in anderen Bereichen Fuß zu fassen. Selbst um die Stelle eines Privatsekretärs hatte er sich bemüht. Ohne Erfolg. Je vehementer er nach einem Posten suchte, umso harscher wurden die Absagen. Manchmal wurden seine Bewerbungen völlig ignoriert. Nannerl versuchte, ihm ihre Verzweiflung nicht zu zeigen. Er war selbst niedergeschlagen genug.

»Es ist viel schwieriger, als wir gedacht hatten«, gab sie zu.

Katharina schien die Traurigkeit der Freundin zu spüren und wechselte das Thema.

»Stimmt es, dass dein Bruder gegen den Willen deines Vaters geheiratet hat?«

Es war nur eine Frage der Zeit gewesen, bis Katharina diese Frage stellte. Ganz Salzburg tratschte darüber, und leider stimmte das Gerücht. Wolfgang hatte tatsächlich Constanze Weber geheiratet, ohne die Zustimmung seines Vaters zu haben. Er hatte Nannerl angefleht, den Vater von den Vorzügen seiner Angebeteten zu überzeugen, aber ohne Erfolg. Nannerl war an der Aufgabe gescheitert. Leopold hatte tagelang nicht gesprochen und sich in seine Arbeitsstube zurückgezogen, wo er wütende Briefe an Wolfgang verfasst hatte.

»Ja, es stimmt. Er hat dem Drängen von Stanzerls Mutter

nachgegeben, die darauf bestanden hat, dass die beiden vor den Traualtar treten.«

»Das heißt, er wollte gar nicht heiraten?«, fragte Katharina.

»Doch, doch«, bestätigte Nannerl. »Er ist bis über beide Ohren verliebt. Aber ich fürchte, dass die Familie Weber für seine Geldbörse ein Problem werden könnte.«

»Ach nein. Macht er schon wieder Schulden?«

Nannerl nickte bekümmert. Erst letzte Woche hatte Wolfgang sie in einem Brief darum gebeten, bei dem Vater ein gutes Wort für ihn einzulegen. Er brauchte mal wieder Geld.

»Wenn er und Stanzerl die nächste Miete nicht bezahlen, dann werden sie aus der Wohnung geworfen.«

»Ach, du Sch...!« Katharina konnte immer noch schimpfen wie ein Rohrspatz, daran hatten auch die Jahre im Dienste der Gräfin nichts verändert.

»Und wird dein Vater ihm Geld leihen?« Katharina schenkte Nannerl und sich selbst aus dem Metallkännchen mit dem langen Schnabel nach.

»Er liebt Wolfgang über alles. Mit der heimlichen Ehe hinter seinem Rücken hat Wolfgang Papa sehr verletzt. Aber ich denke, dass Papa trotzdem nachgeben wird, wie er es immer getan hat. Vielleicht hat er bereits Geld nach Wien geschickt.«

»Aber ihr habt doch selbst im Moment ...« Katharina beendete ihren Satz nicht.

»Wir sitzen auf einem Schuldenberg. Du kannst es ruhig laut aussprechen«, bekräftigte Nannerl. »Dabei bemühe ich mich wirklich, sparsam zu wirtschaften. Ich drehe jeden Kreuzer dreimal um, bevor ich ihn ausgebe.«

»Ich verstehe das nicht«, sagte Katharina. »Dein Bruder ist einer der anerkanntesten und begehrtesten Musiker Wiens. Angeblich verkehrt er in den vornehmsten Kreisen, speist nur die feinsten Leckereien und lässt keine Feier aus.«

Nannerl verzog den Mund, denn es stimmte, was Katharina sagte. »Du kennst doch Wolferl. Er ist ein großes Kind. Verzicht oder Vernunft gibt es für ihn nicht. Er lebt im Hier und Jetzt und genießt.«

»Das ist ja in Ordnung, solange er es nicht auf dem Rücken anderer macht.«

Nannerl wusste, dass Katharina recht hatte. Trotzdem verzieh sie ihrem Bruder seine Schwächen und suchte stattdessen die Schuld lieber bei der Schwägerin. »Die Stanzerl ist leider aus demselben Holz geschnitzt wie mein Bruder. Sie kann das Geld auch nicht zusammenhalten. Deshalb passen sie ja so gut zusammen.«

»Oje!« war alles, was Katharina dazu sagen konnte.

»Ich hoffe, dass Wolfgang mit seiner nächsten Oper oder seinem geplanten Singspiel einen so großen Erfolg landen wird, dass Geld für ihn keine Rolle mehr spielt.«

»Das wünsche ich ihm auch«, meinte Katharina. Die Art, wie sie es sagte, verriet ihre Zweifel.

• • •

Noch bevor Nannerl die Wohnungstür öffnen konnte, bellte Pimberl aufgeregt und zog an der Leine.

»Psst, hör auf, Pimberl«, forderte Nannerl. Sie wusste, dass die Nachbarn es nicht gerne hörten, wenn die Hündin laut war. Pimberl schaute Nannerl vorwurfsvoll an. Sobald Nannerl die Tür öffnete, wusste sie, warum die Hündin so ungeduldig war. Ihr Vater hatte Besuch, und aus der Stube waren tiefe Stimmen zu hören. Nannerl konnte sich nicht daran erinnern, wann das das letzte Mal der Fall gewesen war. Sofort flitzte Pimberl in die Stube, um nachzusehen. Wieder bellte sie, und nun schimpfte Leopold mit ihr.

»Sei still!«

Mit gesenktem Kopf und angelegten Ohren lief Pimberl zu Nannerl, die jetzt ebenfalls in die Stube gekommen war. Gegenüber ihrem Vater saß ein Mann. Er war in etwa um die fünfzig Jahre alt, vielleicht ein bisschen jünger, trug eine ordentliche Perücke und eine Jacke aus teurem Stoff. Das Hemd darunter war blütenweiß, die Spitzen dezent. Seine großen grauen Augen musterten Nannerl mit unverhohlener Neugier. Als sie seinem Blick begegnete, wich er beschämt aus, so als wäre ihm gerade bewusst geworden, dass sein Interesse zu offensichtlich war.

»Servus, Nannerl«, begrüßte sie Leopold. Zur Abwechslung klang er einmal gut gelaunt. »Darf ich dir Johann Baptist Berchtold zu Sonnenburg vorstellen? Er stammt aus St. Gilgen am Wolfgangsee. Er hat die Stelle deines Großvaters übernommen.«

Irritiert runzelte Nannerl die Stirn.

»Du weißt doch, dass der Vater deiner Mutter in St. Gilgen das Pflegegericht geleitet hat.« Leopold schien zu vergessen, dass Nannerl ihren Großvater niemals kennengelernt hatte und weder über ihn noch über ihre Großmutter viel gesprochen worden war.

»Herrn zu Sonnenburgs Frau ist im letzten Jahr gestorben.«

Nannerl begrüßte den Gast freundlich und drückte ihr Bedauern aus.

»Komm, setz dich zu uns«, forderte Leopold.

»Oh, ich will nicht stören«, meinte Nannerl und hoffte inständig, sich vor dem Gespräch drücken zu können.

»Sie stören ganz sicher nicht.« Zu Sonnenburg lächelte. Trotz seines Alters hatte er noch alle Zähne im Mund. Seitlich bildeten sich Grübchen auf seinen Wangen, die ihn jugendlicher wirken ließen, als er tatsächlich war.

Unwillig, aber höflich nahm Nannerl am Tisch der Männer Platz.

»Erzählen Sie uns doch von Ihrer Arbeit in St. Gilgen«, forderte Leopold.

»Ich bin Jurist und leite das Pflegegericht«, erklärte zu Sonnenburg. Nannerl wusste wenig über die Aufgaben, die mit einem Verwaltungsposten einhergingen, doch ihr Interesse daran war überschaubar, weshalb sie nicht weiter nachfragte. Er schien ihre Reaktion richtig zu deuten. »Sicherlich langweile ich Sie mit diesen Erklärungen.« Er warf Nannerl einen entschuldigenden Blick zu.

Nannerl wollte nicht unhöflich zum Gast ihres Vaters sein. »Aber nein, erzählen Sie«, forderte sie. In Wirklichkeit war es ihr egal, worin die Tätigkeit eines Pflegers bestand.

»Wissen Sie, ich wohne in St. Gilgen, einer der reizvollsten Stellen des Salzburger Landes, am Westende des Wolfgangsees.« Nun schwang doch eine ordentliche Portion Stolz mit. Offenbar liebte der Mann seine Heimat. »Der See und die Gegend drum herum leben von der Salzgewinnung, dem Bootsbau, der Fischerei und der Eisenindustrie. Es wird auch feine Spitze hergestellt.«

»Ach ja?« Nannerl hatte das Gefühl, er erwartete eine Bemerkung.

Sein eifriges Nicken zeigte ihr, dass sie richtiggelegen hatte.

»Wegen der unterschiedlichen Nutzung der Gegend kommt es zwischen den Ortschaften St. Gilgen, St. Wolfgang und Strobel immer wieder zu Konflikten. Da bedarf es eines Pflegers, der die Probleme mit juristischem Fingerspitzengefühl löst.«

»Und Sie verfügen über dieses Feingefühl?« Zu spät bemerkte Nannerl den strafenden Blick ihres Vaters, der den sarkastischen Unterton wahrnahm. Zu Sonnenburg blieb er verborgen. Er plauderte munter weiter, pries sein Anwesen an und erzählte von seinen fünf unmündigen Kindern, für die er dringend eine neue Mutter suchte.

Alarmiert streckte Nannerl die Schultern durch und richtete sich auf. Der Mann war auf Brautschau. Sie hatte richtiggelegen mit ihrem Verdacht.

»Fünf Kinder sind eine große Herausforderung«, sagte zu Sonnenburg. »Da braucht es eine reife Frau, die sich mit Kindern auskennt, die klare Regeln aufstellt und für Ordnung sorgt. Eine Frau, die zu unterrichten weiß.«

Nannerl musste den Redeschwall des Mannes bremsen. »Ich bin sicher, Sie werden die Richtige finden.«

Sein bekümmerter Blick ließ sie ungerührt. Entschieden stand sie auf. »Ich muss mich jetzt leider entschuldigen«, sagte sie. »Ich habe unserem Hausmädchen versprochen, dass ich ihr beim Einlegen der Gurken zur Hand gehe.«

»Oh, wie schön. Sie verstehen sich auf das Führen eines Haushaltes. Die wenigsten Frauen sind heut dazu in der Lage«, lobte der Gast.

»Meine verstorbene Frau, der liebe Gott habe sie selig, hat immer darauf geachtet, dass unser Nannerl in der praktischen Haushaltsführung unterwiesen wird«, erzählte Leopold stolz. »Ich habe meine Tochter zur Musikerin ausgebildet.«

Nannerl fühlte sich an einen Markttag erinnert. Ihr Vater pries sie an wie eine schreiende Marktfrau ihre letzte Ware. Sein Verhalten machte sie zunehmend wütend.

»Ich wünsche Ihnen noch einen schönen Tag, auf Wiedersehen.« Damit verließ sie die Stube, bevor ihr Vater Einwände erheben konnte.

Später, als Johann Baptist Berchtold zu Sonnenburg gegangen war, bat Leopold Nannerl erneut zu sich.

»Du warst vorhin sehr unhöflich«, sagte er vorwurfsvoll.

»Und du hast mich angepriesen, als gelte es, mich zu verkaufen.«

»Unsinn, Nannerl. Der Mann ist eine gute Partie. Er ist wohlhabend, verfügt über einen niederen Adelstitel, er trinkt nicht, und er neigt auch nicht zum Jähzorn.«

»Er ist langweilig. Und ich will nicht nach St. Gilgen ziehen. Der Ort liegt am Ende der Welt.« Nannerl verschränkte die Arme vor der Brust. »Und du weißt ganz genau, dass ich mit Franz alt werden möchte.«

»Niemandem ist es vergönnt, sein ganzes Leben mit einer Person zu verbringen«, murmelte Leopold bitter. »Die meisten Ehen werden durch den frühzeitigen Tod getrennt.«

Nannerl konnte seiner Argumentation nicht folgen. »Umso wichtiger ist es, die paar Jahre, die man hat, mit dem Menschen zusammen zu sein, den man liebt«, sagte sie bestimmt.

»Ach, Nannerl. Natürlich wünsche ich mir für dich und den Herrn Ippold, dass ihr zusammen glücklich werdet. Aber wenn er kein fixes Einkommen hat, dann hilft die ganze Verliebtheit nichts. Schau dir deinen Bruder an. Gestern habe ich von seiner Frau einen Brief erhalten, in dem sie mich erneut um Geld bittet. Den beiden steht das Wasser bis zum Hals. Glück sieht ganz sicher anders aus.«

»Die Stanzerl hat dir einen Brief geschrieben?« Nannerl konnte ihre Überraschung nicht verbergen. Die Verzweiflung ihrer Schwägerin musste tatsächlich groß sein, wenn sie ihren Schwiegervater, den sie so sehr hasste, um Hilfe anflehte.

»Und wirst du Geld nach Wien schicken?«, fragte Nannerl.

Leopold zuckte mit den Schultern. »Was bleibt mir denn anderes übrig?« Er wirkte müde. »Ich kann doch nicht zulassen, dass mein Sohn auf der Straße schlafen muss.«

Auch Nannerl wollte das nicht. Trotzdem spürte sie Unmut in sich aufsteigen bei der Vorstellung, dass sie die nächsten Wochen noch genauer jeden Kreuzer umdrehen musste. Besser, sie verzichtete auf die teuren Zitronen aus dem Süden und strich auch den Safran wieder von der Einkaufsliste.

»Bitte überleg dir das Angebot von Herrn zu Sonnenburg«, sagte Leopold.

»Papa, der Mann ist bereits zweimal Witwer. Seine erste Frau hat ihm neun Kinder geboren, wovon nur drei überlebten. Sie selbst kam bei der Geburt des letzten Kindes ums Leben. Ähnlich erging es seiner zweiten Frau, die der Erschöpfung erlag. Stellst du dir so meine Zukunft vor?«

»Ich glaube nicht, dass der Herr zu Sonnenburg noch Interesse an weiteren Kindern hat. Er ist froh, wenn seine Kinderschar gut versorgt wird. Ihm wäre es sogar egal, wenn du keine Jungfrau mehr wärst.«

»Papa, was soll das?«, empörte sich Nannerl. »Ich bin unberührt.« Sie wurde rot vor Zorn. In all den Jahren hatten sie und Franz sich bloß auf Küsse beschränkt, weil sie wusste, wie wichtig ein tadelloser Ruf für eine unverheiratete Frau war. Dass ihr Vater ihr nun unterstellte, sie hätte sich versündigt, erschien ihr mehr als ungerecht.

Leopold nickte zufrieden. »Das hatte ich gehofft. In diesem Falle würde er dir eine Summe von tausend Gulden zahlen. Deine Aussteuer von fünfhundert Gulden könntest du für dich behalten, und weitere fünfhundert Gulden bekämst du nach der Hochzeitsnacht.«

»Der Mann will meine Jungfräulichkeit für tausend Gulden kaufen?« Nannerl war fassungslos. Es war tatsächlich so viel Geld, dass sie damit bis an ihr Lebensende ausgesorgt hätte.

»Solange du mit Herrn zu Sonnenburg verheiratet wärst, müsstest du keinen Kreuzer davon anrühren. Er käme für alle Kosten auf und würde dir zusätzlich zum Haushaltsgeld monatlich zwanzig Gulden für deine persönlichen Bedürfnisse zahlen.«

Nannerl wurde schwindelig. Was war das hier? Befand sie sich auf einem orientalischen Basar?

»Erben würden ausschließlich seine Kinder. Solltest du ihm ebenfalls welche gebären, kämen die selbstverständlich auch in den Genuss seines Vermögens. Du selbst würdest bei seinem frühzeitigen Ableben eine weitere Summe von tausend Gulden erhalten und ein Witwenauskommen der Gemeinde, das den zwanzig Gulden entspricht, die er dir zu seinen Lebzeiten auszahlt.«

»Papa, ich kann nicht glauben, dass du mit einem Mann, den ich kaum kenne, über mich verhandelst, als sei ich eine Stute oder eine brave Milchkuh.«

Leopold schüttelte traurig den Kopf. »Ich will nur, dass du Bescheid weißt, was auf dem Spiel steht.«

»Ich werde den Mann nicht heiraten«, sagte Nannerl ernst. »Und wenn er mir ganz St. Gilgen zu Füßen legt.« Erbost stand Nannerl auf, rückte geräuschvoll den Stuhl zurück und verließ die Stube.

Sie wollte sich auf der Stelle mit Franz treffen. Doch sie musste sich gedulden. Franz war in Wien bei einem weiteren Vorstellungsgespräch. Sie würde ihn erst wieder bei der Tanzveranstaltung im Redoutensaal sehen. Er hatte ihr versprochen, rechtzeitig dafür wieder in Salzburg zu sein.

25

Salzburg, Februar 1784

Nannerl hatte Katharina überreden können, sie zum Ball zu begleiten. Es war kaum zu glauben, dass es fünfzehn Jahre her war, dass sie Franz hier kennengelernt hatte. Damals hatte sie nicht gewusst, wer sich hinter der Maske verbarg. Heute konnte sie es kaum erwarten, sich mit ihm auf der Tanzfläche zu drehen. Sein Lächeln war ihr mittlerweile ebenso vertraut wie der Klang seiner Stimme. Sie liebte seine Art, sich zu bewegen, wie seine starken Arme sie harmonisch zum Klang der Musik drehten. Nannerl musste achtgeben, dass sie ihren Körper nicht zu dicht an ihn drängte, und ertappte sich immer wieder, wie sie sehnsuchtsvoll den Duft seines ihm eigenen Parfüms einsog. Diese Mischung aus Kampfer und Kiefern, von der sie nie genug bekommen konnte. Seltsamerweise war Franz heute reservierter als sonst. Kein einziges Mal versuchte er, ihre Hand zu streicheln oder sie an der Schulter zu berühren. Kleine Gesten, die scheinbar harmlos waren und deren wahre Bedeutung sich nur ihnen beiden erschloss.

Als die Musiker eine Pause einlegten, waren Nannerls Wangen von der Bewegung so erhitzt, dass Franz sie auf den Balkon führte. Hier waren sie für einen Moment allein, denn die anderen Gäste zogen den stickigen Ballsaal der frischen, kalten Winterluft vor. Endlich konnte Nannerl ihm von dem Besuch des Herrn zu Sonnenburg erzählen. Die Tage des Wartens waren ihr endlos erschienen. Der Pfleger aus St. Gilgen hatte ihr ein zweites Mal seine Aufwartung gemacht. Diesmal war er mit einer Schachtel teurer belgischer Pralinen gekommen und einem Strauß Blumen. Nannerl hatte nicht unhöflich oder undankbar erscheinen wollen und hatte den Nachmittag mit ihm verbracht. Die Konversation war nett, aber langweilig gewesen. Sie hatten über Boote gesprochen, ein Thema, dem Nannerl nicht viel abgewinnen konnte. Sobald sie das Gespräch auf die Musik lenken wollte, war Herr zu Sonnenburg still geworden. Nicht, weil er Musik nicht ausstehen konnte. Im Gegenteil, er hatte wiederholt beteuert, wie sehr er es liebte, einem Sonett oder einer Oper zu lauschen. Er hatte dazu bloß nichts zu sagen. »Mit der Musik ist es bei mir wie mit dem Wein«, hatte er sich entschuldigt. »Ich kann sagen, ob er mir schmeckt oder ob ich ihn ekelhaft finde. Aber warum das so ist, dazu kann ich leider keine Erklärung abgeben.«

Seine Ehrlichkeit hatte Nannerl imponiert. Sie kannte eine Menge Männer, die sich, um Eindruck zu schinden, zum Thema »Musik« äußerten, ohne die geringste Ahnung davon zu haben.

»Einer meiner Schüler ist kürzlich zufällig an eurem

Haus in der Getreidegasse vorbeigegangen«, erzählte Franz. Er klang verletzt.

»Ach ja?«

»Er ist dort auf einen Bekannten seines Vaters gestoßen. Den Juristen Johann Baptist Berchtold zu Sonnenburg.« Nun war Franz ihr zuvorgekommen. »Es heißt, er sei auf der Suche nach einer Ehefrau, die seine fünf Kinder versorgt.«

»Ja, das ist er«, gestand Nannerl zerknirscht.

Franz sah sie ängstlich an. »Hat er um deine Hand angehalten?«

»Ja.«

Nannerl konnte sehen, wie Franz schluckte. »Hast du seinen Antrag angenommen?« Seine Stimme war so leise, dass sie kaum zu hören war.

»Mein Herz gehört einem anderen«, flüsterte Nannerl ebenso leise.

Franz ergriff ihre Hände und zog sie sanft näher zu sich. Besorgt schaute Nannerl um sich. Niemand konnte sie sehen. Sie standen im Schutz einer riesigen Vase aus Stein, die im Sommer mit bunten Blumen bepflanzt war. Franz schien sich nicht um etwaige Zuschauer zu kümmern.

»Ich liebe dich, Nannerl«, sagte er leidenschaftlich. »Bitte werde meine Frau. Ich kann das Warten kaum noch ertragen.«

»Nichts würde ich lieber tun, das musst du mir glauben, Franz. Aber wenn du keine andere Anstellung bekommst, wovon sollen wir dann leben? Meine Einkünfte als Klavierlehrerin sind bescheiden.«

»Es geht also nur ums Geld?«, fragte Franz bitter.

»Ich bin mit Geldsorgen groß geworden«, sagte Nannerl. »Ich weiß, wie es sich anfühlt, wenn man zu wenig davon hat. Ich kann sehr bescheiden leben. Aber wir brauchen ein Dach über dem Kopf. Unsere Liebe allein wird uns nicht satt machen.« Sie hasste sich für ihre Worte und fühlte sich an Gespräche mit Wolferl erinnert. Wieder war sie es, die Vernunft einforderte. Darauf zu hoffen, ohne jedes Auskommen zu überleben, war kindlich naiv. Das passte nicht zu Franz.

Er schien sich der Unvernunft seiner Worte bewusst zu werden und schwieg betroffen.

»Wäre ich ein Mann, könnte ich als Pianist durch Europa ziehen«, fuhr Nannerl fort. »Aber als Ehefrau ist das unmöglich.« Wie oft hatte sie in den letzten Monaten über diese Möglichkeit nachgedacht. Und immer war sie an dem Punkt angelangt, dass niemand ihr als verheiratete Frau einen Auftritt ermöglichen würde.

»Und wenn wir in wilder Ehe zusammenleben? Ich könnte als dein Vertrauter an deiner Seite reisen«, schlug Franz leise vor. Auch darüber hatte Nannerl in ihrer Verzweiflung nachgedacht.

»Wer vor Herrschern und Mäzenen auftreten will, braucht Kontakte«, sagte sie. »Ich habe keine.«

»Kann Wolfgang dir nicht helfen?«

Sie schüttelte den Kopf. »Mein Bruder ist nicht in der Lage, sich selbst über Wasser zu halten.«

»Heißt das, dass es das war?« Franz ließ Nannerls Hände los und sah sie an. »Nimmst du lieber Herrn zu Sonnenburg zum Ehemann?« Seine Stimme klang jetzt bitter.

»Nein, das heißt, dass ich lieber weiterhin ledig bleibe, du deinem Beruf nachgehen kannst und wir uns heimlich treffen. Niemals würde ich diesen Langweiler heiraten.«

Franz wirkte erleichtert. Dennoch verzog er den Mund. »Ich wünschte so sehr, wir könnten in unserer Beziehung einen Schritt weitergehen.« Er löste eine ihrer Haarsträhnen aus ihrer Frisur und wickelte sie um seinen Finger.

Nun errötete Nannerl. Seit Wochen bemerkte sie, dass es Franz immer schwerer fiel, sich zurückzuhalten, wenn sie sich heimlich küssten. Seine Berührungen waren voller Leidenschaft, seine Küsse fordernder. Auch Nannerl spürte ein Verlangen, das sie einerseits erschreckte, ihr andererseits aber einen freudigen Schauer durch die Körpermitte jagte, sobald Franz in ihrer Nähe war.

»Ich würde mir auch wünschen, dass wir uns wie ein verheiratetes Paar berühren könnten«, gestand sie.

Er zog sie wieder sanft an sich und küsste sie als Antwort so innig, dass Nannerl die Hitze im Körper aufstieg. Sie löste sich atemlos wieder von ihm. »Aber ich kann nicht, Franz.«

»Warum? Weil dein Wert als Ehefrau sinkt, wenn du nicht mehr unberührt bist?« Seine Worte trieften vor Hohn. Nannerl antwortete nicht.

In dem Moment öffnete sich die Terrassentür quietschend, und sofort rückte Nannerl von ihm ab und blickte sich verlegen um. Ein Paar, das sie nicht kannte, war ins Freie getreten.

Franz sah sie gekränkt an. Er hatte ihr erneut seine Liebe gestanden, und sie hatte ihm gesagt, dass die nicht ausreichte. Er hatte allen Grund, enttäuscht zu sein.

»Ich bitte dich, Franz. Probiere es ein letztes Mal. Ein Freund von Wolfgang hat mir eine Reihe von Namen geschickt, die dir vielleicht weiterhelfen können. Es handelt sich um wohlhabende, einflussreiche Familien, die nach einem Privatlehrer für ihre Kinder suchen. Vielleicht findest du in Prag eine Anstellung. Wir müssen die Suche ausdehnen. Ich würde dich so gerne zum Mann nehmen.«

»Privatlehrer?«, fragte Franz skeptisch.

»Wenn du die richtigen Kinder unterrichtest, winkt dir dabei ein stattliches Einkommen. Tu es für mich, bitte.«

»Ich würde jede Tätigkeit ausüben«, seufzte er. »Nur, um mit dir zusammen zu sein.«

26

Salzburg, Mai 1784

Nannerl erwachte vom lauten Husten ihres Vaters. Seit drei Tagen fieberte er und lag im Bett. Sein Zustand verschlechterte sich stündlich. Nannerl warf die Decke zur Seite und stand auf. Draußen wurde der Himmel langsam hell. In wenigen Minuten würde die Sonne orangerot über Salzburg aufgehen. Barfuß lief Nannerl zu ihrem Vater. Er saß aufrecht in seinem Bett. Sein Gesicht war grau, die Wangen eingefallen. Dunkle Schatten lagen unter seinen Augen. Er hustete noch einmal. Nannerl ging zu ihm, half ihm, sich vorzubeugen, und klopfte ihm sanft auf den Rücken. Sein schweißnasses Nachthemd klebte auf seiner Haut.

»Papa, ich werde Doktor Krösel rufen.« Seit Leopold hustete, riet Nannerl zu einem Arztbesuch. Doch ihr Vater hatte ihn bisher rigoros verweigert. »Ein Arzt kostet Geld«, sagte er zwischen zwei heftigen Hustenattacken.

»Natürlich ist ein Arztbesuch nicht gratis. Aber was hilft es, wenn ich zwar Geld, aber keinen Vater mehr habe?« Sie drehte sich zur Tür, um sich anzuziehen und zum Doktor zu laufen.

Leopold hielt Nannerl zurück. »Du verstehst mich nicht richtig, Nannerl.« Mit blutunterlaufenen, fiebrigen Augen sah er Nannerl traurig an. »Wir haben im Moment wirklich kein Geld für den Arzt.«

»Unsinn«, antwortete Nannerl. »Ich führe deine Haushaltsbücher. Es gibt genug Reserven für Medizin.«

Leopold schüttelte kraftlos den Kopf. »Wolfgang schuldet uns achthundert Gulden. Er hat versprochen, sie am Ende des Monats zu schicken, aber bis jetzt hat er es nicht getan. Gemeinsam mit unseren eigenen Schulden beläuft sich alles auf eine Summe, die unsere Gläubiger uns nicht ein weiteres Mal stunden werden. Wenn wir nicht zahlen, dann müssen wir die Wohnung räumen.« Er wurde von einem Hustenanfall unterbrochen. »Oder wir verkaufen unsere Instrumente.«

»Wie bitte?« Nannerl fiel aus allen Wolken. Sie hatte gewusst, dass sie Schulden hatten, aber dass die Lage so dramatisch war, hatte sie nicht geahnt. »Warum hast du mir nichts davon gesagt?«

»Ich wollte dich nicht belasten.«

Verärgert stieß Nannerl lautstark die Luft aus. Hätte ihr Vater sie rechtzeitig eingeweiht, hätte sie vielleicht schon mit dem Verpfänden beginnen können.

»Ich hole trotzdem den Arzt«, sagte sie entschieden. »Auf die paar Gulden kommt es jetzt auch nicht mehr an.«

Leopold wollte sie zurückhalten, aber Nannerl ignorierte ihn. Sie kehrte in ihre Schlafkammer zurück. Bevor sie sich vollständig anzog, setzte sie sich an den kleinen Tisch und schrieb zwei Briefe. Beide gingen nach Wien. Der eine war an Wolfgang adressiert. Sie bat ihren Bruder dringend, seine Schulden zu begleichen. Nannerl hielt mit der Wahrheit nicht hinter dem Berg und erklärte die Dringlichkeit:

» ... wenn du das Geld nicht schickst, werden Papa und ich ausziehen und uns von unseren geliebten Instrumenten trennen müssen.«

Der andere Brief war an Franz adressiert. Er war seit einem Monat in Prag, immer noch auf der Suche nach einer passenden Anstellung. Bisher hatte er nur Absagen erhalten. Nannerl bat ihn in ihrem Schreiben, rasch nach Salzburg zu kommen. Sie benötigte seine Unterstützung. Nannerl wollte nicht zugeben, dass sie ihn um Geld bitten würde. Das wollte sie ihm persönlich sagen. Stattdessen schrieb sie von dramatischen Umständen, die keinen Aufschub erlaubten.

Beide Briefe steckte sie in Kuverts. Dann schlüpfte sie rasch in ihr Kleid und in ihre Schuhe, setzte eine Haube auf und legte ein Tuch um ihre Schultern. Um diese Uhrzeit war es auch im Mai noch empfindlich kalt. Gemeinsam mit Pimberl, die nun schon eine alte Hundedame und deutlich langsamer unterwegs war als früher, machte sie sich auf den Weg. Bevor sie über den Domplatz lief, machte sie einen Abstecher zur Poststation. Sie gab beide Briefe mit der nächsten Postkutsche auf. Dann erst klopfte sie an die Tür von Doktor Krösel.

Der alte Mann, der schon ihre Mutter behandelt und hin und wieder nach Nannerl und Wolfgang gesehen hatte, als sie kleine Kinder gewesen waren, packte auf der Stelle seine Arzttasche und kam mit Nannerl mit. Viel zu langsam, denn der betagte Herr war nicht mehr so gut zu Fuß unterwegs, marschierten sie zurück in die Getreidegasse. Nannerl nutzte die Gelegenheit, um dem Arzt die Leiden ihres Vaters zu beschreiben. Sie wusste, dass Leopold maßlos untertreiben würde, um sich einen Aderlass zu ersparen. Im Gegensatz zu Doktor Krösel war Leopold der Überzeugung, dass diese Art der Behandlung den Körper schwächen würde, anstatt zur Heilung beizutragen.

»Ich werde Ihren Vater gründlich untersuchen«, versprach der Arzt. »Machen Sie sich keine Sorgen, Fräulein Mozart. Soweit ich mich erinnere, ist Ihr Vater ein Mann mit einer robusten Konstitution. Den bringt so schnell nichts um, vor allem kein leichtes Fieber.«

Nannerl betete, dass der Arzt recht behalten würde. Auf den Stufen in den dritten Stock schnaufte Doktor Krösel dermaßen laut, dass Nannerl befürchtete, er müsste sich danach erst einmal selbst ins Krankenbett legen. Doch sobald sie die Wohnung erreicht hatten, besserte sich der Zustand des Arztes. »Na, dann wollen wir uns den Patienten mal ansehen«, verkündete er mit hochrotem Kopf.

Nannerl führte ihn in die Schlafkammer ihres Vaters. Der schickte seine Tochter grantig aus dem Zimmer und schimpfte erneut, dass es nicht notwendig gewesen sei, einen Arzt zu holen. Nannerl schenkte seinem Jammern keine Beachtung. Leise zog sie die Tür zu, ließ sie aber einen Spaltbreit offen, um zu hören, was der Arzt sagte. Zu ihrer großen Erleichterung schien ihr Vater tatsächlich an keiner schlimmen Krankheit zu leiden, sondern sich bloß eine Grippe zugezogen zu haben.

»Bleiben Sie trotzdem ein paar Tage im Bett, und halten Sie sich warm. Trinken Sie reichlich Tee, und reiben Sie Ihre Brust mit heißem Schweineschmalz ein«, riet der Arzt, bevor er wieder ging. Für seine Behandlung verlangte er eine stattliche Summe, die Nannerl bezahlte, ohne mit der Wimper zu zucken. Sie war erleichtert, dass ihr Vater nicht ernsthaft erkrankt war.

Kaum hatte Doktor Krösel die Wohnung wieder verlassen, fing Leopold an zu schimpfen. »Das ist Wucher, was der alte Mann da verlangt. Er hat ja nichts gemacht. Nannerl, das nächste Mal hörst du auf mich und unterlässt es, diesen Halsabschneider ins Haus zu holen.«

Nannerl antwortete nicht. Sie ging in die Küche, um Kräutertee aufzugießen. Als sie damit zurück in die Stube kam, traute sie ihren Augen nicht. Leopold saß angezogen am Tisch und hustete, was das Zeug hielt.

»Papa, was soll das?«, fragte sie aufgebracht. »Hast du Doktor Krösel nicht zugehört? Du sollst ein paar Tage im Bett liegen bleiben!«

»Nannerl, du hast die Dramatik der Lage nicht verstanden. Ich muss schauen, dass irgendwer in der Stadt uns Kredit gewährt. Sonst sind in einer Woche das Klavier und die Geige weg.«

»Leg dich auf der Stelle wieder hin«, forderte Nannerl streng.

»Zuerst muss ich ein paar Leute aufsuchen«, beharrte Leopold.

Nannerl stellte sich in den Türrahmen und versperrte ihm den Weg. An Leopolds Augen sah Nannerl, dass er immer noch Fieber hatte. »Papa, ich bitte dich, geh wieder ins Bett. Ich habe Wolfgang einen Brief geschrieben und ihm die Dringlichkeit erklärt. Ich bin mir sicher, dass er gegen Ende der Woche das Geld schickt, das er uns schuldet. Er würde uns niemals im Stich lassen.«

Resignierend schüttelte Leopold den Kopf. »Das wird er nicht tun. Du klammerst dich an einen Strohhalm.« An seiner Körperhaltung sah Nannerl, wie erschöpft er war. Sie begleitete ihn zurück ins Bett. »Besser ein Strohhalm als gar keine Hoffnung.«

Leopold wurde von einem neuen Hustenanfall heimgesucht und legte sich ohne weiteren Protest wieder hin. Nannerl griff ihm an die Stirn und bemerkte besorgt, dass sie heißer geworden war. Hoffentlich würde Doktor Krösel recht behalten und Leopold sich bald erholen.

• • •

Im Laufe der Woche besserte sich Leopolds Zustand langsam. Er musste weiter das Bett hüten, und Nannerl und Sophie versorgten ihn liebevoll mit Hühnersuppe und Heißgetränken. Jeden Tag stand Nannerl am Fenster und wartete darauf, dass die Postkutsche vorbeikam. Sie hoffte auf Nachricht aus Wien oder Prag. Erst am Freitag hielt die Kutsche vor dem Haus an. Sofort polterte Nannerl die Stufen hinunter. »Ist ein Brief für mich dabei?«, fragte sie atemlos.

Der junge Mann, dessen Gesicht dem der Pferde vor der

Kutsche ähnelte, nickte. »Ich habe sogar zwei Briefe für Sie, Fräulein Mozart. Einer stammt von Ihrem Herrn Bruder, der andere geht retour an Sie.«

»Was soll das heißen, er geht retour?« Nannerl war verwirrt. Sie nahm beide Kuverts entgegen. »Der Herr, an den Sie Ihren Brief gerichtet haben, weilt nicht mehr unter der Adresse.« Nannerl sah den durchgestrichenen Namen auf dem Kuvert. Franz war also umgezogen, oder war er gar schon zurückgekehrt? Aber warum hatte er ihr keine Nachricht zukommen lassen? Er hatte doch sonst immer Bescheid gegeben, wenn sich ein Aufenthalt verzögerte oder er den Wohnort änderte. Der Postbote verabschiedete sich von Nannerl und kletterte wieder auf den Kutschbock. Langsam ging Nannerl zurück ins Stiegenhaus. Schon auf dem Weg in die Wohnung öffnete sie Wolfgangs Brief und überflog die Zeilen. Sie musste gar nicht den ganzen Text lesen, um zu sehen, dass ihr Bruder ihr keinen Kreuzer schicken würde.

» ... deshalb musst du verstehen, liebes Nannerl, dass ich das Geld, das ich gerade verdient habe, für meine eigene Familie ausgeben muss. Die Stanzerl ist zu unserer großen Freude wieder schwanger. Der Tod vom kleinen Raimund war ein großer Verlust für uns ... Ich hoffe, du freust dich genauso wie wir. Sag dem lieben Papa Bescheid. Wir denken an euch. Tausend Busserl, dein Wolferl.«

Nannerl ließ den Brief sinken. Constanze erwartete ein Kind. Das zweite, denn ihr erster Sohn starb noch während der Geburt. Wolfgang hatte nicht den Mut, ihrem Vater selbst zu schreiben, dass er seine Schulden nicht bezahlen würde. Er hatte im Moment andere Sorgen und hoffte auf ein gesundes Kind. Sein alter Vater und die unverheiratete Schwester waren da bloß lästig. Obwohl Nannerl sich wie immer bemühte, Verständnis für Wolfgang aufzubringen, fühlte sie sich diesmal von ihm im Stich gelassen. Sie wollte keine Almosen, sondern bloß, dass er das Geld, das er sich geborgt hatte, wieder zurückzahlte. Aber Wolfgang schien der Auffassung zu sein, dass ihm die Summe zustand. Vor der Wohnungstür blieb Nannerl stehen und lehnte sich gegen die kalte Hausmauer. Was sollte sie nun tun? Heute Nachmittag kam einer der Gläubiger. Er wollte Geld sehen, und wenn er es nicht bekam, würde er das Klavier und die Geige mitnehmen.

Nannerl spürte, wie ihre Kehle eng wurde. Salzige Tränen stiegen in ihr auf. Wo war Franz? Warum war er nicht da, wenn sie ihn so dringend brauchte? Schon kullerte die erste Träne über ihre Wange und tropfte schwer auf ihre Brust. Es gab Schlimmeres, als die geliebten Instrumente zu verlieren, redete sie sich ein. Man konnte neue kaufen, wenn wieder mehr Geld im Haus war. Aber woher sollte es kommen? Der Verdienst ihres Vaters war bescheiden, und Franz? Gott allein wusste, ob er eine andere Stellung finden würde. Wenn erst das Klavier weg war, konnte Nannerl nicht mehr üben. Wie sollte sie da Klavierunterricht geben? Ihr Einkommen, so bescheiden es auch war, hatte in den letzten Wochen geholfen, den Haushalt aufrechtzuerhalten. Würde es wegfallen, müssten sie den Gürtel noch enger schnallen. Wie lange konnten sie noch in der Wohnung bleiben? Hatte ihr Vater von einem endgültigen Datum gesprochen? Wenn sie ausziehen mussten, würde auch die treue Sophie ihre

Stellung verlieren. Von der Köchin hatte Nannerl sich bereits vor Wochen schweren Herzens getrennt. Nannerl wurde eisig kalt. Sie zitterte, und das, obwohl die Sonne durch die Glasscheibe des Stiegenfensters wärmend auf sie schien.

•••

»Ich gebe Ihnen dreißig Gulden für das Klavier und die Geige.«

»Die Instrumente sind zehnmal so viel wert«, schimpfte Leopold verärgert. Sofort musste er wieder husten. Die Unterhaltung strengte ihn an.

Nannerl stand schweigend daneben. Der Schuldeneintreiber war ein schleimiger Mann mit einer verlausten Perücke. Nannerl hatte zwei der lästigen Viecher von ihm wegspringen sehen. Ein intensiver Gestank von Schweiß und schwerem Moschus ging von ihm aus. Der Geruch hing nun in der Stube und würde sich wohl noch Stunden halten.

»Auf dem Klavier haben meine beiden Kinder gespielt. Wolfgang Amadeus Mozart hat darauf seine Opern komponiert.«

Der stinkende Mann schnaufte verächtlich. »Und wenn der Kaiser von China drauf gespielt hat, so geb ich Ihnen trotzdem nicht mehr dafür. Der Kasten ist alt.«

Nannerl sah zur Küche. Dort stand Sophie. Die alte Dienstmagd lief seit Tagen mit angstgeweiteten Augen und eingezogenen Schultern durch die Wohnung. Sie ahnte, dass sie ihre Anstellung verlieren und bald auf der Straße stehen würde. In ihrem Alter war das eine Katastrophe.

Kraftlos ließ sich Leopold auf einen Stuhl sinken. Er vergrub sein Gesicht in beiden Händen. Nannerl ertrug den Anblick ihres verzweifelten Vaters ebenso wenig wie die Vorstellung, dass Sopherl betteln musste oder ihr geliebtes Klavier, auf dem sie so viele glückliche Stunden verbracht hatte, an irgendeinen Musikbanausen gehen sollte. Noch dazu für eine lächerlich niedrige Summe. Sie atmete tief durch. Sie wusste, was sie tun musste.

»Wir verkaufen das Klavier nicht«, sagte Nannerl entschieden. »Von dem Erlös könnten wir bestenfalls eine Anzahlung der Schulden machen.«

Leopold hob den Kopf. »Es bleibt uns nichts anderes übrig.«

»Wir verkaufen weder das Klavier noch die Geige, und wir entlassen Sopherl nicht.« Nannerls Stimme klang fest und entschlossen.

»Uns steht das Wasser bis zum Hals. Wir können nicht weiter den Kopf in den Sand stecken«, appellierte Leopold.

Nannerl setzte sich zu ihrem Vater und ergriff seine alten faltigen Hände. »Du schreibst einen Brief nach St. Gilgen und erklärst dem Herrn zu Sonnenburg, dass ich sein freundliches Angebot, mich zu heiraten, annehmen werde.«

Leopolds Augen weiteten sich. »Nannerl, hast du dir das gut überlegt?«

»Nein«, gab sie zu, und sie fühlte die Schwere dieser Entscheidung auf ihr lasten. »Aber es ist die einzige Lösung.«

Eine Weile schwiegen sie. Leopold drückte Nannerls Hände. »Ich werde bis zu meinem Tod tief in deiner Schuld stehen.«

Irgendwo ganz leise hatte eine Stimme in Nannerl gehofft, dass ihr Vater ihr Angebot ausschlagen würde. Aber er nickte ihr dankbar zu und meinte: »Bitte bring mir Papier und Tinte.«

An den Gläubiger gerichtet, sagte er: »In wenigen Tagen werden Sie Ihr Geld erhalten. Bitte verlassen Sie unsere Wohnung. Wir behalten das Klavier.«

27

Salzburg, Juni 1784

Schon zwei Tage nachdem Leopold den Brief abgeschickt hatte, kam die Antwort aus St. Gilgen. Zu Sonnenburg hatte sein Schreiben einer Glasträgerin mitgegeben, da zwischen dem Wolfgangsee und der Stadt Salzburg keine Postkutschen verkehrten. Nannerls künftiger Ehemann schickte neben dem Schreiben auch kostbaren Stoff, aus dem Nannerl sich ein Hochzeitskleid schneidern lassen sollte. In seinem Brief bekundete er seine unendliche Freude. Er beglich sämtliche offenen Rechnungen und legte einen Entwurf des Ehevertrags bei. Darin waren die Geldbeträge festgehalten, die er Nannerl versprochen hatte. Die Ehe mit Nannerl war zu Sonnenburg eine ordentliche Summe wert.

Leopolds Husten verschwand wie durch Zauberhand. Sobald er ein schuldenfreier Mann war, hatte er seine Kräfte wiedergefunden. Aus Wien kam ein Brief von Wolfgang, in dem er Nannerl zu ihrer bevorstehenden Hochzeit gratulierte. Mit keinem Wort erwähnte er Franz. Nannerl fragte sich, ob er ein schlechtes Gewissen hatte. Doch dann verwarf sie diesen Gedanken. Wolferl konzentrierte sich ausschließlich auf sich selbst. Unterdessen betete Nannerl in der Stiftskirche zu St. Peter und hoffte, die richtige Entscheidung getroffen zu haben.

Franz hatte sich immer noch nicht bei ihr gemeldet. Dabei hatte Katharina ihr gesagt, dass er seit ein paar Tagen wieder in Salzburg war. Ob er von ihrer geplanten Vermählung gehört hatte? Würde er jemals wieder mit ihr reden?

Zwei Tage vor ihrer Abreise nach St. Gilgen stand er völlig überraschend vor der Kirche und wartete auf sie. Mit ausdrucksloser Miene lehnte er an der Hausfassade und richtete seinen Blick auf die Kirchentür. Als er sie entdeckte, stieß er sich von der Wand ab und kam auf sie zu. Nannerl spürte, wie ihr Herz einen kleinen Sprung machte. Sie wünschte, sie könnte ihrem Impuls nachgeben, ihm entgegenlaufen und die Arme um seinen Hals schlingen. Stattdessen ging sie zögerlich und mit zittrigen Knien auf ihn zu und blieb in gebührendem Abstand vor ihm stehen. In seinen blauen Augen lag eine wütende Traurigkeit, die ihr den Boden unter den Füßen wegzureißen drohte.

Statt sie zu begrüßen, stellte er bloß eine einzige Frage: »Stimmt es, was man sich erzählt?«

Nannerl schluckte. Er hatte also schon von ihrer Verlobung erfahren. Was hatte sie auch anderes erwartet? In Salzburg sprachen sich Neuigkeiten rasch herum.

»Du wirst nach St. Gilgen gehen? In ein gottverdammtes Kaff, um dort einen reichen Juristen zu heiraten?« Noch nie hatte seine Stimme so verärgert, so wütend und gleichzeitig so tief verletzt geklungen.

Nannerl nickte erneut.

»Warum, Nannerl? Warum ausgerechnet jetzt?«

»Weil ich nicht mehr weiterwusste und du nicht da warst«, gab sie zu.

»Du wusstest, dass ich in Prag war. Ich habe mich bei fünf Familien für eine Stelle als Privatlehrer beworben.«

»Hast du eine bekommen?« Hoffnung keimte auf.

Franz zuckte mit den Schultern. »Man denkt darüber nach und gibt mir Bescheid. Ich würde bloß einen Bruchteil von meinem jetzigen Gehalt bekommen.«

»Das reicht nicht«, sagte Nannerl verzweifelt. »Wir brauchen das Geld sofort.«

»Deshalb musst du einen Mann heiraten, den du angeblich nicht liebst?«

»Mein Vater hat hohe Schulden«, fuhr Nannerl fort. »Wolferl auch. Zu Sonnenburg wird sie alle begleichen.«

»Du verkaufst dich.« Franz spuckte die Worte aus. Die Verachtung in seinen Augen traf Nannerl härter als alles andere.

»Das ist nicht fair, Franz«, rief sie. Die Tränen stiegen ihr die Kehle hoch, doch sie versuchte, sie zurückzudrängen. »Ich warte seit Jahren auf dich und hoffe auf eine Lösung für uns zwei. Ich hätte gerne so weitergelebt. Aber das geht nicht. Alles geht den Bach runter. Ich kann nicht zulassen, dass mein Vater und ich auf der Straße landen. Verstehst du das denn nicht?«

»Nein, das kann ich nicht verstehen.«

Nannerl setzte zu einer weiteren Erklärung an, doch seine Wut ließ sie schweigen. Sie wusste, dass keine Entschuldigung der Welt wiedergutmachen konnte, was sie eben zerstört hatte. Franz würde sie für den Rest seines Lebens hassen, und er hatte jeden Grund dazu.

»Es tut mir leid«, sagte sie leise. Ihre Worte erschienen ihr schal. Genauso musste Franz sie empfinden. Er presste verärgert die Lippen so fest zusammen, bis sie nur noch ein blutleerer Strich waren.

»Ich wünsche dir alles Gute«, sagte er schließlich bitter. »Geld wirst du genug haben, und mehr brauchst du offenbar nicht, um glücklich zu sein.«

Seine Worte trafen Nannerl wie ein Schlag ins Gesicht. Sie zuckte zusammen.

Dann drehte Franz sich abrupt um und ging mit energischen großen Schritten davon.

Nannerl blickte seiner aufrechten, schlanken Gestalt nach. Sie blieb wie angewurzelt stehen. Das war es also, das Ende einer langen Freundschaft. Der Schmerz, der sich in ihrer Brust ausbreitete, nahm ihr die Luft zum Atmen. Ihr wurde schwindelig, und sie suchte Halt an einer der Hausfassaden, gegen die sie sich lehnte. Mit klopfendem Herzen schaute sie in den Himmel. Kleine weiße Schäfchenwolken zogen vor einem strahlend blauen Hintergrund vorbei. Es war ein perfekter Sommertag zum Flanieren und um die Seele baumeln zu lassen. Doch für Nannerl fühlte es sich an, als wäre eben ein Teil von ihr gestorben.

Teil III

28

St. Gilgen, Juni 1784

Nannerl hoffte bis zum feierlichen Einzug in die Pfarrkirche St. Aegidius auf ein Wunder. In den seichten Liebesromanen, die Katherl so gerne las und die sie hin und wieder Nannerl borgte, rettete der tapfere Ritter seine Angebetete noch vor dem Traualtar und bewahrte sie vor einer Fehlentscheidung. Aber Franz war kein Ritter in glänzender Rüstung, und er ritt auch auf keinem weißen Ross. Er ließ sich weder in St. Gilgen noch in der Pfarrkirche blicken. Nannerl war davon überzeugt, dass sie ihn nie wiedersehen würde, und diese Gewissheit brannte ein tiefes Loch in ihr Herz.

Am Tag ihrer Hochzeit regnete es schon in den frühen Morgenstunden. Es war der gefürchtete Salzburger Schnürlregen, der, wenn er einmal eingesetzt hatte, mindestens eine Woche andauerte. Der graue, wolkenverhangene Himmel entsprach Nannerls Stimmung. Daran konnte auch ihr hübsches dunkelblaues Kleid nichts ändern, das sie bloß an Franz' Augen erinnerte.

Den Ehevertrag, der alle weltlichen Belange regelte, hatten sie bereits am Tag zuvor unterschrieben. Johann Baptist Berchtold zu Sonnenburg hatte sich an die vereinbarten Beträge gehalten und Nannerl einen Teil der Summe noch am Tag der Unterschrift auf ein Konto seiner Hausbank in Salzburg überweisen lassen.

Nannerl bekam von der feierlichen Zeremonie und der Messe nur wenig mit. Sie war nervös und niedergeschlagen. Eine denkbar schlechte Mischung. Dem besorgten Blick ihres Vaters verdankte sie, dass sie hin und wieder daran dachte zu lächeln. Die Kinder, die ihr Bräutigam mit in die Ehe brachte, standen wie die Orgelpfeifen aufgereiht an der Längsseite der Kirche. Das jüngste, den kleinen Karl Franz, der erst zwei Jahre alt war, hielt ein Kindermädchen im Arm. Er quengelte und wollte auf den Boden gestellt werden, worauf das überfordert wirkende Kindermädchen heimlich versuchte, ihn mit Süßigkeiten ruhigzustellen. Auch die anderen vier Kinder schienen sich bald zu langweilen. Sie begannen, in der Nase zu bohren, sich gegenseitig zu stoßen oder frech zu pfeifen. Nannerl sah den strengen Blick ihres Vaters, der solch ein Benehmen niemals hätte durchgehen lassen.

Nach der Zeremonie wurde im Dorfgasthaus gefeiert. Außer ihrem Vater und Katharina, auf deren Anwesenheit sie bestanden hatte, kannte Nannerl keinen der geladenen Gäste. Sie hätte gerne Sophie dabeigehabt, aber Leopold war dagegen gewesen. Es gehörte sich nicht, Dienstboten zur Hochzeit einzuladen. Wegen des schlechten Wetters musste die Gesellschaft in der Gaststube essen und trinken. Der mangelnde Platz führte dazu, dass die meisten Gäste sich bald auf den Heimweg machten. Nannerl und ihr Ehemann blieben bis zum Schluss. Als sich auch die hartnäckigsten Hochzeitsgäste verabschiedet hatten, gingen sie nur wenige Schritte an der Kirche vorbei auf Nannerls neues Zuhause zu. Sie sah bloß den vorderen Teil des Pflegegerichtshauses, der hintere Teil lag im dichten Nebel. Angeblich spiegelten sich bei Schönwetter die umliegenden Berge im tiefblauen Wolfgangsee. Jetzt lagen die Berggipfel verborgen in den trübnassen Dunstschleiern, die von der Wasseroberfläche aufstiegen. Nannerl wurde von einer Bediensteten, wahrscheinlich der Haushälterin, in ihr Schlafzimmer geführt. Ein Ehebett stand darin. Das Bettzeug war frisch bezogen und sauber.

»Der Herr zu Sonnenburg kommt gleich«, kündigte die Frau an. Sie hatte einen Damenbart, der sie streng aussehen ließ. »Brauchen Sie mich zum Auskleiden?«

»Nein danke. Das kann ich selbst«, sagte Nannerl.

Geräuschlos zog die Haushälterin die Tür hinter sich zu und ließ Nannerl allein. Jetzt war sie also eine verheiratete Frau. Nannerl hatte sich diesen Moment stets anders vorgestellt. Sie blickte sich scheu in ihrem Schlafzimmer um. Die Wände waren weiß gestrichen. Neben dem Bett stand ein mit bäuerlichen Motiven bemalter Schrank. Daneben gab es eine Kommode mit einem kleinen Spiegel. Auf dem Bett lag ein Nachthemd. Ein Geschenk ihres Ehemanns. Es war aus einem fein gewebten Leinen, der Ausschnitt war mit filigraner Spitze gesäumt.

Mit vor Aufregung klammen Fingern zog Nannerl sich aus. Sorgfältig hängte sie ihr Hochzeitskleid auf und streifte den feinen Stoff des Nachthemds über. Die Konturen ihres Körpers waren darunter zu sehen. Sie atmete tief durch. Dann trat sie zum Spiegel, nahm die Perücke ab und flocht die Zöpfe, die darunterlagen, auf. In sanften Wellen fiel ihr kastanienbraunes Haar über ihre Schultern. Franz hätte es geliebt, sanft darüberzustreichen. Nannerl schloss die Augen. Sie musste Franz' Bild vergessen. Doch es gelang ihr nicht. Die Traurigkeit, dass nicht er es war, der zu ihr ins Bett steigen würde, erfasste sie wie eine Welle, die sie unter Wasser drückte und ihr die Luft zum Atmen raubte. Nannerl wandte den Blick von ihrem eigenen Spiegelbild ab. Sie lief über die groben Holzdielen zum Bett und kroch hinein. Das nach Rosenöl duftende Laken zog sie bis übers Kinn. Nannerl würde Rosen für immer hassen. Angespannt lauschte sie in die Dunkelheit und wartete. Wo blieb Johann? Sie waren zum Du übergegangen. Eine Vertrautheit, die Nannerl völlig falsch erschien. Die dunklen Holzbalken an der Decke waren uralt. Wie viele Ehepaare hatten sie schon überdauert? Nannerl war es, als würde ihre Großmutter, die sie nie kennengelernt hatte, zu ihr sprechen. Sie hatte hier bis zum Tod ihres Ehemanns gelebt und auch ihre Hochzeitsnacht hier verbracht. Vielleicht hatte sie im selben Bett gelegen. »Du bist nicht die Erste hier. Glaube mir, Mädchen, es geht vorbei.«

Nun vernahm sie leise Schritte. Mit einem Knarren öffnete sich die Tür. Johann hatte ebenfalls seine Kleidung abgelegt und trug nur ein Nachthemd, das ihm bis zu den Knöcheln reichte. In der Hand trug er eine Laterne, die ein unruhig flackerndes Licht auf sein Gesicht warf. Er hatte seine

Perücke abgelegt. Sein Haar darunter war schütter und grau. Er sah deutlich älter aus als noch vor ein paar Stunden.

Ohne etwas zu sagen, schloss er die Tür, trat zum Bett und blies die Kerze aus, so als wäre es ihm unangenehm, dass Nannerl ihn sah. Er kroch zu ihr unter die Decke. Trotz des starken Parfüms aus Moschus und Pfeffer roch sein Körper alt und ungewaschen.

Genau wie die Balken es ihr zuvor geflüstert hatten, ging es vorbei. Zum Glück sah Johann die Tränen nicht, die ihr dabei über die Wangen liefen. Als ihr Mann längst tief und fest neben ihr schlief, lag Nannerl immer noch wach. Erst im Morgengrauen gelang es ihr, sich in den Schlaf zu weinen. Es war nicht der körperliche Schmerz, der sie quälte, sondern vielmehr die Selbstverachtung, mit der sie ein Leben lang zurechtkommen musste.

• • •

Als Nannerl erwachte, war der Platz neben ihr bereits leer. Nannerl musste sich überwinden aufzustehen. Am liebsten wäre sie im Bett geblieben, hätte die Decke über den Kopf gezogen und wieder geweint. Doch es half nichts, sie musste die Kinder kennenlernen, um die sie sich kümmern sollte. Bis auf den Jüngsten, den zweijährigen Karl Franz, stammten sie von Johanns erster Frau. Die Kinder waren seit fünf Jahren ohne leibliche Mutter. Angeblich hatte Johanns zweite Frau unter den Kindern der Vorgängerin sehr gelitten, weil sie frech und unerzogen waren. Nannerl würde sich gleich ein Bild von ihnen machen. Sie zog eines ihrer Alltagskleider an, richtete ihr Haar und ging dann nach unten. Schon auf der Stiege hörte sie lautes Kindergeschrei. Zwei der älteren Jungs stritten. Selbst als sie Nannerl sahen, ließen sie nicht voneinander ab und balgten sich am Boden. Erst nach einem lauten Pfiff aus der Küche und einem drohend erhobenen Kochlöffel in der Hand einer dicken Köchin rappelten die Kinder sich wieder auf. Von ihren wütenden Gesichtern war abzulesen, dass sie ihren Streit fortsetzen würden, sobald die Küchentür wieder zu war.

Nannerl stellte fest, dass das Haus größer war, als es auf den ersten Blick ausgesehen hatte. Es gab zwei möblierte Wohnzimmer und ein Klavierzimmer. Das Instrument zog Nannerl magisch an. Es war ein Lichtblick in ihrem neuen freudlosen Leben. Ein Funken Hoffnung und Sicherheit. Bisher hatte die Musik sie nie im Stich gelassen. Sie hatte ihr stets Trost gespendet, ganz egal, wie traurig sie sich gefühlt hatte. Daneben gab es eine Schreibstube, drei Schlafzimmer und eine Küche, die dem Dienstpersonal vorbehalten war. Gegessen wurde in einer vornehmen Stube, von deren Wänden Johanns Vorfahren aus ihren Porträts auf sie hinabblickten. Johann erwartete sie schon und schloss die Tür hinter ihr. Der Lärm der Kinder wurde leiser.

»Die Kinder sind ein bisschen lebhaft«, sagte er entschuldigend. »Du wirst dich daran gewöhnen.«

Nannerl antwortete nicht. Sie sah sich im Raum um. In einer Glasvitrine an der Wand befand sich bunt bemaltes Geschirr. Ganz anders als das Porzellan, das sie von zu Hause gewöhnt war. Auf dem Tisch warteten die Reste des Frühstücks auf sie. Der Tisch war voller Brösel, zerkrümelter

Brotrinde, ausgeschütteter Milch, Marmeladenflecken und zerknüllter Stoffservietten. So als hätte eine Horde Wilder hier gewütet. In dem Chaos standen ein Korb mit Brot, ein Tonfässchen Butter, eine Schüssel hart gekochter Eier und Speck.

»Ich bin sehr froh, dass du mich nicht angelogen hast«, sagte Johann. Während er sprach, sah er sie nicht an.

»Wie bitte?«

»Du warst wirklich noch Jungfrau.« Er räusperte sich verlegen.

»Ja natürlich.«

»Das ist keine Selbstverständlichkeit. Ich werde noch heute den Betrag, den ich mit deinem Vater vereinbart habe, auf dein Konto überweisen lassen.«

Nun wandte auch Nannerl ihren Blick ab. Eigentlich sollte sie sich nun tugendhaft fühlen können, schließlich war sie unberührt in die Ehe gegangen, so wie es von der Gesellschaft und der Kirche erwartet wurde. Aber genau das Gegenteil war der Fall. Johanns Worte gaben ihr das Gefühl, eine Prostituierte zu sein. Die Erlebnisse der letzten Nacht hatten eine bittere Erinnerung hinterlassen. Sie fühlte sich besudelt. Wie jemand, der einen Teil seines Körpers verkauft hatte. Nichts von dem, was letzte Nacht passiert war, hatte seine Richtigkeit.

»Ich werde nicht jede Nacht zu dir kommen«, versprach Johann. Konnte er ihre Gedanken lesen? »Ich schlafe in der Kammer unter dem Dachboden. Doch ich wünsche, dass du deine Schlafzimmertür offen hältst für den Fall, dass …« Er beendete seinen Satz nicht.

Nannerl nickte bloß. Sie hätte keinen Ton herausgebracht.

Damit war dieses Thema abgehandelt, und Nannerl war froh, dass er nicht weiter darüber sprach. Sobald sie sich unterhielten wie zwei Menschen, die zufällig unter demselben Dach wohnten, war die Situation besser zu ertragen. Johann bat Nannerl, Platz zu nehmen und mit ihm zu frühstücken.

»Wie alt sind deine Kinder?«, erkundigte sich Nannerl, während sie nach einer Scheibe Bauernbrot suchte, die noch nicht angebissen war, und nach einem halbwegs sauberen Messer.

»Anna Maria ist dreizehn, Wolfgang zehn, Joseph sieben, Johann Baptist fünf und Karl Franz zwei.«

Nannerl vermutete, dass sie im Flur Wolfgang und Joseph gesehen hatte.

»Gehen die Kinder zur Schule?« Sie strich die weiche Butter auf das Brot.

»Sie besuchen die Dorfschule.«

»Hm.« Nannerl biss ab. Das Brot schmeckte nach Kümmel und Fenchel. Es war wirklich gut. »Sollten die Älteren nicht eine bessere Schule besuchen?«

Franz hatte immer erklärt, wie wichtig die richtige Schulauswahl war. Dorfschulen wurden meist von Lehrern geleitet, die selbst kaum lesen und schreiben konnten. Wie viele Stunden hatten sie über die Vor- und Nachteile von Internaten gesprochen. Nannerl musste sich zusammenreißen, sie durfte jetzt nicht an Franz denken. Sobald sie sein Bild vor sich sah, kehrte das enge Gefühl in der Brust zurück. So als würde sich ein enger Ring um ihr Herz legen und es zusammenschnüren.

»Hältst du meine Kinder für ungezogen?« Johanns Stimme wurde schärfer. Offenbar war das ein Vorwurf, den er schon öfter gehört hatte.

Nannerl wich seiner Frage aus und stellte selbst eine weitere. »Wie steht es mit dem Musikunterricht? Spielen die Kinder Instrumente?«

»Nein, bis jetzt nicht.«

»Aber es gibt ein Klavier im Haus, habe ich gesehen.«

»Es ist verstimmt«, gab Johann zu.

»Das ist schade. Ich denke, dass regelmäßiger Musikunterricht jedem Kind guttut.«

»Ich werde den Klavierstimmer kommen lassen«, versprach Johann. »Aber eines sage ich gleich. Ich will nicht, dass meine Kinder über die Maßen mit Unterricht gequält werden.«

»Musik ist niemals eine Qual!«, entgegnete Nannerl ernst. Vom Gang ertönte erneut lautes Gezanke. Diesmal war auch eine Mädchenstimme zu vernehmen.

»Willst du nicht nachsehen gehen?«, fragte Nannerl.

»Meine Liebe, das ist ab sofort deine Aufgabe. Ich muss mich um meine Arbeit kümmern.« Er stand auf, legte die Stoffserviette neben den Teller und ließ sein angebissenes Butterbrot liegen. Seine Frühstücksreste sahen genauso aus wie die seiner Kinder. Dem lauten Schreien folgte ein ebenso lautes Weinen.

Nannerl hörte, wie sich eine junge Mädchenstimme bei

Johann beschwerte. »Papa, der Joseph hat mich an den Haaren gezogen.«

»Eure neue Mutter sitzt beim Frühstück, geh zu ihr, mein Schatz.«

Sogleich wurde die Tür aufgerissen, und ein Mädchen mit aufgelösten Zöpfen und einem dreckverschmierten Gesicht stand im Türrahmen. Nannerl bekam eine Vorahnung davon, wie ihr Leben ab sofort aussehen würde. Sie legte ihr Brot ebenfalls angebissen auf den Teller zurück. Zeit zum Essen fand sich vielleicht später.

29

St. Gilgen, Oktober 1784

Nannerl war es gewohnt, dass ihre Tage ausgefüllt waren. Seit dem Tod ihrer Mutter hatte sie ihrem Vater den Haushalt geführt, hatte sich um den Einkauf, den Speiseplan, die Vorratshaltung, den Waschtag, die Verpflegung von Gästen und vieles mehr gekümmert. Daneben hatte Nannerl Klavierunterricht gegeben und selbst regelmäßig gespielt. Trotzdem war Zeit geblieben, Freunde zu treffen, mit Pimberl spazieren zu gehen oder einfach ein Buch oder eine Zeitung zu lesen. Von derlei Freizeitvergnügen musste sie sich nun verabschieden. Einziger Lichtblick in ihrem Alltag waren die Stunden, die sie am Klavier verbringen durfte. Leider gab es Tage, an denen selbst das nicht möglich war. Dann musste sie sich damit begnügen, Johanns Kinder zu unterrichten. Sein Nachwuchs war wild und unerzogen. Die Burschen waren es gewohnt, den ganzen Tag über im Freien zu spielen. Der Unterricht in der Dorfschule fand nur sporadisch statt. Die meisten Kinder kamen von umliegenden Bauernhöfen. Ihre Eltern schickten sie während der Ernte nur selten zur Schule, da die Kinder auf den Höfen zur Arbeit gebraucht wurden. Daher waren diese Tage schulfrei. Nannerl hatte alle Hände voll zu tun, den zehnjährigen Wolfgang zum Rechnen zu überreden oder den siebenjährigen Joseph davon zu überzeugen, dass er sich seiner Lesefibel widmen sollte, statt Fische aus dem Wolfgangsee zu angeln. Die dreizehnjährige Anna Maria verhielt sich anfangs abweisend. Wenn Nannerl sie ansprach, antwortete sie schnippisch und frech. Arbeitsaufforderungen ignorierte sie geflissentlich. Doch sobald Nannerl sich ans Klavier gesetzt und eine kurze Sonate gespielt hatte, war Anna Maria neugierig geworden. Sie wollte ebenfalls so wunderschöne Musik machen.

»Kann ich das lernen?«, hatte das Mädchen gefragt.

»Selbstverständlich, komm her. Ich zeig es dir.«

Von da an war Anna Maria Nannerls eifrigste und begabteste Schülerin. Zwischen den beiden entstand rasch eine tragfeste Beziehung. Ganz anders verhielt es sich mit den Jungen, die weder an der Musik noch am Üben Interesse zeigten. Nannerl bestand trotzdem auf dem festen Einhalten der Lektionen, womit sie sich nicht sonderlich beliebt machte.

Neben der Aufsicht der Kinder war Nannerl auch für das Hauspersonal zuständig. Die Dienstmädchen waren nicht annähernd so eifrig wie Sopherl. Immer wieder musste Nannerl sie zur Arbeit ermahnen und jeden ihrer Handgriffe überprüfen. Nannerls Arbeitstage begannen kurz nach fünf in der Früh und endeten gegen zehn am Abend. Der ausgefüllte Stundenplan ermöglichte ihr kaum ein Nachdenken über ihre neue Lebenssituation. Das tat sie erst, wenn sie müde und erschöpft abends im Bett lag. Dann verkroch sie sich unter der Decke und starrte nervös auf die Tür der Schlafkammer. Sie horchte angestrengt auf Johanns Schritte. Sobald sie das Knarren der Holztreppe zum Dachboden vernahm, wusste sie, dass sie ihren ehelichen Pflichten nicht nachkommen musste. Erst wenn sie sicher war, dass Johann in der Kammer unter dem Dach lag, konnte sie erleichtert einschlafen.

Es war nicht so, dass Nannerl Johann nicht ausstehen konnte. Er war höflich und zuvorkommend und begegnete ihr mit Respekt. Nannerl schätzte ihren Ehemann, aber ihre Gefühle für ihn entbehrten jeder Leidenschaft oder innigen Verbundenheit. Sie waren wie zwei Geschäftspartner, die einen Vertrag eingegangen waren und nun gemeinsam unter einem Dach lebten. Zu den vereinbarten Geschäftsbedingungen zählte auch das gelegentliche Teilen des Bettes.

So verging der Sommer, und für Nannerl brach der erste Herbst in St. Gilgen an. Rund um das Haus lag ein riesiger Obstgarten mit Apfel-, Birn- und Zwetschgenbäumen. Nun galt es, die Ernte einzufahren und die Früchte für den Winter einzukochen. Auch diese Arbeit blieb an Nannerl hängen. Sie musste dafür sorgen, dass die zwei Mägde das Obst rechtzeitig ernteten, dass die Köchin die Einmachgläser rechtzeitig säuberte beziehungsweise dass genügend davon im Haus waren. Außerdem benötigte sie Zimtrinde und Zucker, beides Lebensmittel, die es in St. Gilgen nicht gab. Aus diesem Grund bat sie ihren Vater, ihr reichlich davon aus Salzburg zu schicken. Leopold, der nur auf einen Anlass gewartet hatte, seine Tochter zu besuchen, setzte sich in die nächste Kutsche und nahm die sechsstündige Anfahrt in Kauf, um Nannerl wiederzusehen.

An einem sonnigen Herbstnachmittag traf er, wie angekündigt, in St. Gilgen ein. Nannerl erwartete ihn bereits. Sie hatte einen Tisch im Freien decken lassen, hatte frischen Kuchen und Kaffee bereitgestellt und freute sich auf die willkommene Abwechslung. Ihr Ehemann war beruflich unterwegs, die Kinder tollten irgendwo im Garten oder im Haus herum.

»Papa, wie ich mich freue. Gut schaust du aus!« Nannerl sah ihren Vater an. »Die Sopherl scheint fein für dich zu sorgen.«

Leopold klopfte sich auf seinen Bauch, der in den letzten Wochen deutlich an Umfang zugelegt hatte. Auch er musterte seine Tochter.

»Nannerl, und wie geht es dir?«, fragte er besorgt. Nannerl hatte seit Wochen nicht genau in den Spiegel geschaut. Ihr war aufgefallen, dass ihre Kleider alle zu weit geworden waren. Erst gestern hatte sie die Bänder eines ihrer Mieder verstellen müssen, da es sonst nicht mehr gepasst hätte.

»Gut. Es ist viel los«, sagte sie müde. Sie bat ihren Vater zum Tisch. Doch Leopold blieb noch stehen.

»Isst du genug?« Sein Blick lag auf ihrem Gesicht.

»Ich denke schon.«

Nannerl lief ins Haus, um Butter zu holen. Vor dem Spiegel blieb sie kurz stehen. Ihre Wangen waren eingefallen. Ihre bernsteinfarbenen Augen lagen in dunklen Höhlen. Sie hatten ihren Glanz verloren. Dasselbe galt für ihr Haar. Das war es, was ihr Vater zuvor gemeint hatte.

Mit dem Butterfässchen in der Hand kehrte sie zurück. »Lass uns gleich mit der Jause beginnen«, forderte sie. »Die Kinder sind gerade unterwegs, und die zwei Küchenmägde schneiden die Zwetschgen klein. Ich muss in Kürze wieder in der Küche nach dem Rechten sehen. Sobald man sie aus den Augen lässt, sitzen sie herum und tratschen.«

Leopold ließ sich auf einem der Holzstühle nieder.

»Du siehst erschöpft aus«, sagte er sorgenvoll.

»Das bin ich auch«, gab Nannerl zu. »Die Kinder sind eine große Herausforderung. Kaum drehe ich ihnen den Rücken zu, haben sie bloß Unfug im Kopf. Gestern hat Joseph in seine neue Hose ein riesiges Loch gerissen. Sein Bruder kam vom Spielen so dreckig nach Hause, dass wir ihn in einen Bottich Wasser setzen mussten, damit seine Haut von all dem Baumharz wieder halbwegs sauber war. Seine Kleidung ist völlig ruiniert. Er hat beim Baden so laut geschrien, dass Johann gedacht hat, ich würde ihn abstechen wollen. Er war gar nicht damit einverstanden, dass sein Sohn gewaschen wurde. Aber wie hätte ich das klebrige Zeug sonst von ihm abbekommen?«

Nannerl schenkte ihrem Vater Kaffee ein. Ein Luxus, den es in St. Gilgen nur bei Besuch gab.

»Was gibt es in Salzburg Neues?«

»Die Pimberl ist letzte Woche friedlich eingeschlafen. Sie hat bis zum Schluss darauf gewartet, dass du zurückkommst. Immer wieder ist sie in deine Schlafkammer gegangen und hat sich vor dein Bett gelegt.«

Die Nachricht traf Nannerl, und sie musste mit den Tränen kämpfen. Sie hätte die alte Hündin mitnehmen sollen. Jetzt hatte sie sich nicht einmal von ihr verabschieden können.

»Sie war eine treue Begleiterin«, sagte sie traurig, sobald sie den Kloß in ihrem Hals hinuntergeschluckt hatte. »Die beste Hündin der Welt.«

»Es ist jetzt sehr still geworden im Haus. Das bin ich nicht gewohnt.« Leopold wirkte bedrückt. Um sich selbst und Nannerl aufzuheitern, erzählte Leopold von Konzerten, Tanzveranstaltungen und von Wolfgangs Singspiel *Die Entführung aus dem Serail*, das nach großem Erfolg in Wien nun auch in Salzburg gespielt worden war.

»Ich hab dir die Noten mitgebracht«, sagte Leopold, kramte in seiner Reisetasche und holte einen Packen Notenblätter hervor.

Nannerl nahm sie entgegen. »Ich schau sie mir später an.«

Leopold wirkte irritiert. Noch nie hatte Nannerl mit solch einem Desinteresse auf Wolfgangs Kompositionen reagiert. Normalerweise konnte sie es kaum erwarten, die Noten zu lesen, und bestand darauf, sie sofort zu spielen. »Was ist los, Nannerl? Seit wann freust du dich nicht über die Werke deines Bruders?«

»Ich freu mich über die Noten«, erklärte Nannerl matt. »Ich werde bloß nicht dazu kommen, die Stücke zu spielen.« Das war nicht der einzige Grund. Nannerl war enttäuscht, dass ihr Bruder sie im Augenblick der Not so im Stich gelassen hatte. Ihre missliche Lage hatte sie auch ihm zu verdanken. »Was soll das heißen?« Leopold richtete sich auf.

»Wenn ich am Klavier sitze, dann gebe ich Johanns Kindern Unterricht. Für mich selbst habe ich seit meiner Hochzeit kaum mehr gespielt, dazu bleibt keine Zeit.«

»Du hast kein einziges Mal dein eigenes Spiel perfektioniert?« Leopold war entsetzt.

»Die Arbeitstage sind lang. Da bleibt nicht viel Zeit fürs Klavier.«

»Aber du bist zum Klavierspielen geboren«, empörte sich Leopold. »Es gibt keine begnadetere Pianistin in ganz Europa. Du darfst dein Talent nicht verkommen lassen.«

Nannerl antwortete nicht, sie sah ihren Vater mit einer Mischung aus Ärger und Resignation an. Trug er nicht eine gewisse Mitschuld an ihrer Situation?

»Bist du glücklich, Nannerl?« Leopold sprach leise.

»Was ist schon Glück?« Nannerl wich aus. Sie nahm eine weitere Tasse und schenkte sich selbst Kaffee ein. Ihrem Vater reichte sie ein Stück Kuchen.

»Liebst du deinen Ehemann?«

Nannerl blickte von ihrer Tasse hoch. Dabei füllten sich ihre Augen mit Tränen. »Du kennst die Antwort, Papa.«

Leopold starrte auf den Kuchen. »Ich hatte gehofft, dass die Liebe sich entwickelt.«

Nannerl antwortete nicht.

»Du schaust krank aus, Mädel. Ich mach mir Sorgen um dich.«

»Ich bin bloß müde, das ist alles.«

»Du musst wieder regelmäßig Klavier spielen, und du

brauchst die Oper und das Theater. In diesem Dorf gibt es keine Kultur«, empörte sich Leopold. »Dein Sinn für das Schöne verschrumpelt hier wie ein fauliger Apfel. Warum kommst du nicht regelmäßig nach Salzburg?«

»Weil ich dazu Johanns Einverständnis brauche.«

»Ach«, stieß Leopold verärgert aus. »Dein Ehemann hat eine Künstlerin geheiratet. Damit hat er Verantwortung übernommen. Er muss dir die Möglichkeit geben, dich zu entfalten. Du bist seine Frau, nicht seine Bedienstete.«

»Johann ist kein schlechter Mann«, sagte Nannerl. »Er hat bloß keinen Sinn für die Musik.«

»Dann ist er ein Banause.«

Nannerl fragte sich, warum ihr Vater erst jetzt zu diesem Schluss kam. Bisher waren ihm bloß Johanns Geld und sein Titel wichtig gewesen.

»Ich werde mit deinem Ehemann reden«, sagte Leopold. »Er muss einsehen, dass er dich in Zukunft mehr schonen muss. Wenn du so weitermachst, bist du in ein paar Wochen nur ein Gerippe aus Haut und Knochen. Du brauchst eine Kur. Am besten eine Badekur in Bad Gastein. Das soll Wunder wirken. Die Frau vom neuen Konzertmeister war dort. Sie war sehr kränklich. Schon nach zwei Wochen sah sie wieder aus wie das blühende Leben.«

Leopolds Sorge rührte Nannerl. Wann hatte er sich je so viele Gedanken um sie gemacht? War es sein schlechtes Gewissen?

»Außerdem muss Johann einsehen, dass du die Musik brauchst wie andere Menschen die Luft zum Atmen.«

»Ich denke nicht, dass es klug ist, wenn du meinem Ehemann vorschreibst, wie wir unsere Ehe führen sollen«, meinte Nannerl vorsichtig.

»Ich gebe ihm bloß ein paar Ratschläge«, widersprach Leopold. »Ich bin dein Vater und sorge mich um deine Gesundheit. Johann wird mir zuhören müssen.«

Zum ersten Mal seit Wochen schmunzelte Nannerl. Ihr Vater hatte eine erstaunliche Überzeugungskraft, wenn es darum ging, einen Kaiser oder einen Fürsten von einem Musikstück zu überzeugen. Ob es ihm gelingen würde, auf Johann einzuwirken?

30

Bad Gastein, November 1784

Warmer Wasserdampf stieg aus dem ovalen Holzbottich, in dem Nannerl lag. Nur ihr Kopf schaute heraus. Sie hatte die Augen geschlossen und sog den mineralhaltigen Geruch des weichen Wassers genussvoll ein. Nannerl war erst den dritten Tag im *Gasthaus Sonnblick*, doch sie fühlte sich schon jetzt deutlich kräftiger und gesünder als am Tag ihrer Ankunft. Was mehr auf die regelmäßigen Mahlzeiten und den reichlichen Schlaf zurückzuführen war als auf die Stunden im Thermalwasser. Nannerl genoss das nasse Vergnügen trotzdem.

Leopold war es tatsächlich gelungen, Johann zu einer Badekur für seine Tochter zu überreden. Betrübt hatte Johann nach dem Gespräch mit dem besorgten Schwiegervater noch am selben Abend einen Brief an den ortsansässigen Kurarzt geschickt, der ein Zimmer für Nannerl bestellt und eine Liste von Wasserbehandlungen zusammengestellt hatte.

Nannerl würde drei ganze Wochen hierbleiben. Der Ort

lag inmitten der Hohen Tauern, am Fuß des Graukogels. Ihre Zeit würde sie mit Spaziergängen, Mahlzeiten, Bädern und dem regelmäßigen Üben auf ihrer Geige verbringen. Nannerl wähnte sich im Paradies.

Sie nahm Schritte hinter sich wahr und öffnete die Augen. Eine der Bademägde, eine rundliche junge Frau mit kräftigen Oberarmen, trat zu ihr. »Ist das Wasser noch warm genug?« Sie trug einen schweren Tonkrug mit sich, aus dem ebenfalls Dampf aufstieg.

»Es ist perfekt, vielen Dank.«

Also ging die junge Frau zu einem der anderen vier Bottiche, in denen ebenfalls erholungsbedürftige Kurgäste lagen. Es waren ausschließlich Damen. Die Herren badeten in einem anderen Saal. Nannerl blieb noch eine Weile liegen, dann fasste sie nach dem Handtuch, das griffbereit auf einem kleinen Holzschemel neben dem Bottich lag, und kletterte geschickt aus dem langsam kühler werdenden Wasser.

Sie trocknete sich sorgfältig ab, wickelte ihr nasses Haar in ein kleineres Tuch und schlüpfte in ihren Morgenmantel. Mit Holzpantoffeln, die sie eigens für die Kur besorgt hatte, trippelte sie die Stufen hinauf in ihr kleines Zimmer. Vom Balkon, den sie im Moment nicht nutzte, da es draußen erneut zu schneien begonnen hatte, sah sie, dass neue Gäste angekommen waren. Vor dem Gasthaus stand ein Pferdeschlitten. Nannerl würde heute Abend wohl nicht mehr allein an ihrem Tisch speisen können. Die Wirtin hatte bereits angekündigt, dass weitere Gäste erwartet wurden. Nannerl hoffte auf angenehme Tischnachbarn. In der Ecke neben ihr saß ein lustiges Ehepaar aus München, das viel lachte und

Späße machte. Beide waren sehr dick und litten an Rheuma. Leider war ihr größtes Vergnügen das gute Essen, was ihren Beschwerden nicht unbedingt zuträglich war. Nannerl mochte die beiden, die sie an glückliche Zeiten in der Stadt erinnerten. Der Tisch auf ihrer anderen Seite war von zwei älteren Damen belegt, die unentwegt über ihre Krankheiten jammerten und ein wenig anstrengend waren. Doch auch sie störten Nannerl nicht allzu sehr.

Wohlig müde vom langen Spaziergang im Schnee und dem anschließenden Baden im warmen Wasser, legte sich Nannerl ins Bett und schlief auf der Stelle ein. Sie erwachte erst, als es draußen finster und Zeit zum Abendessen war. Sie ging zum Kachelofen, der eine angenehme Wärme ausstrahlte, öffnete das kleine Türchen, holte mit einem Span eine Flamme aus der Glut und entzündete damit die Laterne neben ihrem Bett.

Im flackernden Licht machte sie sich fertig fürs Abendessen. Es war eine Wohltat, dabei nicht hetzen zu müssen. Niemand schrie nach ihr, niemand weinte oder stritt sich. Nannerl schlüpfte in ihr dunkelgrünes Kleid, das am Saum mit schwarzer Spitze versehen war, legte eine schlichte Kette um den Hals und flocht ihr Haar zu einem einfachen Zopf. Völlig entspannt stieg sie die schmale Holztreppe hinunter in die Gaststube. Auch hier sorgte ein grün glasierter Kachelofen für ausreichend Wärme. Auf den Tischen lagen karierte Tücher, auf denen in der Mitte je eine Kerze stand. Es roch nach gebratenem Fleisch. Die Gäste unterhielten sich in gedämpfter Lautstärke.

»Guten Abend, Frau zu Sonnenburg«, sagte die Wirtin

fröhlich. Sie war eine resolute Person mit rosigen Wangen. »Ich hab einen der neuen Gäste an Ihren Tisch gesetzt, weil sonst kein Platz mehr war. Ich hoffe, das passt.«

»Ja natürlich.«

Nannerl blickte nach hinten zu der kleinen Fensternische neben dem Kachelofen. Für einen Moment traute sie ihren Augen nicht. Gaukelte ihr entspannter Geist ihr etwas vor? Nannerl blinzelte, rieb sich mit dem Handrücken über die Augen und schaute erneut zum Tisch. Nein, sie irrte sich nicht. Die hochgewachsene Gestalt mit dem locker zusammengebundenen Haar war ihr nur allzu vertraut. Gerade, als sie seinen Namen sagen wollte, drehte er sich zu ihr um. Nannerls Herz setzte kurz aus und raste dann in einem rasanten Tempo weiter. Es war Monate her, dass es so schnell geklopft hatte. Im Kerzenschein der Laternen schien das Blau seiner Augen dunkler, als Nannerl es in Erinnerung hatte. War es purer Zufall, dass sie Franz hier traf, oder hatte er gewusst, dass sie hier war? Seine Mimik war unergründlich. Nannerl war sich nicht einmal sicher, ob er sich freute, sie zu sehen. Sie selbst hätte am liebsten laut gejubelt und sich dabei vor Glück im Kreis gedreht. Aber sie unterdrückte den Impuls und ging mit einem Lächeln auf ihn zu.

Was sagte man dem Menschen, den man so sehr liebte, dass es schmerzte, und den man dermaßen verletzt hatte, dass man verstehen konnte, wenn er einen nicht mehr sehen wollte? Unbeholfen stand Nannerl vor ihm. Ihr war gleichzeitig zum Weinen und zum Lachen zumute, und sie hatte nur einen Wunsch: dass Franz ihr verzieh.

»Willst du dich nicht setzen?«, fragte er höflich.

Seine Stimme brachte etwas in Nannerl zum Schmelzen. Ihre Knie wurden weich. Zum Glück war der Sessel in Griffweite. Nannerl zog ihn zu sich und ließ sich darauf nieder.

»Es ist … du bist …« Nannerl stotterte wie ein nervöses Kind. Sie hielt sich an ihren eigenen Händen fest und sagte schließlich: »Ich freu mich so, dass du da bist.«

Endlich stahl sich ein Lächeln auf Franz' Gesicht. Rund um seine Augen bildeten sich die kleinen so vertrauten Lachfältchen. Nannerl konnte sich nicht daran sattsehen. Am liebsten hätte sie über den Tisch gegriffen und wäre jedem einzelnen Fältchen mit ihrem Zeigefinger nachgefahren.

»Ich habe letzte Woche deinen Vater getroffen«, erklärte Franz. »Er hat mir erzählt, dass du krank bist und dich in Gastein erholst.«

»Mein Vater hat dir gesagt, dass ich hier bin?« Hatte er Franz auch gebeten, sie zu besuchen, um sie von der Schwermut zu kurieren?

»Die Vorstellung, dass du krank bist, war mir unerträglich«, sagte Franz. Er klang entschuldigend. »Ich wollte dich sehen …« Seine Stimme brach ab. » … auch wenn du das vielleicht gar nicht wünschst.«

»Wie kannst du das sagen? Ich habe nichts sehnlicher erhofft.« Nannerl sprach so leise, dass nur Franz sie hören konnte. Ob er ihre Sehnsucht fühlen konnte?

»Dein Vater hat mir erklärt, warum du in die Ehe eingewilligt hast.«

»Das kann nichts Neues für dich gewesen sein«, sagte Nannerl.

Franz ließ ihre Bemerkung unkommentiert. »Ich denke, dass er sich an deinem Unglück schuldig fühlt.« Seine blauen Augen suchten ihren Blick. »Bist du unglücklich?«

»Im Moment nicht.«

Die Wirtin kam mit einem dampfenden Suppentopf, den sie in die Mitte des Tisches stellte. Eine Dienstmagd brachte zwei leere Schüsseln aus einfachem Steingut und Löffel. »Wohl bekomm's.«

Der würzig aromatische Geruch von Majoran und Kümmel verbreitete sich. Klein geschnittenes Wurzelgemüse und Kaspressknödel schwammen in der Flüssigkeit. Nannerl ergriff den Schöpflöffel und füllte zuerst Franz' Schüssel, dann ihre eigene.

Die Suppe war heiß, sie mussten sie abkühlen lassen.

»Bis zuletzt hatte ich gehofft, dass du nicht heiraten wirst«, gestand Franz. »Als ich erfuhr, dass du tatsächlich nach St. Gilgen gezogen bist, dachte ich zuerst, es wäre das Beste zu sterben.«

»Franz, wie kannst du so etwas auch nur denken?«, entfuhr es Nannerl.

»Ein Leben ohne dich erschien mir leer und sinnlos. Ich war so unendlich gekränkt und verletzt. Es war, als wäre etwas in mir für immer zerbrochen.«

Jedes seiner Worte versetzte Nannerl einen Stich in die Brust. Die Kehle wurde ihr eng. Sie spürte die ersten salzigen Tränen in sich hochsteigen und kämpfte dagegen an. Was nutzte es, jetzt zu weinen?

»Die Vorstellung, dass du mit einem anderen Mann das

Bett teilst und er dich glücklich macht, war mir schier unerträglich.«

Nannerl schüttelte traurig den Kopf. Das, was zwischen ihr und Johann stattfand, hatte mit Glück nichts zu tun. Sie fasste über den Tisch und ergriff Franz' Hand. Die Berührung war wie die Entladung eines kleinen Blitzschlags.

»Ich bin so froh, dass du hier bist«, sagte sie sanft. »Ich habe dich vermisst, Franz. Dein Lachen, deine klugen Worte, deinen Sanftmut, einfach alles an dir.«

Die Traurigkeit in seinen Augen schnürte ihr erneut die Kehle zu.

»Reden wir nicht darüber, was falsch gelaufen ist. Lass uns die Zeit zu zweit einfach genießen«, sagte er und strich mit seinem Daumen über ihren Handrücken. Nannerl wünschte, er würde nicht nur die kleine Stelle, sondern ihren ganzen Körper mit sanften Berührungen bedecken.

»Wie lange wirst du hier sein?« Ihre Worte waren atemlos. Das Verlangen, das darin lag, erschien ihr schamlos, doch sie konnte nichts dagegen tun.

»Drei Wochen, solange eine Badekur eben dauert.« Zum ersten Mal an diesem Abend wich die Traurigkeit aus seinem Blick. Seine Augenbraue rutschte fragend nach oben.

»Denkst du, die Zeit wird ausreichen, um nachzuholen, was wir seit Jahren versäumt haben?« Nannerl war über ihren Mut selbst erstaunt.

Für einen Augenblick war Franz sprachlos. Er musterte sie mit einer Mischung aus Neugier, Überraschung und Zärtlichkeit. Es dauerte, bis er seine Worte wiederfand. »Du willst etwas nachholen?«

»Drei Wochen sind nicht lange, und ich will jede Minute mit dir auskosten.«

»Du willst mit mir spazieren gehen?«

Nannerl schüttelte den Kopf und errötete dabei. »Wir haben genug Spaziergänge unternommen. Das reicht für ein ganzes Leben.«

»Du bist eine verheiratete Frau.«

»Eben«, sagte Nannerl. »Es gibt nichts, was ich noch bewahren muss.«

Sie ergriff den Löffel. »Ich habe einen großen Fehler begangen, und ich werde mein restliches Leben dafür zahlen, Franz, das weiß ich.« Nun senkte sie ihren Blick. »Aber ich will wissen, wie es sich anfühlt, mit dem Mann zusammen zu sein, den ich liebe.«

Wenn Franz ihr jetzt einen Korb gab, würde ihr Herz für immer in Trümmern liegen. Eine schier endlose Pause entstand. War Nannerl zu weit gegangen? Verachtete Franz sie wegen ihres unmoralischen Angebots?

Sie tauchte ihren Löffel in die Suppe und sah nur aus dem Augenwinkel seinen Blick, in dem die pure Freude lag.

»Wir sollten rasch essen«, sagte er. Auch er griff nach dem Löffel. »Damit wir schnell aufs Zimmer kommen.«

Hinterher hätte Nannerl nicht mehr sagen können, was die Wirtin ihnen serviert hatte. Nannerl konnte sich nicht auf die Mahlzeit konzentrieren, in Gedanken war sie bei dem, was dem Abendessen folgen würde.

Sie verließen gemeinsam den Tisch und gingen getrennt in ihre Zimmer. Doch kaum hatte Nannerl die Kerze in der

Laterne am Nachtkästchen entzündet, klopfte es an der Tür. Mit feuchten Händen öffnete Nannerl. Sie war nervös. Doch es war eine angenehme Anspannung. Ähnlich wie bei einem großen Auftritt vor einem vollen Konzertsaal. Aber schon der Blick in Franz' Augen verriet ihr, dass sie etwas völlig Neues erwartete. Geräuschlos zog Franz die Tür hinter sich zu. Er trug eine Kerze in der Hand. Die Flamme flackerte aufgeregt, doch er selbst wirkte völlig ruhig. Auf seinem Gesicht lagen Zuversicht und eine zärtliche Vertrautheit, die Nannerl einen Schauer durch den Körper jagten.

»Ich bin jetzt zwar eine verheiratete Frau, aber ich bin nicht erfahren ...«

»Pst!« Er legte ihr seinen Zeigefinger sanft auf die Lippen. Die winzige Berührung reichte schon, dass Nannerls Körper nach mehr verlangte. Es war, als schrie ihre Haut förmlich nach Zärtlichkeit. Mit einer fast schmerzenden Langsamkeit öffnete Franz ihr Kleid. Er schnürte die Bänder auf und streifte die Stoffschichten von ihren Schultern. Mit einem Rascheln glitt die dunkelgrüne Seide zu Boden. Ebenso verfuhr Franz mit ihrem Unterkleid. Als sie nackt vor ihm stand, glitt sein Blick bewundernd über ihren Körper.

»Du bist so wunderschön.«

Seine Stimme war nur ein Hauch, und sein Atem streichelte ihren Hals. Bei jedem anderen Menschen hätte Nannerl sich geniert und ihre Nacktheit zu verbergen versucht. Doch es fühlte sich absolut richtig an, sich so, wie Gott sie geschaffen hatte, an ihn zu schmiegen. Eine ungekannte Hitze stieg in ihr auf. Auch sie befreite ihn von Jacke und Hemd. Sein Oberkörper war sehnig und muskulös. Der Körper eines Soldaten, der er einst gewesen war. Eine feine, dünne Narbe zog sich von seinem Schlüsselbein bis zu seiner Brust. Nannerl fuhr sie mit ihrem Zeigefinger nach. Franz stöhnte unter der Berührung. »Tu ich dir weh?«

»Kein Schmerz«, sagte er atemlos. »Nur Verlangen.«

Dann hob er sie hoch und trug sie zwei Schritte zum Bett. Gemeinsam sanken sie darauf nieder und küssten sich mit einer Leidenschaft, die all ihre Sorgen vergessen ließ. Die Kammer um sie herum schien sich aufzulösen. Es gab nur noch sie beide. Sie ließen sich Zeit, so als wollten sie jede Sekunde auskosten und jeden Millimeter des Körpers des anderen kennenlernen. Nannerl ließ sich fallen und vertraute sich Franz' Händen an. Gemeinsam glitten sie in ein Reich, das nur ihnen gehörte. Sie bewegten sich im Rhythmus des anderen und gelangten gemeinsam zu einem Höhepunkt, auf den sie jahrelang gewartet hatten.

Franz blieb in Nannerls Zimmer und stand erst auf, als von der Gaststube die ersten Geräusche nach oben drangen. Sie hatten einander noch zwei weitere Male geliebt und waren dann erschöpft und glücklich eingeschlafen. Kaum war die Stelle, an der er eben noch gelegen hatte, leer, vermisste Nannerl seinen warmen, drahtigen Körper.

»Bleib noch«, flüsterte sie schlaftrunken.

»Wir sehen uns gleich beim Frühstück«, sagte Franz. Er küsste ihren Nacken, und sofort reagierte Nannerls Körper. Sie drehte sich zu ihm, legte die Arme um seinen Hals und zog ihn zurück ins Bett. Nach einer weiteren Viertelstunde suchte Franz nach seiner Hose, die irgendwo am Boden lag.

Es war besser, die anderen Gäste sahen ihn nicht aus Nannerls Kammer kommen. Sie war schließlich eine verheiratete Frau.

Die nächsten drei Wochen verbrachten sie jede Minute zusammen. Die Thermalwasserbehandlungen beschränkten sie auf ein Minimum. Lieber zogen sie sich zur erholsamen Entspannung zurück. Dass sie die Ruhephasen gemeinsam in einer Kammer verbrachten, schien niemand zu bemerken. Und sollte sie doch einer der Kurgäste beobachten, so schwieg er dezent.

Nannerl blühte in den kommenden Tagen auf. Noch nie zuvor in ihrem Leben hatte sie sich so glücklich, so frei und so unbeschwert gefühlt. In Franz' Gegenwart musste sie sich nicht verstellen, sie musste niemanden versorgen, keine Aufträge erfüllen und keiner Rolle entsprechen. Sie konnte einfach nur sie selbst sein und wurde dafür geliebt. Es gab kaum ein Gesprächsthema, über das die beiden sich nicht angeregt unterhalten konnten, und sie verstanden sich auch dann, wenn sie schwiegen. Nur über eine einzige Sache redeten sie nicht: über Nannerls Ehe. Oft spielte Nannerl stundenlang auf der Geige, während Franz ihr fasziniert zuhörte. Gemeinsam tauchten sie in eine Welt ein, in der es nur die Musik und ihre Liebe gab.

Die gemeinsamen Nächte füllten sie mit einer Leidenschaft, von der Nannerl niemals geahnt hatte, dass sie existierte. Wie hatte sie in all den Jahren der Freundschaft darauf verzichten können? Nannerl wollte sich nicht vorstellen, wie sie nach diesen drei Wochen wieder nach St. Gilgen zurückkehren sollte. Doch der Tag der Abreise rückte mit jeder gemeinsamen Nacht näher. Nannerls Wunsch, die Zeit anzuhalten, wurde immer dringender.

Am Abend vor ihrer Abreise konnte Nannerl kaum einen Bissen des köstlichen Abendessens zu sich nehmen. Ein dicker Kloß saß in ihrer Kehle und schnürte ihr die Luft ab.

Später in ihrer Kammer klammerte sie sich mit gierigem Verlangen an Franz und wünschte, sie müsste ihn nie wieder loslassen. Zärtlich strich Franz ihr die kastanienbraunen Locken aus der Stirn. »Das waren die drei schönsten Wochen meines Lebens«, sagte er sanft.

»Ich will nicht, dass sie vorübergehen.«

»Du musst zurück zu deinem Ehemann und deiner Familie.« Franz holte sie auf den Boden der Tatsachen zurück. Er bemühte sich, gleichmütig zu klingen, aber seine Stimme verriet den Schmerz, den er litt. Er nahm spielerisch eine ihrer langen Locken und wickelte sie um seinen Zeigefinger. »Die Vorstellung, dass ab morgen Nacht ein anderer dich berührt, bringt mich schier um den Verstand.«

Nannerl beugte sich zu ihm und küsste seinen Mundwinkel. »Glaube mir, nichts von dem, was zwischen Johann und mir passiert, hat nur annähernd etwas mit dem zu tun, was wir zwei erleben.«

»Das will ich hoffen.« Er packte sie an den die Hüften und drehte ihren Körper, sodass sie liegend auf ihm landete. Obwohl sie sich erst zuvor geliebt hatten, spürte sie, dass er sie erneut begehrte. Nannerl lächelte.

»Versprich mir, dass wir uns wiedersehen.«

»Jeden Monat«, sagte Nannerl. »Ich werde Johann erklären, dass ich meinen Vater regelmäßig in Salzburg besuchen möchte.«

»Einmal im Monat zwei Tage mit dir!« Franz küsste ihr Ohrläppchen, ihren Hals und schließlich ihren Mund. Als er sie wieder freigab, waren beide atemlos. »Ich werde ausschließlich für diese Wochenenden leben.«

Sie verabschiedeten sich bereits vor dem Frühstück und hielten sich ein letztes Mal eng umschlungen, bevor Franz seine Sachen packte und als Erster den Gasthof verließ. Nannerls Kutsche kam etwas später. Sie hatte eines von Franz' Taschentüchern behalten. Sehnsuchtsvoll presste sie das kleine Stück Stoff gegen die Nase und atmete den vertrauten Geruch ein. Sein Parfüm, die Mischung aus Kampfer, Kiefern- und Tannennadeln, gaukelte ihr Franz' Nähe vor. Schon jetzt sehnte sie sich nach dem nächsten Treffen. Ganz egal, wie Johann dazu stand, Nannerl würde sich die Fahrten nach Salzburg nicht verbieten lassen.

31

St. Gilgen und Salzburg, Dezember 1784

Kaum, dass Nannerl am Wolfgangsee angekommen war, blieb ihr keine Zeit mehr zum Durchatmen. Die Kinder waren während ihrer Abwesenheit in die alten Gewohnheiten zurückgefallen und hielten sich an keinerlei Regeln. Nannerls körperliche Erholung der letzten Wochen war schnell wieder dahin, doch die Erinnerungen an die wundervolle Zeit blieben, und aus ihnen schöpfte sie Kraft. Der Dezember war ein besonders arbeitsintensiver Monat. Die Vorbereitungen für das nahende Weihnachtsfest nahmen Nannerl voll in Anspruch. Doch trotz der langen Arbeitstage lag stets ein Lächeln auf ihrem Gesicht. Johann führte ihre gute Stimmung auf die erfolgreiche Kur und die heilende Wirkung des Thermalwassers zurück. Den wahren Grund ahnte er nicht.

»Du siehst kräftiger und gesünder aus«, sagte er. »Und deine Wangen sind voller.« Dabei ruhte sein Blick jedoch ausschließlich auf ihrem Busen. Auch der war größer geworden. Das hatte Nannerl heute Morgen festgestellt, als sie das Mieder ihres Kleides geschnürt hatte.

»Kann es sein, dass du guter Hoffnung bist?«

Nannerl verschluckte sich vor Schreck an dem Butterbrot, von dem sie eben abgebissen hatte. In Gedanken rechnete sie nach. Ihre letzte Blutung hatte sie eine Woche vor Beginn der Kur gehabt. Davon hatte Johann aber nichts mitbekommen, da er in dieser Zeit nicht zu ihr gekommen war. Seither waren Nannerls Tage ausgeblieben. Sie zählte die Wochen ab, die sie überfällig war. Schon vor vier Wochen hätte sie bluten müssen. Dazu die großen, geschwollenen und druckempfindlichen Brüste.

»Warum verwundert dich das?«, sagte Johann. »Ich habe bis jetzt noch jede meiner Frauen geschwängert.«

Nannerl antwortete nicht. Sollte sie wirklich ein Kind erwarten, so war es mit Sicherheit nicht von Johann.

»Ich muss nach Salzburg«, sagte sie tonlos. »Ich will mich von einer erfahrenen Hebamme untersuchen lassen.«

»Jetzt schon? Ist das nicht reichlich früh?«

»Ich bin nicht mehr die Jüngste«, erklärte Nannerl. »Eine erste Schwangerschaft in meinem Alter kann mit Komplikationen verbunden sein.«

Johann seufzte laut. »Wie du meinst. Auf alle Fälle wird es nun hier noch lauter werden. Eigentlich hatte ich gehofft, keine weiteren Kinder mehr zu zeugen. Aber was Gott einem schenkt, darf man nicht verschmähen.«

Wäre er der Vater des Kindes, hätten Nannerl seine Worte getroffen. Aber so konnten sie ihr nichts anhaben.

»Kannst du mir für Dienstag eine Kutsche bestellen?« Nannerl ließ nicht locker. »Wenn ich in Salzburg bin, kann ich auch gleich meinen Vater besuchen.«

Johann hatte ihr den Wunsch nach regelmäßigen Besuchen in Salzburg nicht verwehrt. Er schätzte seinen Schwiegervater und fürchtete dessen Ärger, wenn er Nannerl die Fahrten untersagte.

»Ich werde Hubert Bescheid geben«, versprach Johann. Hubert war der Hausdiener, Gärtner und Verwalter des Hauses. Im Gegensatz zum weiblichen Personal war auf ihn Verlass.

»Ich bitte dich aber, am Donnerstag wieder hier zu sein. Je näher das Weihnachtsfest rückt, umso unruhiger werden die Kinder.«

»Ich verspreche es«, sagte Nannerl. »Ich kann die Fahrt gleich dazu nutzen, die wichtigsten Gewürze für das Festessen mitzunehmen. Ich glaube, wir haben keine Zimtrinde mehr, und die Nelken sind auch aus.« Sie stand auf, um in die Küche zu gehen. Nannerl wusste, dass es noch genügend Gewürznelken in der Vorratskammer gab, aber sie musste einen Moment für sich sein. Sie war schwanger, von Franz. Es war ein Kind der Liebe. Sie hatte in all den Jahren auf diesen Augenblick gehofft. Jetzt war er völlig anders als erwartet, und auch wenn der Zeitpunkt nicht perfekt war, so durchströmte sie ein Glücksgefühl. Wie würde Franz die Nachricht aufnehmen? Würde er sich ebenso freuen wie sie?

Nannerl hatte noch am Samstag zwei Briefe nach Salzburg geschickt und ihren Besuch für Dienstag angekündigt. Einer ging an ihren Vater, der andere an Franz.

Am frühen Nachmittag ratterte die Kutsche in die Getreidegasse. Trotz der sechsstündigen Fahrt war Nannerl kein bisschen müde. Der vertraute Anblick ihres alten Zuhauses ließ Nannerls Herz schneller schlagen. Sie konnte es kaum erwarten, ihrem Vater davon zu erzählen, dass er Großvater wurde. Hubert wollte nicht mit nach oben kommen. Er hatte Verwandte in Salzburg und hatte versprochen, sie kurz zu besuchen. Also trug Nannerl ihre kleine Reisetasche allein in den dritten Stock. Sopherl erwartete sie bereits bei offener Tür.

»Nein, so a Freud!«, rief sie mit Tränen in den Augen und umarmte Nannerl, als wäre sie von einer mehrjährigen Weltreise nach Hause zurückgekehrt. Sie schob Nannerl in die Wohnung, wo es behaglich nach frischem Lebkuchen duftete.

Leopold stand im Türrahmen zur Stube. Auch er strahlte übers ganze Gesicht. »Wie schön, dass du dir Zeit für einen Besuch genommen hast.«

Nannerl umarmte auch ihn. Er war dünner geworden und hielt sich gebeugt. »Das Rheuma«, sagte er entschuldigend.

»Ich kann die Badekur in Bad Gastein wärmstens empfehlen.«

Leopold musterte Nannerl wissend mit seinen wachen Augen, denen nichts entging. »Für diese Art von Kur bin ich eindeutig zu alt.«

Nannerl schoss das Blut in die Wangen.

»Hat Franz dir nicht gesagt, dass ich ihm verraten habe, wo du dich aufhältst?«

»Doch … aber …« Nannerl hielt inne. Ihr Vater hatte also

tatsächlich ihren Liebhaber zu ihr geschickt, wissend, dass sie ihren Mann betrügen würde?

»Schau mich nicht so entsetzt an«, sagte Leopold. »Du hast dich in den drei Wochen blendend erholt, und das ist die Hauptsache. Ich erkenne dich kaum wieder. Die Gesundheit seiner Frau muss auch Johann ein Anliegen sein.«

Es war immer wieder erstaunlich, wie Leopold sich die Wahrheit zurechtrückte. Nannerl legte ihren Mantel ab, hängte ihn an den Haken in der Wand und setzte sich zu ihrem Vater an den gedeckten Tisch. Feinstes Porzellan, dampfende Chocolade und frischer Lebkuchen standen bereit. Nannerl fühlte sich in ihre Kindheit zurückversetzt. Sogar die Stoffservietten waren dieselben, die ihre Mutter mit Geduld und viel Liebe bestickt hatte. Beim Anblick der kleinen Rosen musste Nannerl schmunzeln.

»Was führt dich so kurz vor Weihnachten zu deinem alten Vater? Sicher hast du in St. Gilgen alle Hände voll zu tun.« Leopold nahm neben Nannerl Platz.

»Ich werde Hilde Pfeiffer aufsuchen.«

»Die Hebamme?«

Nannerl nickte.

Leopold wurde blass. »Heißt das, du bist guter Hoffnung?«

Wieder nickte Nannerl.

»Jesus und Maria. Ich werde Großvater!« Leopold schlug mit der flachen Hand auf den Tisch, dass das feine Geschirr bedenklich schepperte.

Sein Lächeln erstarb. »Die Badekur ...«

Nannerl nickte.

»Ach, du liebe Güte, und weiß ...?«

»Natürlich weiß Johann es nicht, und er wird es auch niemals erfahren.«

»Das ist gut.« Leopold entspannte sich wieder.

»Aber ich habe eine große Bitte.« Nannerl hatte sich ihren Plan genau überlegt. Sie benötigte die Unterstützung ihres Vaters und musste nun die richtigen Worte finden, um ihn zu überzeugen. »Du hast gesagt, dass ich etwas bei dir guthabe und du in meiner Schuld stehst.«

»Ich hatte gehofft, dass du dieses Versprechen vergisst.« Die Art, wie er es sagte, verriet Nannerl, dass er scherzte.

»Ich wünsche mir, dass ich mein Kind hier bei dir zur Welt bringen kann.«

»Das klingt sehr vernünftig.« Leopold nickte. »Hättest du mich nicht gefragt, hätte ich es dir angeboten. Eine Geburt kann für Mutter und Kind sehr gefährlich sein. Die Vorstellung, dass du in dieser schwierigen Situation nicht hier bist, wäre mir unerträglich.«

Nannerl hatte mit dieser Antwort gerechnet. Doch jetzt kam der schwierigere Teil ihrer Bitte.

»Du hast selbst miterlebt, wie ungezogen und wild die Kinder in St. Gilgen aufwachsen. Ohne gute Lehrer und weit weg von jeder Kultur.«

Leopold streckte die Schultern durch, so als müsste er sich vor Nannerls Worten wappnen.

»Ich will, dass mein Kind die beste Ausbildung genießen wird, die es gibt. Das bin ich Franz schuldig.«

Leopold sagte immer noch nichts.

»Und ich will, dass er sein Kind regelmäßig sehen kann, das bin ich dem Kind schuldig.«

Nervös knetete Nannerl ihre Hände, bis sie dunkelrot waren und die Knöchel weiß hervortraten.

»Wie soll das gehen?«, fragte Leopold.

»Ich will, dass du mein Kind großziehst. Genau, wie du es mit Wolferl und mir gemacht hast.«

So, jetzt war es heraus.

»Wie bitte?«

»Wenn ich das Kind hier gebäre und die ersten Wochen und Monate hierbleibe, könntest du doch an Johann schreiben, dass du dich um dein Enkelkind kümmern willst. Dann würde deine Wohnung wieder mit Leben gefüllt werden. Franz könnte dich täglich besuchen, und ich würde mindestens zweimal im Monat vorbeischauen, um mein Kind zu sehen.« In Gedanken fügte sie hinzu: »Und Franz.«

»Warum sollte Johann so einem Plan zustimmen?« Leopold schien nicht die Vorstellung, ein Kind großzuziehen, abzuschrecken, sondern die Reaktion seines Schwiegersohns.

»Johann will gar kein weiteres Kind. Er hat sich überhaupt nicht gefreut, als er es erfahren hat. Wenn er weiß, dass es hier gut versorgt und untergebracht wird, ist ihm das sicherlich recht.«

»Was für ein seltsamer Mann.« Leopold schüttelte verständnislos den Kopf.

»Was sagst du, Papa?« Nannerl hielt die Luft an.

Leopold ließ sich Zeit. »Du müsstest bleiben, bis das Kind mit zusätzlicher Nahrung gefüttert werden kann.«

»Ja, das müsste ich wohl.« Innerlich lächelte Nannerl. Ihr Plan schien aufzugehen.

»Platz habe ich genug.« Leopold kratzte sich die Stirn. Mit jeder Minute, die er über den Vorschlag nachdachte, schien er mehr Gefallen daran zu haben. »Ein kleines Kind im Haus …«, murmelte er. »Kinderlachen und neues Leben.«

Nannerl unterbrach ihn nicht.

»Ich mag den Herrn Ippold und würde seine regelmäßigen Besuche schätzen.«

Nannerl schenkte ihrem Vater die cremige Chocolade ein und schob die Tasse zu ihm. In Gedanken versunken, rührte er mit einem langstieligen Löffel darin herum.

»Gut möglich, dass dein Ehemann wirklich nichts dagegen hat, wenn sein vermeintliches Kind hierbliebe. Und es wäre eine Garantie dafür, dass du regelmäßig nach Salzburg kommst.«

Noch wagte Nannerl es nicht, sich zu freuen.

»Bist du sicher, dass du diese Hilde Pfeiffer als Hebamme haben willst? Sie ist eine sehr freche Person und reichlich alt. Sie hat deiner Mutter vor Jahren beigestanden.«

»Sie ist die beste Hebamme der Stadt.«

»Na, meinetwegen.« Leopold schnaufte.

»Und was sagst du dazu, dein Enkelkind aufzunehmen?«

Leopolds alte Augen waren feucht geworden. »Ich denke, dass das ein großes Geschenk wäre.«

• • •

Später am Abend lag Nannerl glücklich in Franz' Armen. Wie sehr hatte sie seine Nähe in den letzten Wochen vermisst. Leopold hatte sich dezent verabschiedet und war zu einem Freund spaziert, den er schon lange nicht mehr besucht hatte.

»Ich kann es nicht glauben, dass ich Vater werde«, sagte Franz immer noch fassungslos.

»Wie kannst du nach den drei Wochen in Bad Gastein überrascht sein?« Nannerl amüsierte sich über seine Reaktion.

Zärtlich strich Franz über ihren Bauch. »Bist du sicher, dass es deinem Vater gelingen wird, deinen Ehemann von deinem Plan zu überzeugen?«

»Mein Vater hat den Kaiser dazu überredet, einen Zwölfjährigen eine Oper komponieren zu lassen. Da wird er es doch schaffen, einem Mann, der keinen Nachwuchs mehr haben will, einzureden, dass er ihm etwas Gutes tut, indem er sein Kind großzieht.«

Franz küsste Nannerls nackten Bauch. »Hast du gehört, kleines Kind? Du wirst bei deinem Großvater aufwachsen. Ganz sicher wirst du Klavierspielen lernen.«

»Und Geige.«

»Und Komposition.«

»Und ich werde täglich nach dir sehen«, versprach Franz. »Nach dir und nach deiner Mutter, die jede Woche nach Salzburg kommen wird.«

Nannerl umfasste Franz' Gesicht mit beiden Händen und zog es zu sich hoch. Sie küsste ihn hingebungsvoll. »Ich bin wirklich glücklich.«

Epilog

Salzburg, Juli 1785

Hilde Pfeiffer war schon kurz nach Mittag gekommen, als die ersten zaghaften Wehen bei Nannerl eingesetzt hatten. Sie hatte keine Fragen gestellt, wer der große, schlanke Mann war, der gemeinsam mit Leopold in der Stube saß und so blass und nervös wirkte, als sei er der Vater des Kindes. Frau Mozart war mit dem Herrn zu Sonnenburg verheiratet. Doch ihr Gatte war in St. Gilgen geblieben und hatte es nicht der Mühe wert gefunden, seine hochschwangere Frau nach Salzburg zu begleiten. Hilde Pfeiffer war es gleich. Ihre Aufgabe war es, der Gebärenden beizustehen und sie und ihr Kind gesund durch die nächsten Stunden zu begleiten.

»Ich brauche einen Aufguss aus Wacholder, Kamille, Beifuß und Mohn«, orderte sie. »Und heißes Wasser und saubere Tücher, in die wir das Kind wickeln können, sobald es hier ist.« Damit verschwand sie hinter der Tür der Schlafkammer, wo Nannerl wimmernd vor Schmerzen lag. Sophie sauste in die Küche.

»Kann man denn als Vater nichts tun?« Franz sprang auf

und ging mit schnellen Schritten in der Stube auf und ab. Drei Schritte zum Fenster, vier zum Esstisch und vier zum Klavier.

»Setz dich«, forderte Leopold. »Es bringt nichts, wenn du eine Furche in den Holzboden läufst.«

»Das Warten bringt mich um den Verstand.«

Sophie hatte das Wasser gewärmt und trug den vollen Eimer in die Schlafkammer.

»Wie geht es Nannerl?«

»Na, wie soll's ihr schon gehen? Sie kriegt grad ein Kind.« Ungeduldig schob sie Franz zur Seite. Leopold fühlte sich an eine Gewitternacht vor vierunddreißig Jahren erinnert. Heute donnerte es nicht. Es war ein lauer sonniger Frühsommertag, der dazu einlud, im Mirabellgarten zu flanieren.

In dem Moment klopfte es an der Tür.

»Wer ist das?« Franz sprang wieder auf. Für einen Moment schien er zu fürchten, dass Nannerls Ehemann es sich anders überlegt hatte und doch noch gekommen war. Leopold stand auf und öffnete.

»Wie geht es Nannerl? Ich bin sofort hergekommen, als ich gehört hab, dass es losgeht.« Katharina drängte in den Raum. Sie begrüßte Franz und ging dann ungefragt weiter zur Schlafkammer. »Ist sie da drinnen?«

Ohne auf Antwort zu warten, öffnete sie die Tür. Genau in dem Moment schrie Nannerl laut und schmerzvoll auf. Franz zuckte zusammen, und Leopold fasste ihn beruhigend an der Schulter. Katharina stand unschlüssig im Türrahmen, nicht sicher, ob sie hineinwollte oder lieber doch in der Stube blieb.

»Jetzt darfst du pressen.« Hilde ermutigte Nannerl. Erneut schrie sie auf. Und nur einen Augenblick später ertönte das Weinen eines Kindes.

»Ach, du meine Güte«, sagte Franz. »Ist es jedes Mal so schlimm?«

Leopold tätschelte seine Schulter und lachte. »Es ist schon wieder vorbei. Das war ein Klacks.«

Katharina trat doch noch ein und schloss die Tür hinter sich. Man hörte das Lachen von Frauen, dann wieder Kinderweinen. Franz wurde schwindelig. Er setzte sich an den Tisch. Angespannt lauschten er und Leopold in die plötzlich eintretende Stille.

»Warum ist es so leise? Was ist jetzt los? Ob der Nannerl nicht gut ist?« Wieder sprang Franz auf und ging zur Tür. Er legte sein Ohr dagegen. Doch es drang kein Laut heraus.

»Ach, du meine Güte. Das ist kein gutes Zeichen. Oder?« Hilfe suchend schaute er zu Leopold. Auch der wirkte beunruhigt.

Schon hob Franz die Hand, um anzuklopfen. Da wurde die Tür geöffnet. Hilde Pfeiffer trat heraus. Im Arm trug sie einen winzig kleinen Menschen, der in weiche Tücher gewickelt war.

»Es ist ein Junge.«

Franz machte einen Schritt auf sie zu. »Geben Sie ihn mir, bitte.«

Einen Moment zögerte die Hebamme. »Ich nehme mal an, dass das so seine Richtigkeit hat.« Ihr Blick glitt zu Leopold, der nickte. Dann drückte sie Franz seinen Sohn in den Arm.

»Wie geht es Nannerl?«

»Sie ist frisch vergnügt und überglücklich.«

»Darf ich zu ihr?«

»Erst, wenn die Nachgeburt da ist.« Hilde klang noch ebenso streng wie vor über dreißig Jahren.

Und auch wenn Leopold das niemals zugegeben hätte, die Frau war jeden Gulden wert, den sie für ihre Dienste verlangte.

Nachwort

Diese Geschichte ist eine Romanbiografie. Auch wenn ich mich bemüht habe, das Leben von Nannerl Mozart möglichst wahrheitsgetreu wiederzugeben, so stimmt nicht alles mit den historischen Quellen überein. Einige Teile sind meiner Fantasie entsprungen. So ist Hilde Pfeiffer eine der wenigen Figuren, die ich mir ausgedacht habe. Nannerls beste Freundin Katherl Gilowsky (historisch belegt) möge es mir bitte verzeihen, dass ich ihr eine ungewollte Schwangerschaft angedichtet habe. Beides war für den Spannungsbogen des Romans wichtig. Franz Ippold hat in Wirklichkeit Franz d'Ippold geheißen. Um Ihnen das Lesen und mir das Schreiben zu vereinfachen, habe ich das d' weggelassen. Nannerl hat Franz in ihren Aufzeichnungen erst 1779 zum ersten Mal erwähnt. Ich habe mir erlaubt, ihn schon früher in ihrem Leben auftauchen zu lassen. Sonst wäre die Liebesgeschichte zu kurz ausgefallen.

Dass Franz die große Liebe in Nannerls Leben war, daran besteht heute kein Zweifel. Sie wollte ihn heiraten. In manchen Quellen liest man, dass Leopold die Ehe nicht erlaubt hätte. Das erscheint mir sehr unwahrscheinlich, hatte er doch bis zu seinem Tod engen Kontakt zu Franz. Nannerl hat ihren Sohn tatsächlich in Salzburg bei ihrem Vater zur Welt gebracht und nicht in St. Gilgen bei ihrem Ehemann. Sie blieb nach der Geburt vier Monate in Salzburg bei ihrem Vater und ließ ihren Sohn bei ihm. Franz hat den kleinen Leopold regelmäßig besucht und bei seiner Erziehung geholfen. Als Direktor eines Internats für adelige Schüler war ihm die Ehe verboten. Diese historisch belegten Tatsachen regten meine Fantasie an und boten viel Spielraum für eine wunderbare Liebesgeschichte.

Nannerl stand zeit ihres Lebens im Schatten ihres Bruders, und das, obwohl man heute annehmen darf, dass sie ebenso talentiert gewesen ist wie Wolferl. Sie war eben zur falschen Zeit als Frau zur Welt gekommen. Es ist zu bezweifeln, dass Nannerl damit gehadert hat. Das damalige Frauenbild wurde zu Nannerls Lebzeiten kaum hinterfragt. Es war für sie selbstverständlich, dass ihr Bruder vom Vater stärker gefördert und in Komposition unterrichtet wurde, während sie sich mit der Interpretation der Stücke begnügen musste. Aufzeichnungen belegen, dass sie sich dennoch an die eine oder andere kleine Komposition gewagt, sie jedoch nicht vor Publikum gespielt hat.

Nannerl war von Wolfgangs Musik begeistert und machte nie ein Geheimnis daraus. Umgekehrt schätzte der Bruder Nannerls Expertise als Musikerin. Unzählige Briefe beweisen, dass er Nannerl um ihren Rat gefragt und großen Wert auf ihre Meinung zu seinen Stücken gelegt hat.

Auch wenn man heute annimmt, Leopold hätte Nannerls Leben maßgeblich bestimmt, so deutet vieles darauf hin, dass Nannerl in wichtigen Situationen sehr wohl in der Lage war, die Fäden ihres Lebens selbst in die Hand zu nehmen.

Nach dem Tod ihres Bruders begann sie damit, alle seine Werke und die ihres Vaters zu sammeln. Auch frühe Kompositionen stöberte sie auf. Gemeinsam mit ihrer Schwägerin Constanze Mozart legte sie den Grundstein für die moderne Mozartforschung. Es ist ihr zu verdanken, dass heute noch so viele Briefe und Tagebucheintragungen der Familie vorhanden sind. Bei der Zusammenstellung der Sammlung achtete Nannerl sorgfältig darauf, welches Bild die Nachwelt von ihr haben würde. Es ist auffallend, dass sämtliche Briefe ab dem Zeitpunkt von Nannerls Schwangerschaft bis hin zu Leopolds Tod verschollen sind.

Nannerl bekam noch zwei weitere Kinder: Johanna und Maria Babette. Kurz nach der Geburt von Maria Babette starb Franz. Rund zehn Jahre später ihr Ehemann Johann. Nannerl kehrte nach seinem Tod endgültig zurück in ihr geliebtes Salzburg, wo sie in bescheidenem Wohlstand ein zufriedenes Leben führte. Bis zu ihrem sechsundsiebzigsten Lebensjahr gab sie Musikunterricht und spielte vor kleinem Publikum Wolfgangs Musik. In den letzten zwei Jahren ihres Lebens erblindete sie, was sie aber nicht davon abhielt, weiter Klavier zu spielen.

Nannerl starb im Alter von 78 Jahren. Auf ihrer Sterbeurkunde stand »Entkräftung«. Sie hinterließ ein ansehnliches Vermögen, das ihr Sohn Leopold erbte.

Nannerl wurde noch als Siebzigjährige von ihren Zeitgenossen als »lebhaft« beschrieben, was darauf schließen lässt, dass sie ihr Leben genossen hat und glücklich war.

Wer jetzt neugierig geworden ist und mehr über Nannerl erfahren möchte, dem lege ich das Buch »Nannerl Mozart – Leben einer Künstlerin« von Eva Riegler ans Herz. Diese ausgezeichnet recherchierte Biografie diente als wichtigste Informationsquelle für den vorliegenden Roman und dieses Nachwort.

Wie immer stieß ich beim Recherchieren auf viele interessante Details. So mag es uns heute befremdlich erscheinen, dass Menschen sich im 18. Jahrhundert lieber mit trockenen, parfümierten Tüchern abrieben, als sich zu waschen. Spannend fand ich auch, dass die Menschen dieser Zeit sich gleich vor mehreren Seuchen fürchten mussten. Ein Thema, das uns heute wieder intensiv beschäftigt. Die Liste interessanter Details könnte beliebig fortgesetzt werden. Doch hier mache ich nun einen Punkt.

Ich hoffe, dass Ihnen das Lesen der Geschichte so viel Freude bereitet hat wie mir das Schreiben.

Zuletzt möchte ich mich bei den Menschen bedanken, die beim Entstehen des Romans mitgeholfen haben. Bei meiner Agentin Franka Zastrow, die bei dem Thema gleich an mich gedacht hat. Bei Tabea Horst vom Ullstein Verlag, die die Idee zur Geschichte hatte und die den Schreibprozess kontinuierlich und hilfreich begleitet hat. Frau Horst hat immer wieder dafür gesorgt, dass ich mich nicht in historischen Details verliere, den roten Faden der Geschichte im Auge behalte und Nannerl auch für moderne Leserinnen zu einer interessanten Figur mache.

Ein dicker Kuss geht an meine Tochter Ida, die wieder einmal als Erste testgelesen hat. Und das größte Dankeschön sage ich Ihnen, liebe Leser*innen. Es ist ein Privileg, Sie unterhalten zu dürfen.

Herzlichst

Ihre Beate Maly